GULLIVER

1359

WARRIOR CATS

In die Wildnis (Band 1)
Feuer und Eis (Band 2)
Geheimnis des Waldes (Band 3)
Vor dem Sturm (Band 4)
Gefährliche Spuren (Band 5)
Stunde der Finsternis (Band 6)

WARRIOR CATS
Die neue Prophezeiung

Mitternacht (Band 1)
Mondschein (Band 2)
Morgenröte (Band 3)
Sternenglanz (Band 4)
Dämmerung (Band 5)
Sonnenuntergang (Band 6)

WARRIOR CATS
Special Adventure

Feuersterns Mission
Das Schicksal des WolkenClans

WARRIOR CATS
Die Welt der Clans

Das Gesetz der Krieger

Alle Abenteuer auch als Hörbücher und E-Books bei
Beltz & Gelberg

www.warriorcats.de

Erin Hunter

WARRIOR CATS

Gefährliche Spuren

Aus dem Englischen
von Friederike Levin

EIN **GULLIVER** VON **BELTZ & GELBERG**

Dem echten Brombeerpfote

Besonderen Dank an Cherith Baldry

Hinter dem Namen *Erin Hunter* verbergen sich gleich mehrere
Autorinnen: Während Victoria Holmes meistens die Ideen
für die Geschichten hat und das gesamte Geschehen im Auge
behält, bringen Cherith Baldry und Kate Cary die Abenteuer
der KatzenClans zu Papier. Ebenfalls aus der Feder
dieses erfolgreichen Autorinnenteams stammt die
Bärenfantasy-Reihe SEEKERS.

Dieses Buch ist auch als E-Book erhältlich
(ISBN 978-3-407-74277-3)

www.gulliver-welten.de
Gulliver 1359
© 2009, 2012 Beltz & Gelberg
in der Verlagsgruppe Beltz · Weinheim Basel
Alle deutschsprachigen Rechte vorbehalten
© Working Partners Ltd.
Die Originalausgabe erschien 2004 u.d.T.
Warrior Cats – A Dangerous Path
bei HarperCollins Children's Books, London
Aus dem Englischen von Friederike Levin
Lektorat: Julia Röhlig
Neue Rechtschreibung
Markenkonzept: Groothuis, Lohfert, Consorten, Hamburg
Einbandgestaltung: Hauptmann und Kompanie Werbeagentur,
München – Zürich
Gesamtherstellung: Beltz Druckpartner GmbH & Co. KG, Hemsbach
Printed in Germany
ISBN 978-3-407-74359-6
1 2 3 4 5   16 15 14 13 12

DIE HIERARCHIE DER KATZEN

DONNERCLAN

Anführer	**BLAUSTERN** – blaugraue Kätzin mit einer Spur Silber um die Schnauze
Zweiter Anführer	**FEUERHERZ** – hübscher Kater mit rotem Fell; Mentor von **WOLKENPFOTE**
Heiler	**RUSSPELZ** – dunkelgraue Kätzin
Krieger	(Kater und Kätzinnen ohne Junge)

WEISSPELZ – großer, weißer Kater; Mentor von **MAISPFOTE**

DUNKELSTREIF – schlanker, schwarzgrau getigerter Kater; Mentor von **RAUCHPFOTE**

FROSTFELL – Kätzin mit schönem, weißem Fell und blauen Augen

BUNTGESICHT – hübsch gescheckte Kätzin

LANGSCHWEIF – Kater mit hellem Fell und schwarzen Streifen; Mentor von **WIESELPFOTE**

MAUSEFELL – kleine, schwarzbraune Kätzin; Mentorin von **DORNENPFOTE**

FARNPELZ – goldbraun getigerter Kater

BORKENPELZ – dunkelbraun getigerter Kater; Mentor von **ASCHENPFOTE**

SANDSTURM – helle, gelbbraune Kätzin

Schüler   (über sechs Monde alt, in der Ausbildung zum Krieger)

WIESELPFOTE – schwarz-weißer Kater

WOLKENPFOTE – langhaariger, weißer Kater

MAISPFOTE – Kätzin, weiß mit hellbraunen Flecken

DORNENPFOTE – goldbraun getigerter Kater

RAUCHPFOTE – hellgraue Kätzin mit dunkleren Flecken, hellgrüne Augen

ASCHENPFOTE – hellgrauer Kater mit dunkleren Flecken, dunkelblaue Augen

Königinnen (Kätzinnen, die Junge erwarten oder aufziehen)

GOLDBLÜTE – helles, gelbbraunes Fell

FLECKENSCHWEIF – hell gescheckt; älteste Königin in der Kinderstube

GLANZFELL – sehr hellgraue Kätzin mit ungewöhnlich blauen Augen

Älteste   (ehemalige Krieger und Königinnen, jetzt im Ruhestand)

EINAUGE – älteste Kätzin im DonnerClan mit hellem Fell; fast blind und taub

KLEINOHR – ältester Kater im DonnerClan mit grauem Fell und sehr kleinen Ohren

TUPFENSCHWEIF – einst hübsche, schildpattfarbene Kätzin mit einem wunderbar gefleckten Fell

SCHATTENCLAN

Anführer | **TIGERSTERN** – großer, dunkelbraun getigerter Kater mit ungewöhnlich langen Vorderkrallen; gehörte früher zum DonnerClan

Zweiter
Anführer | **SCHWARZFUSS** – großer, weißer Kater mit riesigen, pechschwarzen Pfoten

Heiler | **TRIEFNASE** – kleiner, grau-weißer Kater

Krieger | **EICHENFELL** – kleiner, brauner Kater
KLEINWOLKE – sehr kleiner, getigerter Kater
DUNKELBLÜTE – schwarze Kätzin
KIESELSTEIN – silbergrau getigerter Kater; ehemaliger Streuner

Königin | **MOHNBLÜTE** – langbeinige, hellbraun gescheckte Kätzin

WINDCLAN

Anführer | **RIESENSTERN** – schwarz-weißer Kater mit sehr langem Schwanz

Zweiter
Anführer | **LAHMFUSS** – schwarzer Kater mit verkrüppelter Pfote

Heiler	RINDENGESICHT – brauner Kater mit kurzem Schwanz
Krieger	MOORKRALLE – gesprenkelter, dunkelbrauner Kater
	SPINNENFUSS – dunkelgrau getigerter Kater
	FETZOHR – getigerter Kater
	LAUFTATZE – goldbraune Kätzin
	KURZBART – braun gescheckter Kater; Mentor von GINSTERPFOTE
Königinnen	ASCHENFUSS – graue Kätzin
	MORGENBLÜTE – schildpattfarbene Kätzin

FLUSSCLAN

Anführer	STREIFENSTERN – riesiger, hell getigerter Kater mit schiefem Kiefer
Zweiter Anführer	LEOPARDENFELL – ungewöhnlich getupfte goldfarbene Kätzin
Heiler	SCHMUTZFELL – langhaariger, hellbrauner Kater
Krieger	SCHWARZKRALLE – rauchschwarzer Kater
	BLEIFUSS – stämmiger, getigerter Kater; Mentor von DÄMMERPFOTE

STEINFELL – grauer Kater mit Kampfnarben an den Ohren

NEBELFUSS – dunkelgraue Kätzin mit blauen Augen

SCHATTENPELZ – tief dunkelgraue Kätzin

GRAUSTREIF – langhaariger, grauer Kater aus dem DonnerClan

Königin **MOOSPELZ** – schildpattfarbene Kätzin

Älteste **GRAUTEICH** – dünne, graue Kätzin mit schütterem Fell und Narben an der Schnauze

KATZEN AUSSERHALB DER CLANS

MIKUSCH – schwarz-weißer Kater; lebt auf einem Bauernhof nahe am Wald

RABENPFOTE – schlanker, schwarzer Kater mit weißer Schwanzspitze

PRINZESSIN – hellbraun getigerte Kätzin mit auffällig weißer Brust und weißen Pfoten; ein Hauskätzchen

WULLE – pummeliges, zutrauliches schwarz-weißes Kätzchen; lebt in einem Haus am Waldrand

PROLOG

ALLES WAR DUNKEL. Der Leithund konnte das Kratzen der Krallen hören und den glatten Pelz des Hundes neben sich spüren, sehen konnte er aber nichts. Hundegeruch steckte ihm in der Nase, dazwischen roch er den brennenden Wald.

Unsicher setzte er sich auf den schwankenden Boden, bis der Kasten schlingernd zum Stehen kam. In der Nähe hörte er Menschenstimmen. Er verstand einige Worte. »Feuer ... pass auf ... Hunde bewachen.«

Der Leithund witterte den Angstgeruch der Menschen, zusammen mit dem bittersüßen Duft nach geschlagenem Holz. Er erinnerte sich, dass er in der vergangenen Nacht hier gewesen war und in der Nacht davor, mehr als vier Pfoten an Nächten. Er hatte mit der ganzen Meute das Gelände durchstreift, Witterung von möglichen Eindringlingen aufgenommen, bereit, sie zu vertreiben.

Der Hund knurrte leise, die Lefzen über scharfen Zähnen zurückgezogen. Das Rudel war stark. Sie konnten rennen und töten. Sie lechzten nach warmem Blut und dem Schreckensgeruch der Beute. Stattdessen waren sie eingepfercht, fraßen, was ihnen Menschen vorwarfen, und gehorchten ihren Menschenbefehlen.

Der Leithund erhob sich auf seine mächtigen Pfoten und

rüttelte an den Türen des Kastens, indem er sie mit seinem massigen schwarzbraunen Schädel rammte. Er erhob die Stimme zum Gebell, das in dem engen Raum umso lauter erklang. »Raus! Meute raus! Raus jetzt!«

Die übrigen Hunde fielen ein. »Meute raus! Meute rennt!«

Wie eine Antwort schwangen die Türen auf. Im Zwielicht konnte der Leithund den Menschen stehen sehen, der einen Befehl blaffte.

Der Leithund sprang als Erster ab und landete dicht neben einem Holzstapel in der Mitte des Areals. Mit den Pfoten wirbelte er kleine Asche- und Rußwolken auf. Wie ein schwarzbrauner Strom folgte ihm der Rest der Meute. »Meute folgt! Meute folgt!«, bellten sie. Der Leithund trabte unruhig am Zaun entlang, der Barriere zum Wald. Hinter dem Zaun stützten sich ausgebrannte Baumstämme gegenseitig oder lagen am Boden. Weiter weg rauschte eine Wand aus unversehrten Bäumen im Wind.

Verlockende Düfte strömten aus den blattdichten Schatten. Die Muskeln des Hundes strafften sich. Dort draußen im beutevollen Wald konnte die Meute frei laufen. Dort gab es keine Menschen mit Ketten und Befehlen. Sie würden fressen, sooft sie wollten, denn dort waren sie die Stärksten und Wildesten von allen.

»Frei!«, bellte der Leithund. »Meute frei! Jetzt frei!«

Er trat an den Zaun, presste seine Nase an die Maschen und sog die Düfte des Waldes tief in seine Lungen. Es gab viele Gerüche, die er noch nie gerochen hatte, aber da war einer, den kannte er gut, er war stärker als die übrigen, der Geruch seines Feindes und seiner Beute.

Katzen!

Die Nacht war hereingebrochen. Blattlose Zweige von verkohlten Bäumen zeichneten sich vor dem vollen Mond ab. In der Dunkelheit streiften die Hunde hin und her, dunkle Schatten in der Nacht. Pfoten tappten leise auf Ruß und Sägemehl. Muskeln spielten unter glänzendem Fell. Ihre Augen funkelten. Ihre Kiefer standen offen, entblößten scharfe Zähne und heraushängende Zungen.

Der Leithund schnüffelte unten am Zaun entlang, auf der Suche nach einer bestimmten Stelle, weit weg von der Seite des Geländes, wo der Mensch übernachtete. Vor drei Nächten hatte der Hund ein kleines Loch unter dem Zaun entdeckt. Er hatte gleich gewusst, dass dieser Weg die Meute in die Freiheit führen würde.

»Loch. Loch, wo?«, knurrte er.

Dann entdeckte er die Stelle, an der das Gelände in einer Kuhle abfiel. Seine riesige Pranke kratzte am Boden. Der Hund hob den Kopf, um seinem Gefolge zuzubellen. »Hier. Loch, Loch. Hier.«

Ihre Ungeduld bohrte sich in seine Gedanken, scharf wie Dornen, heiß wie fauliges Fleisch. Sie sprangen zu ihrem Anführer, antworteten auf sein Gebell. »Loch. Loch.«

»Groß, Loch groß«, versprach der Leithund. »Lauft, gleich.«

Er begann, mit der ganzen Kraft seines muskulösen Körpers am Boden zu scharren. Erdkrümel flogen, während das Loch unter dem Maschendrahtzaun größer und tiefer wurde. Die übrigen Hunde liefen umher und witterten in der Nachtluft, die ihnen die Düfte des Waldes zutrug. Ihr Speichel floss bei dem Gedanken an die warmen Körper lebender Beute, in die sie ihre Zähne schlagen würden.

Der Leithund hielt inne, spitzte die Ohren, ob der Mensch unterwegs war, um nach ihnen zu sehen. Aber da war nichts von ihm zu entdecken und sein Geruch wehte schwach aus weiter Ferne.

Der Leithund legte sich platt auf den Boden und quetschte sich in das Loch. Der untere Rand des Zauns schabte an seinem Fell. Der Hund stieß sich heftig mit den Hinterläufen ab, um sich voranzutreiben, bis er sich hochstemmen und draußen im Wald aufrichten konnte.

»Frei, jetzt«, bellte er. »Kommt! Kommt!«

Das Loch wurde immer tiefer, während sich ein Hund nach dem anderen hindurchkämpfte, um sich zu seinem Anführer zwischen den ausgebrannten Bäumen zu gesellen. Sie trotteten hin und her, stießen ihre Schnauzen in die Löcher zwischen den Wurzeln der Bäume, starrten in die Finsternis. In ihren Augen glomm ein kaltes Feuer.

Als sich der letzte Hund unter dem Zaun hindurchgeschoben hatte, hob der Leithund den Kopf und bellte triumphierend: »Lauft. Meute frei. Jetzt lauft!«

Er wandte sich den Bäumen zu und lief davon, kraftvolle Muskeln arbeiteten geschmeidig und schnell. Die Meute strömte hinter ihm her, ihre dunklen Gestalten huschten durch die Waldnacht. *Meute, Meute*, dachten sie. *Meute rennt.*

Der Wald gehörte ihnen ganz allein und ein einziger Instinkt beherrschte ihre Sinne: *Töten! Töten!*

1. KAPITEL

FEUERHERZ' FELL sträubte sich, als er ungläubig und wütend zu dem neuen Anführer des SchattenClans auf dem Großfelsen aufblickte. Er sah zu, wie der Kater seinen massigen Schädel hin und her wiegte. Muskeln spielten unter seinem glänzenden Pelz und die Bernsteinaugen leuchteten triumphierend.

»Tigerkralle!«, fauchte Feuerherz. Sein alter Feind – der Kater, der mehr als einmal versucht hatte, ihn zu töten – war jetzt eine der mächtigsten Katzen des Waldes.

Der Vollmond stand inzwischen hoch über dem Baumgeviert und ergoss sein kaltes Licht über die Katzen der vier Clans, die sich hier versammelt hatten. Sie alle hatte der Tod von Nachtstern, dem bisherigen Anführer des SchattenClans, tief getroffen. Aber keine Katze im Wald hätte damit gerechnet, dass Tigerkralle, der ehemalige Zweite Anführer des DonnerClans, dessen Nachfolge antreten würde.

Dunkelstreif, der sich an Feuerherz' Seite hielt, schien vor Schreck erstarrt, seine Augen blitzten. Feuerherz fragte sich, welche Gedanken dem Clangenossen mit dem schwarz-grauen Pelz durch den Kopf gingen. Als Tigerkralle aus dem DonnerClan verstoßen worden war, hatte der seinen alten Freund gefragt, ob er mit ihm gehen würde, was Dunkelstreif abgelehnt hatte. Bedauerte er diese Entscheidung jetzt?

Feuerherz entdeckte Sandsturm, die sich einen Weg durch die Menge zu ihm bahnte. »Was soll das?«, fauchte die hellbraune Kätzin, als sie in Hörweite angekommen war. »Tigerkralle kann den SchattenClan nicht anführen. Er ist ein Verräter!«

Mit pochendem Herzen überlegte Feuerherz. Kurz nach seiner Aufnahme in den DonnerClan hatte Feuerherz entdeckt, dass Tigerkralle den ehemaligen Zweiten Anführer, Rotschweif, ermordet hatte. Nachdem Tigerkralle dann selbst Zweiter Anführer geworden war, hatte er streunende Katzen angestiftet, das Lager des DonnerClans anzugreifen, um Blaustern, die Anführerin, zu ermorden. Tigerkralle hatte ihren Platz einnehmen wollen. Zur Strafe war er aus dem Clan und dem Wald verstoßen worden. Das war gewiss keine ruhmreiche Vergangenheit für den Anführer eines Clans.

»Im SchattenClan wissen sie aber von alldem nichts«, erinnerte Feuerherz Sandsturm jetzt mit leiser Stimme. »Keiner der anderen Clans weiß darüber Bescheid.«

»Dann solltest du ihnen davon erzählen!«

Feuerherz blickte zu Riesenstern und Streifenstern auf, den jeweiligen Anführern des Wind- und des FlussClans, die neben Tigerkralle auf dem Großfelsen standen. Würden sie ihm glauben, wenn er ihnen erzählte, was er wusste? Der SchattenClan hatte sehr unter Braunsterns blutrünstiger Führung gelitten, auf die eine entsetzliche Krankheit gefolgt war. Vermutlich interessierte sich niemand dafür, was ihr neuer Anführer getan hatte, solange er wieder einen mächtigen Clan aus ihnen machte.

Außerdem konnte Feuerherz ein heimliches, wenn auch schuldbewusstes Gefühl der Erleichterung nicht unterdrücken, dass Tigerkralle seine Machtgier nun in einem anderen

Clan gestillt hatte. Vielleicht brauchte der DonnerClan jetzt keine Angriffe mehr von ihm fürchten, und Feuerherz konnte wieder durch den Wald laufen, ohne ständig über die Schulter zu blicken.

Widersprüchliche Gefühle kämpften in ihm, denn er wusste, dass er es sich nie verzeihen würde, wenn er tatenlos zusah, wie Tigerkralle wieder an die Macht kam.

»Feuerherz!« Er drehte sich um und erblickte Wolkenpfote, seinen Schüler mit dem langen, weißen Pelz, der flink auf ihn zugetappt kam, dicht gefolgt von der drahtigen Kriegerin Mausefell. »Feuerherz, willst du hier bloß rumstehen und zulassen, dass dieser Haufen Fuchslosung alles an sich reißt?«

»Langsam, Wolkenpfote«, befahl Feuerherz. »Ich weiß, dass ich –«

Er brach ab, als er sah, wie Tigerkralle auf dem Großfelsen vortrat.

»Ich freue mich sehr, dass ich heute Nacht hier mit euch an dieser Versammlung teilnehmen darf.« Der große Tigerkater sprach mit würdevoller Gelassenheit. »Ich stehe hier vor euch als neuer Anführer des SchattenClans. Nachtstern starb an jener Krankheit, der so viele des Clans zum Opfer gefallen sind, und der SternenClan hat mich zu seinem Nachfolger ernannt.«

Riesenstern, der schwarz-weiße Anführer des WindClans, wandte sich ihm zu. »Willkommen, Tigerstern«, begrüßte er ihn respektvoll mit seinem neuen Namen. »SternenClan sei mit dir.«

Streifenstern miaute zustimmend, als der neue Schatten-Clan-Anführer dankend nickte.

»Es ist mir eine Ehre«, antwortete Tigerstern, »hier mit

euch zu stehen, auch wenn ich mir wünschte, die Umstände wären anders.«

»Einen Moment mal«, unterbrach ihn Riesenstern. »Wir müssten zu viert hier stehen.« Er spähte in die Katzenversammlung unter sich. »Wo ist die Anführerin des Donner-Clans?«

»Mach schon.« Feuerherz wurde von einer Katze angestupst und sah sich nach Weißpelz um, der sich zu den Kriegern des DonnerClans gesellt hatte. »Du nimmst Blausterns Platz ein, denk dran!«

Feuerherz nickte ihm zu, sprechen konnte er plötzlich nicht mehr. Er spannte seine Muskeln und setzte zum Sprung an. Einen Herzschlag später hangelte er sich auf das Plateau des Großfelsens, um seinen Platz neben den drei Anführern einzunehmen. Für einen Moment stockte ihm bei dem ungewohnten Ausblick der Atem. So hoch oben über der Senke sah er, wie die Muster aus Licht und Schatten auf den Katzen unter ihm wechselten, wenn der Mond durch die Zweige der vier massigen Eichen schien. Feuerherz erschauderte, als er die zahllosen, leuchtenden Augenpaare erblickte.

»Feuerherz?« Er sah auf, als Riesenstern ihn ansprach. »Warum stehst du hier? Ist Blaustern etwas zugestoßen?«

Feuerherz neigte respektvoll den Kopf. »Unsere Anführerin hat in dem Feuer Rauch eingeatmet, und es geht ihr noch nicht gut genug, um zu reisen. Sie wird sich aber erholen«, fügte er hastig hinzu. »Es ist nichts Ernstes.«

Riesenstern nickte und Streifenstern sagte unwirsch: »Können wir jetzt anfangen? Wir verschwenden Mondlicht.«

Ohne auf eine Antwort zu warten, signalisierte der hell getigerte Anführer des FlussClans mit einem Miauen den

Beginn des Treffens. Als das Gemurmel der Katzen am Boden verklungen war, miaute er: »Katzen aller Clans, willkommen zu der Versammlung. Heute haben wir einen neuen Anführer unter uns, Tigerstern.« Er deutete mit der Schwanzspitze auf den massigen Krieger. »Tigerstern, bist du jetzt bereit zu sprechen?«

Mit einem ehrfürchtigen Nicken dankte Tigerstern und trat vor, um sich der Katzenversammlung zuzuwenden. »Ich stehe hier vor euch nach dem Willen des SternenClans. Nachtstern war ein edler Krieger, aber er war alt, und er hatte nicht die Kraft, die Krankheit zu besiegen, als sie ihn ereilte. Sein Zweiter Anführer, Hellpelz, starb ebenfalls.«

Feuerherz spürte ein unangenehmes Kribbeln im Fell, als er das hörte. Clan-Anführer erhielten neun Leben, wenn sie sich aufmachten, um sich mit dem SternenClan am Mondstein auszutauschen, und Nachtstern war erst vor wenigen Blattwechseln Anführer geworden. Was war mit seinen neun Leben passiert? Hatte ihn die Krankheit so schlimm getroffen, dass sie ihm alle Leben nehmen konnte?

Unten in der Menge entdeckte Feuerherz Triefnase, den Heiler des SchattenClans, der mit gesenktem Kopf dasaß. Feuerherz konnte sein Gesicht nicht erkennen, aber die geduckte Haltung ließ darauf schließen, dass er trübseligen Gedanken nachhing. Sicher nahm es ihn sehr mit, dachte Feuerherz, dass seine ganze Kunst nicht ausgereicht hatte, seinen Anführer zu retten.

»Der SternenClan hat mich zum SchattenClan geführt, als die Not am größten war«, fuhr Tigerstern oben auf dem Großfelsen fort. »Zu wenige Katzen überlebten die Krankheit, um für die Königinnen und Ältesten zu jagen oder ihren Clan zu verteidigen, und keiner der Krieger war bereit, die Führung zu übernehmen. Darauf hat der SternenClan Triefnase ein Zeichen gesandt, dass ein anderer großer Anführer auftauchen würde. Ich schwöre bei all unseren Kriegervorfahren, dass ich dieser Anführer werden will.«

Aus dem Augenwinkel sah Feuerherz, dass Triefnase unruhig hin und her rutschte. Aus irgendeinem Grund wirkte er bei der Erwähnung der Weissagung noch betrübter.

Feuerherz erkannte plötzlich, dass seine eigene Aufgabe schwieriger geworden war. Wenn es eine Weissagung gegeben hatte, war es der SternenClan selbst gewesen, der Tigerstern zum neuen Anführer des SchattenClans erwählt hatte. Weder Feuerherz noch irgendeiner anderen Katze stand es zu, diese Entscheidung anzuzweifeln. Was konnte er jetzt noch sagen, ohne dass es wie ein Vorwurf gegen den Willen der großen Kriegervorfahren aussah?

»Dem SternenClan sei Dank«, fuhr Tigerstern fort, »dass ich Katzen mitbringen konnte, die bewiesen haben, dass sie bereitwillig für ihren neuen Clan jagen und kämpfen werden.«

Feuerherz wusste genau, welche Katzen Tigerstern meinte – die Streunerbande, die das Lager des DonnerClans angegriffen hatte! Eine sah er direkt unter dem Großfelsen sitzen, einen riesigen roten Kater, der den Schwanz um die Pfoten gelegt hatte. Als Feuerherz ihm zum letzten Mal begegnet war, hatte er mit Buntgesicht gekämpft, weil er in die Kinderstube des DonnerClans einbrechen wollte. Ironischerweise waren einige dieser streunenden Katzen im SchattenClan aufgewachsen und hatten den tyrannischen Anführer Braunstern unterstützt. Sie waren mit ihrem Anführer verjagt worden, als der DonnerClan dem unterdrückten Clan zu Hilfe geeilt war.

Riesenstern trat vor, mit skeptischem Blick. »Braunsterns Verbündete waren grausam und blutrünstig. Ist es wirklich klug, sie wieder in den Clan aufzunehmen?«

Feuerherz konnte Riesensterns Bedenken nachvollziehen, denn jene Katzen hatten den WindClan aus seinem Territorium verjagt und beinahe vernichtet. Er fragte sich, wie viele Krieger des SchattenClans so dachten wie er. Schließlich hatte Braunsterns eigener Clan kaum weniger unter dem Regiment seines mörderischen Anführers gelitten als der WindClan. Ihn überraschte, dass sie die Geächteten anscheinend einfach wieder aufgenommen hatten.

»Braunsterns Krieger sind ihm gefolgt«, antwortete Tigerstern ruhig. »Wer von euch würde das bei dem eigenen Anführer nicht tun? Nach dem Gesetz der Krieger duldet das Wort des Anführers keinen Widerspruch.« Er fuhr sich mit der Zunge über die Schnauze, bevor er fortfuhr. »Diese Katzen waren gegenüber Braunstern loyal. Jetzt werden sie mir ihre Loyalität beweisen. Schwarzfuß, der Braunsterns Zweiter Anführer war, wird jetzt auch mein Stellvertreter werden.«

Riesenstern sah immer noch skeptisch aus, aber Tigerstern hielt seinem Blick stand. »Riesenstern, deine Verachtung für Braunstern ist verständlich. Er hat deinem Clan großes Leid zugefügt. Darf ich dich aber erinnern, dass es nicht meine Entscheidung war, ihn im DonnerClan aufzunehmen und zu pflegen? Ich habe mich als Erster dagegen ausgesprochen, aber als Blaustern darauf bestand, ihm Zuflucht zu gewähren, verlangte die Treue zu meiner Anführerin, dass ich sie unterstützte.«

Der WindClan-Anführer zögerte, dann neigte er den Kopf. »Das ist wahr«, miaute er.

»Dann bitte ich dich nur um eines: Vertrau mir und gib meinen Kriegern eine Chance, zu beweisen, dass sie das Gesetz der Krieger achten und wieder loyale Mitglieder des SchattenClans werden. Der SternenClan helfe mir bei meiner wichtigsten Aufgabe, den SchattenClan wieder gesund und stark zu machen«, gelobte Tigerstern.

Wenn Tigerstern jetzt sein Ziel erreicht hat, dachte Feuerherz hoffnungsvoll, *kann er vielleicht wirklich ein großer Anführer werden.* Vielleicht hatten die Geächteten eine zweite Chance verdient. Vielleicht galt das auch für Tigerstern. Dennoch sträubte sich jedes einzelne Haar in seinem Pelz. Er wollte klarstellen, dass sich der DonnerClan nicht mehr täuschen ließ.

Tief in Gedanken versunken hätte Feuerherz beinahe das Ende von Tigersterns Ansprache an die Katzenversammlung verpasst.

»Feuerherz?«, miaute Riesenstern. »Willst du jetzt sprechen?«

Feuerherz schluckte nervös und trat vor. Der Fels unter seinen Pfoten fühlte sich kühl und glatt an. Unten konnte er Sandsturm und die anderen Katzen des DonnerClans sehen, die erwartungsvoll zu ihm aufblickten. Die Augen der gelben Kätzin leuchteten voller Bewunderung und gaben Feuerherz neue Kraft. Er würde nicht leugnen, dass vor Kurzem ein Feuer das Lager des DonnerClans verwüstet hatte, wollte aber auch nicht den Eindruck erwecken, als ob der Clan schwach wäre.

»Vor einigen Sonnenaufgängen brach ein Feuer am Baumsägeort aus und fiel über unser Lager her«, begann er seinen Bericht. Leopardenfell, die Zweite Anführerin des FlussClans, hörte aufmerksam zu. Als Feuerherz zu ihr hinübersah, senkte sie den Blick, als ob sie seine Worte sorgsam überdenken würde. Der FlussClan hatte dem DonnerClan geholfen, dem Feuer zu entkommen, und keine Katze wusste so gut wie Leopardenfell, wie angreifbar sie waren.

»Kurzschweif und Flickenpelz sind darin umgekommen, und der Clan trauert um sie. Und besonders trauern wir um Gelbzahn. Sie lief in das brennende Lager zurück, weil sie Kurzschweif retten wollte.« Feuerherz senkte den Kopf, als ihn die Erinnerung an die alte Heilerin zu überwältigen drohte. »Ich fand sie in ihrem Bau, und ich war bei ihr, als sie starb.«

In der lauschenden Katzenversammlung waren Klagelaute zu hören. Nicht nur der DonnerClan hatte Grund, Gelbzahns Tod zu betrauern. Feuerherz sah, dass Triefnase kerzengerade dasaß und mit kummervoll überschattetem Blick zum Sternenvlies aufsah. Er war ihr Schüler gewesen, in Gelbzahns Zeit als Heilerin des SchattenClans, bis Braunstern sie verbannte.

»Unsere neue Heilerin wird Rußpelz werden«, fuhr Feuerherz fort. »Blaustern hat zu viel Rauch eingeatmet, aber sie erholt sich. Keines unserer Jungen wurde verletzt. Wir sind dabei, unser Lager wieder aufzubauen.« Er ließ unerwähnt, dass es wegen des verbrannten Waldstücks zu wenig Beute gab und dass ihr Lager immer noch für Angreifer offen dalag, trotz ihrer Bemühungen, die Schutzwälle wieder aufzubauen. »Wir schulden dem FlussClan Dank«, fügte er mit einem respektvollen Blick auf Streifenstern hinzu. »Sie haben uns während des Feuers in ihrem Lager Zuflucht gewährt. Ohne ihre Hilfe wären vermutlich mehr von unseren Katzen zu Tode gekommen.«

Als Streifenstern seine Worte mit einem Nicken anerkannte, konnte Feuerherz nicht widerstehen, noch einen Blick nach unten auf Leopardenfell zu werfen. Die Augen der Kriegerin ruhten fest auf seinem Gesicht.

Nach einem tiefen Atemzug wandte sich Feuerherz an Tigerstern. »Der DonnerClan nimmt zur Kenntnis, dass unsere Kriegerahnen mit dir als Anführer einverstanden sind«, miaute er. »Dein Gefolge hat bei seinen Beutezügen durch den Wald alle vier Clans beraubt. Insofern ist es gut, dass sie jetzt wieder einen eigenen Clan haben. Wir vertrauen darauf, dass sie durch das Gesetz der Krieger gebunden sind und die Grenzen ihres Territoriums einhalten werden.« Er glaubte, ein überraschtes Aufblitzen in Tigersterns Augen zu entdecken, und fuhr mit fester Stimme fort: »Invasionen in das Gebiet des DonnerClans werden wir nicht tolerieren. Trotz des Feuers sind wir stark genug, jede Katze zu vertreiben, die ihre Pfoten über unsere Grenzen setzt. Wir fürchten den Schatten-Clan nicht.«

Der eine oder andere Krieger unten in der Menge miaute zustimmend. Tigerstern sah ihn an und antwortete mit einer leisen, rauen Stimme, die nicht weiter trug als bis zu den anderen Katzen auf dem Großfelsen: »Mutige Worte, Feuerherz. Ihr habt nichts zu befürchten vom SchattenClan.«

Feuerherz hätte ihm gern geglaubt. Mit respektvoll gesenktem Kopf trat er wieder zurück. Sein Fell hatte sich geglättet, nachdem er seine Ansprache hinter sich gebracht hatte, und so hörte er zu, was Riesenstern und Streifenstern aus ihren Clans Neues zu erzählen hatten – Berichte, wer zum Schüler oder Krieger ernannt worden war, und eine Warnung vor Zweibeinern am Fluss.

Als der formelle Teil der Versammlung vorüber war, sprang Feuerherz zu der Gruppe der Krieger am Fuß des Felsens hinunter.

»Du hast gut gesprochen«, miaute Weißpelz. Sandsturm sah Feuerherz mit leuchtenden Augen an und presste ihre Schnauze an seinen Hals.

Feuerherz leckte ihr kurz über die Wange. »Wir müssen gehen«, miaute er. »Verabschiede dich, und falls irgendeine Katze fragt, sag ihnen, dass es dem DonnerClan bestens geht.«

Überall auf der Lichtung gingen Katzengruppen auseinander, als sich die vier Clans auf den Heimweg machten. Feuerherz sah sich nach seinen restlichen Kriegern um. Er entdeckte eine vertraute blaugraue Gestalt und sprang über die Senke zu ihr hin.

»Hallo, Nebelfuß«, miaute er. »Wie geht es dir? Was macht Graustreif? Ich habe ihn heute gar nicht hier gesehen.«

Graustreif war Feuerherz' bester Freund und zur selben Zeit wie er im DonnerClan Schüler gewesen. Aber dann hatte sich Graustreif in Silberfluss verliebt, eine junge Kriegerin des FlussClans. Als Silberfluss bei der Geburt ihrer und Graustreifs Jungen gestorben war, hatte Graustreif seinen Clan verlassen, um die Jungen im FlussClan großzuziehen. Und obwohl viele Blattwechsel vergangen waren, vermisste ihn Feuerherz noch immer.

»Graustreif ist nicht mitgekommen.« Die FlussClan-Königin setzte sich und legte den Schwanz sorgsam um die Pfoten. »Leopardenfell hat es ihm nicht erlaubt. Sie war wütend über sein Verhalten während des Feuers. Sie meinte, im Herzen gelte seine Loyalität noch immer dem DonnerClan.«

Feuerherz musste zugeben, dass Leopardenfell möglicherweise recht hatte. Graustreif hatte Blaustern bereits gefragt, ob er zurückkommen dürfe, aber sie hatte Nein gesagt. »Und wie geht es ihm?«, fragte Feuerherz noch einmal.

»Es geht ihm gut«, miaute Nebelfuß. »Und seinen Jungen auch. Er hat mich gebeten, für ihn in Erfahrung zu bringen, wie ihr das Feuer überstanden habt. Blaustern ist doch nicht ernsthaft krank, oder?«

»Nein, es wird ihr bald besser gehen.« Feuerherz bemühte sich, zuversichtlich zu klingen. Es stimmte, dass sich Blaustern von den Folgen der Rauchvergiftung erholte, aber seit einigen Monden wirkte die Anführerin des DonnerClans bedrückt. Sie hatte begonnen, an ihrer eigenen Urteilskraft zu zweifeln und stellte sogar die Loyalität ihrer Krieger infrage. Tigerkralles Verrat hatte sie bis ins Mark erschüttert, und Feuerherz fragte sich, wie sie wohl auf die Nachricht reagieren würde, dass der Zweite Anführer, den sie verbannt hatte, jetzt den Schatten-Clan anführte.

»Freut mich, dass es ihr besser geht.« Nebelfuß' Miauen riss ihn aus seinen Gedanken.

Feuerherz' Ohren zuckten. »Wie geht es Streifenstern?«, fragte er, um das Thema zu wechseln. Der Anführer hatte gebrechlich ausgesehen, als der DonnerClan in seinem Lager Schutz gefunden hatte. Und heute sah er neben Tigerstern noch älter aus, als Feuerherz ihn in Erinnerung hatte. Aber das war vielleicht nicht verwunderlich. Hochwasser hatte die Katzen des FlussClans aus ihrem Lager vertrieben, dann war die Beute knapp geworden, weil Zweibeinermüll den Fluss vergiftet hatte. Zu allem Überfluss war Graustreifs geliebte Silberfluss Streifensterns Tochter gewesen und ihr Tod hatte ihm großen Kummer bereitet.

»Es geht ihm nicht schlecht«, miaute Nebelfuß. »Er hat in letzter Zeit viel durchgemacht. Viel mehr Sorgen mache ich mir um Grauteich«, fügte sie hinzu und meinte damit die Kätzin, die sie von Kindheit an aufgezogen hatte. »Sie kommt mir inzwischen so alt vor. Ich fürchte, sie wird bald zum SternenClan gehen.«

Feuerherz hätte der jungen Königin gern mitfühlend über das Gesicht geleckt, wusste aber nicht genau, ob die FlussClan-Kätzin einen solchen Trost vom Mitglied eines anderen Clans annehmen würde. Feuerherz war neben Grauteich der Einzige, der wusste, dass die gebrechliche FlussClan-Älteste nicht die richtige Mutter von Nebelfuß und ihrem Bruder Steinfell war. Ihr Vater, Eichenherz, hatte sie dem FlussClan gebracht, als sie winzige Junge waren, und Grauteich hatte sich bereit erklärt, für sie zu sorgen. Die richtige Mutter war Blaustern, die Anführerin des DonnerClans.

Als Feuerherz mitfühlend schnurrte und sich von Nebelfuß verabschiedete, wurde er das Gefühl nicht los, dass Blausterns Geheimnis die beiden Clans immer noch in Schwierigkeiten bringen konnte.

2. KAPITEL

DAS ERSTE LICHT der Dämmerung zeigte sich am blassen Himmel, als Feuerherz und seine Krieger ins Lager des DonnerClans zurückkehrten. Obwohl Feuerherz wusste, wie er es vorfinden würde, erschrak er noch immer, wenn er oben auf dem Kamm angekommen war und auf die Verwüstungen hinabblickte. Ginster und Farne waren vollständig heruntergebrannt. Der nackte Erdboden des Lagers lag ungeschützt da, umringt von den Überresten des Schutzwalls aus Dornengestrüpp, den an verschiedenen Stellen Zweige verstärkten, wo die Clan-Katzen mit der Reparatur begonnen hatten.

»Wird es je wieder so sein wie früher?«, miaute Sandsturm, als sie an seiner Seite stehen blieb.

Eine Woge der Erschöpfung überkam Feuerherz, als er daran dachte, wie viel Zeit und Mühe es kosten würde, bis das Lager wieder vollständig aufgebaut war. »Eines Tages bestimmt«, versprach er. »Wir haben schon andere harte Zeiten überstanden. Wir werden überleben.« Er presste seine Schnauze gegen Sandsturms Flanke und ließ sich von ihrem zuversichtlichen Schnurren trösten, bevor er als Erster die Schlucht hinabstieg.

Der Busch, unter dem die Krieger schliefen, existierte noch, aber sein dichtes Dach aus Zweigen war verkohlt. Nur wenige dürre Äste hatten überlebt, die mit kleinen Zweigen verstärkt worden waren. Borkenpelz schritt vor dem Lager der Ältesten auf und ab.

Farnpelz sprang auf die Pfoten, als Feuerherz mit den anderen auftauchte, entspannte sich aber sofort wieder. »Du bist es«, miaute er erleichtert. »Wir hatten die ganze Nacht mit Tigerkralle gerechnet.«

»Nun, ihr braucht euch keine Sorgen mehr zu machen«, miaute Feuerherz. »Er hat zu viel zu tun, um sich mit uns zu befassen. Tiger*stern* ist der neue Anführer des Schatten-Clans.«

Farnpelz starrte ihn entsetzt an. »Heiliger SternenClan!«, stieß er ungläubig hervor. »Das kann doch nicht wahr sein!«

»*Was* hast du gesagt?« Feuerherz wandte sich um und sah Langschweif über die Lichtung springen. »Habe ich richtig gehört?«

»Es stimmt.« Feuerherz sah das blanke Entsetzen im Gesicht des getigerten Kriegers. »Tigerstern hat die Führung des SchattenClans übernommen.«

»Und das haben sie zugelassen?«, miaute Langschweif. »Sind die verrückt?«

»Kein bisschen verrückt«, antwortete Weißpelz, der jetzt Seite an Seite neben Feuerherz stand. Der betagte Krieger kratzte die blanke Erde auf und ließ sich mit einem erschöpften Seufzer nieder. Sein dichtes Fell war nach der weiten Wanderung durch den Wald rußverklebt. »Die Krankheit hat die Katzen des SchattenClans fast ausgerottet. Sie sehnen sich nach einem starken Anführer. Tigerstern muss ihnen wie ein Geschenk des SternenClans vorgekommen sein.«

»Es sieht sogar so aus, als ob sich genau das zugetragen

hat«, bestätigte Feuerherz schwermütig. »Offensichtlich hat der SternenClan Triefnase eine Botschaft gesandt, dass ein großer Anführer erscheinen werde.«

»Aber Tigerstern ist ein Verräter!«, protestierte Farnpelz.

»Der SchattenClan weiß davon nichts«, gab Feuerherz zu bedenken.

Inzwischen gesellten sich weitere Katzen zu ihnen. Maispfote und Wieselpfote kamen aus dem Lager der Schüler angerannt; Borkenpelz kam mit Dunkelstreifs Schülerin, Rauchpfote, angetrabt; Fleckenschweif spähte neugierig aus dem Eingang der Kinderstube. Sie bestürmten Feuerherz so sehr mit ihren Fragen, dass er seine Stimme erheben musste, um sich Gehör zu verschaffen.

»Hört mir alle zu«, miaute er. »Es gibt etwas, das ihr wissen solltet.« *Außerdem muss ich Blaustern informieren*, fügte er im Stillen hinzu und wappnete sich für die Begegnung. »Weißpelz wird es euch erzählen«, fuhr er fort, »und dann will ich eine Morgenpatrouille.« Er zögerte, während er sich in der Katzenversammlung umsah. Die Krieger waren alle erschöpft: Wer nicht an der Versammlung teilgenommen hatte, war zur Bewachung des Lagers wach geblieben.

Bevor Feuerherz eine Entscheidung treffen konnte, meldete sich Borkenpelz zu Wort: »Aschenpfote und ich werden das übernehmen.«

Feuerherz senkte dankbar den Kopf. Der dunkelbraune Krieger war ihm nie wohlgesonnen gewesen, aber er war eine loyale Katze des DonnerClans und schien Feuerherz' Autorität als Zweiter Anführer zu akzeptieren.

»Ich komme auch mit«, bot sich Mausefell an.

»Und ich«, miaute Wolkenpfote.

Feuerherz schnurrte wohlwollend bei den Worten seines Schülers. Er freute sich, dass sich der Sohn seiner Schwester seit seiner Befreiung aus dem Zweibeinernest mehr engagierte und besser an das Leben im Clan anpasste. Zweibeiner hatten den weißen Kater entführt und eingesperrt und nur durch einen glücklichen Zufall hatte Feuerherz seinen Neffen wiedergefunden und befreien können. »Borkenpelz, Mausefell, Wolkenpfote und Aschenpfote also«, miaute er. »Die Übrigen legen sich schlafen. Später brauchen wir Jagdpatrouillen.«

»Was ist mit dir?«, fragte Dunkelstreif.

Feuerherz holte tief Luft. »Ich werde mit Blaustern reden.«

Der Vorhang aus Flechten vor dem Eingang zu Blausterns Lager am Fuß des Hochsteins war niedergebrannt. Als Feuerherz näher trat, tauchte Rußpelz, die Heilerin des DonnerClans, auf der Lichtung auf und hielt inne, um sich zu strecken. Ihr dunkelgraues Fell war zerzaust und sie sah erschöpft aus von der anstrengenden Pflege des Clans nach dem Feuer. Doch in ihren blauen Augen leuchtete noch immer ein wacher Geist. Feuerherz musste an die Zeit denken, als sie seine ehrgeizige Schülerin gewesen war. Bis sie am Donnerweg verunglückte, weil Tigerkralle Blaustern in eine Falle locken wollte. Die junge Kätzin hatte sich eine bleibende Verletzung an einem Bein zugezogen, weshalb sie nie Kriegerin werden konnte. Aber dem Clan hatte sie stets die Treue gehalten.

Feuerherz trat zu ihr. »Wie geht es Blaustern heute?«, fragte er leise.

Rußpelz warf einen besorgten Blick auf den Bau hinter ihr. »Sie hat letzte Nacht nicht geschlafen«, antwortete sie. »Ich habe ihr Wacholderbeeren zur Beruhigung gegeben, weiß aber nicht, ob sie überhaupt helfen.«

»Ich muss ihr berichten, was sich auf der Versammlung zugetragen hat«, miaute Feuerherz. »Und es wird ihr nicht gefallen.«

Rußpelz sah ihn fragend an. »Warum nicht?«

So knapp wie möglich setzte Feuerherz sie ins Bild.

Stumm vor Entsetzen und mit weit aufgerissenen Augen hörte Rußpelz zu. »Was wirst du tun?«, fragte sie, als Feuerherz geendet hatte.

»Viel kann ich nicht tun. Außerdem ist die Sache vielleicht gar nicht schlecht für den DonnerClan. Tigerstern hat jetzt, was er will, und mit ein bisschen Glück ist er viel zu sehr damit beschäftigt, seinen neuen Clan aufzubauen, um uns zu belästigen.« Als er Rußpelz' ungläubigen Blick bemerkte, fügte er hastig hinzu: »Wen sie zu ihrem Anführer machen, ist Sache des SchattenClans. Wir werden unsere Grenzen im Auge behalten müssen, ich glaube aber nicht, dass Tigerstern eine große Bedrohung sein wird, wenigstens vorerst nicht. Größere Sorgen macht mir, wie Blaustern die Nachricht aufnehmen wird.«

»Sie wird einen Rückfall erleiden«, miaute Rußpelz ängstlich. »Ich kann nur hoffen, dass ich die richtigen Kräuter finde, um ihr zu helfen. Ich wünschte, Gelbzahn wäre hier.«

»Ich weiß.« Feuerherz presste sich tröstend an Rußpelz' Flanke. »Aber du wirst es schaffen. Du bist eine hervorragende Heilerin.«

»Das ist es aber gar nicht.« Rußpelz senkte die Stimme zu einem bekümmerten Flüstern. »Sie fehlt mir so sehr, Feuerherz! Immer wieder höre ich sie, wie sie mir erklärt, dass ich nicht mehr Verstand habe als ein neugeborenes Junges – wenn sie mich mal gelobt hat, wusste ich wenigstens, dass sie es auch so meinte. Ich brauche *sie,* Feuerherz – um sie zu riechen und ihr Fell zu spüren und ihre Stimme zu hören.«

»Ich weiß«, murmelte Feuerherz. Er spürte die Leere in seinem Inneren, als ihn die Erinnerung an die alte Kätzin überwältigte. Er hatte Gelbzahn sehr nahegestanden, seit er sie gefunden hatte, damals, als sie im Gebiet des DonnerClans wie eine Einzelgängerin gelebt hatte. »Aber jetzt jagt sie mit dem SternenClan.«

Und vielleicht hat sie endlich ihren Frieden gefunden, dachte er und erinnerte sich an den Schmerz in Gelbzahns Stimme, als sie im Sterben lag und an ihren Sohn Braunschweif dachte, den mordlüsternen Kater, den sie nie aufgehört hatte zu lieben, obwohl er nicht einmal wusste, dass sie seine Mutter war. Am Ende hatte sie ihn getötet, um ihren Clan vor seinen blutrünstigen Taten zu schützen. Für Gelbzahn hatte die Pein nun ein Ende, aber Feuerherz konnte sich nicht vorstellen, dass er je aufhören würde, sie zu vermissen.

»Du gehst doch bald zu den Hochfelsen, nicht wahr?«, erinnerte er Rußpelz. »Um dich mit den anderen Heilerkatzen zu treffen? Ich glaube, dort wirst du dich Gelbzahn sehr nahe fühlen.«

»Vielleicht hast du recht.« Rußpelz stieß sich von ihm ab. »Willst du wissen, was Gelbzahn sagen würde, wenn sie jetzt hier wäre«, miaute sie. »›Warum stehst du hier herum und jammerst, statt deine Arbeit zu erledigen?‹ Geh du zu Blaustern und sprich mit ihr. Ich werde dann etwas später noch einmal nach ihr sehen.«

»Wenn du dir sicher bist, dass du zurechtkommst«, miaute Feuerherz.

»Mach dir keine Sorgen.« Rußpelz leckte ihm kurz über

das Ohr. »Du musst für sie stark sein, Feuerherz«, sagte sie eindringlich. »Sie braucht dich mehr denn je.«

Feuerherz sah der Heilerin nach, als sie schnell davonhumpelte, dann wandte er sich Blausterns Bau zu. Nachdem er tief Luft geholt hatte, rief er eine Begrüßung und trat durch den Spalt.

Blaustern kauerte auf Blättern und Zweigen, die im hinteren Teil der Höhle aufgehäuft lagen, die Vorderpfoten hatte sie untergeschlagen. Sie hielt den Kopf erhoben, ihre Augen sahen Feuerherz aber nicht. Ihr Blick war leer, fixiert auf einen Punkt in weiter Ferne, den nur sie erkennen konnte. Ihr Fell war stumpf und ungeputzt, und sie war so dünn, dass Feuerherz ihre Rippen zählen konnte. Sein Herz zog sich zusammen, voller Mitgefühl und aus Angst um den Clan. Ihre Anführerin hatte sich in eine alte, kranke Katze verwandelt, gebrochen vor Kummer und unfähig, sich selbst zu verteidigen, ganz zu schweigen von ihrem Clan.

»Blaustern?«, miaute Feuerherz zögernd.

Zunächst dachte er, Blaustern hätte ihn gar nicht gehört. Dann, als er tiefer in die Höhle tappte, wandte sie den Kopf. Ihre trüben Augen fixierten ihn, und einen Herzschlag lang sah sie verwirrt aus, als ob sie sich nicht erinnern könnte, wer er war.

Dann stellte sie die Ohren auf, und mit dem Erkennen trat Klarheit in ihren Blick. »Feuerherz? Was willst du?«

Feuerherz neigte respektvoll den Kopf. »Ich komme gerade von der Versammlung, Blaustern. Ich fürchte, es gibt schlechte Nachrichten.« Er hielt inne.

»Nun?« Blaustern hörte sich verwirrt an. »Was ist geschehen?«

»Der SchattenClan hat einen neuen Anführer«, miaute Feuerherz. »Es ist Tigerkralle – jetzt Tigerstern.«

Im selben Moment sprang Blaustern auf. In ihren Augen funkelte kaltes Feuer, und Feuerherz zuckte zusammen, als er das Bild der eindrucksvollen Katze von einst wieder vor sich sah. »Das kann nicht sein!«, fauchte sie.

»Doch, es ist wahr. Ich habe es selbst gesehen. Er hielt eine Ansprache vom Großfelsen, mit den anderen Anführern zusammen.«

Einen Moment lang antwortete Blaustern nicht. Sie schritt in ihrer Höhle auf und ab, ihr Schwanz peitschte hin und her. Feuerherz zog sich zum Eingang zurück, aus Furcht, Blaustern könnte ihn angreifen, weil er die schrecklichen Nachrichten überbracht hatte.

»Wie kann der SchattenClan wagen, so etwas zu tun?«, fauchte sie schließlich. »Wie können sie es wagen, die Katze aufzunehmen, die versucht hat, mich umzubringen – und sie zu ihrem Anführer machen!«

»Blaustern, sie wissen nicht –«, hob Feuerherz an, aber die Anführerin des DonnerClans hörte ihm nicht zu.

»Und die anderen Anführer?«, fragte sie. »Was denken die sich? Wie konnten sie das zulassen?«

»Keine Katze weiß, was Tigerstern dem DonnerClan angetan hat.« Feuerherz gab sich alle Mühe, Blaustern dazu zu bewegen, dass sie logisch dachte. »Streifenstern hat nicht viel dazu gesagt, während Riesenstern zunächst nicht glücklich schien, dass Tigerstern Braunschweifs alte Kumpane zum Clan zurückgeführt hat.«

»Riesenstern!«, fauchte Blaustern. »Wir sollten inzwischen wissen, dass wir ihm nicht trauen können. Schließlich hat er

35

ziemlich schnell vergessen, was wir für seinen Clan getan haben, dass ihr, du und Graustreif, euer Leben riskiert habt, um sie zu finden und heimzubringen.«

Feuerherz wollte protestieren, aber Blaustern ignorierte ihn. »Der SternenClan hat mich verlassen!«, fuhr sie fort, immer noch wütend auf und ab schreitend. »Sie sagten mir, Feuer würde den Clan retten, dabei hat Feuer uns fast zerstört. Wie soll ich je wieder an den SternenClan glauben – vor allem jetzt? Sie verleihen diesem Verräter die neun Leben eines Anführers. Um mich und den DonnerClan scheren sie sich überhaupt nicht!«

Feuerherz zuckte zusammen. »Blaustern, hör mir zu –«

»Nein, Feuerherz, du hörst mir zu.« Blaustern trat näher. Ihr Fell sträubte sich und die Zähne hatte sie wütend gebleckt. »Der DonnerClan ist verflucht. Tigerstern wird den SchattenClan anführen, um uns alle zu zerstören – und vom SternenClan haben wir keine Hilfe zu erwarten.«

»Tigerstern wirkte nicht feindselig.« Feuerherz bemühte sich verzweifelt, zu seiner Anführerin durchzudringen. »In seiner Ansprache schien ihn nichts weiter zu interessieren als die Führung seines neuen Clans.«

Blaustern gab ein bitteres Lachen von sich. »Wenn du das glaubst, Feuerherz, dann bist du ein Narr. Tigerstern wird hier auftauchen, noch vor der Zeit der Blattleere. Merk dir meine Worte. Aber wir werden auf ihn vorbereitet sein. Wenn wir alle sterben müssen, dann werden vom SchattenClan einige mit uns gehen.«

Wieder fing sie an, energisch auf und ab zu schreiten, während Feuerherz entsetzt danebenstand.

»Verdopple die Patrouillen«, befahl sie. »Stell eine Wache

vor dem Lager auf. Schick Katzen aus, um die Grenze zum SchattenClan zu bewachen.«

»Wir haben für all das nicht genügend Krieger«, wandte Feuerherz ein. »Alle Katzen sind erschöpft vom Wiederaufbau des Lagers. Wir schaffen nicht mehr als die regulären Patrouillen.«

»Willst du meine Befehle infrage stellen?« Blaustern fuhr herum und baute sich mit drohend zurückgezogenen Lefzen vor ihm auf. Misstrauisch kniff sie die Augen zusammen. »Oder willst du mich auch verraten?«

»Nein, Blaustern, nein! Du kannst dich auf mich verlassen.« Feuerherz wappnete sich, um notfalls Blausterns ausgefahrene Krallen abzuwehren.

Plötzlich entspannte sich die alte Anführerin. »Ich weiß, Feuerherz. Du hast mir stets die Treue gehalten, nicht wie all die anderen.« Von ihrem heftigen Wutausbruch erschöpft, schleppte sie sich zu ihrem Lager zurück.

»Schick die Patrouillen hinaus«, ordnete sie an und ließ sich in die weiche Streu aus Moos und Heide sinken. »Tu es jetzt, bevor der SternenClan uns alle den Krähen zum Fraß vorwirft.«

»Ja, Blaustern.« Feuerherz sah, dass es keinen Sinn hatte, weiter zu widersprechen. Er neigte den Kopf und zog sich aus der Höhle zurück. Blausterns Blick fixierte erneut einen unsichtbaren Punkt. Feuerherz fragte sich, ob sie in die Zukunft blickte, wo sie die Zerstörung ihres Clans mit ansehen musste.

3. KAPITEL

FEUERHERZ SCHLUG die Augen auf und blinzelte gegen das unangenehm helle Sonnenlicht. Er konnte sich immer noch nicht daran gewöhnen, dass die Sonne jetzt, nachdem es kein Blätterdach mehr gab, direkt in den Bau der Krieger schien. Gähnend streckte er seine Glieder und schüttelte sich die Moosfetzen aus dem Fell.

Sandsturm dicht neben ihm schlief noch. Borkenpelz und Dunkelstreif lagen zusammengerollt etwas weiter weg. Feuerherz tappte auf die Lichtung hinaus. Drei Tage waren seit der Versammlung mit Tigersterns Auftritt als Anführer des SchattenClans vergangen, aber bis jetzt deutete nichts auf jenen Angriff hin, den Blaustern befürchtet hatte. Der DonnerClan hatte die Zeit genutzt, um das Lager weiter herzurichten, und obwohl noch immer ein langer Weg vor ihnen lag, bemerkte Feuerherz mit einem Gefühl der Erleichterung, dass an den Grenzen des Lagers wieder eine schattige Farnhecke zu wachsen begann und die Brombeerranken ein festes Dickicht bildeten, um die Königinnen mit ihren Jungen zu schützen.

Als sich Feuerherz auf den Weg zum Haufen mit der Frischbeute machte, sah er die Morgenpatrouille mit Weißpelz an der Spitze zurückkehren. Feuerherz hielt inne und wartete, bis sich der weiße Krieger zu ihm gesellte.

»Irgendwelche Spuren des SchattenClans?«

Weißpelz schüttelte den Kopf. »Nichts«, miaute er. »Nur die üblichen Markierungen entlang der Grenze. Allerdings war da eine Sache …«

Feuerherz spitzte die Ohren. »Was?«

»Nicht weit von den Schlangenfelsen fanden wir eine ganze Strecke mit niedergetrampeltem Gestrüpp, auf dem überall Taubenfedern verstreut lagen.«

»Taubenfedern?«, wiederholte Feuerherz. »Ich habe seit Tagen keine Tauben gesehen. Jagt irgendein anderer Clan in unserem Territorium?«

»Ich glaube nicht. Es roch überall nach Hund.« Weißpelz rümpfte angewidert die Nase. »Es gab auch Hundekot.«

»Ach so, ein Hund.« Feuerherz schlug verächtlich mit dem Schwanz. »Nun, wir wissen doch, dass die Zweibeiner immer ihre Hunde in den Wald mitbringen. Sie rennen herum, jagen ein paar Eichhörnchen, und dann nehmen die Zweibeiner sie wieder mit nach Hause.« Er schnurrte belustigt. »Ungewöhnlich ist nur, dass dieser hier anscheinend etwas erlegt hat.«

Zu seiner Überraschung machte Weißpelz immer noch ein besorgtes Gesicht. »Trotzdem finde ich, du solltest die Patrouillen anweisen, die Augen offen zu halten«, miaute er.

»In Ordnung.« Feuerherz respektierte den alten Krieger zu sehr, um seinen Rat zu ignorieren, aber insgeheim glaubte er, dass der Hund inzwischen weit weg war, irgendwo bei seinem Zweibeiner eingesperrt. Hunde waren laut und lästig, und er hatte wichtigere Dinge im Kopf, um die er sich kümmern musste.

Er wurde an seine Sorgen wegen der Beuteknappheit erinnert, als er Weißpelz zum Frischbeutehaufen folgte. Maispfote, Weißpelz' Schülerin, und Wolkenpfote, der Rest der Patrouille, waren bereits da.

»Sieh dir das an!«, beschwerte sich Wolkenpfote bei Feuerherz. Er drehte mit einer Pfote eine Wühlmaus um. »Da ist nicht mal ein anständiger Bissen dran!«

»Beute ist knapp«, erinnerte ihn Feuerherz, der sah, dass nur wenige frische Stücke auf dem Haufen lagen. »Alle Tiere, die das Feuer überlebt haben, finden nicht genug zu fressen.«

»Wir müssen wieder jagen gehen«, miaute Wolkenpfote. Er biss in die Maus und schluckte.

»Ich mache mich gleich auf den Weg, wenn ich hiermit fertig bin. Du kannst mich begleiten«, miaute Feuerherz und nahm sich eine Elster. »Ich werde später die Patrouille anführen.«

»Nein, so lange kann ich nicht warten«, murmelte Wolkenpfote kauend. »Ich bin so hungrig, dass ich dich fressen könnte. Maispfote, kommst du mit mir?«

Maispfote, die sittsam an einer Maus knabberte, bat ihren Mentor mit einem Blick um Erlaubnis. Als Weißpelz nickte, sprang sie auf. »Ich bin fertig, können wir gehen?«, miaute sie.

»Also gut«, sagte Feuerherz. Er war leicht verärgert, weil Wolkenpfote seinen Mentor nicht um Erlaubnis gebeten hatte, wie es Maispfote getan hatte. Der Clan brauchte jedoch Frischbeute und die beiden Schüler waren gute Jäger. »Entfernt euch nicht zu weit vom Lager«, warnte er.

»Die beste Beute ist aber weiter weg, wo das Feuer nicht gewesen ist«, wandte Wolkenpfote ein. »Wir passen schon auf, Feuerherz«, versprach er. »Zuerst jagen wir für die Ältesten.«

In einem riesigen Happen schluckte er den Rest seiner Wühlmaus hinunter und stürzte auf den Ausgang des Lagers zu, Maispfote rannte hinter ihm her.

»Haltet euch vom Zweibeinerort fern!«, rief Feuerherz ihnen nach, als ihm einfiel, dass Wolkenpfote den Zweibeinern früher nur allzu gern einen Besuch abgestattet hatte. Der Schüler hatte einen hohen Preis dafür bezahlt, als ihn die Zweibeiner weit weg in ihr Nest am anderen Ende des WindClan-Territoriums verschleppten. Die Zeit der Blattgrüne neigte sich dem Ende entgegen, und mit der Aussicht auf hungrige Zeiten in der Blattleere hoffte Feuerherz, dass sein Schüler nicht in Versuchung kam, alte Pfade einzuschlagen.

»Kinder!«, schnurrte Weißpelz, als er den beiden jungen, hüpfenden Katzen nachblickte. »Erst die Morgenpatrouille, und jetzt sind sie schon wieder auf der Jagd. Ich wünschte, ich hätte ihre Energie.« Er schleppte eine Amsel ein Stück vom Frischbeutehaufen weg und kauerte sich hin, um zu fressen.

Als Feuerherz seine Elster aufgefressen hatte, sah er Sandsturm vom Lager der Krieger auf sie zutappen. Die Sonne schien auf ihren hellen Pelz, und Feuerherz betrachtete bewundernd, wie sich ihr Fell in Wellen bewegte, wenn sie lief. »Willst du mit mir jagen gehen?«, fragte er, als sie nahe genug war.

»Sieht so aus, als ob wir's gebrauchen könnten«, antwortete Sandsturm mit einem Blick auf die wenigen kümmerlichen Beutestücke, die noch übrig waren. »Gehen wir gleich – ich kann mit dem Fressen warten, bis wir etwas erlegt haben.«

Feuerherz sah sich nach weiteren Katzen um, die sie begleiten könnten, und bemerkte Langschweif auf dem Weg zum Lager der Schüler, der nach Wieselpfote rief. »Hallo, Langschweif!«, miaute er, als die beiden über die Lichtung gelaufen kamen. »Kommt mit unserer Patrouille auf die Jagd.«

Langschweif zögerte. Er schien nicht zu wissen, ob dies ein Befehl seines Zweiten Anführers war oder nicht. »Wir waren auf dem Weg zur Trainingskuhle«, erklärte er. »Wieselpfote muss seine Verteidigungsstrategie verbessern.«

»Das könnt ihr später auch noch.« Diesmal machte Feuerherz deutlich, dass es sich hier um einen Befehl handelte. »Der Clan braucht zuerst Frischbeute.«

Langschweif zuckte nervös mit dem Schwanz, sagte aber nichts. Wieselpfote sah ziemlich begeistert aus, seine Augen leuchteten. Feuerherz fiel auf, dass der junge schwarz-weiße Kater inzwischen fast so groß wie sein Mentor war. Er war der Älteste unter den Schülern und konnte damit rechnen, dass man ihn bald zum Krieger ernennen würde.

Ich muss mit Blaustern über seine Ernennungszeremonie sprechen, dachte Feuerherz. *Und die von Wolkenpfote und Maispfote und Dornenpfote. Der Clan braucht mehr Krieger.*

Feuerherz gönnte Weißpelz seine wohlverdiente Pause und führte seine Jagdgesellschaft aus dem Lager die Schlucht hinauf. Oben angekommen schlug er den Weg zu den Sonnenfelsen ein. In dem Bemühen, Blausterns Befehle auszuführen und die Patrouillen zu verdoppeln, hatte er alle Jagdgruppen auch für die Grenzbewachung eingeteilt, wo sie auf Markierungen anderer Clans oder irgendwelche Anzeichen feindlicher Überfälle achten sollten. Insbesondere hatte er ihnen aufgetragen, die Grenze zum SchattenClan sorgsam im Auge zu behalten. Insgeheim hatte er beschlossen, auch den FlussClan nicht zu vergessen.

Er hatte ein ungutes Gefühl, wenn er an das Verhältnis

zwischen FlussClan und DonnerClan dachte. Je älter Streifenstern wurde, desto mehr Autorität fiel der Stellvertreterin Leopardenfell zu, und Feuerherz wartete immer noch darauf, dass sie für die Hilfe des FlussClans in der Nacht des Feuers etwas fordern würde.

Als Feuerherz den Weg zum Fluss anführte, bemerkte er, dass sich Pflanzen ihren Weg durch die geschwärzte Erde bahnten. Junge Farne rollten ihre grünen Wedel aus, um die Erde zu bedecken. Der Wald erholte sich allmählich, aber mit Eintreffen des Blattfalls würden sie ihr Wachstum verlangsamen. Feuerherz fürchtete, dass seinem Clan eine kalte und schutzlose Blattleere bevorstand.

Als sie bei den Sonnenfelsen angekommen waren, führte Langschweif Wieselpfote in eine der Rinnen zwischen den Felsen. »Hier kannst du üben, auf Mäuse und Wühler zu lauschen«, erklärte er seinem Schüler. »Wir wollen mal sehen, ob du vor uns anderen etwas fängst.«

Feuerherz sah ihnen anerkennend nach. Der helle, getigerte Krieger war ein gewissenhafter Mentor, und zwischen ihm und Wieselpfote war eine starke Bindung gewachsen.

Feuerherz umrundete die Felsen an der Uferseite, wo mehr Gras und Bodendecker überlebt hatten. Er musste nicht lange warten, bis er eine Maus entdeckte, die zwischen einigen dürren Grashalmen wuselte. Als sie sich aufsetzte, um an einem Samenkorn zwischen den Vorderpfoten zu knabbern, sprang Feuerherz und bereitete ihr ein rasches Ende.

»Saubere Arbeit«, murmelte Sandsturm, die an seine Seite tappte.

»Willst du sie haben?«, fragte Feuerherz und schob ihr die Frischbeute mit einer Pfote zu. »Du hast noch nichts gefressen.«

»Nein, danke«, miaute Sandsturm spitz. »Ich kann mir selbst etwas jagen.«

Sie glitt in den Schatten eines Haselstrauchs. Feuerherz sah ihr nach, fragte sich, womit er sie gekränkt haben könnte, und kratzte dann Erde über seine Beute, um sie später einzusammeln.

»Bei der musst du dich in Acht nehmen«, miaute eine Stimme hinter ihm. »Sie wird dir mit ihren Krallen die Ohren abreißen, wenn du nicht aufpasst.«

Feuerherz wirbelte herum. Sein alter Freund Graustreif stand an der Grenze zum FlussClan, etwas weiter unten an der Böschung zum Fluss. Wasser glitzerte in seinem dichten, grauen Pelz.

»Graustreif!«, rief Feuerherz aus. »Du hast mich erschreckt!«

Graustreif schüttelte sich und versprühte Tröpfchen in der Luft. »Ich hab dich vom anderen Ufer aus gesehen«, miaute er. »Hätte nie gedacht, dass ich dich einmal dabei erwischen würde, wie du für Sandsturm Beute machst. Sie hat ein Auge auf dich geworfen, stimmst?«

»Keine Ahnung, wovon du redest«, protestierte Feuerherz. Plötzlich wurde ihm heiß unter seinem Pelz und kribbelig, als ob ihm Ameisen durch das Fell krabbeln würden. »Sandsturm ist bloß eine Freundin.«

Graustreif schnurrte belustigt. »Ja, sicher, wenn du das sagst.« Er kam die Böschung hinaufgeschlendert und senkte den Kopf, um Feuerherz freundschaftlich an die Schulter zu stupsen. »Du hast Glück, Feuerherz. Sie ist eine sehr eindrucksvolle Katze.«

Feuerherz öffnete das Maul und schloss es dann wieder.

Er würde Graustreif nicht überzeugen, egal, was er sagte – und außerdem lag der vielleicht gar nicht so falsch. Vielleicht wurde Sandsturm mehr als eine Freundin. »Lassen wir das«, miaute er und wechselte das Thema. »Erzähl mir, wie du vorankommst. Was gibt es Neues beim FlussClan?«

Der fröhliche Blick in Graustreifs Bernsteinaugen erstarb. »Nicht viel. Alle Katzen reden über Tigerstern.« Als Graustreif noch Krieger beim DonnerClan war, hatten er und Feuerherz als Einzige über Tigersterns mörderischen Ehrgeiz Bescheid gewusst und dass er Rotschweif, den ehemaligen Zweiten Anführer des DonnerClans, getötet hatte.

»Ich weiß nicht, was ich davon halten soll«, gestand Feuerherz. »Tigerstern hat sich vielleicht geändert, nachdem er jetzt hat, was er will. Keine Katze wird bestreiten, dass ein guter Anführer aus ihm werden könnte – er ist stark, er kann kämpfen und jagen, und er kennt das Gesetz der Krieger auswendig.«

»Aber keine Katze kann ihm trauen«, knurrte Graustreif. »Was nützt das auswendig gelernte Kriegergesetz, wenn man es nicht befolgt?«

»Ob wir ihm vertrauen, ist jetzt nicht wichtig«, bemerkte Feuerherz. »Er hat einen neuen Clan, und Triefnase berichtete von einer Weissagung, die darauf schließen lässt, dass der SternenClan ihnen einen mächtigen neuen Anführer schickt. Die Ahnen werden wissen, dass der SchattenClan einen starken Krieger braucht, um sie nach der Krankheit wieder aufzubauen.«

Graustreif sah wenig überzeugt aus. »Der SternenClan hat ihn geschickt?« Er schnaubte verächtlich. »Das glaube ich erst, wenn die Igel fliegen gelernt haben.«

Feuerherz musste Graustreif zustimmen, auch ihm fiel es schwer, Tigerstern zu vertrauen. Seinem neuen Clan zur Gesundung zu verhelfen, mochte ihn für einen oder zwei Blattwechsel beschäftigen, aber dann ... Der Gedanke an den erbitterten Krieger an der Spitze eines starken Clans jagte Feuerherz Schauder über den Körper, von den Ohren bis an die Schwanzspitze. Er konnte sich nicht vorstellen, dass sich Tigerstern zur Ruhe setzen würde, um friedlich im Wald zu leben und die Gesetze der anderen drei Clans zu respektieren. Früher oder später würde er sein Gebiet vergrößern wollen und sein erstes Ziel wäre dann der DonnerClan.

»Wenn ich du wäre«, miaute Graustreif, als ob er seine Gedanken gelesen hätte, »würde ich meine Grenzen sehr genau im Auge behalten.«

»Ja, ich –« Er brach ab, als er Sandsturm auf sie zulaufen sah. Zwischen ihren Fängen baumelte ein junges Kaninchen. Sie tappte über die Steine und ließ ihre Beute vor Feuerherz fallen. Sie schien ihren kurzfristigen Ärger überwunden zu haben, denn sie nickte dem FlussClan-Krieger zu.

»Hallo, Graustreif«, miaute sie. »Wie geht's den Kleinen?«

»Es geht ihnen gut, danke«, antwortete Graustreif. Seine Augen strahlten vor Stolz. »Sie werden bald zu Schülern ernannt.«

»Wirst du ihr Mentor werden?«, fragte Feuerherz.

Zu seiner Überraschung sah Graustreif unschlüssig aus. »Ich weiß nicht«, miaute er. »Wenn Streifenstern so entscheidet, vielleicht ... Aber er tut in letzter Zeit nicht viel mehr als schlafen. Leopardenfell organisiert jetzt fast alles, und sie wird mir nie verzeihen, wie Weißkralle umgekommen ist. Ich glaube, sie wird die Kleinen den Pfoten anderer Krieger anvertrauen.«

Graustreif senkte den Kopf. Feuerherz spürte, dass sich sein Freund wegen des Todes des FlussClan-Kriegers immer noch schuldig fühlte. Der war im Kampf gegen Graustreif in die Schlucht gestürzt, als seine Patrouille eine kleine Gruppe von DonnerClan-Kriegern angegriffen hatte.

»Das ist hart«, miaute Feuerherz und presste sich tröstend an Graustreifs Flanke.

»Du musst doch verstehen, warum sie das tut«, erklärte Sandsturm sanft. »Leopardenfell will sichergehen, dass die Jungen zu absoluter Loyalität gegenüber dem FlussClan erzogen werden.«

Graustreif riss den Kopf herum und sah sie an, sein Fell sträubte sich. »Genau das würde ich tun! Ich will nicht, dass sich meine Jungen zwischen zwei Clans hin- und hergerissen fühlen.« Er sah bestürzt aus. »Ich weiß, wie das ist.«

Feuerherz spürte den Kummer des Freundes. Nach dem Feuer hatte Graustreif gezeigt, wie unglücklich er in seinem neuen Clan war, und die Lage war offensichtlich nicht besser geworden. Feuerherz hätte gern »Komm nach Hause« zu ihm gesagt, er wusste aber, dass er nicht das Recht hatte, Graustreif einen Platz im Clan anzubieten, den Blaustern bereits verweigert hatte.

»Sprich mit Streifenstern«, schlug er vor. »Frag ihn selbst wegen der Jungen.«

»Und zeig dich Leopardenfell von deiner besten Seite«, fügte Sandsturm hinzu. »Lass dich von ihr nicht erwischen, wenn du die Grenze zum DonnerClan überschreitest.«

Graustreif zuckte zusammen. »Vielleicht hast du recht.

Ich mache mich besser auf den Rückweg. Macht's gut, Sandsturm, Feuerherz.«

»Und versuch zur nächsten Versammlung zu kommen«, drängte Feuerherz.

Graustreif schnippte zustimmend mit der Schwanzspitze und glitt die Böschung hinunter. Auf halbem Weg drehte er sich um und miaute: »Wartet noch einen Moment!« Dann rannte er bis zur Uferlinie. Ein paar Herzschläge lang blieb er reglos auf einem flachen Stein sitzen und starrte ins seichte Wasser.

»Was hat er denn jetzt vor?«, murmelte Sandsturm.

Bevor Feuerherz antworten konnte, holte Graustreif blitzschnell mit einer Pfote aus. Ein silbriger Fisch kam aus dem Fluss geschossen und fiel ans Ufer, wo er zappelnd und zuckend liegen blieb. Graustreif erlegte ihn mit einem einzigen Schlag seiner Pfote und schleppte ihn die Böschung zu Feuerherz und Sandsturm hinauf, die staunend zugesehen hatten.

»Hier«, miaute er, als er den Fisch fallen ließ. »Ich weiß, dass Beute seit dem Feuer knapp sein muss. Das sollte ein bisschen helfen.«

»Danke«, miaute Feuerherz und fügte bewundernd hinzu: »Das war ein sauberer Trick da unten.«

Graustreif schnurrte zufrieden. »Nebelfuß hat mir gezeigt, wie das geht.«

»Wir können den Fisch gut gebrauchen«, miaute Sandsturm. »Aber wenn Leopardenfell erfährt, dass du für einen anderen Clan jagst, wird sie nicht begeistert sein.«

»Leopardenfell soll ihrem eigenen Schwanz hinterherrennen«, knurrte Graustreif. »Wenn sie etwas sagt, erinnere ich sie daran, wie ich mit Feuerherz dem FlussClan nach der Überschwemmung in der letzten Blattfrische geholfen habe.«

Er wandte sich ab und sprang zum Fluss zurück. Feuerherz tat es in der Seele weh, als er seinem Freund nachsah, der sich ins Wasser stürzte und mit kräftigen Zügen zum anderen Ufer schwamm. Er hätte alles gegeben, um Graustreif zum DonnerClan zurückzuholen, musste sich aber eingestehen, dass man ihn dort kaum wieder aufnehmen würde.

Feuerherz kämpfte mit sich, als er den glitschigen Fisch mit der Jagdpatrouille zum Lager zurückschleppte. Bei dem ungewohnten Duft lief ihm das Wasser im Maul zusammen. Als er das Lager betreten hatte, sah er, dass der Frischbeutehaufen bereits angewachsen war. Wolkenpfote und Maispfote waren zurückgekehrt und wollten gerade mit Mausefell und Dornenpfote noch einmal losziehen.

»Wir haben die Ältesten gefüttert, Feuerherz!«, rief ihm Wolkenpfote über die Schulter zu, während er die Schlucht hinaufkletterte.

»Rußpelz auch?«, rief ihm Feuerherz nach.

»Noch nicht!«

Feuerherz sah, wie sein junger Neffe davonsauste und wandte sich dann wieder dem Frischbeutehaufen zu. Vielleicht konnte er Rußpelz mit Graustreifs Fisch locken, dachte er. Er hatte den Verdacht, dass die junge Heilerin nicht genug fraß aus Trauer um Gelbzahn und weil sie zu sehr damit beschäftigt war, Blaustern und die anderen Katzen mit Rauchvergiftung zu pflegen.

»Hast du Hunger, Feuerherz?«, fragte Sandsturm, als sie den Rest ihrer Beute auf den Haufen fallen ließ. Am Ende hatte sie mit dem Fressen gewartet, bis sie ihre Beute ins Lager zurückgebracht hatten, und nun beäugte sie den Haufen gierig. »Wir könnten zusammen essen, wenn du magst.«

»Gerne.« Die Elster, die er am Morgen verzehrt hatte, schien ihm jetzt eine Ewigkeit her. »Ich bringe den hier bloß noch bei Rußpelz vorbei.«

»Beeil dich«, miaute Sandsturm.

Feuerherz packte den Fisch zwischen die Zähne und lief zu Rußpelz' Bau. Vor dem Feuer hatte ihn ein üppiger Tunnel aus Farnwedeln vom übrigen Lager abgetrennt. Jetzt stachen nur ein paar geschwärzte Halme aus der Erde, und Feuerherz konnte den Riss im Felsen gut erkennen, wo sich der Eingang zum Bau befand.

Er blieb draußen stehen, ließ die Frischbeute fallen und rief: »Rußpelz!«

Kurz darauf streckte die junge Heilerin den Kopf durch die Öffnung. »Was? Ach, du bist es, Feuerherz.«

Sie trat aus der Höhle nach draußen. Ihr Fell war zerzaust und in ihren Augen fehlte das übliche kleine Glitzern. Sie wirkte zerstreut und bekümmert. Feuerherz vermutete, dass ihre Gedanken bei Gelbzahn weilten.

»Wie gut, dass du kommst«, miaute sie. »Es gibt da etwas, das muss ich dir erzählen.«

»Iss erst mal was«, drängte Feuerherz. »Sieh mal, Graustreif hat einen Fisch für uns gefangen.«

»Danke, Feuerherz«, miaute Rußpelz, »aber die Sache ist dringend. Der SternenClan hat mir letzte Nacht einen Traum geschickt.«

Etwas in ihrer Stimme beunruhigte Feuerherz. Er hatte sich immer noch nicht daran gewöhnt, dass sich seine ehemalige

Schülerin zu einer richtigen Heilerin entwickelte, die ohne Partner und eigenen Nachwuchs lebte und sich im Verborgenen mit anderen Heilern traf, mit denen sie die Verbindung zu den Kriegerahnen des SternenClans teilte.

»Worum ging es denn in dem Traum?«, fragte er. Er hatte mehr als einmal Träume wie diesen erlebt, die ihn vor bevorstehenden Ereignissen warnten. Deshalb konnte er besser als die meisten Clan-Katzen nachempfinden, wie Rußpelz sich jetzt fühlen musste: ehrfürchtig und zugleich bestürzt.

»Ich weiß es nicht genau.« Rußpelz blinzelte verstört. »Mir war, als stünde ich im Wald und könnte hören, wie etwas Großes zwischen den Bäumen hindurchbrach, aber ich konnte nicht sehen, was es war. Und dann hörte ich Stimmen rufen – raue Stimmen, in einer Sprache, die keine Katzensprache war. Trotzdem konnte ich verstehen, was sie sagten ...«

Ihre Stimme versagte. Sie stand da, starrte mit getrübten Augen ins Leere, während sie mit den Vorderpfoten den Boden knetete.

»Was sagten sie denn?«, wollte Feuerherz wissen.

Rußpelz schauderte. »Es war wirklich seltsam. Sie riefen: ›Meute, Meute‹, und: ›Töten, töten.‹«

Feuerherz war enttäuscht. Er hatte gehofft, über eine Botschaft vom SternenClan einen Hinweis zu bekommen, wie er mit all seinen Problemen umgehen sollte – Tigersterns Rückkehr, Blausterns Krankheit und den Nachwirkungen des Feuers. »Weißt du, was das bedeutet?«, fragte er.

Rußpelz schüttelte den Kopf. Er las das Entsetzen noch in ihren Augen, wie eine ungeheure Bedrohung, die ihnen bevorstand. Aber Feuerherz konnte sie nicht sehen. »Noch nicht. Vielleicht zeigt mir der SternenClan mehr, wenn ich bei den

Hochfelsen gewesen bin. Aber es ist etwas Böses, Feuerherz. Da bin ich mir sicher.«

»Als ob wir nicht schon genug Sorgen hätten«, murmelte Feuerherz vor sich hin. An Rußpelz gewandt miaute er: »Ich weiß nicht, was ich da tun soll, solange wir nicht mehr wissen. Ich brauche Fakten. Bist du sicher, dass dir der Traum nicht mehr erzählt hat?«

Mit immer noch weit aufgerissenen Augen und qualvollem Blick nickte Rußpelz. Feuerherz leckte ihr beruhigend das Ohr. »Keine Sorge, Rußpelz. Falls es eine Warnung vor dem SchattenClan sein soll, vor dem nehmen wir uns bereits in Acht. Sag mir nur gleich Bescheid, wenn du mehr erfährst.«

Er machte einen Satz, als er hinter sich ein ungeduldiges Miauen hörte. »Feuerherz, willst du den ganzen Tag da herumstehen?«

Als er sich umwandte, entdeckte er Sandsturm, die am Ende des versengten Farntunnels auf ihn wartete. »Ich muss gehen«, sagte er zu Rußpelz.

»Aber –«

»Ich denke darüber nach, in Ordnung?«, unterbrach sie Feuerherz, sein knurrender Magen drängte ihn, zu Sandsturm zu gehen. »Sag mir Bescheid, wenn dir noch mehr Träume begegnen.«

Rußpelz' Ohren zuckten verärgert. »Das hier ist eine Botschaft vom SternenClan, Feuerherz, keine Wurzel, die mir im Fell pikt, und auch kein zähes Stück Frischbeute, das mir im Hals stecken geblieben ist. Es könnte den ganzen Clan betreffen. Wir müssen herausfinden, was es bedeutet.«

»Nun, das kannst du besser als ich«, rief Feuerherz ihr

über die Schulter zu, während er sich von Rußpelz' Bau entfernte.

Er sprang über die Lichtung zu Sandsturm und fragte sich unterwegs kurz, was der Traum bedeuten könnte. Es hörte sich nicht nach dem Angriff eines anderen Clans an und er konnte sich auch sonst nichts Bedrohliches denken. Als er sich über die Wühlmaus hermachte, die Sandsturm für ihn aufgehoben hatte, war Rußpelz' Traum aus seinen Gedanken verschwunden.

4. KAPITEL

FEUERHERZ' FLANKEN BEBTEN, während er nach Atem rang, und seine Wange brannte, wo ihn die Krallen erwischt hatten. Als er sich taumelnd aufrappelte, trat Maispfote ein paar Schritte zurück.

»Ich hab dich doch nicht verletzt, oder?«, fragte die Schülerin ängstlich.

»Nein, mir geht's gut«, keuchte Feuerherz. »Hat Weißpelz dir den Trick gezeigt? Ich habe den Schlag nicht kommen sehen. Gut gemacht.«

Möglichst ohne zu humpeln, trottete er durch die Trainingskuhle zu Wieselpfote, Dornenpfote und Wolkenpfote hinüber, die zugesehen hatten. Er hatte sich ein Bild von ihren Kampffertigkeiten machen wollen und sie waren alle gegen ihn angetreten. Sie hatten das Zeug zu hervorragenden Kriegern. »Ich bin froh, dass ihr alle auf meiner Seite steht. Im Kampf möchte ich euch nicht begegnen«, miaute Feuerherz. »Ich habe mit euren Mentoren gesprochen, und sie denken, ihr seid so weit, also werde ich Blaustern fragen, ob sie euch zu Kriegern ernennen wird.« Maispfote, Dornenpfote und Wieselpfote wechselten begeisterte Blicke. Wolkenpfote bemühte sich um eine lässige Haltung, aber auch in seinen Augen glitzerte es erwartungsvoll.

»Gut«, fuhr Feuerherz fort. »Jagt auf dem Rückweg ins Lager und versorgt die Ältesten und die Königinnen, dann könnt ihr selbst etwas essen.«

»Falls noch was übrig ist«, miaute Wieselpfote.

Feuerherz sah ihn missbilligend an. Manchmal schnappte Wieselpfote Unmutsbekundungen von seinem Mentor Langschweif auf, der früher dick mit Tigerkralle befreundet gewesen war. Aber diesmal hatte er seine Bemerkung anscheinend witzig gemeint. Alle vier Jungkatzen sprangen auf und schossen aus der Trainingskuhle. Feuerherz hörte, wie Maispfote fröhlich zu Wolkenpfote hinüberrief: »Wetten, dass ich mehr Beute erwische als du?«

Viel Zeit schien vergangen, seit er sich selbst so unbeschwert gefühlt hatte, dachte Feuerherz, während er ihnen in gemäßigtem Tempo folgte. Unter der Last seiner Verantwortung als Zweiter Anführer fühlte er sich manchmal älter als die Ältesten. Der Clan blieb am Leben, konnte sich ernähren und das verwüstete Lager wieder aufbauen, aber alle Krieger waren überlastet. Feuerherz war von Sonnenaufgang bis Sonnenuntergang auf den Pfoten, und jeden Abend gab es noch unerledigte Aufgaben, wenn er in seinen Bau kroch. *Wie lange halten wir das durch?*, fragte er sich. *Es wird noch schwerer werden, wenn die Blattleere kommt.* Die wenigen Blätter, die das Feuer an den Bäumen gelassen hatte, färbten sich bereits rot und gold. Als Feuerherz am Rand der Kuhle innehielt, spürte er, wie sich sein Fell in einer kalten Brise aufplusterte, obwohl die Sonne vom wolkenlosen Himmel schien.

Er schlüpfte leise ins Lager zurück und blieb eine Weile am Eingang stehen, um sich umzusehen. Dunkelstreif, der für den Wiederaufbau verantwortlich war, hatte begonnen, die restlichen Lücken zwischen den Ästen um den Bau der Krieger zu flicken. Borkenpelz half ihm mit zwei jüngeren Schülern, Rauchpfote und Aschenpfote.

Auf der anderen Seite des Lagers sah Feuerherz, wie sich Rußpelz mit einigen Kräutern im Maul auf den Weg zum Bau der Ältesten machte.

In der Mitte der Lichtung spielten die Jungen von Goldblüte und Fleckenschweif zusammen, während die Königinnen in der Nähe den Eingang zur Kinderstube bewachten. Glanzfell hielt sich ebenfalls in ihrer Nähe auf und schützte ihren viel jüngeren Wurf sorgsam vor dem rauen Spiel der größeren Jungen.

Feuerherz' Blick ruhte auf Brombeerjunges, dem Größeren aus Goldblütes Wurf. Der kräftige, muskulöse Körper und sein brauner Pelz kamen ihm beunruhigend vertraut vor: Keine Katze konnte bestreiten, dass Tigerstern sein Vater war. Der Gedanke ließ Feuerherz keine Ruhe, sodass er ihn mühsam beiseiteschieben musste. Logischerweise hätte er sich wegen der Schwester, Bernsteinjunges, ebenfalls Sorgen machen müssen, aber obwohl sie denselben Vater hatten, war ihr mehr Glück beschieden gewesen, denn sie sah ihm nicht so ähnlich.

Feuerherz wusste, dass es unfair war, Brombeerjunges die Verbrechen seines Vaters vorzuwerfen. Trotzdem hatte er immer wieder das Bild vor Augen, wie das Katzenjunge am Ast eines brennenden Baumes hing, voller Panik miauend, als Feuerherz es zu erreichen versuchte. Und er konnte auch nicht vergessen, dass zum selben Zeitpunkt, als er Brombeerjunges zu retten versuchte, Gelbzahn in ihrem Bau vom Feuer eingeschlossen wurde. Hatte er Gelbzahn geopfert, um Tigersterns Sohn zu retten?

Plötzlich ertönte ein schrilles Kreischen aus der Gruppe der Jungen. Brombeerjunges stand über Schneejunges und drückte ihn mit den Krallen zu Boden. Die schrillen Schreie gehörten zu dem drallen, weißen Jungen, das sich anscheinend nicht wehrte.

Feuerherz schoss los, stürzte sich auf Brombeerjunges und stieß ihn energisch von seinem Opfer weg. »Schluss!«, fauchte er. »Was glaubst du, wozu das gut sein soll?«

Das dunkle Tigerjunge rappelte sich auf, seine Bernsteinaugen funkelten vor Entsetzen und Empörung.

»Nun?«, fragte Feuerherz noch einmal.

Brombeerjunges schüttelte sich den Staub aus dem Fell. »Ist doch nichts, Feuerherz. Wir spielen bloß.«

»Bloß spielen? Warum schreit Fleckenschweifs Junges dann so laut?«

Das Funkeln in Brombeerjunges' Augen erlosch. »Woher soll ich das wissen? Der kann sowieso nicht richtig spielen.«

»Brombeerjunges!« Es war Goldblüte, die jetzt die Stimme erhob und an die Seite ihres Katzenkindes getreten war. »Wie oft soll ich dir das noch sagen? Wenn jemand schreit, lässt du ihn los. Und sei nicht so ungezogen zu Feuerherz. Vergiss nicht, er ist der Zweite Anführer.«

Brombeerjunges blickte Feuerherz kurz ins Gesicht und sah dann wieder weg. »Tut mir leid«, murmelte er.

»Ja, dann sieh zu, dass es nicht wieder vorkommt«, fauchte Feuerherz.

Brombeerjunges tappte an ihm vorbei zu Schneejunges, der sich immer noch am Boden duckte. Fleckenschweif leckte ihm energisch das weiße Fell. »Komm schon, steh auf«, miaute sie. »Du bist nicht verletzt.«

»Ja, komm schon, Schneejunges«, miaute Brombeerjunges und putzte dem Jungen das Ohr. »Ich hab's nicht so gemeint. Komm und spiel weiter, diesmal kannst du Clan-Anführer sein.«

Brombeerjunges' Schwester Bernsteinjunges saß einige Schwanzlängen von ihnen entfernt, den Schwanz um die Pfoten gelegt. »Macht keinen Spaß mit ihm«, miaute sie. »Ihm fallen nie gute Spiele ein.«

»Bernsteinjunges!« Goldblüte gab ihr einen leichten Klaps hinters Ohr. »Sei nicht so garstig. Ich weiß wirklich nicht, was heute in euch beide gefahren ist.«

Schneejunges duckte sich immer noch am Boden und stand erst auf, als ihn seine Mutter energisch anschubste.

»Vielleicht sollte Rußpelz mal nach ihm sehen«, riet Feuerherz der hell getigerten Königin. »Um ganz sicher zu sein, dass ihm nichts wehtut.«

Fleckenschweif riss den Kopf herum und funkelte ihren Zweiten Anführer an. »Mit meinem Jungen ist alles in Ordnung!«, fauchte sie. »Willst du behaupten, ich könnte nicht richtig auf ihn aufpassen?« Sie kehrte Feuerherz den Rücken zu und scheuchte Schneejunges in die Kinderstube zurück.

»Sie ist außerordentlich vorsichtig mit ihrem Jungen«, erklärte Goldblüte. »Ich glaube, das ist so, wenn man nur eines hat.« Sie zwinkerte ihren beiden Jungen liebevoll zu, die jetzt zusammen am Boden rauften.

Feuerherz setzte sich neben sie. Es tat ihm leid, dass er Brombeerjunges so schroff angeherrscht hatte. »Hast du ihnen erzählt, dass ihr Vater jetzt Anführer des SchattenClans ist?«, fragte er leise.

Goldblüte warf ihm einen schnellen Blick zu. »Nein, noch nicht«, gestand sie. »Sie würden bloß damit prahlen, und dann würde ihnen irgendeine Katze den Rest der Geschichte erzählen.«

»Früher oder später finden sie es sowieso heraus«, miaute Feuerherz.

Die goldbraune Königin putzte sich eine Weile energisch die Brust. »Ich habe gesehen, wie du sie beobachtet hast«, miaute sie schließlich. »Vor allem Brombeerjunges. Er kann nichts dafür, dass er genau wie Tigerstern aussieht. Andere Katzen sehen ihn aber genauso an.« Nachdenklich leckte sie sich eine Pfote und wischte sich damit über das Ohr. »Ich will, dass meine Jungen glücklich aufwachsen und sich nicht wegen einer Sache schuldig fühlen, die vor ihrer Geburt passiert ist. Vielleicht stehen die Chancen dafür jetzt besser, wenn Tigerstern ein großer Anführer wird. Vielleicht können sie am Ende sogar stolz auf ihn sein.«

Feuerherz zuckte skeptisch mit den Ohren. So viel Optimismus konnte er nicht aufbringen.

»Sie respektieren dich beide, das weißt du«, fuhr Goldblüte fort. »Vor allem, seit du Brombeerjunges aus dem Feuer gerettet hast.«

Einen Moment lang wusste Feuerherz nicht, was er sagen sollte. Er fühlte sich schlechter denn je wegen seines Misstrauens gegenüber Brombeerjunges, aber sosehr er sich auch bemühte, immer sah er den mörderischen Vater in dem jungen Kater.

»Ich glaube, *du* solltest ihnen von Tigerstern erzählen«, miaute Goldblüte und sah ihn dabei eindringlich an. »Du bist schließlich der Zweite Anführer. Von dir würden sie es annehmen – und ich weiß, dass du ihnen die Wahrheit sagen würdest.«

»Du meinst ... ich sollte es ihnen jetzt sagen?«, stammelte Feuerherz. Die Art und Weise, wie Goldblüte mit ihm gesprochen hatte, machte die Angelegenheit zu einer Aufforderung.

»Nein, nicht jetzt«, antwortete Goldblüte ruhig. »Erst wenn du dazu bereit bist. Und wenn du glaubst, dass *sie* so weit sind«, fügte sie hinzu. »Aber warte nicht zu lange.«

Feuerherz senkte den Kopf. »Ich verspreche es dir«, sagte er. »Und ich werde es ihnen so leicht machen, wie ich kann.«

Bevor Goldblüte antworten konnte, kam Brombeerjunges stürmisch zu seiner Mutter gerannt, Bernsteinjunges dicht auf den Fersen. »Dürfen wir zu den Ältesten gehen?«, fragte er mit leuchtenden Augen. »Einauge hat uns tolle Geschichten versprochen!«

Goldblüte schnurrte besänftigt. »Ja, natürlich«, miaute sie. »Bringt ihr etwas aus dem Frischbeutehaufen mit – das gehört sich so. Und seid zum Sonnenuntergang wieder hier.«

»Machen wir!«, miaute Bernsteinjunges. Sie sauste über die Lichtung davon und rief über ihre Schulter: »Ich werde für Einauge eine Maus fangen!«

»Nein, du nicht. Das mach ich!«, jaulte Brombeerjunges, der hinter ihr herhüpfte.

»Also«, miaute Goldblüte an Feuerherz gewandt, »falls du irgendwas finden solltest, was an diesen Jungen nicht stimmt, dann sag es mir. Ich kann nämlich nichts entdecken.«

Sie stand auf, offensichtlich brauchte sie keine Antwort. Nachdem sie alle vier Pfoten gestreckt hatte, zog sie sich in die Kinderstube zurück. Feuerherz sah ihr nach. Irgendwie hatte er es geschafft, sich bei Fleckenschweif und Goldblüte gleichzeitig unbeliebt zu machen. Obwohl Goldblüte ihm vertraute, fiel es ihr offensichtlich schwer, ihm seine widerstreitenden Gefühle für Brombeerjunges zu verzeihen – und er war einer Lösung seines inneren Konflikts keinen Schritt näher gekommen.

Seufzend erhob er sich auf die Pfoten, als ihm auffiel, dass es Zeit wurde, eine Abendpatrouille loszuschicken. Als er sich von der Kinderstube abwandte, entdeckte er Farnpelz, der in der Nähe hockte, als ob er ihn zu sprechen wünschte.

»Gibt es ein Problem?«, fragte er den jungen Krieger.

»Ich weiß nicht genau«, antwortete Farnpelz. »Die Sache ist die, ich habe gesehen, was hier passiert ist, mit dem Jungen von Fleckenschweif, und da …«

»Wolltest du mir vielleicht sagen, dass ich Brombeerjunges zu hart angepackt habe, ist es das?«

»Nein, Feuerherz, natürlich nicht. Aber … na ja, ich dachte, vielleicht ist mit Schneejunges etwas nicht in Ordnung.«

Feuerherz wusste, dass der goldbraune Kater einen Grund haben musste, wenn er sich Sorgen machte. »Sprich weiter«, ermutigte er ihn.

»Ich habe ihn häufiger beobachtet«, erklärte Farnpelz. Er knetete mit den Vorderpfoten den Boden und sah verlegen aus. »Ich … ich hatte irgendwie gehofft, Blaustern könnte mich zu seinem Mentor machen, und wollte ihn kennenlernen. Und ich glaube, irgendwas stimmt mit ihm nicht. Er spielt anders als die anderen. Er scheint nicht zu reagieren, wenn Katzen ihn ansprechen. Du weißt, wie die Kleinen sind, Feuerherz – überall müssen sie ihre Nase reinstecken –, aber Schneejunges ist nicht so. Ich glaube, Rußpelz sollte ihn sich ansehen.«

»Das habe ich Fleckenschweif vorgeschlagen und sie hat mir praktisch die Ohren zerfetzt.«

Farnpelz nickte. »Fleckenschweif würde nie zugeben, dass mit ihrem Jungen etwas nicht stimmt.«

Feuerherz überlegte eine Weile. Schneejunges war im Vergleich mit anderen Jungen in der Tat langsam und schwer zu begeistern. Er war viel älter als der Wurf von Goldblüte, aber nicht annähernd so weit entwickelt. »Überlass die Angelegenheit mir«, miaute er. »Ich werde Rußpelz darauf ansprechen. Ihr wird etwas einfallen, wie sie sich den Kleinen ansehen kann, ohne Fleckenschweif zu verärgern.«

»Danke, Feuerherz.« Farnpelz hörte sich erleichtert an.

»In der Zwischenzeit«, miaute Feuerherz, »könntest du vielleicht die Abendpatrouille anführen? Sag Mausefell und Buntgesicht, sie sollen dich begleiten.«

Farnpelz richtete sich auf. »Natürlich, Feuerherz«, antwortete er. »Ich mache mich gleich auf die Suche nach ihnen.«

Mit hoch erhobenem Schwanz schritt er durch das Lager. Er war gerade ein paar Fuchslängen weit gekommen, als Feuerherz ihn zurückrief. »Und noch etwas, Farnpelz«, miaute er fröhlich, denn diesmal würde er gute Nachrichten verbreiten, »wenn Schneejunges so weit ist, werde ich mit Blaustern sprechen, damit sie dich zu seinem Mentor erklärt.«

Bevor sich Feuerherz auf die Suche nach Rußpelz machte, besuchte er Blaustern, um ihr von den Fortschritten der Schüler zu berichten. Die Clan-Anführerin saß vor ihrem Bau in der Sonne, und Feuerherz dachte hoffnungsfroh, dass sie sich vielleicht besser fühlen könnte. Aber ihre Augen sahen müde aus, als sie ihn anblinzelte, und neben ihr lag ein Stück Frischbeute, das sie nur zur Hälfte gegessen hatte.

»Nun, Feuerherz?«, fragte sie, als er bei ihr angekommen war. »Was kann ich für dich tun?«

»Ich habe Neuigkeiten, Blaustern.« Feuerherz bemühte sich um einen fröhlichen Tonfall. »Ich habe heute die vier älteren Schüler begutachtet. Sie haben sich gut gemacht. Ich glaube, es ist an der Zeit, dass sie zu Kriegern ernannt werden.«

»Die älteren Schüler?« Blausterns Augen überschatteten sich verwirrt. »Das wären dann Farnpfote und ... und Rußpfote?«

Feuerherz verließ der Mut. Blaustern konnte sich nicht einmal mehr erinnern, welche Katzen Schüler waren! »Nein, Blaustern«, miaute er geduldig. »Wolkenpfote, Maispfote, Wieselpfote und Dornenpfote.«

Blaustern rutschte ein wenig zur Seite. »Die meinte ich doch«, schnauzte sie. »Und du willst, dass sie Krieger werden? Wenn du ... mich nur kurz erinnern würdest, wer ihre Mentoren sind?«

»Der Mentor von Wolkenpfote bin ich«, hob Feuerherz an und versuchte, sich seine zunehmende Verzweiflung nicht anmerken zu lassen. »Die anderen sind Langschweif –«

»Langschweif«, fiel ihm Blaustern ins Wort. »Ach ja ... einer von Tigerkralles Freunden. Warum haben wir ihm einen Schüler gegeben, wenn wir ihm nicht trauen können?«

»Langschweif hatte sich entschieden, bei uns zu bleiben, als Tigerkralle gehen musste«, erinnerte Feuerherz.

Blaustern schnaubte. »Das bedeutet nicht, dass wir ihm trauen können«, wiederholte sie. »Wir können keinem von denen trauen. Sie sind Verräter und sie werden mehr Verräter

63

ausbilden. Ich werde keinen von ihren Schülern zum Krieger erklären!« Sie verstummte, als Feuerherz sie erschrocken anstarrte, dann fügte sie hinzu: »Nur deinen Schüler, Feuerherz. Du allein bist mir treu ergeben. Wolkenpfote darf Krieger werden, aber keiner von den anderen.«

Feuerherz wusste nicht, was er sagen sollte. Der Clan mochte froh sein, dass Wolkenpfote nach seiner Eskapade mit den Zweibeinern wieder zurück war, aber Feuerherz musste auf Ärger gefasst sein, wenn sein Schüler zum Krieger erklärt wurde und die anderen nicht. Obendrein wäre es nicht gut für Wolkenpfote, wenn ihm allein eine Ehre zuteil wurde, die allen anderen gleichermaßen zustand.

Feuerherz kämpfte gegen eine aufsteigende Panikattacke an, als ihm bewusst wurde, dass demnach vorerst *keiner* der Schüler zum Krieger erklärt werden konnte. Obwohl der Clan sie so dringend brauchte, wusste er, dass es zwecklos war, mit Blaustern zu diskutieren, wenn sie so schlechte Laune hatte.

»Ähm … danke, Blaustern«, miaute er schließlich und trat den Rückzug an. »Aber wir sollten vielleicht noch ein bisschen warten. Ein bisschen mehr Training kann nicht schaden.«

Er machte sich davon und Blaustern sah ihm mit einem unschlüssigen Ausdruck in den Augen nach.

5. KAPITEL

DIE SONNE GING unter und warf lange Schatten über die Lichtung, als sich Feuerherz endlich auf die Suche nach Rußpelz machen konnte. Er fand die Heilerin in ihrem Bau, wo sie ihre Vorräte an Heilkräutern durchsah, und setzte sich gleich neben den Eingang, um mit ihr zu reden.

»Das Junge von Fleckenschweif?«, miaute sie, als Feuerherz ihr von Farnpelz' Vermutung berichtet hatte. Sie kniff nachdenklich die Augen zusammen. »Ja, ich kann mir denken, was er meint. Ich sehe ihn mir mal an.«

»Du solltest dich vor Fleckenschweif in Acht nehmen«, warnte Feuerherz. »Als ich vorschlug, sie sollte Schneejunges von dir untersuchen lassen, hat sie mir praktisch die Nase abgebissen.«

»Wundert mich nicht«, warf Rußpelz ein. »Keine Königin will glauben, dass ihre Jungen nicht perfekt sind. Ich schaffe das schon, Feuerherz, keine Sorge. Allerdings nicht sofort«, fügte sie hinzu und schob ihren Vorrat an Wacholderbeeren mit der Pfote zu einem ordentlichen Häufchen zusammen. »Es ist schon zu spät, um sie heute Abend zu stören, und morgen muss ich mich zu den Hochfelsen aufmachen.«

»Jetzt schon?« Feuerherz war überrascht. Er hatte gar nicht bemerkt, wie schnell die Tage verstrichen waren.

»Morgen Nacht ist Neumond. Alle anderen Heilerkatzen werden auch da sein. Der SternenClan wird mir alle Kräfte verleihen.« Rußpelz zögerte, dann sagte sie leise: »Gelbzahn hätte mit mir gehen sollen, um mich dem SternenClan als voll ausgebildete Heilerin zu präsentieren. Jetzt werde ich die Zeremonie ohne sie durchstehen müssen.« Ihre Augen wurden groß und ihr Blick versonnen, als sie sprach. Feuerherz spürte, wie sie sich immer weiter von ihm entfernte, in ein Land aus Schatten und Träumen, in das er ihr nicht folgen konnte.

»Du wirst einen Krieger mitnehmen müssen«, miaute er. »Als Blaustern letztes Mal zu den Hochfelsen gewandert ist, wollte der WindClan nicht zulassen, dass sie ihr Territorium durchquert.«

Rußpelz sah ihn ungerührt an. »Die Patrouille möchte ich sehen, die es wagt, sich einer Heilerin in den Weg zu stellen. Der SternenClan würde ihnen niemals verzeihen.« Dann trat ein schelmisches Funkeln in ihren Blick. »Du kannst bis zum Baumgeviert mitkommen, wenn du willst. Falls du Sandsturm so lange entbehren kannst.«

Feuerherz wurde unbehaglich zumute. »Ich weiß nicht, was du meinst«, murmelte er. Aber dann fiel ihm ein, dass er gegangen war, um mit Sandsturm zu fressen, als Rußpelz ihm gerade von ihrem Traum erzählt hatte, und er nahm an, dass sich die Heilerin ungerechterweise übergangen gefühlt haben könnte. »Sandsturm kann die Morgenpatrouille ohne mich anführen«, miaute er mit fester Stimme. »Ich werde dich zum Baumgeviert begleiten.«

Der Morgen des folgenden Tages zog trüb und dunstig herauf. Nebelschwaden waberten zwischen den Bäumen, als sich Feuerherz und Rußpelz auf den Weg zum Baumgeviert machten. Die dichten weißen Wolken dämpften das Geräusch ihrer Pfoten und besetzten ihre Pelze mit winzigen Tauperlen. Feuerherz machte einen Satz, als in der Stille plötzlich ein Vogel Alarmrufe über seinem Kopf erschallen ließ. Fast fürchtete er, sie könnten in diesem gespenstischen Wald vom Weg abkommen.

Als sie dann aber den Fluss überquert hatten und die Böschung hinaufzuklettern begannen, hob sich die Wolkendecke, es klarte auf, und sie tauchten oben über der Senke im strahlenden Sonnenlicht auf. Die gewaltigen vier Eichen standen direkt vor ihnen, mit rotgolden gefärbtem Laub vor dem nahenden Blattfall.

Rußpelz blies geräuschvoll ihren Atem aus und schüttelte sich den Tau aus dem Fell. »Wie gut das tut! Ich dachte schon, ich müsste mir meinen Weg zu den Hochfelsen mit der Nase suchen. Und dabei bin ich erst einmal dort gewesen, mit Gelbzahn zusammen.«

Feuerherz genoss die warme Sonne auf seinem Pelz ebenfalls. Er streckte ausgiebig seine Glieder und öffnete das Maul, um die Luft zu prüfen und in der Hoffnung, Witterung von Beute aufzunehmen.

Stattdessen überwältigte ihn der Geruch nach anderen Katzen. *SchattenClan!*, dachte er, seine Muskeln spannten sich, als sein Blick von einer Seite zur anderen huschte. Einen Moment später entspannte er sich, als er Triefnase entdeckte, den Heiler des SchattenClans, der mit einer anderen Katze an seiner Seite aus dem SchattenClan-Territorium die Böschung hinaufgetappt kam. Dies war kein feindlicher Krieger. Der SternenClan sorgte dafür, dass die Heiler über Clan-Rivalitäten erhaben waren.

»Sieht so aus, als müsstest du doch nicht allein reisen«, miaute er Rußpelz zu.

Sie warteten, bis die SchattenClan-Katzen zu ihnen hinaufgeklettert waren. Inzwischen erkannte Feuerherz die andere Katze. Es war Kleinwolke, ein kleiner Tigerkater, der beinahe an der vergangenen Epidemie des Clans gestorben wäre. Er und ein anderer Krieger, Weißkehle, hatten beim DonnerClan Zuflucht gesucht. Blaustern hatte sich geweigert, sie aufzunehmen, aber Rußpelz hatte sie versteckt und sie heimlich versorgt, bis sie wieder kräftig genug waren, um in ihr eigenes Territorium zurückzukehren.

Weißkehle war wenig später gestorben, als Tigerkralle mit seinen Streunern eine DonnerClan-Patrouille angegriffen hatte. Ein Monster hatte den jungen Kater auf der Flucht vor dem Gefecht auf dem Donnerweg niedergestreckt. Den Schock dieses Vorfalls erneut vor Augen, freute sich Feuerherz, dass wenigstens Kleinwolke wieder stark und gesund aussah.

»Hallo miteinander!«, begrüßte Triefnase die DonnerClan-Katzen fröhlich. »Gut getroffen, Rußpelz. Herrlicher Tag zum Reisen.«

Kleinwolke nickte Feuerherz ehrerbietig zu und begrüßte Rußpelz Nase an Nase.

»Es tut gut, dich wieder auf sicheren Pfoten zu sehen«, miaute sie.

»Habe ich alles dir zu verdanken«, antwortete Kleinwolke. Und mit einem stolzen Unterton in der Stimme ergänzte er: »Ich bin jetzt Triefnases Schüler.«

»Herzlichen Glückwunsch!«, schnurrte Rußpelz.

»Und das ist auch dein Verdienst«, fuhr Kleinwolke begeistert fort. »Als wir krank waren, wusstest du genau, was zu tun war. Und dann hast du uns Heilkräuter für unseren Clan mitgegeben – und die haben geholfen! Ich will mehr über solche Sachen wissen.«

»Er hat wirklich Talent«, miaute Triefnase. »Und es gehörte Mut dazu, die Heilkräuter zum Clan zurückzubringen. Es tut mir so leid, dass Weißkehle nicht mit ihm zurückgekehrt ist.«

»Er kehrte nicht heim?«, fragte Feuerherz, der eine Chance sah, herauszufinden, wie viel die SchattenClan-Katzen über das Schicksal des jungen Kriegers wussten.

Kleinwolke schüttelte traurig den Kopf. »Er wollte nicht mit mir ins Lager zurück. Er hatte Angst, er könnte die Krankheit noch einmal bekommen, obwohl wir die Heilkräuter bei uns hatten.« Er blinzelte, denn die Erinnerung machte ihn traurig. »Wir fanden seine Leiche ein paar Tage später neben dem Donnerweg.«

»Das tut mir leid«, miaute Feuerherz. Er überlegte, ob er ihnen erzählen sollte, wie Weißkehle wirklich gestorben war, beschloss aber dann, Kleinwolke die schmerzliche Erkenntnis zu ersparen, dass sein neuer Anführer teilweise für den Tod des Freundes verantwortlich war. Weißkehle musste sich für kurze Zeit den Streunern angeschlossen haben, um dann dafür mit seinem Leben zu bezahlen.

Rußpelz presste ihre Schnauze tröstend an Kleinwolkes Flanke. Sie ließ sich im Gras nieder und bedeutete dem Schüler mit ihrer Schwanzspitze, sich neben sie zu setzen. Dann begann sie, ihn über den Stand seiner Ausbildung zu befragen.

»Läuft es jetzt besser?«, hob Feuerherz vorsichtig an, um Triefnase auszuhorchen. Er hätte die Heilerkatze gern vor

Tigerstern gewarnt, aber er konnte so wenig sagen, ohne zu enthüllen, was im DonnerClan vorgefallen war.

»Sieht so aus«, miaute Triefnase und hörte sich dabei ebenso vorsichtig an. »Die Schüler bekommen zum ersten Mal seit Monden ein anständiges Training und unsere Bäuche sind stets gefüllt.«

»Das hört sich gut an«, miaute Feuerherz bemüht. »Was ist mit den Streunern?«

»Nicht alle Katzen waren begeistert, dass sie in unserem Clan aufgenommen wurden«, erzählte Triefnase. »Ich selbst fand es auch nicht gut. Sie haben aber bis jetzt keinen Ärger gemacht – außerdem sind sie starke Krieger. Das kann keine Katze leugnen.«

»Dann wird Tigerstern vielleicht der große Anführer sein, den das Omen angekündigt hat«, miaute Feuerherz.

Die Heilerkatze sah ihm ruhig in die Augen. »Seltsam ist bloß, warum sich der DonnerClan von einer starken Katze wie ihm getrennt hat.«

Feuerherz holte tief Luft. Vielleicht sollte er die Gelegenheit nutzen, um Triefnase die Wahrheit über Tigerstern zu erzählen. »Das ist eine lange Geschichte«, hob er an.

»Nein, Feuerherz«, unterbrach ihn Triefnase. »Ich erwarte nicht, dass du Geheimnisse deines Clans verrätst.« Er rückte näher an Feuerherz heran, dann kratzte er mit den Pfoten den Boden auf und hockte sich neben ihn. »Was auch im Donner-Clan vorgefallen sein mag, in einem Punkt bin ich mir absolut sicher«, miaute er leise. »Der SternenClan hat uns Tigerstern geschickt.«

»Du meinst das Omen?«

»Es gibt da auch noch etwas anderes.« Triefnase sah Feuerherz von der Seite an. »Unser letzter Anführer wurde nie vom SternenClan akzeptiert«, gab er zu. »Als Nachtstern Anführer wurde, verlieh ihm der SternenClan keine neun Leben.«

»Was?« Feuerherz starrte den Heiler ungläubig an. Wenn Nachtstern nur ein Leben hatte, war das die Erklärung, warum ihn die Krankheit so schnell dahingerafft hatte. Feuerherz fand seine Stimme wieder. »Warum bekam er keine neun Leben?«

»Der SternenClan hat mir das nicht erklärt«, miaute Triefnase. »Ich hatte mich gefragt, ob es daran lag, dass Braunschweif noch am Leben war und der SternenClan ihn immer noch als Anführer anerkannt hat. Als wir dann von seinem Tod erfuhren, war Nachtstern zu schwach, um die Reise zum Mondstein anzutreten und seine neun Leben in Empfang zu nehmen. Und seit Tigersterns Ankunft frage ich mich, ob er nicht immer schon vom SternenClan für uns vorgesehen war. Nachtstern war nicht die richtige Katze.«

»Trotzdem akzeptierte der Clan ihn als Anführer?«, fragte Feuerherz.

»Der Clan hat nie erfahren, dass ihm keine neun Leben gegeben waren«, gestand Triefnase. »Nachtstern war eine ehrenhafte Katze und seinem Clan treu ergeben. Wir beschlossen, seine Ablehnung geheim zu halten. Was hätten wir sonst tun sollen? Es gab keine andere Katze, die zum Anführer getaugt hätte. Wenn wir die Wahrheit gesagt hätten, wäre Panik im Clan ausgebrochen.«

Irgendwie hörte sich Triefnase erleichtert an, als er die Geschichte erzählte. Feuerherz konnte sich vorstellen, wie schwer es dem Heiler gefallen sein musste, dieses Geheimnis so lange allein zu hüten.

»Die Clan-Katzen glauben, die Krankheit wäre so mächtig gewesen, dass sie Nachtstern alle neun Leben auf einmal genommen hat«, fuhr Triefnase fort. »Sie hatten Angst – große Angst. Sie brauchten dringend einen starken Anführer.«

Deshalb akzeptierten sie Tigerstern ohne Vorbehalte. Feuerherz ergänzte, was der Heiler nicht ausgesprochen hatte. Triefnase brauchte seine Zweifel an dem neuen Anführer nicht laut zu sagen. »Hat Tigerstern irgendwas von einem Überfall auf den DonnerClan gesagt«, fragte Feuerherz zögernd.

Triefnase schnurrte belustigt. »Erwartest du wirklich eine Antwort von mir? Falls er irgendwas geplant hat, würde ich meinen Clan verraten, wenn ich es dir erzähle. Soweit ich weiß, habt ihr nichts zu befürchten, aber ob du mir das glaubst oder nicht, ist deine Sache.«

Feuerherz stellte fest, dass er ihm glaubte – zumindest glaubte er, dass Triefnase nichts von irgendwelchen Plänen wusste, die Tigerstern gemacht haben könnte. Ob der Heiler damit recht hatte, war eine ganz andere Frage.

»Feuerherz!« Die Stimme gehörte Rußpelz. Sie hatte sich auf die Pfoten erhoben und blickte über das Tal hinweg auf das hügelige Moorland dahinter. Dort lag das Territorium des WindClans, das die Heilerkatzen durchqueren mussten, um zu den Hochfelsen zu gelangen. »Willst du mit Triefnase den ganzen Tag dasitzen und schwatzen wie ein Paar Älteste?«

Mit ihren Pfoten knetete sie ungeduldig das Gras. Kleinwolke stand neben ihr mit erhobenem Kopf und seine Augen leuchteten erwartungsvoll.

»Also gut«, miaute Triefnase, erhob sich und gesellte sich zu ihnen. »Obwohl wir den ganzen Tag Zeit haben. Die Hochfelsen laufen uns nicht weg.«

Die vier Katzen tappten um den Talkessel herum, bis sie die Grenze zum windgepeitschten Moorland erreicht hatten. Rußpelz blieb stehen und berührte Feuerherz' Nase mit der ihren. »Ab hier komme ich allein zurecht«, miaute sie. »Danke, dass du mich so weit begleitet hast. Morgen Abend bin ich wieder zurück.«

»Pass auf dich auf«, antwortete Feuerherz.

Er hatte hier schon einmal gestanden und sich von Rußpelz verabschiedet, als sie sich zum ersten Mal den Mysterien des Mondsteins stellte. Ein Schauder rann ihm übers Fell, als er sich erinnerte, wie sie sich in die Tiefen des Tunnels stürzte, zu dem schimmernden Kristall, für ihr stilles Gespräch mit dem SternenClan. Er sagte nichts mehr, leckte der Kätzin nur einmal zum Abschied über das Ohr und blieb stehen, um zuzusehen, wie sie an der Seite der beiden SchattenClan-Katzen über die Moorebene humpelte.

6. KAPITEL

IM WALD war es finster. Kein Mond erhellte diese Nacht, und als Feuerherz nach oben blickte, konnte er nichts erkennen außer einem schemenhaften Muster aus Ästen vor dem Himmel. Die Bäume wirkten höher, als er sie in Erinnerung hatte, schlossen ihn ein. Brombeerranken und Efeu schlangen sich um seine Pfoten.

»Tüpfelblatt!«, miaute er. »Tüpfelblatt, wo bist du?«

Niemand antwortete auf seine Rufe. Vor ihm rauschte Wasser. Er fürchtete sich weiterzulaufen und spürte nichts als schwarze Leere unter den Pfoten, als ihn die wilde Strömung mit sich riss.

Irgendwo im Kopf wusste er, dass er träumte. Er hatte sich im Bau der Krieger hingelegt und gehofft, er könnte Tüpfelblatt im Traum begegnen. Als Feuerherz zum DonnerClan gekommen war, war Tüpfelblatt dort Heilerin gewesen, aber einer der boshaften Gefolgsleute von Braunstern hatte sie getötet. Jetzt suchte sie Feuerherz in seinen Träumen auf, damit er in ihrer einfühlsamen Weisheit erneut Antworten auf die vielen Fragen finden konnte, die ihn belasteten.

Aber jetzt im finsteren Wald wuchs seine Verzweiflung ins Unermessliche, weil er sie nicht finden konnte. »Tüpfelblatt!«, rief er noch einmal. In letzter Zeit war sie häufiger in seinen

Träumen für ihn unsichtbar geblieben. Beim letzten Mal hatte er nur ihre Stimme gehört und mit der schrecklichen Angst gekämpft, sie könnte sich ihm entziehen. »Tüpfelblatt, lass mich nicht allein!«, flehte er.

Eine schwere Last warf sich von hinten auf ihn. Feuerherz wand sich am Waldboden, um sich zu befreien. Dann stieg ihm der Geruch einer anderen Katze in die Nase. Er schlug die Augen auf und entdeckte, dass er sich im Moosbett wälzte, während Borkenpelz ihn an den Schultern zu Boden drückte.

»Was ist los mit dir?«, knurrte Borkenpelz. »Wie soll irgendeine Katze schlafen, wenn du hier so herumjaulst?«

»Lass ihn in Ruhe.« Sandsturm hob ihren Kopf aus ihrem Nest und blinzelte sich den Schlaf aus den Augen. »Er hat bloß geträumt. Er kann nichts dafür.«

»Du hast gut reden«, schnaubte Borkenpelz ärgerlich. Er wandte beiden den Rücken zu und schlüpfte unter den überhängenden Zweigen des Baus hindurch nach draußen.

Feuerherz setzte sich auf und begann, sich das Moos aus dem Pelz zu zupfen. Zwischen den dürren Ästen über ihm konnte er sehen, dass die Sonne bereits aufgegangen war. Weißpelz musste sich bereits mit der Morgenpatrouille aufgemacht haben, denn außer ihnen schlief kein Krieger mehr im Bau.

Der finstere Traum verblasste allmählich, vergessen konnte er ihn aber nicht. Warum hatte der Wald so schwarz und schrecklich ausgesehen? Warum war Tüpfelblatt nicht zu ihm gekommen, auch nicht als Duft oder Stimme?

»Ist alles in Ordnung?«, fragte Sandsturm und ihre grünen Augen schimmerten besorgt.

Feuerherz schüttelte sich. »Alles in Ordnung«, miaute er. »Gehen wir jagen.«

Es war ein freundlicher Tag, obwohl die Kälte des Blattfalls in der Luft lag. Feuerherz bemerkte erleichtert, dass Gras und Farne kräftig wuchsen, der Wald erholte sich. Wenn nur das Wetter noch halten würde! Dann könnte noch mehr wachsen und die Beute käme zurück.

Er lief vorneweg die Böschung hinauf und durch den Wald bis zu den Hochkiefern. Seit dem Feuer mieden die meisten Katzen die Stelle in der Nähe des Baumsägeortes, wo die Verwüstung am größten war. Dort war das Feuer ausgebrochen, und vom Wald war über weite Strecken nicht mehr als graue Asche geblieben, aus der nur hier und da ein paar Baumstümpfe aufragten. Feuerherz fragte sich, ob dort bereits eine Chance auf Beute bestand, aber als er mit Sandsturm am Rand der Hochkiefern ankam, rechnete er mit einer Enttäuschung.

Die verkohlten, sich zum Ende verjüngenden Kiefernstämme lagen immer noch durcheinander, andere Bäume hatten sich im Fallen ineinander verfangen. Die wenigen verbliebenen Äste schwankten unsicher im Wind. Der Boden war schwarz, kein Vogel sang.

»Das hat hier keinen Sinn«, miaute Sandsturm. »Lass uns gehen und –«

Sie brach ab, als eine fremde Katze zwischen den Bäumen auftauchte, eine kleine Tigerkatze mit weißer Blesse, die nervös zwischen den Überresten des Feuers umhertappte. Voller Überraschung erkannte Feuerherz Prinzessin, seine Schwester.

Im selben Moment entdeckte sie ihn und hüpfte laut rufend auf ihn zu: »Feuerherz! Feuerherz!«

»Wer ist das denn?«, fauchte Sandsturm. »Sie verjagt sämtliche Beute zwischen hier und dem Baumgeviert.«

Bevor Feuerherz antworten konnte, war seine Schwester bei ihnen angekommen. Sie schnurrte und schien nie mehr aufhören zu wollen, presste ihr Gesicht an das seine und leckte ihn von oben bis unten ab. »Feuerherz, du bist am Leben!«, miaute sie. »Ich hatte solche Angst, als ich das Feuer sah! Ich dachte, du und Wolkenpfote, ihr wärt beide tot.«

»Ja, nun, mir geht es gut«, miaute Feuerherz unbehaglich, leckte Prinzessin ebenfalls kurz übers Ohr und trat einen Schritt zurück, wohl wissend, dass Sandsturm ihn beobachtete. »Und Wolkenpfote geht es auch gut.«

Mit einem Seitenblick auf Sandsturm bemerkte er die Verachtung im Blick der Kriegerin, der sich das Fell sträubte. »Das ist ein *Hauskätzchen*«, fauchte sie. »Sie riecht von Kopf bis Schwanz nach Hauskätzchen.«

Prinzessin sah sie ängstlich an und rückte näher an Feuerherz heran. »Ist … ist das eine Freundin von dir, Feuerherz?«, stammelte sie.

»Ja, das ist Sandsturm. Sandsturm, das ist meine Schwester, Prinzessin, die Mutter von Wolkenpfote.«

Sandsturm entfernte sich ein paar Schritte von den beiden, aber ihr Nackenfell legte sich wieder an. »Die Mutter von Wolkenpfote?«, wiederholte sie. »Ihr trefft sie also beide noch?« Sie sah Feuerherz an. Offensichtlich fragte sie sich, wie viel er Prinzessin wohl über die Eskapade von Wolkenpfote mit den Zweibeinern erzählt hatte.

»Wolkenpfote macht sich wirklich gut«, miaute Feuerherz. Er erwiderte Sandsturms Blick mit der stillen Bitte, nichts Negatives über den eigenwilligen Schüler zu erzählen.

»Er jagt sehr gut«, gab Sandsturm zu. »Und er hat das Zeug zu einem guten Kämpfer.«

Prinzessin merkte nicht, wie viel Sandsturm unausgesprochen ließ. Ihre Augen leuchteten voller Stolz und sie miaute: »Ich weiß, dass er ein guter Kämpfer wird, wenn ihn Feuerherz ausbildet.«

»Du hast mir noch nicht gesagt, was du hier draußen tust«, miaute Feuerherz, um endlich das Thema zu wechseln. »Du bist ziemlich weit weg vom Zweibeinernest.«

»Ich habe nach dir gesucht. Ich musste wissen, was mit dir und Wolkenpfote geschehen ist«, erklärte Prinzessin. »Ich habe das Feuer vom Garten aus gesehen und dann hast du mich nicht besucht und ich dachte –«

»Tut mir leid«, miaute Feuerherz. »Ich wäre gern gekommen, aber wir haben seit dem Feuer so viel zu tun. Wir müssen das Lager wieder aufbauen und im Wald ist nicht viel Beute übrig geblieben. Und mehr Pflichten habe ich außerdem, seit ich Zweiter Anführer geworden bin.«

»Du bist jetzt Zweiter Anführer? Vom ganzen Clan? Feuerherz, das ist wunderbar!«

Feuerherz wurde heiß vor Peinlichkeit, als Prinzessin ihn ansah.

Sandsturm hüstelte trocken. »Wir sollten uns um die Beute kümmern, Feuerherz …«

»Ja, wie recht du hast«, miaute Feuerherz. »Prinzessin, es war sehr tapfer von dir, so weit zu laufen, aber jetzt solltest du besser nach Hause gehen. Der Wald kann gefährlich sein, wenn man ihn nicht kennt.«

»Ja, ich weiß, aber ich –«

Das Röhren eines Zweibeinermonsters unterbrach sie und

im selben Moment weiteten sich Feuerherz' Nasenflügel. Ein scharfer Geruch wehte heran. Das Röhren wurde lauter und einen Augenblick später brach das Monster auf einem holprigen Pfad rumpelnd zwischen den Bäumen hindurch.

Feuerherz und Sandsturm verkrochen sich instinktiv unter einem verkohlten Baumstamm, um zu warten, bis das Monster vorbeigefahren war. Prinzessin saß einfach da und sah neugierig zu.

»Runter mit dir!«, fauchte Feuerherz sie an.

Prinzessin machte ein verwirrtes Gesicht, trotzdem presste sie sich folgsam neben Feuerherz zu Boden.

Statt vorbeizufahren, hielt das Monster an. Das Röhren hörte unvermittelt auf. Ein Teil des Monsters faltete sich auseinander und drei Zweibeiner sprangen aus seinem Bauch.

Feuerherz und Sandsturm sahen sich an und pressten sich noch fester zu Boden. Prinzessin mochte sich bei den Zweibeinern und ihren Monstern wohlfühlen, aber für ihren Geschmack kamen sie ihnen gerade viel zu nahe, und der Bodenbewuchs war noch nicht hoch genug, um ausreichend Deckung zu bieten. Sämtliche Instinkte befahlen Feuerherz loszurennen, aber die Neugier hielt ihn am Boden fest.

Die Zweibeiner trugen alle den gleichen blauen Pelz. Sie hatten keine Zweibeinerjungen bei sich, auch keine Hunde, anders als jene Zweibeiner, die sonst in den Wald kamen. Sie schwärmten zwischen den verbrannten Bäumen aus, jaulend und stampfend, sodass unter ihren Pfoten Wolken aus Staub und Asche aufwirbelten. Sandsturm duckte den Kopf und unterdrückte ein Niesen, als einer von ihnen eine Fuchslänge neben dem Versteck der drei Katzen vorbeiging.

»Was machen die hier?«, murmelte Feuerherz.

»Sämtliche Beute verjagen«, fauchte Sandsturm und spuckte Staub aus. »Mal ehrlich, Feuerherz, wen interessiert es, was Zweibeiner tun? Die sind alle bescheuert.«

»Ich weiß nicht ...« Feuerherz wurde das Gefühl nicht los, dass diese Zweibeiner etwas vorhatten, auch wenn er nicht verstand, was sie taten. Sie deuteten mit ihren Pfoten in verschiedene Richtungen und jaulten sich gegenseitig an, woraus er schloss, dass sie sich zielgerichtet durch den Wald bewegten.

Noch ein Zweibeiner trampelte vorbei. Er hatte einen Ast aufgehoben und stach damit in Löcher und unter Haufen von verkohltem Bodenbewuchs. Er sah fast so aus, als ob er jagen würde, wenn er dabei nicht genug Lärm produziert hätte, um selbst stocktaube Kaninchen zu verscheuchen.

»Weißt du, was das Ganze hier soll?«, wandte sich Feuerherz an Prinzessin.

»Ich bin mir nicht sicher«, antwortete seine Schwester. »Ein bisschen von der Zweibeinerrede verstehe ich, aber das hier sind Wörter, die mein Hausvolk nicht benutzt. Ich glaube, sie rufen nach jemandem, aber ich weiß nicht, nach wem.«

Feuerherz sah, wie der Zweibeiner den Ast wegwarf. In der Bewegung lag Frustration. Er jaulte noch einmal und der andere Zweibeiner tauchte zwischen den Bäumen auf. Alle drei gingen zu dem Monster zurück und kletterten in seinen Bauch. Das Röhren hob wieder an, dann setzte sich das Monster ruckelnd in Bewegung und verschwand im Wald.

»Puh!« Sandsturm setzte sich auf und begann, sich sorgfältig die Asche aus dem Pelz zu lecken. »SternenClan sei Dank, dass sie weg sind!«

Feuerherz erhob sich auf die Pfoten, den Blick auf die Stelle fixiert, an der das Monster zwischen den Bäumen verschwunden war. Das Geräusch ebbte ab und der beißende Geruch ließ nach. »Das gefällt mir nicht«, miaute er.

»Ach, komm schon, Feuerherz!« Sandsturm tappte an seine Seite und stupste ihn an. »Warum machst du dir Gedanken über Zweibeiner? Die sind verrückt, mehr ist da nicht dran.«

»Nein, ich glaube, sie wissen, was sie tun, auch wenn es uns verrückt vorkommt«, antwortete Feuerherz. »Normalerweise bringen sie ihre Jungen oder ihre Hunde mit in den Wald – das taten diese Zweibeiner nicht. Wenn Prinzessin recht hat und sie nach etwas gesucht haben, dann haben sie es nicht gefunden. Ich wüsste gern, was es war.« Er hielt inne, dann fuhr er fort: »Außerdem begegnen wir normalerweise in diesem Teil des Waldes keinen Zweibeinern. Für meinen Geschmack sind sie zu nah am Lager.«

Sandsturms ungeduldiger Blick wurde weicher und sie presste ihm tröstend ihre Schnauze an die Schulter. »Du kannst den Patrouillen sagen, sie sollen nach ihnen Ausschau halten«, erinnerte sie ihn.

»Ja.« Feuerherz nickte nachdenklich. »Das mache ich.«

Als er sich von Prinzessin verabschiedete, konnte er seine wachsende Furcht nur mit Mühe aus den Gedanken verbannen. Etwas, das er nicht verstand, ging im Wald vor. Etwas, das eine Bedrohung für den Clan werden könnte.

Bei den Hochkiefern bogen Feuerherz und Sandsturm ab in Richtung Fluss und Sonnenfelsen. Nirgendwo gab es Hinweise auf Beute zwischen den verbrannten Bäumen, dafür hatten die Zweibeiner mit ihrem Lärm gesorgt.

»Wir gehen an der Grenze zum Territorium des FlussClans weiter in Richtung Baumgeviert«, schlug Feuerherz vor. »Vielleicht finden wir da lohnende Beute.«

Dann kamen die Sonnenfelsen in ihr Blickfeld, und Feuerherz blieb stehen, als ihn eine vertraute Stimme beim Namen rief. Er sah auf und entdeckte Graustreif, der auf dem nächsten Felsen hockte. Der graue Krieger kletterte hinab und kam zu ihnen hinübergesprungen.

»Feuerherz! Ich hatte gehofft, dass ich dich hier erwische.«

»Gut, dass die Patrouille *dich* nicht erwischt hat«, knurrte Sandsturm. »Für einen Krieger des FlussClans bewegst du dich ziemlich selbstverständlich auf unserem Territorium.«

»Ach, hör auf, Sandsturm«, miaute Graustreif und knuffte Sandsturm freundschaftlich. »Ich bin's, Graustreif, du kennst mich doch.«

»Viel zu gut«, konterte Sandsturm. Sie setzte sich, leckte eine Pfote an und begann, sich das Gesicht zu waschen.

»Was hast du für ein Problem, Graustreif?«, fragte Feuerherz, der befürchtete, dass sich sein alter Freund nicht ohne Grund im Territorium des DonnerClans aufhalten würde.

»Ein Problem ist es eigentlich nicht«, antwortete der graue Krieger. »Das hoffe ich jedenfalls. Ich dachte bloß, ihr solltet es erfahren.«

»Dann spuck's aus«, miaute Sandsturm.

Graustreif antwortete mit einem unwirschen Zucken seiner Schwanzspitze. »Streifenstern hatte gestern einen Gast«, erzählte er Feuerherz. Er kniff seine bernsteinfarbenen Augen zu. »Es war Tigerstern.«

»Was? Was wollte er denn?«, stammelte Feuerherz.

Graustreif schüttelte den Kopf. »Ich weiß nicht. Aber

Streifenstern ist inzwischen ziemlich schwach. Der ganze Clan weiß, dass sein letztes Leben angefangen hat. Tigerstern hat sich nur kurz bei ihm aufgehalten, aber lange mit Leopardenfell gesprochen.«

Bei der Erwähnung der Zweiten Anführerin des FlussClans wuchsen Feuerherz' Befürchtungen. Was hatte sie mit Tigerstern zu besprechen? Visionen eines Bündnisses zwischen dem SchattenClan und dem FlussClan rasten ihm durch den Kopf, und in der Mitte zwischen den beiden saß der DonnerClan in der Falle. Dann versuchte er, sich einzureden, dass er sich unnötige Sorgen machte. Er hatte keinen Grund, zu glauben, dass die beiden Katzen etwas aushecken.

»Es ist nicht ungewöhnlich, dass sich Anführer gegenseitig besuchen«, erklärte er. »Wenn Streifenstern im Sterben liegt, will ihm Tigerstern vielleicht die letzte Ehre erweisen.«

»Kann sein.« Graustreif schnaubte verächtlich. »Aber warum hält er sich so lange bei Leopardenfell auf? Ich habe versucht, mich anzuschleichen, um zu lauschen, und hörte Tigerstern sagen, er würde noch einmal wiederkommen.«

»Mehr hat er nicht gesagt?«, fragte Feuerherz.

»Mehr habe ich nicht gehört«, Graustreif senkte peinlich berührt den Kopf, »Leopardenfell hat mich entdeckt und mir gesagt, ich solle ihr vom Pelz bleiben.«

»Vielleicht wollte Tigerstern sie einfach kennenlernen«, vermutete Feuerherz. »Sie wird Anführerin des Clans werden, wenn Streifenstern stirbt.«

Er drehte den Kopf, als noch eine Katze seinen Namen rief, und sah, wie Nebelfuß aus dem Wasser stieg.

»Beim heiligen SternenClan!«, rief Sandsturm aus. »Will sich der ganze FlussClan hier drüben versammeln?«

»Feuerherz!«, keuchte Nebelfuß und schüttelte sich. Sand-sturm sprang entrüstet beiseite, als einige Wasserspritzer auf ihren Pfoten landeten. »Feuerherz, hast du Grauteich irgendwo gesehen?«

»Grauteich?«, wiederholte Feuerherz, der sich an die reiz-bare Älteste erinnerte, die Nebelfuß für ihre Mutter hielt. Feuerherz war der Königin aus dem FlussClan immer noch dankbar, dass sie ihm die Wahrheit über die beiden Jungen aus dem DonnerClan erzählt hatte, die sie angenommen und großgezogen hatte, er hatte sie aber lange Zeit nicht mehr ge-sehen. »Was sollte Grauteich denn hierherverschlagen?«

»Ich weiß es nicht.« Nebelfuß tappte die Böschung vom Fluss herauf und sah besorgt aus. »Ich kann sie nirgendwo im Lager finden. Sie ist in letzter Zeit so schwach und konfus, ich fürchte, sie ist losgelaufen und weiß nicht, was sie tut.«

»Hier ist sie bestimmt nicht«, wandte Graustreif ein. »Sie ist nicht stark genug, um durch den Fluss zu schwimmen.«

»Aber wo ist sie dann?« Nebelfuß senkte die Stimme zu einem Wimmern. »Ich habe sämtliche Plätze in der Nähe des Lagers abgesucht und sie nicht gefunden. Außerdem ist der Fluss gerade ziemlich seicht, und es ist nicht so schwer, durch-zuschwimmen.«

Feuerherz dachte angestrengt nach. Falls Grauteich ir-gendwo den Fluss überquert hatte und sich im Gebiet des Don-nerClans aufhielt, musste sie so schnell wie möglich gefunden werden. Die Mitglieder seines Clans waren bereits verängstigt genug, weil sie einen Angriff fürchteten. Er wollte sich nicht vorstellen, was passieren könnte, wenn eine aggressive Katze wie Dunkelstreif die alte FlussClan-Katze als Erster fand.

»In Ordnung«, miaute er. »Ich suche die Grenze bis zum

Baumgeviert ab, ob sie da entlanggekommen ist. Sandsturm, du gehst zum Lager zurück. Berichte den anderen, was passiert ist und sag ihnen, sie sollen Grauteich nicht angreifen, falls sie jemand sieht.«

Sandsturm rollte mit den Augen. »Na gut«, miaute sie und erhob sich auf die Pfoten. »Ich werde aber nebenbei jagen. Wird Zeit, dass jemand Frischbeute für den Clan erlegt.« Mit hoch aufgerichtetem Schwanz stolzierte sie in den Wald hinein.

Nebelfuß neigte dankbar den Kopf vor Feuerherz. »Vielen Dank«, miaute sie. »Das werde ich dir nicht vergessen. Und noch was, Feuerherz – falls du die Grenze ins Territorium des FlussClans überqueren musst, um Grauteich zurückzubringen, kannst du jeder Katze, die du triffst, sagen, dass ich dir die Erlaubnis erteilt habe.«

Feuerherz bedankte sich mit einem Nicken. Er sah bildlich vor sich, was passieren würde, wenn ihn eine FlussClan-Patrouille mit Leopardenfell auf der falschen Seite der Grenze erwischen würde.

»Komm jetzt, Nebelfuß«, miaute Graustreif aufmunternd. »Ich schwimme mit dir zurück. Wir werden das Lager noch einmal durchsuchen.«

»Danke, Graustreif.« Nebelfuß presste ihre Schnauze kurz in das Fell des grauen Kriegers und die beiden FlussClan-Katzen sprangen die Böschung hinunter zum Ufer.

Graustreif sah sich kurz um und miaute zum Abschied, dann ließ er sich hinter Nebelfuß ins Wasser gleiten. Feuerherz sah zu, wie sie mit kräftigen Zügen ans andere Ufer schwammen, um dort ihren Weg stromaufwärts zum Baumgeviert fortzusetzen.

Er lief an der Grenze entlang weiter, erneuerte unterwegs

die Duftmarken und hatte das Baumgeviert fast erreicht. Es fiel ihm schwer, zu glauben, dass die zerbrechliche Älteste so weit gekommen sein sollte. Aber dann, als er die steinige Böschung zum Fluss hinunterblickte, entdeckte er eine magere graue Gestalt, die langsam über die Zweibeinerbrücke humpelte, die die FlussClan-Katzen überquerten, wenn sie zum Baumgeviert wollten.

Grauteich!

Feuerherz klappte den Kiefer runter, um nach ihr zu rufen, und dann wieder rauf, ohne einen Laut von sich gegeben zu haben. Die alte Katze hatte die Brücke überquert und trottete direkt an der Uferlinie entlang. Er fürchtete, sie könnte ausrutschen und sich zu Tode stürzen, wenn eine fremde Stimme nach ihr rief. Er beschloss, selbst die Böschung hinunterzuklettern, und pirschte sich an, hinter Steinen geduckt, damit sie ihn nicht sah und erschrak.

Kurz darauf bemerkte er erleichtert, dass sich Grauteich vom Fluss abgewandt hatte und die steile Böschung in Richtung Baumgeviert hinaufzuklettern versuchte. Ihre Krallen klammerten sich angestrengt in die Steine, und Feuerherz fragte sich, wo sie eigentlich hinwollte. Glaubte sie, es wäre Vollmond und sie müsste sich auf den Weg zur Großen Versammlung machen?

Feuerherz reckte sich hoch und öffnete noch einmal das Maul, um nach ihr zu rufen, doch auch diesmal tat er es nicht und glitt eilig in den Schutz des nächsten Felsbrockens. Noch eine Katze war aufgetaucht, die sorglos vom Baumgeviert herangetrabt kam. Der riesige muskulöse Körper mit dem dunkel getigerten Pelz ließ keine Zweifel aufkommen.

Es war Tigerstern!

7. KAPITEL

FEUERHERZ SPÄHTE hinter seinem Felsen hervor. Tigerstern hatte Grauteich entdeckt und bewegte sich jetzt auf sie zu. Als der dunkle Tigerkater auftauchte, erschrak Grauteich und fiel hin, rappelte sich aber gleich wieder auf und sah Tigerstern an. Der Anführer des SchattenClans trat zu ihr und miaute irgendetwas, aber Feuerherz war zu weit weg, um ihn zu verstehen.

Den Bauch fest zu Boden gepresst, kroch er näher, unter Einsatz all seiner Jagdkünste, um nicht entdeckt zu werden. Glücklicherweise blies der Wind auf ihn zu, weshalb Tigerstern ihn kaum riechen konnte. Feuerherz wollte dem Anführer des SchattenClans nicht begegnen, solange es sich vermeiden ließ. Wenn er Glück hatte, war Tigerstern wieder auf dem Weg zu Leopardenfell und würde Grauteich ins Lager des FlussClans zurückbegleiten.

Feuerherz robbte weiter, bis er die Deckung des nächsten Felsens erreicht hatte, fast auf gleicher Höhe mit den beiden anderen Katzen. Graustreif hatte erzählt, dass Tigerstern den FlussClan am gestrigen Tag besucht hatte. Warum sollte er so bald wiederkommen müssen?

»Tu nicht so, als ob du mich nicht kennen würdest.« Feuerherz erkannte Grauteichs zittrige Stimme kaum wieder. »Ich weiß jedenfalls ziemlich genau, wer du bist. Du bist Eichenherz.«

Feuerherz erstarrte. Eichenherz hatte jene Katze geheißen, die Nebelfuß und Steinfell gezeugt und zum FlussClan gebracht hatte, nachdem Blaustern sie weggegeben hatte. Er war im Kampf getötet worden, kurz bevor Feuerherz zum DonnerClan gestoßen war. Er hatte Tigerstern allerdings etwas ähnlich gesehen – ein kräftiger Kater mit einem dunklen Pelz.

So vorsichtig wie möglich hob Feuerherz den Kopf, um über den Felsen zu spähen. Grauteich hockte auf einem spärlichen Grasbüschel direkt über einer Felsnase. Sie sah zu Tigerstern hoch, der sich wenige Schwanzlängen weiter oben an der Böschung vor ihr aufgebaut hatte.

»Ich habe dich seit Monden nicht mehr gesehen«, fuhr Grauteich fort. »Wo hattest du dich versteckt?«

Tigerstern starrte mit finsterer Miene auf sie hinab. Feuerherz wartete darauf, dass er der betagten Kätzin erklärte, welchem Irrtum sie erlegen war. Sein Blut erstarrte, als Tigerstern einfach nur miaute: »Ach ... mal hier, mal da.«

Beim SternenClan, was hat er vor?, fragte sich Feuerherz.

»Und ganz zum Schluss bist du dann endlich zu mir gekommen«, beschwerte sich Grauteich. »Willst du nicht wissen, wie es den Jungen geht?«

Der massige Kater spitzte die Ohren und seine Bernsteinaugen begannen neugierig zu funkeln. »Welchen Jungen?«

»Welchen Jungen, fragt er!« Grauteich brach in ein heiseres Lachen aus. »Als ob du das nicht wüsstest! Den beiden Jungen aus dem DonnerClan, die du in meine Obhut gegeben hast.«

Feuerherz erstarrte. Grauteich hatte gerade jenes Geheimnis gelüftet, das Blaustern so sorgsam verborgen hielt!

Tigerstern straffte die Muskeln und sah Grauteich noch eindringlicher an, jede Faser seines Körpers verriet, dass sein Interesse geweckt war. Er stieß den Kopf vor und miaute etwas, aber zu leise für Feuerherz, um ihn zu verstehen.

»Ist viele Blattwechsel her«, antwortete Grauteich leicht verwirrt. »Erzähl mir nicht, du hättest es vergessen. Du ... Nein, Eichenherz müsste diese Frage nicht stellen.« Sie wankte ein paar Schritte weiter, um Tigerstern genauer in Augenschein zu nehmen.

»Du bist nicht Eichenherz!«, rief sie aus.

»Ist nicht so wichtig«, miaute Tigerstern beschwichtigend. »Du kannst mir trotzdem alles darüber erzählen. Welche Jungen aus dem DonnerClan? Wer war ihre richtige Mutter?«

Feuerherz hockte nahe genug, um Grauteichs verwirrten Blick zu erkennen. Sie legte den Kopf auf eine Seite und sah den Anführer des SchattenClans unsicher an. »Sie waren bildhübsche Junge«, miaute sie ausweichend. »Und jetzt sind sie großartige Krieger.«

Sie brach ab, als ihr Tigerstern die Schnauze entgegenstieß. »Sag mir, wessen Junge sie waren, alter Krähenfraß«, forderte er. Allmählich verlor er die Geduld.

Voller Entsetzen musste Feuerherz zusehen, wie Grauteich verwirrt einen Schritt zurücktrat. Die Pfoten rutschten unter ihr weg. Wie ein Knäuel aus Beinen und Schwanz rollte sie die steile Böschung hinab und landete hart an einem der Felsen, die aus dem Untergrund aufragten. Dort blieb sie liegen und bewegte sich nicht mehr.

Bestürzung und Wut pulsierten durch Feuerherz' Körper.

Als Tigerstern zu Grauteichs reglosem Körper hinuntertappte und daran schnüffelte, sprang er auf die Pfoten und sauste die Böschung entlang. Aber noch bevor er den Anführer des SchattenClans erreicht hatte, war dieser herumgewirbelt, ohne seinen alten Feind zu bemerken, und verschwand mit eiligen Sätzen im Wald, Richtung Baumgeviert und auf sein eigenes Territorium zu.

Feuerherz hatte Grauteich erreicht und blickte auf sie hinab. Ein Blutrinnsal tropfte aus ihrem kleinen, grauen Kopf, wo er am Fels angeschlagen war. Ihre Augen starrten blicklos gen Himmel. Die Kätzin war tot.

Feuerherz neigte den Kopf. »Leb wohl, Grauteich«, miaute er leise. »Der SternenClan wird dich in Ehren aufnehmen.«

In stiller Trauer blieb er stehen und wünschte sich, er hätte Grauteich besser gekannt. Mit ihrer scharfen Zunge und dem noblen Herzen erinnerte sie ihn an Gelbzahn. Er würde der FlussClan-Königin ewig dankbar sein, dass sie ihm ihr größtes Geheimnis anvertraut hatte, obwohl er zu einem anderen Clan gehörte.

Die Stimmen zweier Katzen rissen ihn aus seinen traurigen Träumen, und als er aufsah, erblickte er Nebelfuß und Graustreif, die vom Flussufer auf ihn zugestürzt kamen. Nebelfuß gab ein verzweifeltes Jaulen von sich, als sie die tote Älteste entdeckte, und warf sich zu Boden, um ihre Nase an Grauteichs Flanke zu pressen.

»Was ist geschehen?«, fragte Graustreif.

Blitzschnell beschloss Feuerherz, über Tigerstern zu schweigen. Mit jeder Erwähnung des SchattenClan-Anführers riskierte er, dass die Wahrheit über Blausterns Kinder entdeckt wurde, und Feuerherz wusste, dass Grauteich das niemals gewollt hätte, nicht innerhalb ihres eigenen Clans. Er betrachtete den reglosen grauen Körper und bat den SternenClan um Vergebung, weil er nur die halbe Wahrheit erzählen würde.

»Ich sah, wie Grauteich die Böschung hinaufkletterte. Sie ist ausgerutscht und ich konnte sie nicht rechtzeitig erreichen. Es tut mir so leid.«

»Du kannst nichts dafür, Feuerherz.« Nebelfuß sah zu ihm auf, tiefe Trauer erfüllte ihre blauen Augen. »Ich habe schon seit einiger Zeit befürchtet, dass so etwas irgendwann passieren würde.«

Wieder senkte sie den Kopf, um Grauteich noch einmal zu berühren. Feuerherz empfand tiefes Mitgefühl. Grauteich hatte Nebelfuß und Steinfell aufgenommen, als Blaustern, ihre richtige Mutter, sie weggab. Ohne Grauteich wären sie gestorben. Sie hatte sie gesäugt und aufgezogen, bis sie zu Schülern herangewachsen waren. Sie war die einzige Mutter, die sie kannten, und keine Katze hätte mehr für sie da sein können.

»Komm jetzt, Nebelfuß.« Graustreif schubste seine Freundin sanft an. »Wir bringen sie ins Lager zurück.«

»Ich helfe euch«, bot Feuerherz an.

Nebelfuß setzte sich auf. »Nein«, miaute sie. »Du hast genug getan, Feuerherz. Ich danke dir, aber das hier muss ihr eigener Clan für sie tun.«

Mit äußerster Vorsicht packte sie Grauteich mit ihren Zähnen am Nackenfell. Graustreif ergriff den Rumpf der Ältesten und gemeinsam trugen sie die alte Kätzin die Böschung hinunter zur Zweibeinerbrücke. Grauteichs schlaffer Körper sackte zwischen ihnen durch und ihr Schwanz schleifte im Staub.

Als sie das andere Ufer des Flusses erreicht hatten, wandte

sich Feuerherz ab, seinem eigenen Territorium und dem Lager des DonnerClans zu. Seine Gedanken rasten. Tigerstern hatte erfahren, dass zwei Krieger des FlussClans aus dem DonnerClan gekommen waren! Feuerherz hatte keine Idee, was Tigerstern mit seinem Wissen anfangen würde. Er wusste nur eines, und das war so sicher wie der Sonnenaufgang am nächsten Morgen: Der Anführer des SchattenClans würde es sich irgendwie zunutze machen. Außerdem wurde Feuerherz das ungute Gefühl nicht los, dass sich dieses Geheimnis für Blaustern und den ganzen DonnerClan zu einer Katastrophe auswachsen konnte.

Feuerherz legte auf dem Heimweg eine Pause ein, um zu jagen, und als er den Eingang zur Schlucht erreicht hatte, baumelte ein Kaninchen zwischen seinen Zähnen. Unten im Lager erblickte er Goldblüte, die ihre Jungen an das Ende des Hohlwegs gebracht hatte, wo die beiden zwischen den Felsen Fangen spielten und so taten, als wollten sie Maispfote angreifen, die ihnen scherzhaft mit der Schwanzspitze drohte und sich in Sicherheit brachte. Als Feuerherz den Hohlweg hinuntertappte und das Kaninchen für einen Moment ablegte, um ihnen zuzusehen, kam Brombeerjunges angehüpft und legte ihm eine Maus vor die Pfoten.

»Sieh mal, Feuerherz!«, miaute er triumphierend. »Ich hab sie ganz allein gefangen!«

»Seine erste Beute«, fügte Goldblüte mit einem liebevollen Blick auf ihren Sohn hinzu.

Brombeerjunges' Bernsteinaugen strahlten voller Stolz. »Mutter sagt, ich werde ein genauso guter Jäger wie mein Vater«, erzählte er Feuerherz.

Feuerherz spürte, wie sich sein Magen verkrampfte. Er kniff die Augen zusammen und warf Goldblüte einen wütenden Blick zu. Goldblütes Augen ruhten noch immer auf ihrem Sohn, aber ihre zuckende Schwanzspitze verriet Feuerherz, dass sie sich seines Blickes bewusst war.

»Feuerherz?« Brombeerjunges war verwirrt. »Darf ich meine Maus zu den Ältesten bringen?«

Feuerherz schüttelte seinen Ärger ab. Der junge Kater hatte seine Sache gut gemacht, wenn er jetzt schon Mäuse fangen konnte, und er hatte ein Lob verdient. Trotzdem wurde Feuerherz das Bild vor seinen Augen nicht los, wie sich Tigerstern über Grauteichs leblosen Körper gebeugt hatte, und er musste hart mit sich kämpfen, um seine Wut nicht an dem unschuldigen Jungen auszulassen.

»Ja, natürlich«, miaute er. »Und meinen Glückwunsch zu deinem Fang. Frag Einauge, ob sie die Maus haben möchte. Kann sein, dass sie ihr eine Geschichte wert ist.«

Brombeerjunges' Augen fingen an zu leuchten. »Gute Idee«, jubelte er, schnappte sich die Maus und schleppte sie den Hohlweg hinunter zum Lagereingang. Seine Schwester, Bernsteinjunges, trippelte hinter ihm her.

Goldblüte sah Feuerherz böse an, und er wusste, dass sie ziemlich genau gesehen hatte, wie mühsam er sich sein Lob abgerungen hatte. Kühl miaute sie: »Ich hatte es dir gesagt, Feuerherz. Ich werde den Jungen nichts Schlechtes von ihrem Vater erzählen. Wir sind dem Clan treu ergeben – wir alle.«

Sie wirbelte herum, wobei sie Feuerherz mit ihrem Schwanz über das Gesicht wischte, und stolzierte ins Lager zurück.

Feuerherz nahm sein Kaninchen wieder auf und folgte ihr. Er hatte beschlossen, dass er Rußpelz seine Beute bringen und die Gelegenheit nutzen würde, mit ihr über Brombeerjunges zu reden. Vielleicht hatte sie ein paar Ideen, wie man mit dem Kleinen am besten umging. Die graue Kätzin war nach der Versammlung der Heiler an den Hochfelsen sehr spät nachts ins Lager zurückgehumpelt. Feuerherz hatte gesehen, dass sie erschöpft war, aber in ihren Augen schien das Licht des Mondsteins noch immer zu leuchten.

Als sich Feuerherz seinen Weg durch den nachgewachsenen Ginstertunnel auf die Lichtung bahnte, sah er, dass Rußpelz mit Fleckenschweif vor der Kinderstube saß. Die Heilerin beobachtete Schneejunges, der wenige Schwanzspitzen von seiner Mutter entfernt mit einem Moosball spielte.

Sehr gut, dachte Feuerherz. *Jetzt sollten wir in der Lage sein, herauszufinden, ob mit Schneejunges etwas nicht stimmt.* Er trottete zu den beiden Katzen hinüber und ließ seine Beute neben Rußpelz fallen. »Das ist für dich«, miaute er. »Wie fühlst du dich nach der Reise?«

Rußpelz drehte sich zu ihm um. Ihre blauen Augen wirkten ruhig. »Es geht mir gut«, schnurrte sie. »Danke für das Kaninchen. Fleckenschweif und ich haben gerade über Schneejunges geplaudert.«

»Da gibt es nichts zu plaudern«, erklärte Fleckenschweif schroff mit eingezogenen Schultern. Sie klang ungehalten, aber Rußpelz strahlte eine neue Form von Autorität aus, und Feuerherz vermutete, dass die ältere Kätzin nicht gewagt hatte, ein Gespräch von vornherein abzulehnen.

Rußpelz senkte den Kopf. »Ruf ihn doch einfach mal zu dir, Fleckenschweif«, bat sie.

Die Königin schnaubte verächtlich und rief: »Schneejunges! Schneejunges, komm her!«

Sie winkte mit ihrem Schwanz, während sie rief. Schneejunges ließ den Moosball liegen, stand auf und trottete zu seiner Mutter. Fleckenschweif beugte sich vor und leckte ihm über das Ohr.

»Gut«, miaute Rußpelz. »Jetzt du, Feuerherz. Würdest du dich da drüben hinstellen und nach ihm rufen?« Sie deutete auf eine Stelle ein paar Fuchslängen entfernt. Etwas leiser fügte sie hinzu: »Beweg dich nicht. Setz nur deine Stimme ein.«

Verwirrt tat Feuerherz, was ihm aufgetragen war. Obwohl ihn Schneejunges direkt ansah, rührte er sich diesmal nicht. Er reagierte überhaupt nicht, auch nachdem Feuerherz drei- oder viermal nach ihm gerufen hatte.

Ein paar Katzen blieben auf dem Weg zum Frischbeutehaufen stehen, um zu sehen, was los war. Blaustern, die auf die Stimmen aufmerksam geworden war, wie Feuerherz vermutete, tauchte aus ihrem Bau auf und setzte sich an den Fuß des Hochsteins. Tupfenschweif, die zum Bau der Ältesten zurückschlenderte, hielt neben Fleckenschweif an und sagte etwas zu ihr. Fleckenschweif warf ihr eine bissige Bemerkung an den Kopf, aber Feuerherz stand zu weit weg, um zu verstehen, was die beiden Katzen zueinander gesagt hatten. Tupfenschweif ignorierte Fleckenschweifs schlechte Laune und setzte sich neben Rußpelz, um sich das Ganze genauer anzusehen.

Feuerherz rief weiter nach Schneejunges, bis Fleckenschweif ihr Junges anstieß, in seine Richtung nickte, worauf es auf ihn zugehüpft kam.

»Gut gemacht«, miaute Feuerherz und wiederholte sein Lob, als ihn Schneejunges ausdruckslos ansah.

Nach einer Weile miaute das Junge: »Geht in Ordnung«,

aber die Worte hörten sich so verzerrt an, dass Feuerherz ihn kaum verstehen konnte.

Er brachte Schneejunges zu seiner Mutter und Rußpelz zurück. Allmählich dämmerte ihm, wo das Problem liegen könnte, und er war nicht überrascht, als sich Rußpelz an Fleckenschweif wandte und miaute: »Tut mir leid, Fleckenschweif – Schneejunges ist taub.«

Fleckenschweif knetete mit den Pfoten den Boden. Ihr Gesicht zeigte eine Mischung aus Trauer und Wut. »Ich weiß, dass er taub ist!«, platzte sie schließlich heraus. »Ich bin seine Mutter. Glaubt ihr, ich würde so was nicht merken?«

»Weiße Katzen mit blauen Augen kommen häufig taub zur Welt«, miaute Tupfenschweif Feuerherz zu. »Ich erinnere mich an eines aus meinem ersten Wurf ...« Sie seufzte.

»Was ist aus ihm geworden?«, fragte Feuerherz, erleichtert, dass Wolkenpfote, der ebenfalls weiß war und blaue Augen hatte, gut hören konnte.

»Das weiß keine Katze«, antwortete Tupfenschweif traurig. »Er verschwand, als er drei Monde alt war. Wir vermuteten, dass ihn ein Fuchs erwischt hat.«

Fleckenschweif behielt Schneejunges dicht an ihrer Seite, um ihn zu schützen. »Also, diesen hier kriegt der Fuchs nicht!«, verkündete sie energisch. »Ich kann auf ihn aufpassen.«

»Da bin ich mir sicher«, miaute Blaustern und gesellte sich zu ihnen. »Ich fürchte allerdings, dass nie ein Krieger aus ihm werden wird.«

Heute hatte Blaustern einen ihrer besseren Tage, stellte Feuerherz fest. Ihre Stimme klang mitfühlend, aber bestimmt, und ihre Augen blickten klar.

»Warum kann er kein Krieger werden?«, wollte Fleckenschweif wissen. »Mit ihm ist sonst alles in Ordnung. Er ist ein gehorsames, starkes Junges. Er kommt ganz prima zurecht, wenn man ihm Zeichen gibt, was er tun soll.«

»Das reicht nicht«, erklärte Blaustern. »Ein Mentor kann ihm nicht mit Zeichen erklären, wie man kämpft oder jagt. Er könnte im Gefecht keine Kommandos hören, und wie soll er Beute erwischen, wenn er nicht lauschen oder die Schritte seiner eigenen Pfoten hören kann?«

Fleckenschweif erhob sich mit gesträubtem Fell auf die Pfoten, und einige Sekunden lang befürchtete Feuerherz, sie könnte über Blaustern herfallen. Dann wirbelte sie herum, schubste Schneejunges auf die Pfoten und verschwand mit ihm in der Kinderstube.

»Ist schwer für sie, damit fertig zu werden«, stellte Tupfenschweif fest.

»Was hattest du denn erwartet?«, fragte Rußpelz. »Sie wird alt. Das hier könnte ihr letztes Junges sein, und jetzt erfährt sie, dass nie ein Krieger aus ihm werden kann.«

»Rußpelz, du musst mit ihr reden«, befahl Blaustern. »Mach ihr begreiflich, dass die Bedürfnisse des Clans Vorrang haben.«

»Ja, natürlich, Blaustern«, miaute Rußpelz mit einer respektvollen Neigung ihres Kopfes. »Ich halte es aber für besser, wenn sie erst noch ein bisschen mit Schneejunges allein sein kann. Dann kann sie sich an den Gedanken gewöhnen, dass nun der ganze Clan über seine Taubheit Bescheid weiß.«

Blaustern gab unwillig ihr Einverständnis und trottete in ihren Bau zurück. Feuerherz konnte seine Enttäuschung nicht verhehlen. Vor nicht allzu langer Zeit hätte Blaustern selbst mit Fleckenschweif gesprochen und sich vielleicht Gedanken gemacht, wie die Zukunft von Schneejunges im Clan aussehen könnte. *Wohin sind ihr Mitgefühl und Verständnis verschwunden?*, fragte sich Feuerherz. Sein Fell kribbelte, als ihm bewusst wurde, dass sich seine Anführerin für das taube Junge und dessen Mutter kaum zu interessieren schien.

8. KAPITEL

DIE SONNE KLETTERTE über die Baumwipfel, als sich Feuerherz mit seiner Patrouille den Schlangenfelsen auf der dem Fluss gegenüberliegenden Seite des Territoriums näherte. So weit war das Feuer nicht gekommen; die Pflanzen am Boden waren hier immer noch dicht und grün, obwohl die Blätter bereits fielen.

»Langsam«, miaute Feuerherz Dornenpfote zu, als der Schüler auf die Felsen zustürmte, »denk daran, dass es hier in der Gegend Kreuzottern gibt.«

Abrupt blieb Dornenpfote stehen. »Tschuldigung, Feuerherz.«

Seit sich Blaustern geweigert hatte, sie zu Kriegern zu erklären, hatte Feuerherz Wert darauf gelegt, sich regelmäßig um alle Schüler zu kümmern, wozu auch gehörte, jeweils mindestens einen zu jeder Patrouille mitzunehmen, um ihnen zu zeigen, dass sie dem Clan dennoch wichtig waren. Wieselpfotes mürrisches Gesicht ließ darauf schließen, dass ihn die Verzögerung gekränkt hatte, aber Dornenpfote schien nichts dagegen zu haben, auf seinen Status als Krieger noch etwas zu warten.

Mausefell, Dornenpfotes Mentorin, trat zu ihrem Schüler. »Sag mir, was du riechen kannst.«

Dornenpfote blieb mit erhobenem Kopf und fest auf den Boden gestemmten Pfoten stehen und sog die Luft tief ein. »Maus!«, miaute er, ohne zu zögern, und fuhr sich mit der Zunge übers Maul.

»Stimmt, aber wir sind gerade nicht auf der Jagd«, erinnerte ihn Mausefell. »Was noch?«

»Den Donnerweg – dort drüben.« Dornenpfote deutete mit dem Schwanz in die entsprechende Richtung. »Und Hund.«

Feuerherz, der gerade Wasser aus einer Pfütze geleckt hatte, spitzte die Ohren. Er witterte und erkannte, dass Dornenpfote recht hatte. Es roch intensiv nach Hund und der Geruch war frisch.

»Das ist seltsam«, miaute er. »Wenn die Zweibeiner nicht sehr früh aufgestanden sind, müsste der Geruch abgestanden sein. Mindestens von gestern Abend.«

Er erinnerte sich an Weißpelz' Bericht über die niedergetrampelten Pflanzen und die verstreuten Taubenfedern in der Nähe der Schlangenfelsen. Es hatte auch damals nach Hund gerochen, aber so lange hätte sich der Duft niemals gehalten.

»Wir sollten uns erst einmal gründlich umsehen«, beschloss er.

Nachdem er Dornenpfote befohlen hatte, seiner Mentorin nicht von der Seite zu weichen, schickte Feuerherz die anderen Katzen in den Schutz der Bäume und schlich selbst näher an die Felsen heran. Noch bevor er dort angekommen war, wurde er von Mausefell zurückgerufen.

»Komm her und sieh dir das an!«

Mit einem großen Satz stürzte sich Feuerherz ins Brombeerdickicht, gesellte sich zu der braunen Kriegerin und blickte hinunter in eine Senke mit steilen Seitenhängen. Ganz unten gab es einen See mit brackig grünem Wasser, auf dem abgefallene Blätter dümpelten. Feuerherz entdeckte den scharfen Geruch nach zertrampelten Farnwedeln, der aber unter dem überwältigenden Gestank nach Hund kaum wahrzunehmen war. Taubenfedern lagen überall verstreut, dazwischen Fellfetzen, vielleicht von Eichhörnchen oder Kaninchen. Etwas weiter unten an der Böschung schnüffelte Dornenpfote an einem Haufen Hundekot und trat mit vor Ekel verzerrtem Gesicht zurück.

Feuerherz nahm konzentriert jedes Detail der Szene auf. Zweibeiner hielten sich normalerweise nicht lange genug im Wald auf, um so viele Spuren zu hinterlassen, Pflanzen niederzutrampeln und Beutereste zu verteilen, bis der Wald wie ein Fuchsbau stank. Was er hier sah, sagte ihm, dass definitiv etwas nicht in Ordnung war.

»Was hältst du davon?«, fragte Mausefell.

»Ich weiß es nicht.« Feuerherz zögerte, seine Befürchtungen laut auszusprechen. »Sieht so aus, als ob ein Hund im Wald herumlaufen würde, frei und ohne Zweibeiner.«

Haben die Zweibeiner nach ihm gesucht?, fragte er sich, als ihm plötzlich die drei aus dem Monster einfielen, die ihnen bei den Hochkiefern begegnet waren, als er mit Sandsturm gejagt hatte. Aber das war weit weg von hier gewesen, auf der anderen Seite des DonnerClan-Territoriums.

»Was sollen wir tun?«, meldete sich Dornenpfote mit ungewöhnlich ernster Stimme zu Wort.

»Ich werde Blaustern berichten«, beschloss Feuerherz. »Wenn ein Hund hier in unserem Territorium herumstreift, werden wir etwas dagegen unternehmen müssen. Vielleicht können wir ihn irgendwie weglocken.«

Der Hund nahm ihnen eindeutig Beute weg, die der DonnerClan nicht entbehren konnte, und Feuerherz wollte sich gar nicht erst vorstellen, was passieren würde, wenn der Hund einem der Krieger von Angesicht zu Angesicht gegenüberstand.

Als er sich von der Lichtung abwandte und den Weg zum Lager zurück anführte, wurde Feuerherz das unangenehme Gefühl nicht los, dass der Wald um ihn herum etwas seltsam Feindseliges bekommen hatte. Er kannte jeden Baum und Stein, dennoch gab es da etwas tief unten – nicht wirklich einen Geruch, auch kein Geräusch, eher etwas wie ein Echo an der Grenze des Hörbaren –, was er nicht einordnen konnte. War es bloß ein Hund? Oder würde Blaustern mit ihren Befürchtungen letzten Endes doch recht behalten? Hatte der SternenClan für den DonnerClan noch eine andere Katastrophe bestimmt?

Die Patrouille hatte das Lager beinahe erreicht, als Feuerherz DonnerClan-Katzen hinter sich witterte. Er wandte sich um und entdeckte Weißpelz, Maispfote und Wolkenpfote, die durch die verkohlten Überreste am Waldboden trotteten. Alle hatten Frischbeute bei sich.

»Erfolgreiche Jagd?«, fragte Feuerherz, als sie ihn eingeholt hatten.

Weißpelz ließ das Kaninchen fallen, das er erlegt hatte. »Nicht übel«, antwortete er. »Wir mussten allerdings bis zum Baumgeviert, um etwas zu finden.«

»Sieht dafür aber schön fett aus«, miaute Feuerherz anerkennend. »Gut gemacht«, fügte er an Maispfote und Wolkenpfote gewandt hinzu, die beide Eichhörnchen schleppten.

»Wir haben etwas gesehen, worüber du Bescheid wissen solltest«, miaute Weißpelz. »Kehren wir zum Lager zurück.«

Der weiße Krieger nahm sein Kaninchen wieder auf und reihte sich hinter Feuerherz ein, der den Weg durch die Schlucht anführte. Nachdem sie die Frischbeute auf dem Haufen abgeladen hatten und Feuerherz die Schüler zu den Ältesten geschickt hatte, nahm er sich ein Stück und hockte sich neben Weißpelz, um zu fressen. Mausefell suchte sich aus dem Haufen eine Amsel aus und gesellte sich zu ihnen.

»Was habt ihr denn nun gesehen?«, fragte Feuerherz, als er seinen ärgsten Hunger mit ein paar Bissen von der Wühlmaus gestillt hatte.

Als er sah, wie sich Weißpelz' Miene verfinsterte, ahnte er die Antwort, noch bevor der weiße Krieger die Stimme erhoben hatte. »Noch mehr verstreute Beute«, miaute Weißpelz. »Fetzen von Kaninchenfell. Und wieder Geruch nach Hund. Diesmal nahe beim Baumgeviert, kurz vor der Grenze zum FlussClan.«

»Frischer Geruch?«

»Von gestern, würde ich sagen.«

Feuerherz nickte, vor Unruhe kribbelte es ihm in den Pfoten. Der Hund bewegte sich eindeutig in einem größeren Umkreis, als er zunächst angenommen hatte. Nachdem er den letzten Bissen seiner Wühlmaus heruntergeschluckt hatte, berichtete er Weißpelz von der Entdeckung seiner Morgenpatrouille.

»Überall stank es furchtbar«, fügte Mausefell hinzu, die von ihrer Mahlzeit aufblickte. »Da treibt sich ein Hund in unserem Territorium herum, nicht wahr? Der unsere Beute tötet?«

»Ja, sieht ganz so aus.« Feuerherz wandte sich an Weißpelz. »Als du mir zum ersten Mal berichtet hast, dass du Hundegeruch entdeckt hast, hatte ich gehofft, der Hund wäre inzwischen mit seinen Zweibeinern verschwunden. Das ist offensichtlich nicht passiert.«

»Wir müssen ihn irgendwie loswerden«, miaute Weißpelz verbissen.

»Ich weiß. Ich werde Blaustern davon berichten. Vielleicht will sie dazu eine Versammlung einberufen.«

Weißpelz und Mausefell zurücklassend trottete Feuerherz über die Lichtung zum Hochstein hinüber. Sonnenhoch stand unmittelbar bevor und so lief das Leben im Lager in friedlichen Bahnen. Aschenpfote und Wieselpfote rauften vor dem Bau der Schüler. In der Nähe des Kriegerbaus unterhielten sich Frostfell und Buntgesicht, beide mit ziemlich verschlafenen Mienen, nachdem sie in der vergangenen Nacht Wache gehalten hatten. Mitten auf der Lichtung gestikulierte Fleckenschweif mit Schwanz und Pfoten mit ihrem Jungen, Farnpelz sah ihr dabei zu. Feuerherz fuhr der Schreck heftig in die Glieder, als er sich vorstellte, welches Chaos ein streunender Hund anrichten konnte, falls er das Lager entdecken sollte.

Kurz bevor er bei Blausterns Bau angekommen war, erhob sich Farnpelz und sprang auf ihn zu. »Feuerherz, kann ich dich sprechen?«

Feuerherz blieb stehen. »Wenn es schnell geht. Ich muss mit Blaustern reden.«

»Es geht um Fleckenschweif«, erklärte Farnpelz. »Ich mache mir Sorgen um sie. Sie findet, Schneejunges sollte Schüler werden, und sie versucht sich selbst als Mentor. Sie glaubt, wenn Blaustern sieht, dass er lernt, dann wird sie einen Krieger aus ihm machen müssen.«

Als Feuerherz die Mutter mit ihrem Jungen genauer beobachtete, erkannte er, dass die beiden nicht bloß spielten –

Fleckenschweif jedenfalls nicht. Sie machte Schneejunges vor, wie man sich bei der Jagd duckte. Schneejunges schien Spaß dabei zu haben. Er rollte herum und betatschte seine Mutter mit den Pfoten, sah aber nicht so aus, als wolle er ihre Bewegungen genau nachahmen.

Feuerherz sah ihnen zu und wurde immer trauriger. »Vielleicht ist es so das Beste.« Er seufzte kurz auf. »Wenn Fleckenschweif selbst erkennt, dass Schneejunges nicht lernen kann, könnte ihr das helfen zu akzeptieren, dass er niemals ein Krieger werden wird.«

»Vielleicht.« Farnpelz hörte sich wenig überzeugt an. »Ich würde sie jedenfalls gern eine Weile im Auge behalten, vielleicht fällt mir etwas ein, womit ich ihnen helfen kann.«

Feuerherz betrachtete ihn wohlwollend. Obwohl Farnpelz erst vor wenigen Monden zum Krieger geworden war, trat er mit der Ernsthaftigkeit einer viel älteren Katze auf. Er war bereit für einen eigenen Schüler, und Feuerherz wusste genau, dass er einen großartigen Mentor abgeben würde – geduldig und verantwortungsbewusst. Aber nicht für Schneejunges. Feuerherz wusste, dass das taube Junge niemals einen Mentor bekommen, niemals zu den Versammlungen reisen oder die wilde Freude erleben würde, die ein Krieger im Dienst seines Clans verspürte.

Allerdings konnte es nicht schaden, wenn sich Farnpelz um Schneejunges kümmerte, solange kein anderes Junges einen Mentor brauchte. »Tu das ruhig, allerdings nur, solange du deine Pflichten als Krieger nicht vernachlässigst«, miaute Feuerherz. »Wenn du eine Idee hast, lass es mich wissen. Ich spreche gern wieder mit Rußpelz.«

»Danke, Feuerherz«, miaute Farnpelz. Er ließ sich am Boden nieder, steckte die Pfoten ordentlich unter seine Brust und sah Fleckenschweif und Schneejunges weiter zu.

Feuerherz zögerte. Das taube Junge und seine Mutter taten ihm leid und Farnpelz ebenso, dessen Hoffnungen auf einen Schüler diesmal enttäuscht wurden. Dann wandte er sich ab und machte sich auf die Suche nach Blaustern.

Die Anführerin lag auf ihrem Lager in der hinteren Ecke ihres Baus. Das Sonnenlicht konnte sie dort nicht erreichen, weshalb er von ihr nur einen grauen Schatten sah. Die Überreste eines Eichhörnchens ließen jedoch darauf schließen, dass sie etwas zu sich genommen hatte, und als Feuerherz auf der Schwelle innehielt, drehte sie den Kopf nach hinten, um sich den Pelz zu waschen. Feuerherz fühlte sich durch diese Anzeichen gewöhnlicher Alltagsroutine ermutigt.

Er kratzte mit den Pfoten am Boden, um sie auf sich aufmerksam zu machen, und als sie sich umwandte, miaute er: »Blaustern, darf ich eintreten? Ich habe etwas zu berichten.«

»Nichts Gutes, wie ich vermute«, miaute Blaustern schlecht gelaunt. Feuerherz zuckte bei ihrem Tonfall zusammen und die Anführerin schien einzulenken. »Also gut, Feuerherz, tritt ein und sag mir, was dich beschäftigt.«

»Wir glauben, im Wald läuft ein Hund frei herum.« Feuerherz beschrieb, wie Weißpelz als Erster die verstreute Beute in der Nähe der Schlangenfelsen entdeckt und was seine Patrouille am Morgen gesehen hatte. Anschließend berichtete er von den Kaninchenresten, die Weißpelz nahe beim Baumgeviert gefunden hatte.

Blaustern saß schweigend da, mit dem Blick starr zur Wand, bis Feuerherz geendet hatte. Dann fuhr ihr Kopf herum und sie sah ihn an. »Nahe dem Baumgeviert? Wo?«

»Bei der Grenze zum FlussClan, hat Weißpelz gesagt.«

Blaustern schnaubte verächtlich und fuhr mit den Krallen tief in die Unterlage ihres Nests. »Ja – ich sehe es genau vor mir!«, fauchte sie. »Der WindClan hat wieder in unserem Territorium gejagt.«

Feuerherz sah sie entsetzt an. »Entschuldige, Blaustern. Das verstehe ich nicht.«

»Dann bist du ein Narr!«, knurrte Blaustern. Plötzlich schien sie sich zu entspannen. »Nein, Feuerherz, du bist ein guter und edler Krieger. Du kannst nichts dafür, wenn dir der Verrat der anderen fremd ist.«

Was meint sie damit?, dachte Feuerherz. *Hat sie vergessen, dass ich es gewesen bin, der ihr von Tigerstern berichtet hat?*

In seinem Kopf drehte es sich, als er erkannte, dass dies keiner von Blausterns guten Tagen war. Ihr Blick war leer und ihr Fell gesträubt, als ob reihenweise Feinde vor ihr aufmarschiert wären. Vielleicht glaubte sie genau das in ihrer Verwirrung.

»Aber, Blaustern«, protestierte Feuerherz, »überall fanden wir Beutereste, wir rochen Hund. Es gibt keinen Grund, anzunehmen, dass andere Clans verantwortlich sind.«

»Mausehirn!«, fauchte Blaustern, ihr Schwanz peitschte von einer Seite zur anderen. »Hunde benehmen sich nicht so. Sie kommen mit ihren Zweibeinern hierher und ihre Zweibeiner nehmen sie wieder mit. Wer hat je davon gehört, dass ein Hund frei im Wald herumläuft?«

»Wenn das noch nie passiert ist, muss das nicht heißen, dass es jetzt auch nicht sein kann«, miaute Feuerherz verzweifelt. »Warum glaubst du, es sei der WindClan gewesen?«

»Siehst du das nicht?« Blausterns Stimme klang schroff vor Wut. »Krieger des WindClans haben Kaninchen gejagt und die Kaninchen müssen beim Baumgeviert die Grenze zum FlussClan überquert haben. Das Territorium des FlussClans ist dort schmal. Die Katzen des WindClans jagten ihre Beute über beide Grenzen auf das Territorium des DonnerClans, bevor sie sie erwischen und töten konnten.« Sie schien sich ihrer Sache so sicher, als wäre sie selbst dabei gewesen. »Das ist so offensichtlich, ein Junges könnte es sehen.« Ihre Pfoten fingen wieder an zu arbeiten. »Nun, der WindClan sollte sich besser in Acht nehmen!«

Feuerherz sank der Mut. Das hörte sich so an, als ob Blaustern einen Angriff auf den WindClan planen würde. *Wir brauchen nicht noch mehr Ärger!*, dachte er verzweifelt. Ein Bild tauchte vor seinen Augen auf: Tigerstern auf dem Weg zu Leopardenfell. Solange eine Allianz zwischen dem SchattenClan und dem FlussClan in der Luft lag, war ein Krieg mit dem WindClan das Letzte, was sie brauchen konnten.

»Vielleicht hast du recht, Blaustern«, lenkte er ein, »wir sollten den WindClan aber nicht beschuldigen, bevor wir irgendwelche echten Beweise haben. Es könnte auch der FlussClan gewesen sein, oder?«

»Unsinn!« Blaustern hörte sich verächtlich an. »Die Katzen des FlussClans würden bei der Verfolgung ihrer Beute niemals die Grenze überschreiten. Sie kennen das Gesetz der Krieger gut genug. Hast du vergessen, wie sie uns während des Feuers geholfen haben? Wir wären alle verbrannt oder ertrunken, wenn der FlussClan nicht gewesen wäre.«

Ja, und Leopardenfell wird dafür sorgen, dass wir das so schnell nicht vergessen, fügte Feuerherz im Stillen hinzu. Vielleicht dachte der FlussClan, ein paar Kaninchen wären ein Anfang, um sie für ihre Hilfe zu entlohnen.

Feuerherz schüttelte den Kopf, um seine Gedanken zu klären. Den FlussClan zu beschuldigen brachte niemanden weiter. Er wusste, welche Gerüche er erkannt hatte. Ein Hund hatte die Beute liegen lassen, und das musste er Blaustern verdeutlichen. »Blaustern, ich bin mir sicher –«, hob er an.

Blaustern fegte seine Worte mit ihrem Schwanz beiseite. »Nein!«, insistierte sie. »Du warst es, Feuerherz, der nach der letzten Versammlung zu mir kam und mir erzählt hat, wie Riesenstern Tigerstern als Anführer des SchattenClans willkommen geheißen hat.«

»Nicht gerade willkommen!«, versuchte Feuerherz zu protestieren, aber Blaustern ignorierte ihn.

»Hast du vergessen, wie die Krieger des WindClans verhindert haben, dass ich zu den Hochfelsen reisen konnte? Und wie sie dich angegriffen haben, als du Wolkenpfote heimbringen wolltest? Sie zeigen keine Dankbarkeit, überhaupt keine, für das, was der DonnerClan für sie getan hat, als du sie mit Graustreif zusammen aus dem Exil heimgeführt hast! Riesenstern hat sich mithilfe des SternenClans gegen mich verschworen! Er hat sich mit meinem ärgsten Feind verbündet, und jetzt will er mit seinen Kriegern in meinem Territorium einfallen. Er ist eine Schande für alle Krieger, er ...« Ihre Augen funkelten böse, und ihre Stimme war nur noch ein heiseres Krächzen, als ob sie die Worte nur mit Mühe herausbringen könnte.

Zutiefst besorgt wollte sich Feuerherz aus dem Bau zurückziehen. »Blaustern, bitte nicht«, flehte er. »Du warst krank, das ist nicht gut für dich. Ich werde Rußpelz holen.«

Doch bevor er hinauseilen konnte, brach lautes Miauen auf der Lichtung aus. Es waren die entsetzten, angsterfüllten

Schreie vieler Katzen. Feuerherz wirbelte herum und raste aus Blausterns Bau.

Die Mitte der Lichtung lag fast verlassen da, in grelles Licht getaucht, wo der bisherige Pflanzenbewuchs niedergebrannt war. Katzen kauerten am Rand im spärlichen Schutz des dürren Farnwalls. Feuerherz sah, wie Goldblüte und Glanzfell ihre Jungen in die Kinderstube scheuchten. Farnpelz trieb einige Älteste eilig zu ihrem Bau.

Die Katzen am Rande der Lichtung blickten mit weit aufgerissenen, erschrockenen Augen gebannt zum Himmel auf. Als er den Kopf hob, hörte Feuerherz Flügel schlagen und sah einen Habicht über den Wipfeln kreisen, der Wind trug seine schrillen Schreie weiter. Im selben Moment bemerkte er, dass eine Katze keinen Schutz gesucht hatte: Schneejunges tollte und hopste immer noch mitten auf der freien Fläche umher.

»Schneejunges!«, miaute Fleckenschweif verzweifelt.

Sie war gerade hinter der Kinderstube aufgetaucht, dem Platz, an dem die Königinnen ihre Notdurft verrichteten, und schoss, ohne zu zögern, auf ihr Junges zu, als sie erfasst hatte, was geschehen würde. Im gleichen Herzschlag stieß der Habicht auf die Lichtung hinab. Schneejunges schrie auf, als sich die scharfen Krallen in seinen Rücken gruben. Die riesigen Schwingen schlugen laut. Feuerherz rannte los, aber Fleckenschweif war immer noch schneller. Als der Habicht abhob, sprang sie hoch und hakte ihre Krallen in das weiße Fell des Jungen.

Einen entsetzlichen Moment lang baumelten beide Katzen von den Klauen des Habichts. Feuerherz sprang in die Luft, sie waren aber zu weit oben. Dann ließ der Habicht das Junge mit einer Klaue los, um Fleckenschweif mit den Krallen durchs Gesicht zu fahren. Die Kätzin verlor den Halt und fiel, mit einem dumpfen Schlag landete sie am Boden. Ohne ihr Gewicht erhob sich der Habicht schnell über die Baumwipfel und flog davon. Schneejunges' Entsetzensschreie verklangen in der Ferne.

»Nein!« Fleckenschweif warf den Kopf zurück und miaute voller Verzweiflung. »Mein Junges! Oh, mein Junges!«

Farnpelz stürmte an Feuerherz vorbei, setzte an einer Stelle, wo mit der Reparatur gerade begonnen worden war, über den Farnwall und verschwand im Wald. Obwohl Feuerherz wusste, dass ihre Verfolgung zwecklos war, fuhr er herum und fing den Blick der nächsten Katze auf. »Wieselpfote, lauf ihm nach.«

Wieselpfote öffnete den Mund, um zu protestieren, da auch er um die Aussichtslosigkeit dieser Jagd wusste. Dann schloss er ihn wieder und rannte hinter Farnpelz her. Die übrigen Katzen, vor Schreck erstarrt, krochen allmählich wieder auf die Lichtung hinaus und bildeten einen unregelmäßigen Kreis um Fleckenschweif.

»Er konnte nichts hören«, murmelte Sandsturm und presste ihre Nase an Feuerherz' Wange. »Er konnte den Habicht nicht hören, und er konnte uns nicht hören, als wir ihn warnen wollten.«

»Ich bin schuld!«, jaulte Fleckenschweif. »Ich ließ ihn allein … und jetzt ist er fort. Der Habicht hätte lieber mich mitnehmen sollen!«

Sandsturm trat zu der getigerten Königin und presste sich tröstend an sie. Rußpelz kam dazu und leckte ihr sacht über ein Ohr. »Komm in meinen Bau«, miaute sie leise. »Wir kümmern uns um dich. Wir werden dich nicht im Stich lassen.«

Fleckenschweif wollte sich aber nicht trösten lassen. »Er ist fort und ich bin schuld«, wimmerte sie.

»Du bist nicht schuld«, miaute Blaustern.

Feuerherz drehte sich um und sah, wie ihre Anführerin zu ihnen trat. Die breitschultrige graue Kätzin wirkte stark und zielsicher, einem Krieger viel ähnlicher als alle anderen Katzen in ihrer Bestürzung über den tragischen Verlust des Jungen.

»Du bist nicht schuld«, wiederholte sie. »Wer hat je gehört, dass ein Habicht es wagte, hinabzustürzen und ein Junges mitten aus einem Lager in der Gegenwart so vieler Katzen zu stehlen? Dies ist ein Zeichen vom SternenClan. Ich kann die Wahrheit nicht länger leugnen.« Blaustern sah in die erschrockenen Gesichter ihres versammelten Clans und ihre Stimme bebte vor Zorn. »Der SternenClan hat dem DonnerClan den Krieg erklärt!«

9. KAPITEL

WÄHREND IHR CLAN sie entsetzt anstarrte, drehte sich Blaustern um und stolzierte in ihren Bau zurück. Feuerherz trat einen Schritt vor, um ihr zu folgen, aber ohne den Kopf zu wenden, blaffte sie: »Lass mich allein!« In ihrer Stimme lag so viel Bitterkeit, dass Feuerherz abrupt stehen blieb.

Was soll ich jetzt bloß tun?, fragte er sich. Er wusste, dass der Clan kurz vor einer Panik stand. Der Schock über den Angriff des Habichts und Blausterns anschließende Deutung machten sie zu verängstigten Kindern. Ihm schlotterten selbst die Beine, aber er schob seine Ängste beiseite und sprang auf den Hochstein.

»Hört mich an!«, rief er. »Versammelt euch, und zwar alle.«

Zögernd gehorchten die Katzen und drängten sich am Fuß des Felsens dicht aneinander. Einige blickten ängstlich zum Himmel auf, als ob sie mit der Rückkehr des Habichts rechnen würden. Feuerherz sah Rauchpfote, die sich dicht neben Borkenpelz hielt, und Langschweif duckte sich am Boden, als ob er befürchten würde, dass der SternenClan gleich hier und jetzt Feuer auf sie hinabregnen lassen wollte.

Und dann entdeckte Feuerherz Wolkenpfote. Der Schüler blickte irritiert von einem zum anderen. »Was ist denn mit euch los?«, miaute er zu Maispfote. »Jede Katze weiß, dass der SternenClan bloß ein Märchen für Kinder ist. In Wirklichkeit können sie uns gar nichts tun.«

Maispfote sah ihn entrüstet an. »Wolkenpfote, das ist nicht wahr!«, rief sie aus.

»Komm schon!« Wolkenpfote gab ihr einen liebevollen Wink mit der Schwanzspitze. »An diesen Haufen Distelwolle glaubst du doch nicht wirklich, oder?« Um seine Gleichgültigkeit zu unterstreichen, setzte er sich und begann, sich ausgiebig die Pfoten zu waschen.

Feuerherz blickte auf seinen Schüler hinab und spürte, wie das Blut in seinen Adern erstarrte. Er wusste schon lange, dass Wolkenpfote das Gesetz der Krieger nicht respektierte, hatte aber nicht bemerkt, dass sein Schüler nicht einmal an den SternenClan glaubte.

Am anderen Ende der Lichtung führten Rußpelz und Buntgesicht Fleckenschweif behutsam zum Bau der Heilerin. Rußpelz blieb stehen, miaute Buntgesicht schnell etwas zu und kam zum Felsen zurückgehumpelt.

»Ich glaube, du brauchst meine Hilfe, Feuerherz«, miaute sie. »Aber mach schnell. Ich muss mich um Fleckenschweif kümmern.«

Feuerherz nickte. »Katzen des DonnerClans«, hob er mit lauter Stimme an, »wir haben gerade etwas Schreckliches gesehen. Das kann keine Katze leugnen. Aber wir müssen vorsichtig sein, welche Bedeutung wir dieser Tragödie beimessen. Rußpelz, hat Blaustern recht? Bedeutet es, dass uns der SternenClan verlassen hat?«

Rußpelz sprach laut und deutlich von ihrem Platz am Fuß des Hochsteins. »Nein«, miaute sie, »der SternenClan hat mir kein Zeichen gesandt, aus dem sich so etwas lesen ließe. Das Lager liegt seit dem Feuer offener da, deshalb ist es kein Wunder, dass ein Habicht seine Beute sehen konnte.«

»Es war also einfach nur ein Unfall, dass wir Schneejunges verloren haben?«, fragte Feuerherz nach.

»Nur ein Unfall«, wiederholte Rußpelz. »Hat nichts mit dem SternenClan zu tun.«

Feuerherz sah, dass die Spannung im Clan nachließ, und erkannte, dass Rußpelz sie durch ihr sicheres Auftreten beruhigt hatte. Die Katzen sahen immer noch entsetzt und bekümmert aus, weil ihnen Schneejunges genommen worden war, doch allmählich verschwanden ihre panischen Blicke.

Aber mit seiner Erleichterung kam eine neue Sorge hinzu: Wenn sich der Clan von seinem Schock erholt hatte, würden die Katzen anfangen, sich zu fragen, warum Blaustern so weit gegangen war, ihren Vorvätern im SternenClan den Krieg zu erklären. »Ich danke dir, Rußpelz«, miaute Feuerherz.

Rußpelz zuckte mit dem Schwanz und humpelte eilig zu ihrem Bau.

Feuerherz trat auf dem Hochstein einen Schritt vor und blickte auf die ihm zugewandten Gesichter hinab. »Ich habe euch noch etwas zu sagen«, hob er an. Er war sich überhaupt nicht sicher, ob es klug war, davon zu sprechen, nachdem Blaustern darauf bestanden hatte, dass der WindClan für die toten Kaninchen verantwortlich war, aber wenn die Sicherheit des Clans auf dem Spiel stand, durfte er einfach nicht schweigen. »Wir glauben, dass im Territorium des Donner-Clans ein Hund frei herumläuft. Wir haben ihn nicht gesehen, aber gerochen. Bei den Schlangenfelsen und in der Nähe des Baumgevierts.«

Ein ängstliches Gemurmel erhob sich unter den Katzen und Sandsturm rief aus: »Was ist mit den Hunden auf der Farm hinter dem Territorium des WindClans? Vielleicht ist es einer von denen.«

»Vielleicht«, stimmte Feuerherz zu, der sich an die wütenden Tiere erinnerte, die ihn und Sandsturm gejagt hatten, als sie dort nach Wolkenpfote gesucht hatten. »Bis er wieder weg ist«, fuhr er fort, »müssen wir alle besonders vorsichtig sein. Schüler dürfen das Lager nicht ohne Krieger verlassen. Und alle Katzen haben außerhalb des Lagers eine Zusatzaufgabe. Haltet nach Spuren dieses Hundes Ausschau – Geruch, Pfotenabdrücke, verstreute Beutespuren …«

»Und Kot«, fügte Mausefell hinzu. »Die elenden Kreaturen denken nie daran, ihn zu verscharren.«

»Gut«, miaute Feuerherz. »Wenn ihr irgendetwas Derartiges findet, berichtet mir sofort davon. Wir müssen herausfinden, wo der Hund seinen Bau angelegt hat.«

Während er seine Befehle erteilte, gab er sich größte Mühe, sein wachsendes Grauen zu verbergen. Er wurde das Gefühl nicht los, dass der Wald ihn beobachtete und irgendwo zwischen den Bäumen einen tödlichen Feind vor ihm verbarg. Die Drohung, die Tigerstern ausgesprochen hatte, machte allein schon Angst vor dem Angriff eines bekannten Feindes. Dieser Hund in seinem Versteck aber war eine andere Sache, unsichtbar und unberechenbar.

Nachdem er den Clan entlassen hatte, sprang Feuerherz vom Hochstein und machte sich auf den Weg zu Rußpelz' Bau. Unterwegs begegnete er Farnpelz, der mit Wieselpfote im Schlepp ins Lager zurückgeschlichen kam. Der goldbraune Krieger hatte sich den Pelz zerfetzt, als er sich bei der Verfolgung des Habichts zwischen Gestrüpp und Blättern einen Weg bahnte. Ein Blick auf seinen hängenden Kopf sagte Feuerherz alles, was er wissen musste, trotzdem wartete er, bis Farnpelz ihm Bericht erstattet hatte.

»Tut mir leid, Feuerherz. Wir haben uns drangehängt und ihn trotzdem verloren.«

»Mehr konntet ihr nicht tun«, antwortete Feuerherz und presste seinen Kopf an die Schulter des Kriegers. »Viel Hoffnung gab es ohnehin nicht.«

»Zeit- und Energieverschwendung von Anfang an«, murmelte Wieselpfote, obwohl die Enttäuschung in seinen Augen über den missglückten Rettungsversuch des Jungen seine Worte Lügen strafte.

»Wo ist Fleckenschweif?«, fragte Farnpelz.

»Bei Rußpelz. Ich wollte gerade nach ihr sehen. Nehmt euch beide etwas Frischbeute und dann ruht euch aus.«

Er sah den beiden Katzen nach, ob sie seine Anordnung befolgten, dann ging er weiter zu Rußpelz' Bau. Sandsturm tauchte an seiner Seite auf und begleitete ihn. Auf der Lichtung vor dem Bau der Heilerin kauerte Fleckenschweif am Boden. Buntgesicht lag neben ihr und leckte ihr das Fell.

Rußpelz trat aus dem Felsspalt mit einem gefalteten Blatt im Maul, das sie vor Fleckenschweif am Boden ablegte. »Mohnsamen«, miaute sie. »Nimm sie, Fleckenschweif, dann kannst du schlafen.«

Erst glaubte Feuerherz, Fleckenschweif hätte sie nicht gehört. Dann richtete sie sich ein bisschen auf, drehte den Kopf und leckte langsam die Mohnsamen vom Blatt.

»Ich werde nie wieder Junge bekommen«, miaute sie leise. »Jetzt werde ich zu den Ältesten gehen.«

»Und sie werden dich mit Freuden aufnehmen«, antwortete Sandsturm sanft, die sich neben die alte Katze kauerte, als die Wirkung der Mohnsamen allmählich einsetzte und ihr Kopf schwerer wurde. Feuerherz beobachtete Sandsturm voller Bewunderung. Sie war eine tüchtige Kriegerin, und er kannte ihre scharfe Zunge mehr als gut, aber sie konnte auch sehr einfühlsam sein.

Er wurde aus seinen Gedanken gerissen, als sich Rußpelz räusperte und er bemerkte, dass die Heilerin neben ihm stand. An dem Ausdruck in ihren Augen erkannte er, dass sie etwas zu ihm gesagt haben musste und auf eine Antwort wartete.

»Entschuldige – was hast du gesagt?«, miaute er.

»Wenn du nicht zu beschäftigt bist, könntest du mir mal zuhören«, miaute Rußpelz trocken. »Ich sagte, dass ich Fleckenschweif heute Nacht bei mir behalten werde.«

»Gute Idee, danke.« Feuerherz erinnerte sich, dass Rußpelz bei Fleckenschweif gewesen war, als er von dem Hund erzählt hatte. »Es gibt da noch etwas, das du wissen solltest, außerdem hätte ich gern, dass du dir Blaustern noch einmal ansiehst.«

»Was ist denn mit ihr?«

Leise genug, damit Sandsturm nicht mithören konnte, informierte Feuerherz Rußpelz über den frei laufenden Hund im Wald und erzählte ihr, dass Blaustern felsenfest überzeugt war, dass der WindClan ins Territorium des DonnerClans einfiel, um Beute zu stehlen. »Sie ist total verwirrt«, sagte er am Ende. »So muss es sein, wenn sie dem SternenClan den Krieg erklärt. Und in wenigen Nächten gibt es eine Versammlung. Was wird passieren, wenn sie vor den anderen Katzen den WindClan beschuldigt?«

»Jetzt mach mal halblang«, miaute Rußpelz. »Wie redest du denn über deine Anführerin? Du solltest ihre Ansichten respektieren, auch wenn du nicht mit ihr übereinstimmst.«

»Das ist keine einfache Meinungsverschiedenheit!«, protestierte Feuerherz. »Es gibt überhaupt keine Beweise für all ihre Vermutungen.« Er hatte so laut gesprochen, dass Sandsturm neben Fleckenschweif die Ohren spitzte, also fügte er leiser hinzu: »Blaustern war eine großartige Anführerin. Alle Katzen wissen das. Aber jetzt ... ich kann ihrem Urteil nicht mehr trauen, Rußpelz. Nicht, wenn es überhaupt keinen Sinn ergibt.«

»Du solltest trotzdem versuchen, sie zu verstehen. Zeig ihr ein bisschen Mitgefühl, wenigstens das. Das hat sie verdient, und zwar von jeder Katze.«

Einige Herzschläge lang spürte Feuerherz, dass er sich ärgerte, weil Rußpelz, die einst seine Schülerin gewesen war, jetzt so mit ihm redete. Rußpelz stand es nicht zu, Blausterns Entscheidungen zu verteidigen und ihre Verwirrung zu vertuschen, damit ihr der eigene Clan auch weiterhin vertrauen konnte. Und sie sollte erst recht keine Ausreden für alle anderen Clans erfinden, damit keine Katze etwas von den Schwächen im Herzen des DonnerClans mitbekam.

»Glaubst du, das hätte ich nicht versucht?«, blaffte er. »Wenn ich noch länger Mitleid mit ihr habe, fallen mir die Haare aus dem Pelz!«

»Ich finde, dein Pelz sieht noch ganz in Ordnung aus«, bemerkte Rußpelz.

»Sieh mal ...« Feuerherz bemühte sich ein letztes Mal, seinen Ärger zu unterdrücken. »Blaustern hat die letzte Versammlung versäumt. Wenn sie an der nächsten auch nicht teilnimmt, werden sämtliche Katzen im Wald wissen, dass etwas nicht stimmt. Kannst du ihr nicht irgendwas geben, damit sie ein bisschen vernünftiger wird?«

»Ich werde es versuchen. Aber es gibt Grenzen, was ich mit meinen Kräutern bewirken kann. Die Auswirkungen des Feuers hat sie überstanden, wie du weißt. Aber dieses Problem hat viel früher angefangen, als sie zum ersten Mal herausfand, dass Tigerstern sie hintergangen hat. Sie ist alt und müde, und sie glaubt, dass sie alles verliert, woran sie je geglaubt hat, sogar den SternenClan.«

»Vor allem den SternenClan«, bekräftigte Feuerherz. »Und wenn sie –«

Er brach ab, als ihm auffiel, dass Sandsturm nicht mehr neben Fleckenschweif lag, sondern auf sie zukam. »Fertig mit dem Austausch von Geheimnissen?«, fragte sie mit leicht pikierter Stimme. Mit einem Schwanzzucken deutete sie auf Fleckenschweif und fügte hinzu: »Sie schläft jetzt. Ich überlasse sie deiner Obhut, Rußpelz.«

»Vielen Dank für deine Hilfe, Sandsturm.«

Beide Katzen waren ausgesucht höflich zueinander, aber irgendwie spürte Feuerherz, dass bei beiden nicht viel fehlte, um mit ausgefahrenen Krallen aufeinander loszugehen. Er fragte sich, warum, aber dann beschloss er, mit albernen Zankereien keine Zeit zu verschwenden.

»Dann gehen wir jetzt etwas essen«, miaute er.

»Und anschließend solltest du dich ausruhen«, erklärte ihm Sandsturm. »Du bist seit dem Morgengrauen auf den Pfoten.«

Sie stupste ihn an, um ihn Richtung Hauptlichtung voranzutreiben. Er war erst wenige Schritte weit gekommen, als Rußpelz hinter ihm herrief: »Schick jemanden mit Frisch-beute für mich und Fleckenschweif vorbei. Falls du Zeit dafür hast.«

»Natürlich habe ich Zeit dafür.« Feuerherz war total ver-blüfft über die frostige Atmosphäre. »Ich kümmere mich so-fort darum.«

»Gut.« Rußpelz nickte ihm höflich zu, und Feuerherz spürte den Blick ihrer blauen Augen in seinem Rücken, bis er am Ende der Lichtung angekommen war.

10. KAPITEL

DIE STERNE des Silbervlieses funkelten am klaren Himmel und der Vollmond stand hoch. Feuerherz hockte oben auf dem Kamm und blickte in die Senke zum Baumgeviert. Den Boden unter den vier Eichen bedeckten Blätter, glänzend im ersten Frost der Blattleere. Schwarze Katzensilhouetten bewegten sich auf dem hellen Glitzerteppich hin und her.

Diesmal hatte Blaustern darauf bestanden, ihren Clan zur Versammlung anzuführen. Feuerherz wusste nicht, ob er die Entscheidung gut oder schlecht finden sollte. Einerseits brauchte er sich jetzt keine Ausreden für sie auszudenken, aber andererseits machte er sich Sorgen, was sie sagen würde. Während sich beim DonnerClan die Probleme allmählich häuften, wurde es immer schwieriger, den feindlichen Clans ein starkes Gesicht zu zeigen. Und seine Ahnungen, dass er sich auf das Urteil seiner Anführerin nicht mehr verlassen konnte, zehrten immer mehr an ihm.

Er drängte zu ihr nach vorn, außer Hörweite von Wolkenpfote und Mausefell, die neben ihm gelaufen waren. »Blaustern«, flüsterte er. »Was wolltest du –«

Als ob sie ihn nicht gehört hätte, gab Blaustern mit dem Schwanz ein Zeichen, worauf alle Katzen des DonnerClans auf die Pfoten sprangen und durch das Gebüsch in die Senke hinabsprangen. Feuerherz blieb nichts anderes übrig, als sich ihnen anzuschließen. Vor ihrer Abreise aus dem Lager hatte sich Blaustern geweigert, über die bevorstehende Versammlung zu sprechen, und jetzt war seine letzte Chance vertan.

Feuerherz hatte mit mehr Katzen in der Senke gerechnet, und ihm fiel auf, dass sie alle zum WindClan und zum SchattenClan gehörten. Er entdeckte Riesenstern und Tigerstern, die Seite an Seite am Fuß des Großfelsens saßen. Blaustern lief direkt an ihnen vorbei, den Schwanz hoch aufgerichtet, als ob sie sich einem Feind nähern würde. Kein einziges ihrer Schnurrhaare zuckte, als sie auf den Großfelsen sprang und sich setzte. Ihr blaugraues Fell schimmerte im Mondlicht.

Feuerherz holte tief Luft und versuchte, seine aufkeimenden Ängste zu unterdrücken. Blaustern hatte sich bereits eingeredet, dass Riesenstern ihr Feind war. Jetzt würde sie der Anblick von Tigerstern, ihrem Erzfeind, im vertraulichen Gespräch mit dem Anführer des WindClans nur in dem Glauben bestärken, dass sie recht hatte.

Als er die beiden beobachtete, bemerkte Feuerherz, wie sich Riesenstern zu Tigerstern hinüberbeugte und ihm etwas zuflüsterte. Tigerstern zuckte wegwerfend mit dem Schwanz. Feuerherz fragte sich, ob er sich anschleichen sollte, damit er hören konnte, was die beiden sagten, kam aber nicht dazu, weil ihn jemand freundlich an die Schulter stupste, und als er sich umdrehte, erblickte er Kurzbart, einen Krieger des WindClans.

»Hallo Feuerherz«, miaute Kurzbart. »Weißt du noch, wer das ist?«

Er schob einen jungen, getigerten Kater mit gespitzten Ohren und vor Aufregung strahlenden Augen vor. »Das ist das

Junge von Morgenblüte«, erklärte Kurzbart. »Er ist jetzt mein Schüler – Ginsterpfote. Ist er nicht groß geworden?«

»Das Junge von Morgenblüte, natürlich! Ich habe dich bei der letzten Versammlung gesehen.« Feuerherz konnte den muskulösen Kater immer noch nicht mit dem erbärmlichen Fellbällchen in Einklang bringen, das er über den Donnerweg getragen hatte, als er zusammen mit Graustreif den WindClan nach Hause gebracht hatte.

»Mutter hat mir von dir erzählt, Feuerherz«, miaute Ginsterpfote schüchtern. »Wie du mich getragen hast und so.«

»Nun, ich bin froh, dass ich dich jetzt nicht tragen muss«, antwortete Feuerherz. »Wenn du so weiterwächst, kannst du dem LöwenClan beitreten!«

Ginsterpfote schnurrte glücklich. Feuerherz spürte deutlich, welch warmherzige Freundschaft er für diese Katzen empfand, die sämtliche Rangeleien und Unstimmigkeiten seit jener Reise vor langer Zeit überdauert hatte.

»Wir müssten die Versammlung jetzt eröffnen«, fuhr Kurzbart fort. »Aber vom FlussClan ist niemand zu sehen.«

Er hatte die Worte kaum ausgesprochen, als sich am anderen Ende der Lichtung etwas im Gebüsch regte. Eine Gruppe Katzen vom FlussClan tauchte auf, die dicht beieinander auf die Lichtung trotteten. An ihrer Spitze stolzierte Leopardenfell.

»Wo ist Streifenstern?«, wunderte sich Kurzbart.

»Ich hörte, er sei krank«, miaute Feuerherz, als ihm bewusst wurde, wie wenig es ihn überraschte, dass Leopardenfell die Position des Anführers eingenommen hatte. Nach allem, was ihm Graustreif vor einem halben Mond am Fluss erzählt hatte, war kaum damit zu rechnen, dass es dem Anführer des

FlussClans gut genug ging, um an einer Versammlung teilzunehmen.

Leopardenfell lief direkt auf Riesenstern und Tigerstern am Fuß des Großfelsens zu. Sie neigte höflich den Kopf und setzte sich neben sie.

Feuerherz war zu weit weg, um etwas zu verstehen, und wenig später kam ein vertrauter grauer Krieger über die Lichtung auf ihn zugesprungen und beanspruchte seine ganze Aufmerksamkeit.

»Graustreif!«, miaute ihm Feuerherz freudig zu. »Ich dachte, du dürftest nicht an Versammlungen teilnehmen.«

»Das war einmal«, antwortete Graustreif, als sich die Freunde mit den Nasen begrüßten. »Aber dann hat Steinfell gesagt, ich sollte eine Chance bekommen, meine Loyalität zu beweisen.«

»Steinfell?«, wiederholte Feuerherz. Er hatte Steinfell und Nebelfuß, die beiden Jungen von Blaustern, im Gefolge von Leopardenfell bemerkt. »Was hat er damit zu tun?«

»Steinfell ist unser neuer Stellvertreter«, miaute Graustreif. »Ach so, das kannst du natürlich nicht wissen. Streifenstern ist vor zwei Nächten gestorben. Leopardenstern ist unsere neue Anführerin.«

Feuerherz schwieg eine Weile und dachte an den würdevollen alten Kater, der dem DonnerClan während des Feuers geholfen hatte. Die Nachricht von Streifensterns Tod kam nicht überraschend, besonders wohl war ihm bei dem Gedanken allerdings nicht. Leopardenstern würde eine starke Anführerin abgeben, und das war gut für den FlussClan, aber sie war dem DonnerClan nicht zugetan.

»Sie hat schon damit angefangen, neue Regeln im Fluss-

125

Clan einzuführen, obwohl kaum ein Tag vergangen ist, seit sie am Mondstein mit dem SternenClan sprach«, fuhr Graustreif fort und schnitt eine Grimasse. »Sie überwacht das Training der Schüler, hat mehr Patrouillen angeordnet. Und –« Er brach ab, mit den Pfoten knetete er den Boden.

»Graustreif!« Feuerherz erschrak über die unverkennbaren Erregung seines Freundes. »Was ist los?«

Graustreif hob seine verängstigten gelben Augen, um seinen Freund anzusehen. »Da ist etwas, das du wissen solltest, Feuerherz.« Er sah sich hastig um, ob sich irgendwelche Katzen des FlussClans in Hörweite befanden. »Seit dem Feuer plant Leopardenstern schon, wie sie die Sonnenfelsen zurückerobern kann.«

»Ich … ich glaube, das solltest du mir besser nicht sagen«, stammelte Feuerherz mit verzagtem Blick. Die Sonnenfelsen waren heiß umkämpftes Gebiet an der Grenze zwischen dem DonnerClan und dem FlussClan. Eichenherz und der ehemalige Zweite Anführer des DonnerClans, Rotschweif, hatten beide im Gefecht um die Felsen ihr Leben gelassen. Wenn Graustreif seinem Freund Feuerherz von den Plänen seiner neuen Anführerin erzählte, war das Verrat und ein unbedingter Verstoß gegen die Kriegerehre.

»Ich weiß, Feuerherz.« Graustreif konnte ihm nicht in die Augen sehen und seine Stimme zitterte wegen der Schwere seines Vergehens. »Ich habe versucht, dem FlussClan treu ergeben zu bleiben – mehr Anstrengung könnte man von keiner Katze verlangen!« In seiner Verzweiflung war er lauter geworden, aber er riss sich mit aller Macht zusammen und fuhr leiser fort. »Ich kann aber nicht dasitzen und nichts tun, während Leopardenstern einen Angriff auf den DonnerClan plant. Wenn es zum Kampf kommen sollte, weiß ich nicht, was ich tun werde.«

Feuerherz rückte näher und versuchte, den grauen Krieger zu beruhigen. Er hatte es immer gewusst. Seit Graustreif den Fluss überquert hatte, fürchtete er den Moment, in dem sein Freund vor der Prüfung stand, gegen den Clan zu kämpfen, in dem er geboren war. Jetzt sah es so aus, als ob dieser Tag plötzlich näher gerückt wäre.

»Wann soll dieser Angriff stattfinden?«, fragte er.

Graustreif schüttelte den Kopf. »Ich habe keine Ahnung. Falls sich Leopardenstern schon entschieden hat, würde sie mir nichts davon sagen. Ich weiß nicht mehr, als die anderen Krieger erzählt haben. Aber ich werde versuchen, mehr herauszukriegen, wenn du willst.«

Kurz fand Feuerherz den Gedanken aufregend, einen Spion im Lager des FlussClans zu haben. Dann wurde ihm klar, welches schreckliche Risiko Graustreif einging. Er durfte seinen Freund nicht in Gefahr bringen und ihm in seiner zerrissenen Loyalität noch mehr Schmerz zufügen. Wenn der DonnerClan nicht zuerst angreifen und Leopardenstern zuvorkommen würde – und das wollte Feuerherz nicht tun –, dann würden sie sich der Bedrohung einfach stellen müssen, wenn es so weit war.

»Nein, das ist zu gefährlich«, antwortete Feuerherz. »Ich danke dir für die Warnung, aber stell dir vor, was Leopardenstern mit dir macht, wenn sie es herauskriegt. Sie mag dich sowieso nicht besonders. Ich werde allen Jagdpatrouillen Bescheid geben, dass sie an den Sonnenfelsen auf FlussClan-Gerüche achten und starke Duftmarken hinterlassen sollen.«

Geheul von der Spitze des Hochfelsens beendete ihr Gespräch. Er drehte sich um und sah, dass sich die anderen drei Anführer zu Blaustern begeben hatten, die sich immer noch weigerte, Tigerstern anzusehen, und warteten, um die Versammlung zu eröffnen. Als Stille unter den Katzen herrschte, bedeutete Tigerstern mit einem Kopfnicken zu Leopardenstern, dass sie als Erste sprechen solle. Die golden getigerte Kätzin trat vor und blickte nach unten.

»Unser ehemaliger Anführer Streifenstern ist zum SternenClan gegangen«, verkündete sie. »Er war ein erhabener Anführer und sein ganzer Clan trauert um ihn. Ich führe den FlussClan jetzt an und mein Stellvertreter ist Steinfell. Vergangene Nacht bin ich zu den Hochfelsen gereist und habe vom SternenClan meine neun Leben empfangen.«

»Gratuliere«, miaute Tigerstern, während Riesenstern sagte: »Alle Clans werden Streifenstern vermissen. Aber der SternenClan möge Sorge tragen, dass der FlussClan unter deiner Führung gedeiht.«

Leopardenstern dankte ihnen und sah Blaustern erwartungsvoll an, aber die Anführerin des DonnerClans blickte in die Tiefe hinab. Stolz zeigte sich auf ihrem Gesicht, und als Feuerherz ihrem Blick folgte, bemerkte er, dass sie Steinfell ansah. Die unverhohlene Bewunderung für ihren Sohn erschreckte ihn, und sein Herz blieb stehen, als er daran dachte, dass Tigerstern von zwei Jungen wusste, die der FlussClan einst aufgenommen hatte. Feuerherz stellte außerdem mit Entsetzen fest, dass Tigerstern Blaustern fest im Blick hatte. Das Gesicht des kräftigen Katers sah nachdenklich aus. Was musste passieren, bis er erriet, wer die Mutter dieser Jungen gewesen war?

»Eine Nachricht aus dem Clan habe ich noch«, miaute Leopardenstern, die offensichtlich beschlossen hatte, nicht länger zu warten, ob Blaustern sich noch äußern würde. »Eine unserer Ältesten, Grauteich, ist verstorben.«

Feuerherz spitzte die Ohren. Er fragte sich, was Nebelfuß und Graustreif ihrer Anführerin über den Tod von Grauteich erzählt hatten und ob er irgendwelchen Geruch an ihrem Körper hinterlassen hatte. Leopardenstern könnte sich das zunutze machen und den DonnerClan beschuldigen, die alte Katze getötet zu haben, um ihrem Clan einen Grund für den Angriff zu geben.

Aber als Leopardenstern fortfuhr, sagte sie nur: »Sie war eine tapfere Kriegerin und Mutter vieler Jungen.« Sie hielt inne, um Nebelfuß und Steinfell einen verständnisvollen Blick zuzuwerfen. »Ihr Clan trauert um sie«, sagte sie zum Schluss.

Feuerherz atmete aus, dann hielt er wieder die Luft an, als Tigerstern vortrat. Würde der Anführer des SchattenClans verkünden, was er über die beiden Jungen von Grauteich wusste?

Zu seiner Erleichterung erwähnte Tigerstern das Geheimnis nicht. Stattdessen berichtete er von neugeborenen Jungen im SchattenClan und wer Schüler geworden war – Details, an denen deutlich wurde, dass der SchattenClan wieder zu Kräften kam. Aber nichts ließ auf Feindseligkeit gegenüber anderen Clans schließen.

Hoffnung keimte in Feuerherz auf. Vielleicht musste man wirklich nicht fürchten, dass Tigerstern eine Bedrohung darstellte. Das würde ihn sehr erleichtern, und er könnte sich auf den Hund konzentrieren, der im Wald lauerte. Doch dann erinnerte sich Feuerherz daran, dass der Anführer des Schatten-

Clans mit seinem brutalen Verhalten dazu beigetragen hatte, dass Grauteich gestorben war, und all sein Misstrauen war wieder da.

Als Tigerstern geendet hatte, trat Riesenstern vor, um seinen Platz einzunehmen, aber Blaustern warf sich vor den Anführer des WindClans. »*Ich* werde als Nächste sprechen«, fauchte sie und bannte Riesenstern mit ihrem Blick.

Sie stolzierte an die Klippe des Felsens. »Katzen aller Clans«, hob sie mit kalter, wütender Stimme an. »Ich bringe Nachricht von einem Raub. Krieger des WindClans haben im Territorium des DonnerClans gejagt.«

Feuerherz hämmerte das Herz in der Brust, als ein wütendes Geheul in der Senke ausbrach. Die Katzen des WindClans sprangen auf die Pfoten und leugneten den Vorwurf der Anführerin des DonnerClans mit aller Macht.

Wolkenpfote kroch um zwei große Krieger herum und blieb mit vor Aufregung und Entsetzen weit aufgerissenen Augen neben Feuerherz stehen. »*WindClan!*«, miaute er. »Was redet sie da?«

»Sei still!«, fuhr ihn Feuerherz an. Er sah zu Kurzbart hinüber, ob er die Bemerkung von Wolkenpfote gehört haben könnte, aber der getigerte Krieger stand aufrecht da und jaulte Blaustern unerschrocken zu.

»Beweise!«, rief er, sein Fell sträubte sich in alle Richtungen. »Gib uns Beweise, dass der WindClan auch nur eine einzige Maus genommen hat!«

»Ich habe Beweise.« Blausterns Augen versprühten kalte Feuerblitze. »Unsere Patrouillen haben nicht weit von hier Reste von Kaninchen gefunden.«

»Das nennst du einen Beweis?« Riesenstern drängte sich

vor und blieb Nase an Nase mit Blaustern stehen. »Hast du meine Katzen in deinem Gebiet gesehen? Haben deine Patrouillen den Geruch des WindClans entdeckt?«

»Ich brauche Diebe weder zu sehen noch zu riechen, um zu wissen, was sie getan haben«, konterte Blaustern. »Jede Katze weiß, dass niemand außer dem WindClan Kaninchen jagt.«

Feuerherz' Muskeln waren bis zum Äußersten gespannt und er fuhr instinktiv seine Krallen aus.

»Alles nicht mehr als ein Haufen Mäusekacke«, insistierte Riesenstern. Sein schwarz-weißes Fell sträubte sich, die Lefzen hatte er bedrohlich zurückgezogen. »Auch der WindClan hat Beute verloren. *Wir* haben in unserem Territorium ebenfalls Kaninchenreste gefunden. Und in dieser Saison gibt es viel weniger Kaninchen als sonst. Ich klage dich an, Blaustern, dass du deinen Kriegern erlaubt hast, auf unserem Land zu jagen und falsche Beschuldigungen auszusprechen, um ihren Diebstahl zu vertuschen!«

»Das klingt wesentlich glaubwürdiger«, warf Tigerstern ein und seine Bernsteinaugen funkelten. »Jede Katze weiß, dass Beute im Territorium des DonnerClans seit dem Feuer rar ist. Dein Clan ist hungrig, Blaustern, und unter deinen Kriegern gibt es einige, die sich sehr gut im Territorium des WindClans auskennen.«

Feuerherz spürte, dass der Anführer des SchattenClans ihn ansah, und wusste, dass Tigerstern ihn und Graustreif meinte.

Blaustern fuhr herum und fauchte Tigerstern an: »Schweig! Halte dich von mir und meinem Clan fern. Diese Sache geht dich überhaupt nichts an.«

»Sie betrifft alle Katzen im Wald«, antwortete Tigerstern

ungerührt. »Die Versammlung ist eine Zeit des Friedens. Wenn jemand den SternenClan erzürnt, werden wir alle darunter leiden.«

»SternenClan!« Mit funkelnden Augen stand sie vor ihm. »Der SternenClan hat sich von uns abgewandt, und wir werden uns wehren, wenn es sein muss. Ich sorge dafür, dass mein Clan zu essen hat, und ich werde nicht zusehen, wenn andere Katzen unsere Beute stehlen.«

Ihre Rede ging beinahe in den entsetzten Ausbrüchen der Katzen am Boden unter. Feuerherz blickte unwillkürlich zum Himmel auf, ob der SternenClan seinen Zorn zeigen würde, indem er eine Wolke schickte, um den Mond zu verdecken und so die Versammlung zu beenden, wie er es schon einmal getan hatte. Der Himmel blieb jedoch klar. Wollte der SternenClan damit sagen, dass er Blausterns Kriegserklärung angenommen hatte?

Grausteif stupste ihn an. »Was ist mit Blaustern los? Will sie sich mit dem WindClan anlegen? Und was soll das Gerede über den SternenClan, gegen den sie sich wehren will?«

»Ich weiß nicht, was sie vorhat«, murmelte Feuerherz.

»Ich glaube, mit den Kaninchen hat sie recht, und wen interessiert eine blöde alte Tradition, dass es bei Versammlungen friedlich zugehen muss?«, miaute Wolkenpfote. »Mal ehrlich, den SternenClan hat sich bloß irgendein Anführer ausgedacht, damit die anderen Katzen gehorchen.«

Feuerherz warf seinem Schüler einen missbilligenden Blick zu, hatte aber keine Zeit, um seine Einstellung zu ihren Kriegerahnen zu diskutieren. Sein Herz hämmerte, als ob er sich in den Kampf stürzen müsste. Dass Blaustern verrückt geworden war – und der DonnerClan angreifbar –, ließ sich vor den anderen Clans nicht mehr verheimlichen. Riesenstern kochte vor Wut. Bisher hatte sich Leopardenstern aus dem Streit herausgehalten, aber ihr Blick sprach Bände: wie eine Katze, die sich gleich auf einen Haufen Frischbeute stürzen wird.

Als sich der Tumult gelegt hatte, verschaffte sich Riesenstern Gehör. »Blaustern, ich schwöre beim SternenClan, dass keine Katze des WindClans in deinem Gebiet gejagt hat.« Sein Schwanz peitschte von einer Seite auf die andere. »Aber wenn du darauf bestehst, dich mit uns anzulegen, dann sind wir bereit.« Er trat von der Klippe zurück und kehrte Blaustern den Rücken zu, womit er deutlich zu verstehen gab, dass er sich nicht länger verteidigen würde.

Bevor Blaustern reagieren konnte, trat Leopardenstern vor. »Das Feuer war ein schreckliches Unglück«, miaute sie. »Das wissen alle Katzen im Wald, aber dein Clan ist nicht der einzige, der kürzlich gelitten hat. Dein Wald wird wieder wachsen, mit reichhaltiger Beute wie eh und je. Aber in unser Territorium sind Zweibeiner eingedrungen, die keine Anstalten machen, wieder zu gehen. In der vergangenen Blattleere war der Fluss vergiftet, und Katzen, die Fische gefressen hatten, wurden krank. Wer kann dafür bürgen, dass so etwas nicht wieder vorkommt? Für den WindClan kann ich nicht sprechen, aber der FlussClan braucht noch dringender bessere Jagdgründe als der DonnerClan.«

Einige FlussClan-Katzen miauten zustimmend, und Feuerherz sträubte sich das Fell, als er verstand. Er warf einen schnellen Blick auf Graustreif, als er sich an die Warnung des Freundes wegen der Sonnenfelsen erinnerte. Die neue Anführerin des FlussClans wollte ihr Territorium vergrößern und logischerweise bot sich die Richtung über den Fluss ins Territorium des DonnerClans an. Die Schlucht schnitt sie vom Gebiet des WindClans ab und an allen anderen Grenzen lagen Zweibeinerfarmen.

Blaustern hatte die versteckte Drohung jedoch nicht bemerkt. Als die Anführerin des FlussClans geendet hatte, neigte sie höflich den Kopf. »Du hast recht, Leopardenstern«, miaute sie. »Der FlussClan hat harte Zeiten überstanden. Doch deine Katzen sind so stark und edel, dass ich weiß, ihr werdet überleben.«

Leopardenstern sah verblüfft aus – kein Wunder, dachte Feuerherz. In früheren Zeiten hätte Blaustern die seltsame Andeutung in Leopardensterns Worten niemals überhört.

Tigerstern trat einen Schritt auf die Anführerin des DonnerClans zu. »Denk gut darüber nach, ob du dem WindClan wirklich drohen willst, Blaustern«, warnte er. »Es wird niemals Frieden im Wald herrschen, wenn –«

Blaustern bleckte die Zähne und herrschte ihn mit gesträubtem Fell an: »Rede du nicht mit mir über Frieden!«, fauchte sie. »Ich sagte bereits, dass du dich raushalten sollst. Es sei denn, du hättest dich mit dem Dieb dort drüben verbündet.«

Feuerherz sah zu, wie Riesenstern auf Blaustern zuschritt, und er vermutete, dass der Anführer des WindClans ihr am liebsten an die Kehle gesprungen wäre. »Wenn du einen Kampf haben willst, Blaustern, sollst du ihn bekommen«, knurrte er. Ohne auf eine Antwort zu warten, sprang er vom Großfelsen.

Tigerstern und Leopardenstern sahen sich an. Dann folgten sie ihm und ließen Blaustern allein zurück. Feuerherz sah noch einmal zum Himmel auf und konnte kaum glauben, dass kein Zeichen vom SternenClan kam, mit dem er zeigte, dass er gesehen hatte, wie Feindschaft in der Versammlung eingekehrt war. *Wollte* der SternenClan etwa, dass sich die Clans bekriegten?

Als Blaustern vom Felsen kletterte, sah sich Feuerherz nach den anderen Kriegern des DonnerClans um. »Wolkenpfote«, ordnete er eilig an, »such so viele von unseren Kriegern zusammen, wie du kannst, und schick sie zum Fuß des Großfelsens. Blaustern wird eine Eskorte brauchen.«

Sein Schüler nickte und verschwand in der Menge. Feuerherz sah, wie sich Steinfell einen Weg zu Graustreif bahnte.

»Bist du bereit?«, miaute der Stellvertreter des FlussClans. »Leopardenstern will jetzt gleich gehen.«

»Bin schon unterwegs«, miaute Graustreif und sprang auf die Pfoten. Seine Stimme zitterte, als er hinzufügte: »Mach's gut, Feuerherz.«

»Du auch«, antwortete Feuerherz. Es gab so vieles, was er gern gesagt hätte, aber wie so oft musste er sich der Tatsache stellen, dass sein bester Freund einem anderen Clan angehörte. Wenn sie sich wiedersahen, dann vielleicht in einem Kampf.

Bevor die beiden FlussClan-Katzen sich abwandten, suchte er verzweifelt nach den richtigen Worten, um Steinfell anzusprechen. »Meine Glückwünsche«, stammelte er schließlich. »Hat mich gefreut, als ich hörte, dass Leopardenstern dich zum Stellvertreter ernannt hat. Der DonnerClan will keinen Ärger, musst du wissen.«

Steinfell sah ihn an. »Ich auch nicht«, miaute er. »Aber manchmal kommt es eben, wie es kommt.«

Feuerherz blickte ihnen nach, als sie sich zum Rand der Lichtung auf den Weg machten, und bemerkte entsetzt, dass noch eine Katze den Stellvertreter des FlussClans beobachtete. Es war Tigerstern!

Feuerherz fragte sich, was der nachdenkliche Blick bedeuten könnte. Wollte sich der Anführer des SchattenClans ein Bild von einem zukünftigen Verbündeten machen? Oder vermutete er bereits, dass es sich bei dem Kater um eines der Jungen aus dem DonnerClan handelte, von denen Grauteich gesprochen hatte? Schließlich war allgemein bekannt, dass Grauteich Steinfell und Nebelfuß aufgezogen hatte. Falls es so war, würde es nicht lange dauern, bis Tigerstern erkannte, wer die leibliche Mutter war. Sowohl Steinfell als auch Nebelfuß sahen Blaustern sehr ähnlich.

Tief in Gedanken versunken brauchte Feuerherz eine Weile, bis ihm auffiel, dass die Katze, die im Schatten neben Tigerstern saß, Dunkelstreif war. Er redete sich ein, dass sich Tigerstern auf einer Versammlung natürlich mit seinem ältesten Freund unterhalten würde, es gefiel ihm aber trotzdem nicht. Feuerherz war immer noch nicht sicher, ob Dunkelstreif voll und ganz hinter seinem Clan stand.

Er sprang auf und kämpfte sich zu ihnen durch. Als er näher kam, hörte er Tigerstern miauen: »Geht's meinen Jungen gut?«

»Sehr gut«, antwortete der Krieger aus dem DonnerClan freundlich. »Sie werden groß und stark – vor allem das kleine Brombeerjunge.«

»Dunkelstreif!«, unterbrach ihn Feuerherz. »Die Versammlung ist vorbei, oder hast du das nicht bemerkt? Blaustern will gleich aufbrechen.«

»Mach dir nicht in den Pelz, Feuerherz.« Dunkelstreif hörte sich arrogant und anmaßend an. »Ich komme gleich.«

»Geh nur, Dunkelstreif. Seinen Stellvertreter lässt man nicht warten«, miaute Tigerstern. Er nickte Feuerherz zu, seine Bernsteinaugen verrieten nicht, was er dachte.

Als Feuerherz über die Lichtung zu Blaustern trottete, folgte ihm Dunkelstreif auf dem Fuß. Alle anderen Krieger hatten sich bereits um sie versammelt und schirmten sie vor den feindseligen Blicken und Bemerkungen des WindClans ab. Ihre Augen funkelten immer noch herausfordernd, und Feuerherz musste sich schweren Herzens eingestehen, dass ein Krieg zwischen den beiden Clans nicht lange auf sich warten lassen würde.

11. KAPITEL

DIE SONNE STAND bereits über den Baumwipfeln, als Feuerherz aus dem Bau der Krieger kroch. Er schüttelte sich ein welkes Blatt aus dem Pelz, holte in der Morgenkälte tief Luft und streckte ausgiebig seine Vorderbeine.

Nach der Versammlung in der vergangenen Nacht überraschte es ihn ein wenig, dass das Leben im Lager in gewohnten Bahnen verlief: Aschenpfote und Wolkenpfote waren damit beschäftigt, den Außenwall mit Zweigen zu verstärken. Goldblüte und Glanzfell behielten ihre Jungen vor der Kinderstube im Auge, wo Maispfote mit ihnen spielte, und Weißpelz kam mit dem Maul voller Frischbeute auf die Lichtung getrottet. Feuerherz konnte keine gespannte Atmosphäre entdecken, aber bisher hatte sich der befürchtete Angriff auch noch nicht bewahrheitet.

Er sah sich nach Sandsturm um, die die Morgenpatrouille angeführt hatte, aber anscheinend war sie noch nicht zurück. Sie war nicht bei der Versammlung gewesen, und Feuerherz sehnte sich danach, mit ihr über alles zu reden, was vorgefallen war.

»Feuerherz!«

Die Stimme gehörte Blaustern. Feuerherz drehte sich um und sah seine Anführerin, die über die Lichtung auf ihren Bau zulief.

»Ja, Blaustern, was kann ich für dich tun?«

Blaustern riss den Kopf herum. »Komm mit in meinen Bau. Wir müssen reden.«

Als Feuerherz ihr folgte, fielen ihm ihr ruckartiger Gang und die zuckende Schwanzspitze auf. Sie sah aus, als wolle sie sich gleich in einen Kampf stürzen, obwohl weit und breit kein Feind zu sehen war.

In ihrem Bau angekommen, trottete die blaugraue Kätzin zu ihrem Nest, setzte sich und sah Feuerherz in die Augen. »Du hast gehört, was dieser Heuchler Riesenstern gestern Nacht gesagt hat«, fauchte sie. »Er weigert sich zuzugeben, dass seine Katzen unsere Beute gestohlen haben. Es liegt also auf der Hand, was der DonnerClan tun muss. Wir werden angreifen!«

Feuerherz starrte sie mit offenem Maul an. »Aber Blaustern«, stammelte er, »das können wir nicht tun! Unser Clan ist nicht stark genug.« Ohne es zu wollen, musste er daran denken, dass sie inzwischen vier Krieger mehr hätten, wenn sich Blaustern nicht geweigert hätte, die Schüler zu ernennen, wagte aber nicht, sie darauf anzusprechen. »Wir können es uns nicht leisten, dass Krieger unseres Clans verletzt oder gar getötet werden.«

Blaustern starrte ihn äußerst feindselig an. »Willst du damit sagen, dass der DonnerClan zu schwach ist, um sich zu verteidigen?«

»Sich verteidigen ist etwas ganz anderes als ein gezielter Angriff«, miaute Feuerherz verzweifelt. »Außerdem gibt es keinen echten Beweis, dass der WindClan –«

Blaustern bleckte die Zähne. Ihr Fell sträubte sich, als sie aufstand und drohend einen Schritt näher trat. »Willst du meine Entscheidungen infrage stellen?«, fauchte sie.

Mit aller Kraft blieb Feuerherz standhaft. »Ich will kein sinnloses Blutvergießen«, antwortete er ruhig. »Alle Zeichen sagen uns, dass sich ein Hund im Wald herumtreibt, und der hat die Kaninchen erlegt.«

»Und ich sage dir, dass Hunde nicht allein umherziehen! Sie kommen und gehen mit ihren Zweibeinern.«

»Und wo kommt dann der Hundegeruch her?«

»*Schweig!*« Blaustern holte mit einer Pfote aus, die knapp an Feuerherz' Nase vorbeisauste. Er zwang sich dazu, stehen zu bleiben. »Wir machen uns heute Nacht auf den Weg und greifen den WindClan im Morgengrauen an.«

Feuerherz verließ der Mut. Es war eine Ehre für einen Krieger, für seinen Clan zu kämpfen, aber nie zuvor war er mit einem so unrechten Kampf konfrontiert worden. Er wollte nicht, dass im DonnerClan oder WindClan sinnlos Blut vergossen wurde.

»Hast du mich verstanden, Feuerherz?«, fragte Blaustern. »Du wirst die Krieger auswählen und ihnen ihre Befehle erteilen. Bis Monduntergang müssen sie bereit sein.« Ihre Augen sprühten blaue Funken. Feuerherz kam es vor, als ob sie ihn auf ein Häufchen Asche niederbrennen könnte, genau wie das Feuer, das den Wald zerstört hatte.

»Ja, Blaustern, aber –«, hob er an.

»Fürchtest du dich vor dem WindClan?«, blaffte die alte Anführerin. »Oder hast du dich so sehr daran gewöhnt, vor dem SternenClan zu kriechen, dass du ihnen nicht trotzen und für die Rechte deines Clans kämpfen willst?« Sie stolzierte zur einen Wand ihrer Höhle, drehte um und stolzierte zurück, dann stieß sie ihrem Stellvertreter die Schnauze ins Gesicht. »Du enttäuschst mich, ausgerechnet du, von allen meinen Kriegern. Wie kann ich glauben, dass du mit deiner ganzen Kraft kämpfen wirst, wenn du meine Befehle so infrage stellst?«, fauchte sie. »Du lässt mir keine Wahl, Feuerherz. Ich werde diesen Angriff selbst anführen.«

Einwände rasten Feuerherz durch den Kopf. Blaustern wurde alt und war nicht mehr so stark. Sie lebte ihr letztes Leben und konnte nicht mehr klar denken. Angesichts ihrer Wut konnte er aber nichts von alledem aussprechen. Also neigte er respektvoll den Kopf. »Wenn du es wünschst, Blaustern.«

»Dann geh und tu, was ich dir befohlen habe.« Sie sah ihn mit ihrem grimmigen Blick unverwandt an, bis er sich aus der Höhle zurückgezogen hatte. »Du wirst mit uns kommen, aber denk daran, dass ich dich im Auge behalten werde«, knurrte sie hinter ihm her.

Draußen auf der Lichtung fing Feuerherz an zu zittern, als ob er gerade in eisigem Wasser geschwommen wäre. Es war seine Pflicht, die Krieger für den Angriff auf den WindClan auszuwählen und ihnen zu sagen, was Blaustern befohlen hatte, damit sie bereit waren, um nach Monduntergang loszuziehen. Dennoch protestierte jedes einzelne Haar in seinem Pelz dagegen. Ein Hund hatte die Kaninchen gestohlen, nicht der WindClan. Es konnte nicht SternenClans Wille sein, den unschuldigen WindClan anzugreifen! Blaustern war einfach im Unrecht.

Seine Pfoten trugen Feuerherz zu Rußpelz' Bau. Vielleicht konnte sie ihm einen Rat geben. Die Weisheit der Heilerin und ihr besonderes Band mit dem SternenClan könnten ihr helfen, den Weg, der vor ihnen lag, klarer zu erkennen als er. Als er aber auf Rußpelz' Lichtung angekommen war und ihren Namen rief, kam keine Antwort. Feuerherz streckte seinen Kopf in den Spalt und sah, dass der Bau leer war, bis auf ein ordentliches Häufchen mit Kräutern an der einen Wand.

Als er sich durch den Farntunnel nach draußen schob, entdeckte er Dornenpfote, der mit Moos für die Nester der Ältesten beladen vorbeitappte. Der Schüler ließ seine Bürde fallen, als er den Stellvertreter sah, und miaute: »Rußpelz ist unterwegs und sammelt Kräuter, Feuerherz.«

»Wo?«, fragte Feuerherz. Wenn sie sich in der Nähe des Lagers aufhielt, konnte er nach ihr suchen.

»Weiß nicht, tut mir leid.« Dornenpfote nahm das Moos wieder auf und lief weiter.

Feuerherz blieb einen Moment reglos stehen, in seinem Kopf drehte sich alles vor Angst und Verwirrung. Er konnte keine andere Katze um Rat fragen, weil ein Stellvertreter die Befehle seines Anführers niemals infrage stellen durfte. Er konnte auch nicht mit Sandsturm sprechen, so gern er auch wollte, denn sie war durch das Gesetz der Krieger verpflichtet, die Befehle ihrer Anführerin zu befolgen. Es blieb nur eine einzige Hoffnung.

Langsam trottete er zum Kriegerbau zurück, wo er Buntgesicht traf, die gerade herauskam. »Ich lege mich noch ein bisschen schlafen«, erklärte er, als sie ihn fragend ansah. »Damit ich für die Nachtpatrouille fit bin.« Er konnte sich nicht dazu durchringen, ihr zu erzählen, was für diese Nacht tatsächlich geplant war.

Buntgesichts Blick wurde weich und mitfühlend. »Du siehst wirklich müde aus«, miaute sie. »Du arbeitest zu viel, Feuerherz.«

Sie leckte ihm kurz über das Ohr und trottete auf den Haufen mit Frischbeute zu. Erleichtert stellte Feuerherz fest, dass

142

sonst keine Katzen mehr im Bau waren und er keine weiteren Fragen beantworten musste, also kuschelte er sich tief in Moos und Farn. Wenn er nur ein bisschen schlafen konnte, vielleicht würde ihm Tüpfelblatt erscheinen, und er konnte sie um Rat fragen.

Dann erinnerte er sich an seinen letzten Traum, als er im finsteren, unheimlichen Wald nach Tüpfelblatt gesucht und sie nicht hatte finden können.

»Ach, Tüpfelblatt, komm zu mir«, murmelte er. »Ich brauche dich. Ich muss wissen, was der SternenClan jetzt von mir erwartet.«

Feuerherz fand sich an der Grenze zum Territorium des Wind-Clans wieder und blickte über die kahle Moorebene. Ein kalter Wind kräuselte das Gras und blies durch sein Fell. Über dem Moor leuchtete ein unheimliches Licht und verbarg den Horizont und das Land hinter Feuerherz. Er blickte hinter sich, wo er die Eichen vom Baumgeviert suchte, obwohl er sich nicht erinnern konnte, wie er den Wald durchquert hatte, aber da war nichts außer einem blassgelben Leuchten. Keine Katzen in Sicht.

»Tüpfelblatt?«, miaute er unsicher.

Es kam keine Antwort, er glaubte aber eine feine Spur des süßen Dufts zu riechen, mit dem sich ihr Erscheinen stets ankündigte. Er stand still, hob den Kopf und öffnete das Maul, damit er den geliebten Duft tief in sich aufnehmen konnte.

»Tüpfelblatt!«, wiederholte er. »Bitte komm – ich brauche dich so sehr.«

Plötzlich kroch Wärme über seinen Körper. Eine leise Stimme flüsterte: »Hier bin ich, Feuerherz.« Er spürte, dass

Tüpfelblatt irgendwo hinter ihm war, und wenn er den Kopf drehen würde, könnte er sie sehen. Er konnte sich aber nicht rühren. Ihm war, als hätten ihn eiskalte Kiefer gepackt und würden seinen Blick auf die windgepeitschte Moorlandschaft bannen.

Während er so reglos dastand, spürte Feuerherz allmählich, dass Tüpfelblatt nicht allein war. Ein zweiter Duft wehte hinter ihr her, schmerzlich vertraut.

»Gelbzahn?«, flüsterte er. »Bist du das?«

Ein Atemhauch fuhr über seinen Pelz, und er glaubte, Gelbzahns rasselndes Schnurren zu hören. »Ach, Gelbzahn!«, rief er aus. »Du hast mir so sehr gefehlt. Geht es dir gut? Hast du gesehen, wie gut sich Rußpelz macht?«

In seiner Freude über die Wiedervereinigung mit seiner alten Freundin sprudelten die Worte nur so aus ihm heraus, aber eine Antwort bekam er nicht. Allerdings meinte Feuerherz, dass das Schnurren lauter geworden war.

Dann flüsterte ihm Tüpfelblatt leise ins Ohr: »Es gibt einen Grund, warum ich dich hierhergeführt habe, Feuerherz. Sieh dir den Ort an, erinnere dich. An diesem Ort wird es keine Schlacht geben, kein Blut wird vergossen werden.«

»Dann sag mir, was ich dazu tun kann«, flehte Feuerherz, der wusste, dass sie von Blausterns geplantem Überfall auf das Lager des WindClans sprach.

Aber es kam nichts mehr, nur ein zarter Seufzer, der sich mit dem Wind vereinte und von ihm forttragen ließ. Die Starre, die seinen Körper ergriffen hatte, löste sich, und er fuhr herum, aber Tüpfelblatt und Gelbzahn waren bereits verschwunden. Er schöpfte tief Luft, verzweifelt auf der Suche nach einer letzten Spur ihres Duftes, aber da war nichts mehr.

»Tüpfelblatt!«, wimmerte er. »Gelbzahn! Verlasst mich nicht!«

Das Licht verwandelte sich allmählich, bis er das gewöhnliche Sonnenlicht eines Morgens im Blattfall um sich sah. Statt der Moorlandschaft erblickte Feuerherz über sich ein grobes Muster aus Zweigen vor dem Himmel, die verkohlte Decke über dem Bau der Krieger. Er lag auf der Seite im Moos, keuchend.

»Feuerherz?« Direkt neben sich hörte er eine besorgte Stimme, und als er den Kopf drehte, entdeckte er Sandsturm. Sie leckte ihm das Fell zwischen den Ohren. »Ist alles in Ordnung?«

»Ja – ja, mir geht es gut.« Feuerherz rappelte sich auf, bis er saß und zuckte mit den Ohren, um die Moosfetzen abzuschütteln. »Nur ein Traum, weiter nichts.«

»Ich war auf der Suche nach dir«, fuhr Sandsturm fort. »Wir haben auf der Morgenpatrouille nichts Verdächtiges gefunden. Mausefell hat mir erzählt, was auf der Versammlung passiert ist. Und der Haufen mit der Frischbeute ist so gut wie abgetragen. Ich dachte, wir könnten jagen gehen.«

»Ich kann nicht, jetzt nicht, Sandsturm. Ich habe zu tun. Aber wenn du eine Patrouille mitnehmen könntest, das wäre großartig.«

Sandsturm sah ihn an und der mitfühlende Blick verschwand. »Na gut, wenn du zu beschäftigt bist.« Sie hörte sich verärgert an, aber Feuerherz wusste nicht, wie er es ihr erklären sollte. »Ich nehme Buntgesicht und Farnpelz mit.« Sie erhob sich und stolzierte hinaus, ohne ihn eines weiteren Blickes zu würdigen.

Feuerherz leckte eine Pfote an und wusch sich das Gesicht.

Die kostbare Erinnerung an seinen Traum wollte er sich so lange wie möglich erhalten. *An diesem Ort wird es keine Schlacht geben, kein Blut wird vergossen werden,* wiederholte er im Stillen. Wollte ihm Tüpfelblatt sagen, dass er sich keine Sorgen machen musste, dass der SternenClan den Kampf irgendwie verhindern würde? Oder meinte sie damit, dass es seine Aufgabe war, ein Blutvergießen zu verhindern?

Feuerherz fühlte sich versucht, alles den Pfoten des SternenClans zu überlassen. Was konnte er schon tun, wenn seine Anführerin ihm ihre Befehle erteilt hatte? Aber wenn er Blaustern gehorchte, würde er dann nicht gegen den Willen des SternenClans verstoßen? Und mehr noch, gegen sämtliche Instinkte, die ihm sagten, was für seinen Clan gut war?

Feuerherz fasste einen Entschluss. Was er auch tun würde, der DonnerClan durfte den WindClan nicht angreifen.

12. KAPITEL

FEUERHERZ SCHLICH durch das Lager, in der Hoffnung, keine der anderen Katzen würde ihn bemerken und fragen, wo er hinwollte. Das Gesetz der Krieger besagte, dass Befehle des Anführers ohne Widerspruch befolgt werden mussten. Bisher hatte Feuerherz das stets akzeptiert. Er hätte sich nie vorstellen können, dass er sich Blaustern jemals widersetzen würde, und doch war der Zeitpunkt gekommen, sich zu entscheiden: Sollte er ihren Befehlen gehorchen und zusehen, wie sein Clan unterging? Er sah nur einen Weg, den Kampf zu verhindern: Riesenstern und Blaustern mussten sich treffen und miteinander über den Vorfall mit der gestohlenen Beute in beiden Territorien sprechen. Wenn Blaustern erst einmal verstanden hatte, dass der WindClan genauso betroffen war wie der DonnerClan, würde sie den Angriff abblasen, da war sich Feuerherz sicher.

Er wusste nicht, was Blaustern anschließend mit ihm machen würde, wenn sie merkte, dass er Riesenstern ohne ihre Erlaubnis aufgesucht hatte. Er konnte nur hoffen, sie würde irgendwann merken, dass es zum Besten ihres Clans geschehen war.

Am Eingang zum Ginstertunnel blickte sich Feuerherz ein letztes Mal im Lager um. Er sah Maispfote kurz zu, die ganz für sich allein vor der Kinderstube das Jagdkauern übte. Sie schlich vorsichtig an ein welkes Blatt heran, sprang und erwischte es mit ausgestreckten Pfoten.

»Gut gemacht!«, rief Feuerherz.

Maispfote blickte auf, ihre Augen strahlten. »Danke, Feuerherz!«

Feuerherz nickte ihr zu, dann drehte er sich um und schlüpfte in den Ginstertunnel. Die kurze Begegnung hatte ihn in seinem Entschluss bestärkt, denn die eifrige Schülerin stand für alles, was für den Clan wichtig war. Feuerherz wusste, er durfte nicht zulassen, dass all dies zerstört wurde.

Bis Sonnenhoch war Feuerherz beim Bach auf dem Weg zum Baumgeviert angekommen. Er legte eine kurze Pause ein, um sich auszuruhen. In seiner Verwirrung und Furcht hatte er sich nicht die Zeit genommen, etwas zu essen, bevor er das Lager verließ, und ein Rascheln in den Blättern erinnerte ihn, wie hungrig er war. Er duckte sich zum Sprung, um wenige Herzschläge später zu erkennen, dass es keine Beute war, die das Geräusch verursacht hatte. Er entdeckte einen vertrauten, dunklen Pelz und atmete den Geruch des DonnerClans ein.

Verwirrt presste sich Feuerherz hinter einem Farnbüschel zu Boden. Er hatte keine Patrouille in diese Richtung geschickt, was hatten seine Katzen hier zu suchen? Dann teilte sich das Gestrüpp und Dunkelstreif erschien, der barsch über seine Schulter miaute: »Mir nach. Und haltet euch dicht hinter mir!«

Zwei kleine Gestalten tauchten zwischen den Farnwedeln auf. Feuerherz bekam große Augen, als er die beiden Jungen von Goldblüte erkannte. Brombeerjunges kam herausgehüpft, der mit der Pfote nach einem Blatt ausholte, Bernsteinjunges tappte etwas langsamer hinter ihm her.

»Ich bin müde. Mir tun die Pfoten weh«, beschwerte sich die kleine Tigerkatze.

»Was denn? So ein starkes Junges wie du?«, miaute Dunkelstreif. »Stell dich nicht an. Es ist nicht mehr weit.«

Was ist nicht weit?, fragte sich Feuerherz besorgt. *Was macht ihr hier draußen und wo willst du mit diesen Jungen hin?* Er rechnete damit, dass Goldblüte bei ihnen war – sicher hatten sich ihre Jungen noch nie so weit von der Kinderstube entfernt –, aber sie tauchte nicht auf.

Brombeerjunges lief zu seiner Schwester hinüber und stupste sie an. »Komm schon – es lohnt sich!«, drängelte er.

Beide Jungen eilten hinter Dunkelstreif zu einer seichten Stelle, wo sie den Bach überquerten, ängstlich und aufgeregt quiekend, als das Wasser ihre Pfoten umspülte. Am anderen Ufer des Bachlaufs schlug Dunkelstreif nicht die Richtung zum Baumgeviert ein, er lief auf einen viel schmaleren Pfad zu, der sich zwischen den Bäumen hindurchschlängelte. Voller Wut hätte Feuerherz fast aufgejault. Er wusste genau, wohin der Pfad führte. Dunkelstreif führte die Jungen zur Grenze zum SchattenClan.

Feuerherz musste warten, bis sie die Uferböschung erklommen hatten, bevor er es wagen konnte, aus den Farnwedeln aufzutauchen und ihnen zu folgen. Als er sie eingeholt hatte, näherten sie sich bereits der Grenze. Der intensive Geruch nach SchattenClan wehte bis zu Feuerherz, und er sah, wie die Jungen stehen blieben und witterten.

»Igitt, was ist das?«, fiepte Bernsteinjunges.

»Ist das ein Fuchs?«, fragte Brombeerjunges.

»Nein, so riecht der SchattenClan«, antwortete Dunkelstreif. »Kommt weiter, wir sind gleich da.« Er führte die Jungen über die Grenze. Bernsteinjunges beschwerte sich, dass sie den ekligen Gestank an ihre Pfoten bekam.

Feuerherz' Ärger wuchs, als er direkt hinter der Grenze Schutz unter einem Weißdornstrauch suchte, um von dort aus zu beobachten, ohne gesehen zu werden.

Nicht weit vor ihm war Dunkelstreif stehen geblieben. Die Jungen plumpsten ins Gras, völlig erschöpft, um dann aber gleich wieder aufzuspringen, als es im Gebüsch knackte und eine fremde Katze heraustrat.

Der Neuankömmling war Tigerstern. Feuerherz erstarrte, obwohl er eigentlich nicht überrascht war. Er hatte vermutet, dass sich Dunkelstreif bei Tigerstern einschmeicheln wollte, indem er ihm seine Jungen vorbeibrachte. Dass der Anführer aber so prompt auftauchte, ließ darauf schließen, dass ihr Treffen von langer Hand geplant war.

Feuerherz fragte sich, ob Goldblüte davon wusste. Sie war nicht hier bei ihren Jungen, also wusste sie vielleicht gar nicht, dass Dunkelstreif sie mitgenommen hatte. Vielleicht glaubte sie, sie wären verschwunden. *Bestimmt macht sie sich schreckliche Sorgen*, dachte Feuerherz. Er spannte die Muskeln und setzte zum Sprung an, um Dunkelstreif zur Rede zu stellen, aber dann blieb er doch in seinem Versteck und zwang sich zur Konzentration auf das, was vor ihm passierte.

Tigerstern trat vor, seine Muskeln spielten unter dem dunklen Streifenpelz, als er vor den beiden Jungen stehen blieb. Er inspizierte sie kurz und senkte dann den Kopf, um sie mit der Nase zu begrüßen, Brombeerjunges zuerst, dann Bernsteinjunges. Obwohl beide Jungen sicher noch nie so einen gewaltigen Kater gesehen hatten, blieben sie tapfer vor ihm stehen und hielten seinem Blick stand, ohne zu blinzeln.

»Wisst ihr, wer ich bin?«, miaute Tigerstern.

»Dunkelstreif hat gesagt, er bringt uns zu unserem Vater«, antwortete Brombeerjunges.

»Bist du unser Vater?«, fügte Bernsteinjunges hinzu. »Du riechst ein bisschen wie wir.«

Tigerstern nickte. »Das bin ich.«

Die Jungen wechselten erstaunte Blicke, als Dunkelstreif miaute: »Das ist Tigerstern, der Anführer des SchattenClans.«

Sie machten große Augen und Brombeerjunges flüsterte: »Scharf! Du bist wirklich Anführer eines Clans?«

Als Tigerstern bestätigend mit dem Kopf nickte, miaute Bernsteinjunges aufgeregt: »Warum dürfen wir dann nicht bei dir in deinem Clan leben? Du hast bestimmt einen richtig hübschen Bau.«

Tigerstern schüttelte den Kopf. »Euer Platz ist vorerst bei eurer Mutter«, erklärte er ihnen. »Aber ich bin trotzdem sehr stolz auf euch. Sie machen einen wirklich guten, starken Eindruck«, miaute er Dunkelstreif zu. »Wann werden sie Schüler?«

»Ungefähr in einem Mond«, antwortete Dunkelstreif. »Ein Jammer, dass ich bereits einen Schüler habe, sonst könnte ich eines von ihnen selbst trainieren.«

Feuerherz bohrte seine Krallen in den Boden, als die Wut in ihm hochkochte. *Blaustern und ich entscheiden, wer ihre Mentoren sein werden, und nicht du, Dunkelstreif!* Beinahe hätte er die Worte laut herausgefaucht. *Und du bist die letzte Katze, die wir ernennen würden,* fügte er insgeheim hinzu.

Tigerstern wandte sich wieder an seine Jungen. »Könnt ihr jagen?«, fragte er sie. »Könnt ihr kämpfen? Ihr wollt doch sicher gute Krieger werden, nicht wahr?«

Beide Jungen nickten heftig. »Ich werde der beste Krieger vom ganzen Clan!«, brüstete sich Brombeerjunges.

Bernsteinjunges wollte ihm nicht nachstehen. »Und ich die beste Jägerin!«

»Gut, gut.« Tigerstern leckte beiden kurz über den Kopf.

Feuerherz musste unwillkürlich an Graustreif denken. Sein Freund hatte den Clan seiner Geburt verlassen, damit er bei seinen geliebten Jungen bleiben konnte. War es möglich, dass Tigerstern unter der Trennung von Brombeerjunges und Bernsteinjunges genauso litt?

Dann stockte Feuerherz das Blut in den Adern, als Brombeerjunges fragte: »Bitte, Tigerstern, warum bist du Anführer des SchattenClans, wenn unsere Mutter eine Katze des DonnerClans ist?«

»Das wissen sie nicht?«, erkundigte sich Tigerstern bei Dunkelstreif. Der Krieger schüttelte seinen Kopf. »Nun, wenn das so ist«, wandte sich Tigerstern wieder an die Kleinen. »Das ist eine lange Geschichte. Setzt euch, dann erzähle ich sie euch.«

Feuerherz erkannte, dass für ihn der Moment gekommen war, einzuschreiten. Er wollte auf keinen Fall, dass Tigerstern eine geschönte Geschichte erzählte, wie es dazu gekommen war, dass er den DonnerClan verlassen musste. Eines war gewiss: Tigerstern würde niemals zugeben, dass er ein Mörder und Verräter war.

Beherzt erhob er sich und trat aus seinem Versteck. »Guten Tag, Tigerstern«, miaute er. »Du hast dich von deinem Lager ziemlich weit entfernt. Und du auch, Dunkelstreif.« Sein Ton wurde schärfer. »Was machst du hier draußen mit diesen Jungen?«

Als er sich ihnen näherte, stellte er befriedigt fest, dass er mit seinem Erscheinen sowohl Tigerstern als auch Dunkelstreif verblüfft hatte. Einen Herzschlag lang starrten sie ihn an, während die Jungen durch das Gras auf ihn zusprangen, um ihn zu begrüßen.

»Das ist unser Vater!«, verkündete Bernsteinjunges aufgeregt. »Wir sind den ganzen Weg vom Lager bis hierher gelaufen, um ihn kennenzulernen.«

»Warum hat uns keine Katze erzählt, dass er der Anführer eines Clans ist?«, platzte Brombeerjunges heraus.

Feuerherz hatte nicht vor, die Frage zu beantworten. Stattdessen baute er sich mit finsterem Blick vor Dunkelstreif auf. »Nun?«

»Woher weißt du, dass wir hier sind?«, blaffte Dunkelstreif zurück.

»Ich sah, wie ihr den Bach überquert habt. Mit eurem Lärm habt ihr den ganzen Wald aufgeweckt.«

Tigerstern neigte seinen Kopf, der höfliche Gruß eines Anführers für den Stellvertreter eines anderen Clans. In seiner Stimme lag keinerlei Feindseligkeit. »Dein Vorwurf gilt mir, nicht Dunkelstreif. Ich wollte meine Jungen sehen. Das würdest du mir doch nicht verweigern, oder?«

»Das ist alles schön und gut«, antwortete Feuerherz verwirrt. »Aber Dunkelstreif hätte sie nicht ohne Erlaubnis mitnehmen dürfen. Es ist gefährlich für Junge, so weit von ihrem Lager entfernt umherzustreifen.« *Vor allem, wenn ein Hund frei im Wald herumstreunt*, fügte er insgeheim hinzu.

»Sie streifen nicht umher – sie sind bei mir«, hob Dunkelstreif hervor.

»Und wenn ein Habicht angegriffen hätte? An verschiedenen Stellen des Waldes gibt es immer noch wenig Deckung. Habt ihr vergessen, was Schneejunges passiert ist?« Bernsteinjunges wimmerte leise, und Feuerherz hielt inne. Er wollte sie nicht erschrecken. »Bring sie ins Lager zurück. Sofort.«

Dunkelstreif wechselte einen Blick mit Tigerstern. Dann miaute er den Jungen zu: »Kommt. Feuerherz hat gesprochen und wir müssen gehorchen.«

Die beiden Jungen entfernten sich von ihrem Vater und folgten Dunkelstreif, als er den Rückweg antrat.

»Verabschiedet euch von eurem Vater, bevor ihr geht«, miaute Feuerherz in bemüht freundlichem Ton. »Ihr werdet ihn wiedersehen, wenn ihr Schüler seid und an Versammlungen teilnehmen könnt.«

Beide Jungen drehten sich um und miauten zum Abschied.

»Auf Wiedersehen«, antwortete Tigerstern. »Macht weiter so, dann werde ich sehr stolz auf euch sein.«

Er und Feuerherz blieben nebeneinander stehen, als Dunkelstreif die Jungen die Böschung hinunter und durch den Bach zurückführte. Als sie im Gestrüpp verschwunden waren, miaute Tigerstern: »Pass auf diese Jungen auf, Feuerherz. Ich werde sie im Auge behalten.«

Feuerherz schlug das Herz höher. Nachdem er den Verrat des ehemaligen Stellvertreters aufgedeckt hatte, hatte Tigerstern gedroht, er werde ihn umbringen. Jetzt waren sie wieder einmal allein, und niemand würde Feuerherz zu Hilfe eilen, falls der Anführer des SchattenClans auf ihn losging. Feuerherz spannte alle Muskeln an, aber Tigerstern kam ihm nicht näher.

»Ich sorge dafür, dass man sich um sie kümmert«, miaute

Feuerherz schließlich. »Ich bin mir sicher, dass sie ihrem Clan treu ergeben sein werden. Der DonnerClan kümmert sich um alle seine Jungen.«

»Wirklich?« Tigerstern sah ihn mit Bernsteinaugen hinter schmalen Schlitzen an. »Freut mich zu hören.«

Tigerstern wusste von den beiden Jungen, die Grauteich aufgenommen hatte, erinnerte sich Feuerherz plötzlich. Er wartete darauf, dass ihn der Anführer des SchattenClans darauf ansprach, aber Tigerstern sagte nichts. Nur sein Blick sorgte dafür, dass es Feuerherz eiskalt den Rücken hinunterlief. Er sah aus, als ob er sehr wohl wüsste, dass ihm Feuerherz mehr darüber erzählen konnte.

Dann senkte der Anführer seinen Kopf zum Gruß und miaute: »Wir sehen uns bei der nächsten Versammlung. Ich muss jetzt zu meinem Clan zurück.« Er drehte sich um und trabte davon.

Feuerherz versicherte sich, dass Tigerstern wirklich gegangen war, bevor er sich ebenfalls umdrehte und an der Grenze entlang Richtung Baumgeviert entfernte. Obwohl es ihm nicht gefiel, musste Feuerherz zugeben, dass Dunkelstreif keinen ernsthaften Schaden angerichtet hatte, indem er die Jungen aus der Kinderstube mitgenommen hatte. Feuerherz hätte ihnen ohnehin irgendwann mitteilen müssen, dass ihr Vater Anführer des SchattenClans war. Und Tigerstern hatte sogar wesentlich mehr Zurückhaltung gezeigt, als ihm Feuerherz zugetraut hätte.

Energisch verbannte er die Episode aus seinen Gedanken. Die Zeit lief ihm davon. Vor Sonnenuntergang musste Feuerherz mit Riesenstern gesprochen und eine Lösung für den Streit um die gestohlene Beute gefunden haben.

13. KAPITEL

FEUERHERZ JAGTE von einem Gebüsch zum nächsten über das Moorland auf das Lager des WindClans zu. Er hielt sich mit dem Bauch dicht am Boden, versuchte, in Deckung zu bleiben und sehnte sich nach den dichten Pflanzen in seinem eigenen Territorium. Er hatte das Lager zum letzten Mal besucht, als der DonnerClan dem WindClan im Kampf gegen die beiden anderen Clans geholfen hatte, und da war es nicht nötig gewesen, sich zu verstecken. Diesmal wagte er nicht, sich zu zeigen, bis er bei Riesenstern angekommen und wenigstens eine der Katzen getroffen hatte, die er zu seinen Freunden zählen durfte – falls ihm nach der letzten katastrophalen Versammlung überhaupt noch jemand freundlich gesonnen war. WindClan-Patrouillen hatten ihn schon früher angegriffen, jetzt würden sie ihm sicher noch feindseliger entgegentreten.

Überall roch er Duftmarken des WindClans, Katzen hatte er bisher keine entdeckt. Die Sonne hatte ihre Bahn über den Himmel fast beendet. Feuerherz versuchte, nicht daran zu denken. Er kam einer Panik nahe, wenn er sich bewusst machte, wie wenig Zeit ihm blieb, bis Blaustern ihren Angriff starten würde.

Von einem Stein zum anderen hüpfend überquerte er einen der seichten Moorlandbäche, als der Geruch nach WindClan-

Katzen heftiger auf ihn zuströmte, zusammen mit einer Kaninchenfährte. Feuerherz' Magen rebellierte, aber das musste er ignorieren. Auf keinen Fall durfte er jetzt im Territorium des WindClans Beute machen – und es roch, als ob sich ganz in der Nähe eine Jagdpatrouille aufhielt. Am anderen Ufer stürzte er sich in einen Busch und spähte vorsichtig daraus hervor, um nach der Quelle des Geruchs Ausschau zu halten.

Drei Katzen bewegten sich flussaufwärts auf ihn zu. Sein alter Freund Kurzbart führte die Patrouille an, und Feuerherz atmete erleichtert auf. Ginsterpfote begleitete seinen Mentor, beide trugen Kaninchen. Unglücklicherweise handelte es sich bei der dritten Katze um Moorkralle, den dunklen gefleckten Krieger, der sich Blaustern in den Weg gestellt hatte, als sie auf ihrem Weg zum Hochfelsen das Territorium des WindClans betreten hatte. Diese Katze würde niemals zulassen, dass Feuerherz Riesenstern seine Nachricht überbrachte.

Aber diesmal kam das Glück – oder der SternenClan – Feuerherz zu Hilfe. Mit den Mäulern voller Beute konnten die Katzen des WindClans den DonnerClan-Geruch nicht wahrnehmen und so liefen sie mit wenigen Metern Abstand an ihm vorbei. Dann blieb Ginsterpfote, der mit dem Gewicht seines Kaninchens kämpfte, stehen, um nachzufassen, und fiel hinter den anderen zurück.

Feuerherz nutzte seine Chance. »Ginsterpfote!«

Der junge Kater hob den Kopf und spitzte die Ohren.

»Hier drüben, im Gebüsch.«

Ginsterpfote drehte sich um und riss die Augen auf, als er Feuerherz entdeckte, dessen Kopf zwischen den dürren Farnwedeln herausguckte. Er öffnete das Maul, aber Feuerherz signalisierte ihm hastig, dass er still sein sollte.

»Hör zu, Ginsterpfote«, miaute er. »Ich will, dass du Kurzbart Bescheid sagst, dass ich hier bin, aber sieh zu, dass es Moorkralle nicht merkt, verstanden?«

Der Schüler zögerte, machte ein besorgtes Gesicht, und Feuerherz fügte hastig hinzu: »Ich muss mit ihm reden. Das ist sehr wichtig für unsere beiden Clans. Du musst mir einfach vertrauen.«

Die Verzweiflung in seiner Stimme hatte Ginsterpfote überzeugt. Nach kurzem Zögern nickte er. »In Ordnung, Feuerherz. Warte hier.«

Er nahm sein Kaninchen wieder auf und lief eilig hinter den beiden Kriegern her. Feuerherz verkroch sich tiefer im Gestrüpp und duckte sich, um zu warten. Kurz darauf hörte er, wie sich eine andere Katze näherte und flüsterte: »Feuerherz? Bist du da?«

Erleichtert erkannte Feuerherz die Stimme von Kurzbart. Er spähte vorsichtig durch die Zweige und richtete sich auf, als er sah, dass sein Freund allein gekommen war.

»SternenClan sei Dank!«, rief er aus. »Ich dachte schon, du kommst nicht.«

»Ich hoffe, du hast hierfür einen triftigen Grund, Feuerherz«, miaute Kurzbart. Er sah Feuerherz durchdringend an, von seiner üblichen Freundlichkeit fehlte jede Spur. »Es hat eine Weile gedauert, Moorkralle loszuwerden. Wenn er wüsste, dass du dich im Gebiet des WindClans aufhältst, würde er Krähenfraß aus dir machen, und das weißt du.« Er trat zu Feuerherz. »Ich halte meinen Kopf für dich hin«, knurrte er. »Ich hoffe, das ist es wert.«

»Das ist es, du kannst mir glauben. Ich bin gekommen, um euch etwas zu sagen. Ich muss mit Riesenstern sprechen.

Es ist wichtig«, fügte er hinzu, als Kurzbart ihn weiterhin anstarrte.

Einige Herzschläge lang fürchtete er, sein Freund könnte sich weigern, ihn sogar angreifen und aus dem Territorium des WindClans verjagen.

Als Kurzbart dann antwortete, hörte sich seine Stimme zu Feuerherz' Erleichterung nicht mehr so feindselig an. Anscheinend wurde ihm allmählich klar, dass es Feuerherz mit seiner Nachricht sehr eilig hatte. »Was ist eigentlich los? Riesenstern wird mir das Fell abziehen, wenn ich ohne guten Grund eine Katze vom DonnerClan mit ins Lager bringe.«

»Ich kann es dir nicht sagen, Kurzbart. Ich kann es niemandem außer Riesenstern sagen. Aber glaub mir, es ist zum Besten für unsere beiden Clans.«

Wieder einmal zögerte Kurzbart. »Ich würde das für keine Katze tun außer für dich, Feuerherz«, miaute er schließlich. Er wirbelte herum, zuckte einmal mit der Schwanzspitze und jagte über das Moorland davon.

Feuerherz sprang ihm nach. Kurzbart blieb am Ende der Böschung stehen und blickte ins Lager hinab. Die letzten Strahlen der untergehenden Sonne warfen lange Schatten über den Ginster, der an der Böschung zum Lager wuchs. Feuerherz und Kurzbart standen noch da, als sie von einer Patrouille überholt wurden. Feuerherz spürte ihre neugierigen und zugleich feindseligen Blicke.

»Komm weiter«, miaute Kurzbart. Er lief voraus zwischen den Ginsterruten hindurch, bis sie die sandige Lichtung in der Mitte erreicht hatten.

Als Feuerherz durch einen Spalt zwischen den Dornen hinausgeschlüpft war, entdeckte er Riesenstern, der am Rand der Lichtung neben einem Haufen Frischbeute hockte. Einige Krieger des WindClans hatten sich um ihn versammelt. Es war Lahmfuß, der Stellvertreter, der als Erster aufblickte und dann seinen Anführer anstupste und ihm hastig ins Ohr miaute.

Riesenstern erhob sich und trottete über die Lichtung auf Feuerherz und Kurzbart zu. Lahmfuß hielt sich an seiner Seite und die anderen Katzen folgten dicht hinter ihnen. Feuerherz erkannte Rindengesicht, den Heiler des WindClans, und Moorkralle, der seine Zähne fletschte.

»Nun, Kurzbart?« Riesenstern sprach mit gleichmütiger Stimme, die nichts verriet. »Warum hast du Feuerherz hierhergeführt?«

Kurzbart senkte den Kopf. »Er sagt, er muss mit dir reden.«

»Und deshalb darf er einfach so in unser Lager geschlendert kommen?«, fauchte Moorkralle. »Er gehört zu einem feindlichen Clan!«

Riesenstern bedeutete Moorkralle mit einem Schwanzzucken, er möge schweigen, und blickte Feuerherz tief in die Augen. »Hier bin ich«, miaute er. »Sprich.«

Feuerherz blickte an ihm vorbei. Immer mehr Katzen schlossen sich an, die von dem Eindringling in ihrer Mitte gehört hatten und wissen wollten, was los war. »Was ich zu sagen habe, ist nicht für alle Ohren bestimmt, Riesenstern«, stammelte er.

Einen Herzschlag lang glaubte er ein tiefes Knurren aus Riesensterns Kehle zu hören, aber dann nickte der Anführer bedächtig. »Nun gut. Wir gehen in meinen Bau. Lahmfuß, du begleitest uns – du auch, Kurzbart.« Er machte kehrt und stolzierte mit steil aufgerichtetem Schwanz auf den Fels am anderen Ende der Lichtung zu. Die beiden Krieger nahmen Feuerherz in ihre Mitte und folgten ihm. Der Bau des Anführers lag geschützt unter einem tiefen Überhang des Felsens, abseits vom Lager. Riesenstern trat ein, richtete sich auf einem Nest aus Heidekraut ein und sah Feuerherz an. »Nun?«, miaute er.

Tiefe Schatten sorgten dafür, dass Feuerherz die Krieger an seiner Seite spüren, aber kaum erkennen konnte. Es knisterte vor Spannung, als ob sie nur darauf warten würden, sich bei der nächstbesten Gelegenheit auf ihn zu stürzen. Auf seiner Reise über das Moor hatte er angestrengt nachgedacht, was er sagen sollte, war sich aber immer noch nicht sicher, ob es ihm gelingen würde, Riesenstern davon zu überzeugen, dass es eine Möglichkeit gab, Blausterns Angriff zu verhindern.

»Wie du weißt, ist Blaustern verärgert, weil sie Beute verloren hat«, hob Feuerherz an.

Augenblicklich sträubte sich dem Anführer des Schatten-Clans das Nackenfell. »Der SchattenClan hat dem Donner-Clan keine Beute gestohlen!«, blaffte er.

»Wir haben auch Beutereste gefunden«, meldete sich Lahmfuß zu Wort, humpelte auf Feuerherz zu und stieß ihm seine Schnauze ins Gesicht. »Ist es nicht vielmehr so, dass der DonnerClan uns die Beute gestohlen hat?«

Feuerherz zwang sich mit aller Kraft, still zu stehen. »Nein!«, protestierte er. »Ich glaube nicht, dass irgendwelche Katzen Beute gestohlen haben.«

»Und was ist sonst damit passiert?«, fragte Kurzbart.

»Ich glaube, im Wald lebt ein streunender Hund. Wir haben ihn gerochen und seine Losung gefunden.«

»Ein Hund!«, wiederholte Kurzbart. Nachdenklich schloss er die Augen. »Einer, der seinen Zweibeinern weggelaufen ist?«

»Da bin ich mir sicher«, miaute Feuerherz.

»Möglich wäre es …«, miaute Riesenstern. Erleichtert beobachtete Feuerherz, dass sich das Fell in seinem Nacken wieder gelegt hatte. »Wir haben natürlich in letzter Zeit auch Hund in unserem Territorium gerochen, aber schließlich kommen sie immer mit ihren Zweibeinern hier hoch.« Seine Stimme hörte sich überzeugter an, als er fortfuhr: »Ja, es könnte ein Hund sein, der die Kaninchen tötet. Ich werde dafür sorgen, dass unsere Patrouillen ein Auge darauf haben.«

»Du bist aber doch nicht den weiten Weg hierhergelaufen, um uns das zu erzählen«, miaute Lahmfuß. »Was hast du also auf dem Herzen, Feuerherz?«

Feuerherz holte tief Luft. Er wollte Blaustern nicht verraten, indem er von ihrem geplanten Angriff berichtete – er wollte dem Anführer des WindClans vorschlagen, dass ein bevorstehender Kampf vermieden werden konnte, wenn er einfach mit Blaustern über die gestohlene Beute sprach.

»Es gelingt mir nicht, Blaustern von dem Hund zu überzeugen«, erklärte er. »Sie fühlt sich vom WindClan bedroht, und das wird früher oder später zu einem Kampf führen, wenn wir nichts unternehmen.« Er durfte den Kriegern nicht erzählen, wie früh der Kampf stattfinden würde, wenn er jetzt versagte. »Katzen werden verwundet – oder gar getötet – werden, wegen nichts.«

»Und was erwartest du, was ich jetzt tun soll?«, fragte Riesenstern gereizt. »Sie ist eure Anführerin, Feuerherz. Das ist euer Problem.«

Feuerherz traute sich, ein paar Schritte auf den Anführer des WindClans zuzugehen. »Ich bin gekommen, weil ich dich bitten will, dich mit Blaustern zu treffen. Wenn ihr die Dinge unter euch besprechen würdet, könnte es dir gelingen, Frieden zu schließen.«

»Blaustern will ein Treffen?« Lahmfuß hatte das gesagt, und in seiner Stimme lagen Zweifel. »Als wir ihr zum letzten Mal begegnet sind, sah sie so aus, als ob sie uns mit ihren Krallen an die Gurgel gehen wollte.«

»Die Idee stammt nicht von Blaustern – sie ist von mir«, gestand Feuerherz.

Alle drei WindClan-Katzen starrten ihn an. Kurzbart brach schließlich das Schweigen. »Soll das heißen, dass du hinter dem Rücken deiner Anführerin handelst?«

»Es ist zum Besten unserer beiden Clans«, sagte Feuerherz nachdrücklich.

Er war darauf gefasst, dass sie ihn aus dem Lager jagen würden, stellte aber erleichtert fest, dass Riesenstern nachzudenken schien. »Natürlich würde ich lieber reden als kämpfen«, miaute der Anführer. »Aber wie sollen wir das arrangieren? Wie groß wird ihre Bereitschaft sein, wenn sie erfährt, dass du zuerst mit uns gesprochen hast, ohne dass sie davon wusste?« Ohne auf eine Antwort von Feuerherz zu warten, fuhr er fort: »Vielleicht wäre es am besten, wenn ich einen Boten schicke, über den ich sie um ein Treffen am Baumgeviert bitte – aber kannst du für die Sicherheit eines Kriegers aus dem WindClan im Territorium des DonnerClans bürgen?«

Feuerherz schwieg, was auch eine Antwort war.

Riesenstern wiegte bedächtig den Kopf. »Tut mir leid, Feuerherz. Ich möchte keinen meiner Krieger verlieren. Wenn

Blaustern beschließt, dass sie zu einem Gespräch bereit ist, weiß sie, wo sie uns findet. Kurzbart, es ist besser, wenn du Feuerherz bis zum Baumgeviert begleitest.«

»Warte!«, protestierte Feuerherz. Ihm war gerade etwas eingefallen – oder vielleicht hatte der SternenClan ihm die Idee eingegeben. »Ich weiß, was du tun kannst.«

Riesensterns Augen leuchteten in der Dunkelheit. »Und was?«

»Kennst du den Kater Rabenpfote? Er ist ein Einzelläufer, der auf einer Farm an der Grenze zu unserem Gebiet lebt, in der Nähe der Hochfelsen. Er hat uns auf der Rückreise in euer Land Zuflucht gewährt – erinnerst du dich?«

»Ich kenne ihn«, miaute Kurzbart. »Er ist eine anständige Katze, obwohl er kein Krieger ist. Was ist mit ihm?«

Feuerherz drehte sich aufgeregt zu ihm um. »Er könnte die Nachricht für dich überbringen. Und Blaustern hat ihm Erlaubnis erteilt, unser Territorium zu betreten – da er früher eine Katze des DonnerClans war.«

Riesenstern verlagerte sein Gewicht auf dem Heidebett. »Das könnte funktionieren. Was hältst du davon, Lahmfuß?«

Mit einem zögerlichen Brummen stimmte der Zweite Anführer zu.

»Dann los!« Feuerherz trieb Kurzbart zur Eile an, als ihm wieder einmal bewusst wurde, wie schnell die Zeit vergangen war. »Geh sofort. Sag ihm, er soll Blaustern um ein Treffen mit Riesenstern im Morgengrauen bitten, am Baumgeviert.« Die Zeit reichte kaum für Kurzbart, um Rabenpfote auf der Zweibeinerfarm zu finden.

Kurzbart sah seinen Anführer an, der nickte. Sofort machte

der getigerte braune Kater kehrt und verschwand in der Finsternis vor dem Bau.

Riesenstern sah Feuerherz skeptisch an. »Wie kommt es, dass ich den Eindruck habe, du würdest mir etwas verschweigen?«, miaute er. Feuerherz atmete erleichtert auf, als ihm die Antwort erlassen wurde. »Es wird Zeit, dass du gehst«, fuhr er fort. »Lahmfuß, begleite ihn bis zur Grenze unseres Territoriums. Und Feuerherz – ich werde bei Sonnenaufgang am Baumgeviert sein, mehr kann ich nicht tun. Wenn Blaustern Frieden will, muss sie da sein.«

»Bei Sonnenaufgang am Baumgeviert«, wiederholte Feuerherz und verließ hinter dem Stellvertreter den Bau.

Feuerherz schaffte den Rückweg zum Baumgeviert und in sein eigenes Territorium in kurzer Zeit. Er hatte vor der Versammlung am vergangenen Tag zum letzten Mal etwas gegessen. Vor Hunger tat ihm der Bauch weh, und allmählich fühlte er sich unsicher auf den Pfoten, also zwang er sich zu einer Pause und jagte.

Am Bach hielt er lauschend inne, bis er eine Wühlmaus im Schilf am Ufer rascheln hörte. Er hob den Kopf und witterte die Beute, die er kaum sehen konnte. Mit einem Satz stürzte er sich auf die Wühlmaus und grub seine Klauen in das Tier. Gierig verschlang er sein Opfer und spürte, wie seine Kräfte zurückkehrten. Frisch gestärkt eilte er zu seinem Lager zurück. Der Mond war über den Bäumen aufgegangen, als er die Böschung hinunterglitt, und erinnerte Feuerherz daran, dass er bis Monduntergang die Krieger für Blausterns geplanten Angriff auswählen musste. Sein Optimismus kehrte zurück. Riesenstern hatte einem Gespräch zugestimmt, sicher würde

Blaustern erkennen, dass ein Krieg mit dem WindClan unnötig war.

Er hatte den Eingang zur Lichtung fast erreicht, als er hörte, wie eine Katze seinen Namen rief. Er drehte sich um und sah Weißpelz, der die Abendpatrouille den Abhang hinunter anführte. Maispfote, Wolkenpfote und Frostfell begleiteten ihn.

»Alles ruhig?«, fragte Feuerherz, als ihn Weißpelz eingeholt hatte.

»Still wie schlafende Junge«, antwortete der weiße Krieger. »Kein Zeichen von einem Hund. Vielleicht haben ihn seine Zweibeiner endlich gefunden.«

»Vielleicht«, miaute Feuerherz. Plötzlich beschloss er, Weißpelz zu erzählen, wo er gewesen war. Er wollte wenigstens mit einem Krieger seine Hoffnung teilen, dass sie vielleicht doch nicht gegen den WindClan in den Krieg ziehen mussten. »Weißpelz, ich würde gern mit dir sprechen. Hast du einen Moment Zeit?«

»Natürlich – solange es dir nichts ausmacht, wenn ich dabei esse.« Weißpelz schickte die beiden Schüler zum Essen. Sie hüpften zum Haufen mit der Frischbeute, wo sie eine harmlose Rauferei wegen einer Elster anfingen. Frostfell tappte mit einer Wühlmaus zum Bau der Krieger, während sich Weißpelz ein Eichhörnchen nahm und es in eine ruhige Ecke neben einem nachgewachsenen Nesselflecken schleppte.

Feuerherz folgte ihm. »Weißpelz, Blaustern ließ mich heute Morgen rufen ...« Leise erzählte er dem alten Krieger die ganze Geschichte, angefangen bei Blausterns unerschütterlicher Überzeugung, dass der WindClan Beute gestohlen hätte, bis zu ihrem Befehl, anzugreifen, und Feuerherz' Entscheidung, beim WindClan ein Treffen zu erbitten.

»Was?« Weißpelz starrte Feuerherz ungläubig an. »Du hast Blaustern nicht gefragt?« Seine Stimme versagte und er schüttelte irritiert den Kopf.

Feuerherz verteidigte sich sofort. »Was hätte ich sonst tun sollen?«

»Du hättest mich ins Vertrauen ziehen können.« Voller Verärgerung sträubten sich Weißpelz die Nackenhaare. »Oder einen von den anderen älteren Kriegern. Wir hätten dir geholfen, eine Lösung zu finden.«

»Tut mir leid.« Feuerherz schlug das Herz schneller. »Ich wollte niemanden in Schwierigkeiten bringen. Ich tat, was ich für das Beste hielt.« Wegen des Kriegergesetzes hatte er allein gehandelt, denn er konnte von den anderen Katzen nicht verlangen, sich Blausterns Anordnungen derart zu widersetzen.

Weißpelz sah ihn sehr nachdenklich an. »Ich denke, wir sollten den anderen Kriegern davon erzählen«, miaute er schließlich. »Sie müssen für Blausterns Angriff vorbereitet sein, falls Rabenpfote nicht rechtzeitig hier ist – und selbst wenn Blaustern einverstanden ist, sich mit Riesenstern zu treffen, will sie vielleicht eine Patrouille hinter sich haben. Ich wette um alle Morgenpatrouillen bis zum nächsten Mond, Riesenstern ahnt, dass irgendetwas im Busch ist. Wir können nicht sicher sein, dass er keinen Hinterhalt plant.«

Feuerherz nickte gehorsam. »Du hast recht, Weißpelz. Ich traue ihnen, trotzdem sollten wir gewappnet sein.«

»Ich suche ein paar Schüler, die sollen das Lager bewachen«, miaute Weißpelz. »Du trommelst die Krieger zusammen.«

Feuerherz rannte über die Lichtung zum Bau der Krieger. Die meisten waren bereits dort, schliefen zusammengerollt in ihren Nestern. Feuerherz tippte Sandsturm mit der Pfote an, um sie zu wecken. Sie blinzelte zu ihm auf. »Was ist los?«

»Weck bitte die anderen, Sandsturm«, miaute Feuerherz. »Weißpelz und ich müssen euch etwas Wichtiges mitteilen.«

Sandsturm rappelte sich auf. »Was meinst du mit wichtig? Es ist mitten in der Nacht!«

Feuerherz verließ den Bau, ohne zu antworten, und suchte nach den übrigen Kriegern. Er fand Buntgesicht bei einem Besuch in der Kinderstube und Mausefell kehrte gerade mit dem Kiefer voller Frischbeute von der Abendpatrouille zurück. Er fragte sich, ob er Rußpelz holen sollte, entschied sich aber dafür, ihr die Angelegenheit lieber später und allein zu erklären.

Als er wieder im Bau der Krieger eintraf, waren alle anderen hellwach. Kurz darauf kam Weißpelz angetrottet und setzte sich im Schutz der Zweige neben Feuerherz.

»Was soll der ganze Aufruhr?«, fragte Dunkelstreif schlecht gelaunt und schüttelte sich Moosreste von dem Ohren. »Ihr habt hoffentlich eine gute Erklärung parat.«

Feuerherz rumorte der Magen vor Nervosität, als er sich fragte, wie seine Clangenossen reagieren würden, wenn sie erfuhren, was er getan hatte. Weißpelz nickte ihm zu.

Nachdem Feuerherz tief Luft geholt hatte, hob er an. Er erzählte von dem Angriff, den Blaustern geplant hatte, und wie er versucht hatte, eine friedliche Lösung zu finden. Die Katzen des Clans hörten sprachlos vor Verblüffung zu. Sämtliche Augenpaare, in denen das Mondlicht zwischen den Zweigen funkelte, ruhten auf Feuerherz. Die blassgrünen Augen von Sandsturm, die weiter außen unter den Zweigen hockte, spürte er besonders, wagte aber nicht, ihren Blick zu erwidern. Er hoffte inständig, die Krieger würden verstehen, dass er das alles nur aus dem einzigen Grund getan hatte, um eine Schlacht zu verhindern und Leben zu retten.

»Riesenstern hat also eingewilligt, sich mit Blaustern beim Baumgeviert zu treffen«, sagte er abschließend. »Rabenpfote müsste gleich hier sein, um ihr das Treffen vorzuschlagen.«

Er hatte damit gerechnet, dass ihn die anderen Krieger bestürmen würden, aber keine der Katzen schien zu wissen, was sie sagen sollte. Verunsichert blickten sie von einem zum anderen.

Irgendwann fragte Mausefell schließlich: »Weißpelz, bist du damit einverstanden, was Feuerherz getan hat?«

Feuerherz betrachtete seine Pfoten und wartete. Er brauchte Weißpelz' Unterstützung dringend, da der von den anderen Kriegern respektiert wurde, wusste aber auch, dass Weißpelz mit seiner Aktion nicht hundertprozentig einverstanden war, auch wenn er sie noch so gut gemeint haben mochte.

»Ich hätte nicht so gehandelt.« Weißpelz antwortete wie immer in ruhigem und bestimmtem Tonfall. »Ich finde aber, es ist richtig, den Angriff auf den WindClan zu verhindern. Ich glaube nicht, dass sie uns Beute gestohlen haben. Da läuft ein Hund frei herum – ich habe ihn selbst gerochen.«

»Ich auch, in der Nähe der Schlangenfelsen«, bestätigte Mausefell.

»Am Baumgeviert auch«, miaute Farnpelz. »Das können wir dem WindClan nicht vorwerfen.«

»Du verlangst aber von uns, dass wir vor Blaustern Geheimnisse haben!« Sandsturm hatte sich erhoben und schließlich musste Feuerherz ihren vorwurfsvollen grünen Augen doch begegnen.

Bestürzt zuckte Feuerherz zusammen. Er hatte nicht damit gerechnet, dass Sandsturm die erste Katze mit Einwänden gegen seine Aktion sein würde. »Tut mir leid«, miaute er. »Ich dachte, ich hätte keine andere Wahl.«

»Etwas anderes konnte man von einem Hauskätzchen kaum erwarten«, knurrte Dunkelstreif. »Hast du eigentlich irgendeine Ahnung, was das Gesetz der Krieger bedeutet?«

»Ich weiß ziemlich genau, was es bedeutet«, verteidigte sich Feuerherz. »Weil ich meinem Clan treu ergeben bin, will ich keinen unnötigen Kampf ausfechten. Und ich respektiere den SternenClan genau wie alle anderen Katzen auch. Ich glaube nicht, dass es sein Wille ist, wenn wir heute Nacht angreifen.«

Dunkelstreif legte drohend die Ohren an, sagte aber nichts mehr. Feuerherz blickte in die Runde, um zu erfahren, ob es ihm gelungen war, seine Krieger für sich zu gewinnen. Wenn Blaustern ihr letztes Leben aufgab und zum SternenClan ging, musste er diesen Clan möglicherweise führen, wie ihm schmerzlich bewusst wurde, und wenn sie ihm weder Loyalität noch Respekt entgegenbrachten, würde er an der Aufgabe scheitern.

»Nur darauf kommt es an«, fuhr er verzweifelt fort. »Der WindClan hat nichts getan. Und wir haben genug zu tun, wenn wir das Lager wieder aufbauen und die Patrouillen besetzen wollen, ohne uns in ein überflüssiges, gefährliches Gefecht zu stürzen. Wie wollen wir uns ernähren und auf die Blattleere vorbereiten, wenn Krieger von uns verletzt oder gar getötet werden?«

»Er hat recht.« Buntgesicht hatte das gesagt und die anderen drehten sich nach ihr um. »Unsere Kinder würden in den

Kampf ziehen«, fuhr sie ungerührt fort. »Wir wollen sie nicht umsonst opfern.«

Frostfell stimmte ihr zu, aber die übrigen Krieger murmelten weiter. Erneut wurde Feuerherz sich Sandsturms Blicken und der Bedrängnis in ihren blassgrünen Augen bewusst. Er konnte sich vorstellen, wie sie sich jetzt fühlte: hin- und hergerissen zwischen ihrer Ergebenheit für Blaustern und ihrer Einsatzbereitschaft für ihn. In diesem Augenblick wünschte sich Feuerherz nur eines: Er wollte sich an ihre Flanke pressen und all dies vergessen, während er den süßen Duft ihres Fells einatmete. Doch er musste vor seinen Kriegern Haltung bewahren und auf ihr Urteil warten, ob sie ihn nun unterstützen würden oder nicht.

»Und was sollen wir deiner Meinung nach jetzt tun?«, miaute Langschweif schließlich.

»Ich werde einige Krieger brauchen, die bereit sind, Blaustern zum Baumgeviert zu begleiten«, antwortete Feuerherz. »Wenn Rabenpfote nicht kommt oder wenn Blaustern zu keinem Gespräch bereit ist, dann wird sie uns in den Kampf führen. Und wenn das passiert …« Seine Stimme versagte, er schluckte.

»Ja, was dann?«, wollte Sandsturm wissen. »Verlangst du von uns, dass wir uns Blausterns Befehl direkt widersetzen? Kehrtmachen und wegrennen? Borkenpelz, sag Feuerherz, dass nur ein Mausehirn auf so eine Idee kommen kann!«

Borkenpelz spitzte überrascht die Ohren. Feuerherz wusste sehr gut, dass ein Teil der Abneigung des braunen Kriegers gegen ihn darin begründet lag, dass Sandsturm Feuerherz inzwischen eindeutig vorzog. Er machte sich auf heftige Kritik gefasst, aber Borkenpelz miaute zögernd: »Ich weiß nicht,

Sandsturm. Feuerherz hat recht, dass der Zeitpunkt für einen Kampf schlecht gewählt ist, und außerdem kann keine Katze ernsthaft glauben, dass der WindClan unsere Beute stiehlt. Wenn Blaustern das glaubt ... na ja ...« Er brach ab und scharrte unruhig mit den Pfoten.

»Es ist nachvollziehbar, dass Blaustern dem WindClan nicht traut«, miaute Feuerherz und nahm seine Anführerin unwillkürlich in Schutz. »Sie haben sich ihr in den Weg gestellt, als sie zu den Hochfelsen unterwegs war. Und wir haben noch nie gehört, dass im Wald Hunde frei herumlaufen. Nur gibt es keinen einzigen Beweis, dass der WindClan diese Kaninchen erlegt hat, aber etliche, dass es ein Hund gewesen sein muss.«

»Und was schlägst du vor, wenn es zum Kampf kommt, Feuerherz?«, fragte Mausefell. »Zum Lager zurückkehren, wenn Blaustern befiehlt, anzugreifen?«

»Nein«, antwortete Feuerherz. »Riesenstern schien bereit, Blaustern friedlich zu begegnen, und wenn wir Glück haben, bringt er nur einen oder zwei Krieger mit. Es wird nicht zum Kampf kommen.«

»Mir scheint, da brauchen wir ziemlich viel Glück«, miaute Mausefell und zuckte skeptisch mit dem Schwanz. »Was ist, wenn der WindClan das Gleiche denkt und uns in einen Hinterhalt lockt? Dann sind wir Krähenfraß.« Feuerherz zuckte zusammen, als sie seine und Weißpelz' eigene Zweifel laut aussprach, ob man Riesenstern trauen konnte.

»Ich komme nicht mit«, platzte Langschweif heraus. »Mich vom WindClan in Stücke reißen lassen? Ich hab doch kein Mäusehirn!«

Borkenpelz, der neben ihm saß, drehte den Kopf und sah

172

ihn verächtlich an. »Nein, aber du bist ein Feigling«, miaute er.

»Bin ich nicht!«, protestierte Langschweif mit schriller Stimme. »Ich bin eine loyale DonnerClan-Katze!«

»Gut, Langschweif«, schaltete sich Feuerherz ein. »Es müssen nicht alle Krieger mitkommen. Du kannst hierbleiben und das Lager bewachen. Und das gilt auch für alle anderen«, fügte er hinzu. »Wenn ihr nicht mitmachen wollt, bleibt ihr eben hier.« Gespannt beobachtete er im spärlich beleuchteten Bau ihre besorgten Gesichter und wartete, wie sich seine Krieger entscheiden würden.

»Ich komme mit«, miaute Weißpelz nach einer Weile. »Ich glaube, wir können uns darauf verlassen, dass Riesenstern nicht kämpft, wenn es sich vermeiden lässt.«

Feuerherz warf ihm einen dankbaren Blick zu, während sich die übrigen Krieger flüsternd besprachen und unruhig im Moos hin und her scharrten.

»Ich komme auch mit.« Farnpelz schien nervös, weil er als einer der Ersten unter so vielen älteren Kriegern das Wort ergriff.

»Und ich auch«, miaute Borkenpelz. Sein Schwanz schlug einmal in Feuerherz' Richtung. »Aber wenn der WindClan angreift, werde ich kämpfen. «

Die übrigen Krieger fielen ein. Feuerherz wunderte sich, dass Dunkelstreif mitkommen wollte, aber Mausefell nicht.

»Tut mir leid, Feuerherz«, miaute sie. »Was du sagst, hört sich vernünftig an, aber darum geht es nicht. Das Gesetz der Krieger stellt man nicht einfach infrage, bloß weil einem danach ist. Ich glaube nicht, dass ich mich meiner Anführerin widersetzen kann, wenn sie mir befiehlt, anzugreifen.«

»Also, ich komme jedenfalls mit«, erklärte Buntgesicht nachdrücklich. »Ich will nicht zusehen, wie sich unsere Kinder in einem Gefecht zerfetzen lassen, während wir nicht mitkämpfen.«

»Ich komme auch mit«, miaute Frostfell. Ihr Blick schweifte über die Krieger in der Runde, während sie hinzufügte: »Wir ziehen unsere Jungen nicht groß, damit sie sinnlose Kämpfe ausfechten.«

Zum Schluss sah sich Feuerherz Sandsturm gegenüber, die bisher nichts gesagt hatte. Er konnte sich nicht vorstellen, was er tun würde, wenn sie sich weigerte, mit ihm zu kommen. »Sandsturm?«, miaute er zögernd.

Sandsturm hockte mit gesenktem Kopf da und mied seinen Blick. »Ich komme mit dir, Feuerherz«, flüsterte sie. »Ich weiß, dass du recht hast mit den Hunden – aber trotzdem hasse ich es, Blaustern anzulügen.«

Feuerherz trat an ihre Seite und leckte ihr kurz über das Ohr, um sich bei ihr zu bedanken, aber sie zog den Kopf weg, ohne ihn anzusehen.

»Was ist mit den Schülern?«, fragte Dunkelstreif. »Willst du, dass sie mitkommen? Rauchpfote ist noch zu jung, um da hineingezogen zu werden.«

»Das finde ich auch«, miaute Borkenpelz schnell.

Trotz aller Anspannung musste Feuerherz ein amüsiertes Schnurren unterdrücken, als Borkenpelz' kleine Schwäche für Dunkelstreifs Schülerin zum Vorschein kam.

»Ich würde es vorziehen, Maispfote ebenfalls rauszuhalten«, miaute Weißpelz.

»Aber wird Blaustern nicht misstrauisch werden, wenn wir keine Schüler mitnehmen?«, fragte Farnpelz.

»Das ist ein guter Einwand.« Feuerherz nickte dem jungen Krieger zu. »Gut, wir werden Wieselpfote und Wolkenpfote mitnehmen. Aber nur, wenn Blaustern so viele Katzen mitnehmen will. Und wir klären sie erst auf, was los ist, wenn wir das Lager verlassen haben. Sonst hat sich die Nachricht in Windeseile im Lager verbreitet.«

Überrascht stellte Feuerherz fest, dass mehr Krieger hinter ihm standen, als er brauchte. Wenn Rabenpfote rechtzeitig im Lager eintraf und Blaustern einem Gespräch mit Riesenstern zustimmte, würde es seltsam aussehen, wenn sie eine ganze Kampfpatrouille an Kriegern begleiten wollte. Außerdem wollte er das Lager nicht zu geschwächt zurücklassen, falls es angegriffen wurde, vor allem jetzt nicht. »Wie wäre es, wenn Frostfell und Farnpelz hierbleiben, um bei der Bewachung des Lagers zu helfen?«, schlug er vor. »Ich bin euch für eure Unterstützung sehr dankbar, es könnte aber sein, dass ihr hier gebraucht werdet.«

Farnpelz und Frostfell sahen sich an, dann nickten sie.

»Jetzt legt euch besser hin und schlaft«, fuhr er fort. »Bei Monduntergang machen wir uns auf den Weg.«

Er sah zu, wie sich die Krieger in ihren Nestern zusammenrollten, legte sich aber nicht dazu. Er wusste, dass er keinen Schlaf finden würde, außerdem wollte er Rußpelz informieren, bevor es eine andere Katze tat. Ohne seinen festen Glauben an Tüpfelblatt hätte er längst zu zweifeln begonnen, dass er diesen Kampf verhindern könnte. So vieles konnte schiefgehen: Rabenpfote traf vielleicht nicht rechtzeitig mit der Nachricht ein, oder Blaustern weigerte sich, mit Riesenstern zu sprechen. Außerdem konnte der WindClan beim Baumgeviert mit einem Hinterhalt auf sie warten …

175

Nachdem er sich geschüttelt hatte, trat Feuerherz auf die Lichtung. Er sah sich nach Rabenpfote um, aber das Lager lag still im Mondlicht da. Ein Augenpaar leuchtete aus dem Eingang zum Ginstertunnel, und als Feuerherz näher trat, erkannte er die blasse Gestalt von Aschenpfote, der Wache stand.

»Weißt du, wer Rabenpfote ist?«, fragte er, und als der Schüler nickte, fuhr er fort: »Heute Abend ist er noch nicht hier gewesen, oder?«

Irritiert schüttelte Aschenpfote den Kopf.

»Wenn er kommt, lass ihn rein und schick ihn sofort zu Blaustern, verstanden?«

»Geht in Ordnung, Feuerherz«, Aschenpfote platzte unverkennbar vor Neugier, traute sich aber nicht, zu fragen.

Feuerherz nickte ihm zu und machte sich auf die Suche nach Rußpelz. Als er auf ihren Bau zutrottete, sah er sie draußen sitzen, mit Mausefell in ein Gespräch vertieft.

Beide Katzen schauten sich um, als er näher trat.

»Feuerherz?«, miaute Rußpelz und erhob sich langsam. »Was hat das alles zu bedeuten, was mir Mausefell da erzählt? Warum hast du mich nicht zu der Versammlung eingeladen?« Ihre blauen Augen funkelten entrüstet.

»War nur für die Krieger«, antwortete Feuerherz, wohl wissend, dass sich die Erklärung dünn anhörte.

»Oh, natürlich«, miaute Rußpelz spröde. »Du dachtest, was geht es mich an, wenn ihr Geheimnisse vor Blaustern habt?«

»So ist es nicht!«, protestierte Feuerherz. »Ich bin gekommen, um es dir jetzt zu sagen. Mausefell«, fügte er hinzu und funkelte die Kätzin verärgert an, »solltest du dich nicht ausruhen?«

Mausefell erwiderte seinen Blick, dann machte sie auf den Pfoten kehrt und verschwand in der Finsternis.

»Nun?«, forderte ihn Rußpelz auf.

»Anscheinend hat dir Mausefell bereits alles erzählt. Mir gefällt diese Situation kein bisschen besser als dir, aber was haben wir für eine Wahl? Glaubst du wirklich, dass der SternenClan auf einen Krieg im Wald aus ist – noch dazu, wenn es ein sinnloser Krieg ist?«

»Der SternenClan hat mir nichts von irgendwelchen Kriegen gezeigt«, gab Rußpelz zu. »Und ich will auch kein Blutvergießen, aber ist das der einzige Weg, ihn zu verhindern?«

»Wenn du eine bessere Idee hast, dann sag es mir.«

Rußpelz schüttelte den Kopf. Im Mondlicht leuchtete ihr graues Fell gespenstisch, als ob sie sich bereits in die Welt des SternenClans aufgemacht hätte. »Was du auch tust, Feuerherz, sei vorsichtig mit Blaustern. Geh sanft mit ihr um. Sie war eine großartige Anführerin – und könnte es wieder sein.«

Feuerherz hätte der Heilerin so gern geglaubt. Aber Blaustern schien der Realität mit jedem Tag weiter zu entgleiten. Die weise Mentorin, die er bei seiner Ankunft im DonnerClan verehrt hatte, schien in weite Ferne gerückt.

»Ich werde tun, was ich kann«, versprach er. »Mir gefällt es nicht, sie zu hintergehen. Und gerade deshalb habe ich das Treffen mit Riesenstern arrangiert. Ich will, dass sie selbst sieht, wie unnötig ein Kampf ist. Aber mir hört sie nicht zu.« Erwartungsvoll fügte er hinzu: »Glaubst, dass ich im Unrecht bin?«

»Es ist nicht an mir, dir das zu sagen.« Rußpelz sah ihm fest in die Augen. »Das hier ist deine Entscheidung, Feuerherz. Keine Katze kann sie dir abnehmen.«

14. KAPITEL

ALS FEUERHERZ auf die Lichtung zurückkehrte, war von Rabenpfote immer noch nichts zu sehen. In seinem Bauch rumorte es. Der Mond stand hoch am Himmel. Nicht lange, dann würde Blaustern ihre Krieger gegen den WindClan ins Gefecht führen und alle Hoffung auf eine friedliche Lösung war dahin.

Wo blieb Rabenpfote? Vielleicht hatte ihn Kurzbart nicht finden können. Oder er hatte nicht kommen können – oder war auf dem Weg und kam zu spät. Feuerherz wollte in den Wald stürzen und nach ihm suchen, wusste aber, dass es zwecklos war.

Dann sah er, dass sich am Eingang etwas bewegte, und hörte Aschenpfote vorwurfsvoll miauen. Eine andere Katze antwortete, und Feuerherz zitterte vor Erleichterung, als er Rabenpfote an der Stimme erkannte. Eilig sprang er über die Lichtung.

»Ist gut, Aschenpfote«, miaute er dem Schüler zu. »Ich kümmere mich um Rabenpfote – du hältst hier weiter Wache.« Mit der Nase begrüßte er die schlanke Katze, die aus dem Ginstertunnel trat. »Wie gut, dass du da bist, Rabenpfote. Wie geht es dir?«

Eine Antwort auf die Frage war nicht nötig, dem ehemaligen Schüler ging es augenscheinlich gut. Sein schwarzer Pelz glänzte im Mondlicht und seine kräftigen Muskeln spielten unter dem Fell.

»Mir geht's gut«, antwortete Rabenpfote. Er sah sich mit großen Bernsteinaugen auf der Lichtung um. »Es ist ein komisches Gefühl, wieder hier zu stehen, Feuerherz. Tut mir leid, dass ihr Ärger mit dem WindClan habt. Kurzbart hat mir alles erzählt und geschworen, dass sie euch keine Beute gestohlen haben.«

»Davon musst du Blaustern überzeugen«, miaute Feuerherz verbittert. »Ich will dich nicht hetzen – ich weiß, du musst wie der Wind gesaust sein, um so schnell hier zu sein –, uns bleibt aber nicht viel Zeit. Mir nach.«

Er führte ihn zu Blausterns Bau. Die Anführerin des DonnerClans lag zusammengerollt in ihrem Nest, aber als Feuerherz näher trat, sah er, dass sich das Mondlicht in ihren halb geschlossenen Augen spiegelte. Sie schlief nicht.

»Was gibt es, Feuerherz?«, fragte sie verärgert. »Es ist noch nicht Zeit, zu gehen. Und wen hast du da mitgebracht?«

»Ich bin Rabenpfote, Blaustern«, miaute der Einzelläufer und trat vor. »Ich bringe eine Botschaft vom WindClan.«

»Vom WindClan!« Blaustern sprang auf. »Was will mir dieser Clan aus lauter Dieben sagen?«

Rabenpfote rührte sich nicht von der Stelle, obwohl er aus seiner Zeit als Schüler noch wissen musste, dass Blausterns Zorn mit Vorsicht zu genießen war. »Riesenstern will sich mit dir treffen, um über die gestohlene Beute zu sprechen«, antwortete er.

»Ach wirklich?« Blaustern warf einen kurzen Blick auf ihren Stellvertreter, ihre Augen sprühten blaues Feuer. Einen

Herzschlag lang glaubte Feuerherz, sie hätte erraten, was er getan hatte. Eine unheilvolle Pause folgte.

»Blaustern, wäre es nicht besser, zu reden, statt zu kämpfen?«, warf er ein.

»Sag mir nicht, was ich zu tun habe«, herrschte ihn Blaustern an. Ihre Schwanzspitze zuckte ungehalten. »Verlass meinen Bau. Ich werde mich mit Rabenpfote besprechen.«

Feuerherz blieb nichts anderes übrig, als zu gehen. Er lungerte vor dem Eingang herum, lauschte auf die leisen Stimmen, konnte aber nicht verstehen, was Blaustern und Rabenpfote sagten.

Nach einer Weile tauchte Weißpelz aus dem Bau der Krieger auf und gesellte sich zu ihm. »Der Mond geht allmählich unter«, miaute der weiße Krieger. »Blaustern wird bald gehen wollen. Ist Rabenpfote schon hier?«

»Ja, er ist drin«, miaute Feuerherz. »Ich weiß aber nicht, ob –«

Er brach ab, als im Inneren des Baus Bewegung entstand. Einen Herzschlag später kam Blaustern herausstolziert, Rabenpfote folgte ihr. Sie schritt auf Feuerherz zu, ihr Schwanz peitschte. »Stell eine Patrouille zusammen«, befahl sie. »Wir gehen zum Baumgeviert.«

»Heißt das, du wirst mit Riesenstern sprechen?«, wagte Feuerherz zu fragen.

Der Schwanz seiner Anführerin peitschte immer noch. »Ich werde reden«, miaute sie. »Wenn es aber keine Einigung gibt, werden wir kämpfen.«

Es war immer noch tiefe Nacht, als Blaustern ihre Krieger auf die Senke mit den vier Eichen zuführte. Feuerherz trottete an ihrer Seite, ein kaum hörbares Rascheln sagte ihm, dass die übrigen Katzen folgten. Sein Herz sank, als er den Ruf einer Eule aus der Ferne hörte. Er hatte kaum Gelegenheit gehabt, Rabenpfote seinen Dank für seinen Botengang auszusprechen, bevor sich die schwarze Katze von den Kriegern fortstahl. Er würde einen anderen Weg nach Hause zu seiner Farm einschlagen, weit weg vom Baumgeviert.

Blaustern blieb am oberen Ende der Böschung stehen. Als die anderen Krieger sie eingeholt hatten, warf das Licht der Sterne einen zarten Schimmer auf ihr Fell, berührte sie an den gespitzten Ohren und spiegelte sich in ihren weit aufgerissenen Augen. Feuerherz spürte ihre Erregung fast auf seiner Zunge.

Als er über die Grenze zum Gebiet des WindClans hinübersah, glaubte er zuerst, das Moorland läge verlassen vor ihm, bis weit hinaus an den Horizont des Nachthimmels. Der Wind strich darüber und raschelte in den Eichen in der Senke hinter ihm. Dann entdeckte er, dass sich vor ihm etwas regte, und sah dort Katzen in einer Reihe stehen, Riesenstern in ihrer Mitte. Sein Magen krampfte sich zusammen, als er erkannte, dass auch Riesenstern seine Krieger mitgebracht hatte.

»Was soll das?«, fauchte Blaustern. »So viele Katzen vom WindClan? Ich dachte, ich wäre gekommen, um zu reden?« Misstrauisch funkelte sie Feuerherz an, bis eine plötzliche Eingebung über ihre Miene huschte und sie verstand.

Auf ein Zucken ihrer Schwanzspitze traten die Krieger des DonnerClans bedrohlich schweigend vor, bis sie zu beiden Seiten ihrer Anführerin eine dichte Reihe formierten, den WindClan-Katzen gegenüber. Feuerherz spürte knisternde Spannung in der Luft, und ihm wurde klar, dass ein Kampf nur allzu leicht ausbrechen konnte, auch wenn der WindClan nicht zuerst angriff. Feuerherz fragte sich, ob Riesenstern Wort halten und mit Blaustern reden würde, um den Kampf zu verhindern.

»Riesenstern?«, miaute Blaustern laut. »Was hast du mir zu sagen?«

In nervöser Erwartung der Antwort fuhr Feuerherz die Krallen an seinen Pfoten aus und ein. Er wusste nicht, ob die Reihe standhalten würde. Wenn eine einzige Katze vortrat, konnte ein Sturm losbrechen. Er sah, wie Borkenpelz und Buntgesicht gespannte Blicke wechselten. Beide Katzen dachten anscheinend das Gleiche wie er. Sandsturm neben ihm behielt die WindClan-Katzen mit platt angelegten Ohren unverwandt im Blick. Wieselpfote beobachtete unruhig seine Anführerin, blieb aber auf seinem Platz in der Reihe. Wolkenpfote hatte sich sprungbereit geduckt und wackelte mit dem Hinterteil.

»Halt still!«, fauchte Feuerherz.

Wenige Fuchslängen weiter stand Riesenstern knapp zwei Schritte vor seinen Kriegern. Als das erste fahle Licht am Himmel emporkroch, konnte Feuerherz ihn besser erkennen. Sein schwarz-weißes Fell sträubte sich und der Schwanz ragte steil nach oben. Hinter ihm entdeckte Feuerherz Kurzbart und Morgenblüte zusammen mit dem Schüler Ginsterpfote. *Ich will nicht gegen diese Katzen kämpfen*, dachte er. Er wartete und spürte, dass sein Herz wie ein gefangener Vogel in seiner Brust klopfte.

»Keine Katze rührt sich«, befahl Riesenstern seinen Katzen schließlich, in der Stille wurde seine Stimme mühelos weitergetragen.

»Du bist doch verrückt!« Das war Moorkralle, der an Riesensterns Seite trat. »Das ist eine Kampftruppe, die sie da mitgebracht hat. Wir müssen angreifen!«

»Nein.« Riesenstern trat noch einen Schritt vor. Mit einem Schwanzzucken rief er Lahmfuß, seinen Stellvertreter, zu sich. Er sah Blaustern fest in die Augen und neigte seinen Kopf zum Gruß. »Hier wird heute kein Kampf stattfinden. Ich habe gesagt, dass ich gekommen bin, um zu reden, und das werde ich auch tun.«

Blaustern antwortete nicht. Sie kauerte sich zu Boden, sträubte das Fell und bleckte bedrohlich die Zähne. Plötzlich fürchtete Feuerherz, sie könnte ihre Meinung geändert haben, und fragte sich, was passieren würde, wenn sie sich auf den Anführer des WindClans stürzte. Er schickte ein verzweifeltes Stoßgebet zum SternenClan, sie möge ihren Kriegern nicht befehlen, anzugreifen.

In der Zwischenzeit war Kurzbart an Moorkralle herangetreten und schubste ihn energisch zurück in die Reihe. Für einen Moment, der Feuerherz wie eine Ewigkeit erschien, standen sich die Katzen in zwei Reihen gegenüber, der Wind zauste ihr Fell, ihre Augen glühten, denn jeden Moment konnte die Spannung in schrille, brennende Wut umschlagen.

»Blaustern«, hob Riesenstern erneut an, »würdest du zu mir kommen, in die Mitte zwischen unsere Krieger? Bring deinen Stellvertreter mit, und lass uns sehen, ob wir Frieden schließen können.«

»Frieden?«, fauchte Blaustern. »Wie kann ich mit Beutedieben und Streunern Frieden schließen?«

Protestgeheul brach unter den WindClan-Katzen aus. Moorkralle sprang vor, aber Kurzbart stürzte hinter ihm her, warf ihn um und hielt den sich windenden Krieger am Boden fest. Feuerherz sah, wie Dunkelstreif mit dem Schwanz hin und her peitschte. Wenn Moorkralle angriff, würde ihm Dunkelstreif entgegentreten, und dann war jede Hoffnung auf Frieden dahin.

»Tu, was Riesenstern sagt«, miaute Feuerherz Blaustern verzweifelt zu. »Deshalb sind wir gekommen. Dem Wind-Clan ist auch Beute gestohlen worden, genau wie dem DonnerClan.«

Blaustern drehte sich nach ihm um, Wut und Verachtung blitzten aus in ihren blauen Augen. »Ich habe wohl keine andere Wahl«, fauchte sie ihn an. »Aber das hat seinen Preis, Feuerherz. Sei dir da ganz gewiss.«

Mit gesträubtem Fell stelzte sie voran, bis sie vor Riesenstern stand, genau auf der Grenze zum Territorium des WindClans. Feuerherz folgte ihr und flüsterte Sandsturm zu: »Pass auf Dunkelstreif auf«, als er die Reihe der Krieger hinter sich ließ.

Riesenstern sah Blaustern unbeteiligt zu, wie sie näher kam. Der Anführer des WindClans hatte ihr nie vergeben, wie Feuerherz wusste, dass sie seinem alten Erzfeind Braunschweif Unterschlupf gewährt hatte, war aber klug genug, sich jetzt von seinem alten Groll nicht beeinflussen zu lassen. »Blaustern«, miaute er, »ich schwöre beim SternenClan, dass der WindClan nicht in deinem Gebiet gejagt hat.«

»Beim SternenClan!«, wiederholte Blaustern verächtlich. »Was ist ein Schwur beim SternenClan schon wert?«

Der schwarz-weiße Kater machte ein verblüfftes Gesicht und sah Feuerherz fragend an. »Dann schwöre ich bei allem, was dir heilig ist«, fuhr er fort. »Bei euren Jungen, bei der

Hoffnung für unsere Clans, bei unserer Anführerehre. Der WindClan hat das nicht getan, was du ihm vorwirfst.«

Zum ersten Mal schien er Blaustern mit seinen Worten zu erreichen. Feuerherz sah, wie sich ihr Fell glättete. »Wie kann ich dir glauben?«, miaute sie matt.

»Auch wir haben Beute verloren«, berichtete ihr Riesenstern. »Es könnten Hunde gewesen sein oder Streuner. Katzen vom WindClan waren es nicht.«

»Behauptest du«, miaute Blaustern. Jetzt hörte sie sich nicht mehr so sicher an. Feuerherz hoffte, dass Riesenstern sie allmählich überzeugt hatte und sie bloß nicht wusste, wie sie den Rückzug antreten sollte, ohne das Gesicht zu verlieren.

»Blaustern«, miaute Feuerherz eindringlich, »ein nobler Anführer führt seine Krieger nicht in ein sinnloses Gefecht. Falls es den leisesten Zweifel gibt –«

»Glaubst du, du wüsstest besser als ich, wie man einen Clan führt?«, fiel ihm Blaustern ins Wort. Ihr Fell sträubte sich erneut, aber diesmal war Feuerherz das Ziel ihrer Wut. Für einen Moment war sie wieder die alte, großartige Anführerin des DonnerClans, und er musste sich bemühen, nicht vor ihr zurückzuweichen.

»Junge Katzen glauben immer, sie wüssten alles«, miaute Riesenstern. In seiner Stimme lag ein Anflug amüsierter Nachsicht, und Feuerherz überkam eine warme Woge der Dankbarkeit für den Anführer des WindClans, der Blausterns Ängste so gut zu verstehen schien. »Und manchmal sollten wir auf sie hören. Es gibt keinen Grund für diesen Kampf.«

Blaustern zuckte verunsichert mit den Ohren. »Nun gut«, miaute sie zögernd. »Ich glaube deinem Wort – vorerst. Aber wenn meine Patrouillen eine Schwanzlänge hinter der Grenze den Geruch von WindClan-Katzen ...« Sie machte kehrt und rief nach ihren Kriegern. »Zurück zum Lager!«, befahl sie und lief ihnen voraus.

Als Feuerherz sich umdrehen wollte, um ihr zu folgen, neigte Riesenstern vor ihm den Kopf. »Danke, Feuerherz. Du hast wohlgetan, und mein Clan zollt dir Achtung für deinen Mut, mit dem du dieses Gefecht verhindert hast – allerdings möchte ich jetzt nicht in deiner Haut stecken.«

Feuerherz schloss sich seinem Clan an. Kurz bevor er in der Senke zum Baumgeviert verschwand, blickte er noch einmal über die Schulter und sah die WindClan-Katzen über das offene Moor zu ihrem Lager zurückjagen. Im sanften Morgenlicht schimmerte die Erde hell, unbefleckt von Katzenblut.

»Dank dir, Tüpfelblatt«, murmelte Feuerherz und setzte seinen Weg fort.

Blaustern führte ihre Krieger grimmig schweigend zum Lager zurück. Am Eingang zur Lichtung sprang Feuerherz voraus, um Mausefell anzusprechen, die vor dem Bau der Krieger saß.

»Gab's Probleme?«, fragte er.

Mausefell schüttelte den Kopf. »Alles lief absolut normal«, berichtete sie. »Frostfell hat die Morgenpatrouille mit Farnpelz und noch ein paar Schülern angeführt.« Nach einem prüfenden Blick fügte sie hinzu: »Dein Fell sieht ganz intakt aus. Ich schließe daraus, dass die Friedensverhandlungen erfolgreich waren.«

»Ja, das stimmt. Danke, dass du dich hier gekümmert hast, Mausefell.«

Mausefell neigte den Kopf. »Ich lege mich jetzt schlafen«,

miaute sie. »Du solltest ein paar Krieger zur Jagd schicken. Es ist kaum noch Frischbeute übrig.«

»Ich werde die Jagdpatrouille selbst anführen«, versprach Feuerherz.

»Nein, das wirst du nicht.« Blaustern war zu ihm getreten. Ihre Augen blitzten wie Eis. »Ich will dich in meinem Bau sprechen, Feuerherz. Sofort.« Ohne darauf zu achten, ob er ihr folgte, stolzierte sie über die Lichtung.

Feuerherz spürte ein unheilvolles Kribbeln im Pelz. Er hatte damit gerechnet, dass ihm seine Anführerin Vorwürfe machen würde, besser fühlte er sich deshalb aber auch nicht.

»Ich kümmere mich um die Jagdpatrouille«, miaute Weißpelz, der mit Sandsturm und Borkenpelz auf die Lichtung gesprungen kam und ihn mitfühlend ansah.

Feuerherz nickte ihm dankend zu und begab sich zu Blausterns Bau. Als er dort ankam, hatte sich seine Anführerin bereits mit untergeschlagenen Pfoten auf ihrem Lager niedergelassen. Ihre Schwanzspitze zuckte hin und her.

»Feuerherz.« Sie sprach mit ruhiger Stimme. Feuerherz hätte sich weniger gefürchtet, wenn sie ihn laut anmiaut hätte. »Riesenstern hätte keinen günstigeren Zeitpunkt für ein Gespräch über die gestohlene Beute finden können, wenn ihm der SternenClan selbst einen vorgeschlagen hätte. Du hast das in die Wege geleitet, nicht wahr? Keine Katze außer dir wusste, dass ich einen Angriff gegen den WindClan geplant hatte. Nur du konntest uns verraten haben.«

Schon lange hatte er sie geistig nicht mehr so klar erlebt. Jene Eingebung, die auf dem Moorland ihre Sinne geschärft hatte, war für sie anscheinend zur Gewissheit geworden. Noch einmal trat jene edle Anführerin, die er einst verehrt hatte, in

Erscheinung und führte ihm umso deutlicher vor Augen, was sie verloren hatten. Er war immer noch davon überzeugt, dass er seinen Clan nicht verraten und sie nur um ihren Überraschungsvorteil gebracht hatte, weil Riesenstern klug genug gewesen war, sich zu denken, dass ihr Angriff unmittelbar bevorstand. Würde Blaustern ihn in die Verbannung schicken? Feuerherz zitterte bei dem Gedanken, sie könnte ihn zu einem Leben als Einzelläufer zwingen, der Beute stahl und keinen Clan sein Eigen nennen durfte.

Er blieb vor Blaustern stehen und senkte den Kopf. »Ich wusste nicht, was ich sonst hätte tun können«, miaute er leise. »Keiner der Clans sollte diesen Kampf ausfechten.«

»Ich habe dir vertraut, Feuerherz«, sagte Blaustern mit rauer Stimme. »Dir am meisten von allen meinen Kriegern.«

Feuerherz zwang sich, ihrem hartherzigen Blick zu begegnen. »Ich tat es zum Besten des Clans, Blaustern. Und ich habe ihm nichts von dem Angriff verraten. Ich habe ihn nur gebeten, er möge versuchen, Frieden zu schaffen. Ich dachte –«

»Schweig!«, fauchte Blaustern, ihr Schwanz schlug hin und her. »Das entschuldigt gar nichts. Und was geht es mich an, wenn der ganze Clan abgeschlachtet wird? Was geht mich das Schicksal von Verrätern an?«

Allmählich trat der wirre Blick wieder in ihre Augen, und Feuerherz wusste, dass der Moment der Klarheit vorbei war.

»Wenn ich meine Jungen bloß nicht weggegeben hätte!«, flüsterte sie. »Nebelfuß und Steinfell sind edle Katzen. Viel edler als das ganze Gesindel im DonnerClan. Meine Kinder hätten mich niemals verraten.«

»Blaustern ...« Feuerherz wollte sie unterbrechen, aber sie beachtete ihn nicht.

»Ich habe sie weggegeben, um Anführerin zu werden, und jetzt strafen mich die Kriegerahnen dafür. Und der Sternen-Clan ist klug, Feuerherz! Sie wählten den grausamsten Weg, mich zu zerbrechen. Sie machten mich zur Anführerin und sorgten dann dafür, dass mich meine Katzen betrügen! Was habe ich jetzt davon, dass ich Anführerin des DonnerClans bin? Nichts! Alles ist leer, alles …« Ihre Pfoten bearbeiteten vor lauter Wut das Moos. Ihre Augen waren glasig, starrten ins Leere, und ihr Maul stand offen in einem tonlosen Geheul.

Feuerherz zitterte vor Kummer. »Ich hole Rußpelz«, miaute er.

»Bleib … wo … du … bist.« Sie spuckte jedes Wort einzeln aus. »Ich muss dich bestrafen, Feuerherz. Nenn mir eine gute Strafe für einen Verräter.«

Vor lauter Angst wurde Feuerherz übel, als er sich seine Antwort abrang. »Ich weiß keine, Blaustern.«

»Aber ich.« Jetzt klang ihre Stimme wie ein tiefes Schnurren mit einem seltsam ironischen Unterton. Sie blickte Feuerherz unverwandt in die Augen. »Ich kenne die beste Strafe von allen. Ich werde gar nichts tun. Ich lasse dich weiter auf deinem Posten als mein Stellvertreter und Anführer, wenn ich nicht mehr bin. Oh, das sollte dem SternenClan gefallen – ein Verräter, der einen Clan aus Verrätern führt! Mögen sie dafür sorgen, dass es dir Freude macht, Feuerherz. Und jetzt geh mir aus den Augen!«

Die letzten Worte fauchte sie. Feuerherz wich vor ihr zurück und floh hinaus auf die Lichtung. Er fühlte sich, als ob die Schlacht für ihn doch noch stattgefunden hätte. Blausterns Verzweiflung hing wie mit scharfen Krallen an ihm. Gleichzeitig fühlte er sich von ihr im Stich gelassen, denn sie hatte gar nicht erst versucht, ihn zu verstehen. Sie nannte ihn Verräter, ohne zu bedenken, was passiert wäre, wenn sie gegen den WindClan gekämpft hätten.

Mit hängendem Kopf trottete Feuerherz über die Lichtung und merkte gar nicht, dass sich ihm eine Katze näherte, bis er Sandsturms Stimme hörte.

»Was ist passiert, Feuerherz? Hat sie dich fortgeschickt?«

Feuerherz blickte auf. Sandsturm sah ihn besorgt an. Ihn berühren, um ihn zu trösten, wollte sie aber nicht.

»Nein«, antwortete er. »Sie hat gar nichts getan.«

»Dann ist doch alles gut.« Der optimistische Tonfall in Sandsturms Stimme hörte sich gezwungen an. »Warum bist du dann so deprimiert?«

»Sie ist ... krank.« Feuerherz konnte nicht beschreiben, was sich gerade in Blausterns Höhle abgespielt hatte. »Ich werde Rußpelz bitten, nach ihr zu sehen. Dann können wir vielleicht zusammen essen.«

»Nein, ich ... ich habe versprochen, mit Wolkenpfote und Buntgesicht jagen zu gehen.« Ohne ihn anzusehen, scharrte Sandsturm mit den Vorderpfoten. »Mach dir keine Sorgen um Blaustern, Feuerherz. Sie wird es schon schaffen.«

»Ich weiß nicht.« Feuerherz konnte nicht verhindern, dass er zitterte. »Ich dachte, ich könnte sie dazu bringen, mich zu verstehen, aber sie glaubt, ich hätte sie verraten.«

Sandsturm sagte nichts. Feuerherz sah, wie sie ihm einen schnellen Blick zuwarf und sich dann abwandte. In ihren Augen lag Sehnsucht, aber auch Unbehagen, und er erinnerte sich, wie sehr sie es verabscheut hatte, Blaustern zu hintergehen.

Hält mich Sandsturm auch für einen Verräter?, dachte er verzweifelt.

Nachdem Feuerherz Rußpelz zu Blaustern geschickt hatte, machte er sich auf den Weg zum Bau der Krieger. Er konnte sich kaum auf den Beinen halten und an nichts anderes denken, als im sanften Schummerlicht in tiefen Schlaf zu fallen. Sein Mut sank, als er Langschweif über die Lichtung auf sich zustolzieren sah.

»Auf ein Wort, Feuerherz«, knurrte er.

Feuerherz setzte sich. »Was gibt es?«

»Du hast *meinem* Schüler heute Morgen befohlen, mit dir zu gehen.«

»Ja, und ich habe dir erklärt, warum.«

»Er wollte nicht, aber er tat seine Pflicht«, miaute Langschweif schroff.

Das traf zu, überlegte Feuerherz. Er hatte den Schüler bewundert, wie mutig er in einer angespannten Situation reagierte, wusste aber nicht genau, warum Langschweif jetzt so viel Aufhebens davon machte.

»Ich glaube, es ist an der Zeit, dass er zum Krieger ernannt wird«, fuhr Langschweif fort. »Eigentlich hätte das schon längst passieren müssen, Feuerherz.«

»Ja, ich weiß«, antwortete Feuerherz. »Du hast vollkommen recht, Langschweif.«

Langschweif schien verblüfft über die prompte Zustimmung. »Und was willst du in dieser Sache jetzt unternehmen?«, platzte er heraus.

»Im Moment gar nichts«, miaute Feuerherz. »Du brauchst die Ohren gar nicht anzulegen, Langschweif. Denk doch mal nach. Blaustern ist zurzeit ziemlich traurig. Was heute Morgen passiert ist, gefiel ihr nicht, und sie will im Moment keine Schüler befördern. Nein, warte.« Mit einem Schwanzzucken

191

bedeutete er dem Krieger mit dem blassen Pelz zu schweigen, als der das Maul öffnete, um zu widersprechen. »Überlass die Sache mir. Früher oder später muss Blaustern einsehen, dass alles aus gutem Grund geschehen ist. Dann rede ich mit ihr, damit sie Wieselpfote zum Krieger ernennt, versprochen.«

Langschweif schniefte. Feuerherz wusste, er war nicht einverstanden, ein Gegenargument fiel ihm aber auch nicht ein. »Also gut«, miaute der Kater. »Aber lass dir nicht zu lange Zeit.«

Er stolzierte wieder davon, sodass sich Feuerherz endlich zu seinem Nest begeben konnte. Er rollte sich im weichen Moos zusammen und kniff die Augen vor dem Morgenlicht fest zu. Die vier älteren Schüler gingen ihm trotzdem nicht aus dem Sinn. Genau wie Wieselpfote stand es Wolkenpfote, Maispfote und Dornenpfote zu, in den Stand der Krieger aufzusteigen. Und der Clan brauchte dringend vollwertige Krieger, die ihren Pflichten nachkommen konnten. Solange Blaustern jedoch glaubte, dass sie von Verrätern umgeben war, würde sie niemals einwilligen, die vier zu ernennen.

Feuerherz wachte aus düsteren und wirren Träumen auf, als ihn eine Katze anstupste und eine Stimme miaute: »Feuerherz, wach auf!«

Blinzelnd öffnete er die Augen und erblickte das Gesicht von Rußpelz. Ihr graues Fell war zerzaust und ihre Augen weit und angstvoll aufgerissen. Blitzartig war Feuerherz wach.

»Was ist passiert?«

»Es ist wegen Blaustern«, antwortete Rußpelz. »Ich kann sie nirgends finden!«

15. KAPITEL

FEUERHERZ SPRANG auf die Pfoten. »Berichte mir, was vorgefallen ist.«

»Als ich heute früh nach ihr gesehen habe, brachte ich ihr Mohnsamen mit, um sie zu beruhigen«, erklärte Rußpelz. »Aber als ich jetzt ihren Bau betrat, war sie nicht da, und die Mohnsamen hatte sie auch nicht genommen. Ich habe bei den Ältesten und in der Kinderstube nachgesehen, aber dort ist sie auch nicht. Sie ist nirgendwo im Lager, Feuerherz.«

»Hat sie irgendjemand weggehen sehen?«

»Ich habe noch niemanden gefragt. Ich wollte es dir zuerst erzählen.«

»Dann werde ich die Schüler losschicken, um nach ihr zu suchen. Und erkundige dich, ob –«

»Blaustern ist kein kleines Junges, wie du weißt.« Der Einwurf kam von Weißpelz, der den Bau der Krieger gerade betreten und alles mitgehört hatte. »Vielleicht ist sie auf Patrouille gegangen. Du weißt nicht, ob noch andere Katzen bei ihr sind.« Er sprach mit ruhiger Stimme, entblößte gähnend sein Gebiss und ließ sich auf sein Lager sinken.

Feuerherz nickte wenig überzeugt. Was Weißpelz gesagt hatte, hörte sich vernünftig an, trotzdem hätte er gern mehr gewusst. So, wie er Blaustern heute Morgen erlebt hatte, konnte sie überall im Wald sein. Möglicherweise war sie sogar zum FlussClan gelaufen, um nach ihren Jungen zu suchen.

»Vielleicht besteht gar kein Grund zur Sorge«, versuchte Feuerherz, Rußpelz zu beruhigen, und hoffte, er würde sich überzeugter anhören, als er sich fühlte. »Wir werden uns trotzdem umsehen und die anderen Katzen fragen, ob jemand sie gesehen hat.«

Draußen vor dem Bau entdeckte er Rauchpfote und Aschenpfote, die sich vor den verkohlten Resten eines Baumstumpfs die Zungen gaben. Feuerherz erklärte ihnen hastig, er habe eine Nachricht für Blaustern, wisse aber nicht, wo sie sei. Die beiden Schüler sprangen bereitwillig auf, um nach ihr zu suchen.

»Geh und frag alle Katzen, ob jemand sie gesehen hat«, schlug er Rußpelz vor, die ihm gefolgt war. »Ich klettere die Schlucht hinauf, vielleicht kann ich ihren Geruch dort entdecken. Ich könnte versuchen, ihrer Spur zu folgen.«

Insgeheim hegte Feuerherz wenig Hoffnung. Dichte Wolken waren aufgezogen, während er geschlafen hatte, und es nieselte. Das war kein günstiges Wetter, um eine Spur zu verfolgen. Feuerherz wollte sich gerade aufmachen, als Sandsturm mit Wolkenpfote und Buntgesicht ins Lager zurückkehrte. Alle drei schleppten Frischbeute, die sie auf dem Haufen ablegten.

Feuerherz stürzte auf sie zu und Rußpelz humpelte hinter ihm her. »Sandsturm«, miaute er, »hast du Blaustern gesehen?«

Sandsturm fuhr sich mit der Zunge übers Maul, um die Beutesäfte abzulecken. »Nein. Warum?«

»Sie ist nicht da«, miaute Rußpelz.

Sandsturm riss die Augen auf. »Wundert euch das? Nach allem, was heute Morgen passiert ist? Sie muss sich doch so fühlen, als ob ihr die Kontrolle über den eigenen Clan entgleiten würde.«

Damit kam sie der Wahrheit so nahe, dass Feuerherz nicht mehr wusste, was er sagen sollte.

»Wir gehen noch einmal raus«, miaute Wolkenpfote, »und werden nach ihr Ausschau halten.«

»Einverstanden, danke.« Feuerherz blinzelte seinen Schüler dankbar an.

Der junge weiße Kater rannte sofort los, die beiden Kriegerinnen folgten ihm langsamer. Buntgesicht blieb stehen und miaute: »Ich bin sicher, dass alles in Ordnung ist, Feuerherz.« Dann lief sie weiter, Sandsturm drehte sich jedoch nicht mehr um.

Die Probleme drohten Feuerherz zu überwältigen, als er Rußpelz' warmen Atem an seinem Ohr spürte. »Keine Sorge, Feuerherz«, flüsterte sie. »Sandsturm ist bestimmt noch deine Freundin. Du musst akzeptieren, dass sie die Dinge nicht immer genauso sieht wie du.«

»Genau wie du«, seufzte Feuerherz.

Rußpelz schnurrte ihm noch einmal liebevoll zu. »Auch ich bin trotzdem deine Freundin«, erklärte sie. »Und ich weiß, dass du getan hast, was du für richtig hältst. Jetzt lass uns überlegen, wie wir Blaustern finden können.«

Bis Sonnenuntergang war Blaustern immer noch nicht wieder aufgetaucht. Feuerherz war ihrer Spur bis ans Ende der Schlucht gefolgt, aber dann hatte es stärker angefangen zu regnen, und ihr Geruch verlor sich zwischen dem Gestank der verkohlten Äste und dem modrigen Geruch der abgefallenen Blätter.

Vor lauter Furcht hätte Feuerherz ohnehin nicht schlafen können, also übernahm er die Wache. Die Nacht war weit fortgeschritten und der Mond ging bereits unter, als er sah, wie sich am Lagereingang etwas bewegte. Die letzten Strahlen des Mondes warfen ihr Licht auf einen silbergrauen Pelz, als Blaustern ins Lager zurückgehumpelt kam. Das Fell klebte ihr tropfnass am Körper und der Kopf hing tief. Sie wirkte alt, erschöpft, geschlagen.

Feuerherz eilte zu ihr hin. »Blaustern, wo bist du gewesen?«

Die Anführerin hob ihren Kopf und sah ihn an. Feuerherz zuckte zusammen, als er sah, dass ihn ihre Augen, die sacht im Mondschein leuchteten, trotz ihrer Erschöpfung hell und klar anblickten. »Du hörst dich wie eine Königin an, die ihr Junges ausschimpft«, erwiderte sie schroff, aber mit einem etwas amüsierten Unterton. Mit einer Kopfbewegung deutete sie auf ihren Bau. »Komm mit.«

Feuerherz gehorchte, nachdem er am Frischbeutehaufen kurz angehalten hatte, um eine Wühlmaus mitzunehmen. Blaustern musste essen, ganz gleich, wo sie gewesen war. Als er ihren Bau betrat, saß seine Anführerin in ihrem Nest und wusch sich mit langen, gründlichen Strichen. Feuerherz hätte sich gern neben sie gesetzt und sich mit ihr Zungen gegeben, aber nach ihrer letzten Begegnung traute er sich nicht. Stattdessen legte er die Wühlmaus vor ihr ab und neigte respektvoll den Kopf. »Was ist passiert, Blaustern?«, fragte er.

Blaustern reckte den Hals, um an der Wühlmaus zu schnuppern, wandte sich erst davon ab, aber dann schlang sie die Maus hinunter, als ob ihr plötzlich bewusst geworden wäre, wie hungrig sie war. Sie antwortete nicht, bis sie aufgegessen hatte.

»Ich habe mit dem SternenClan gesprochen«, verkündete sie und entfernte mit einer Grimasse die letzten Reste der Wühlmaus von ihren Schnurrhaaren.

Feuerherz starrte sie an. »Du warst bei den Hochfelsen? Ganz allein?«

»Natürlich. Wen aus diesem Pack von Verrätern hätte ich bitten sollen, mich zu begleiten?«

Feuerherz schluckte. Leise miaute er: »Dein Clan ist dir treu ergeben, Blaustern. Wir alle.«

Blaustern schüttelte trotzig den Kopf. »Ich ging zu den Hochfelsen und ich sprach mit dem SternenClan.«

»Aber warum?« Feuerherz' Verwirrung nahm zu. »Ich dachte, du wolltest mit dem SternenClan nicht länger Zungen tauschen?«

Die alte Kätzin richtete sich auf. »Habe ich auch nicht getan. Ich ging hin, um sie zur Rede zu stellen. Ich wollte wissen, warum sie mir all das angetan haben, nachdem ich ihnen mein ganzes Leben geweiht und mich bemüht habe, nach ihrem Willen zu handeln. Außerdem wollte ich eine Erklärung für das, was im Wald passiert.«

Feuerherz starrte sie ungläubig an, voller Erstaunen, dass seine Anführerin gewagt hatte, die Geister ihrer Ahnen herauszufordern.

»Ich legte mich neben den Mondstein und der SternenClan kam zu mir«, fuhr Blaustern fort. »Sie haben sich nicht erklärt – wie sollten sie auch? Es gibt keine Rechtfertigung für das, was sie mir angetan haben. Aber sie haben mir etwas erzählt …«

Feuerherz beugte sich vor. »Und was?«

»Sie sagten, im Wald gehe Böses um. Sie sprachen von einer ›Meute‹. Sie erzählten mir, sie würde mehr Tod und Zerstörung bringen, als der Wald je zuvor gesehen hat.«

»Was haben sie damit gemeint?«, flüsterte Feuerherz. »Feuer und Flut haben doch schon genug Tod und Zerstörung gebracht.«

Blaustern ließ den Kopf hängen. »Ich weiß es nicht.«

»Wir müssen es unbedingt herausfinden!«, rief Feuerherz und dachte angestrengt nach. »Vielleicht meinten sie den Hund – aber ein Hund kann doch nicht so viel Schaden anrichten. Und was ist das mit der Meute? Vielleicht … ja, vielleicht redeten sie vom SchattenClan. Du weißt schon, Tigerstern hat uns Rache geschworen. Vielleicht plant er einen Angriff. Oder Leopardenstern«, fügte er hinzu.

»Vielleicht«, miaute Blaustern gleichgültig.

Feuerherz stierte vor sich hin. Er konnte nicht verstehen, warum sie die Botschaft vom SternenClan nicht ergründen wollte und sich keine Mühe gab, einen möglichen Angriff zu vereiteln. »Wir müssen etwas tun«, erklärte er nachdrücklich. »Wir könnten an den Grenzen Wachen aufstellen, außerdem sollten wir die Patrouillen verstärken.« Wie er das mit so wenigen Kriegern umsetzen sollte, wusste er allerdings auch nicht. »Wir müssen dafür sorgen, dass das Lager stets bewacht ist, falls …«

Er brach ab, als er merkte, dass Blaustern ihm nicht zuhörte. Sie hockte reglos am Boden und blickte starr auf ihre Pfoten. »Blaustern?«

Dann sah die Anführerin des DonnerClans zu ihm auf. In den unergründlichen Tiefen ihrer Augen lag Verzweiflung.

»Wozu soll das gut sein?«, fragte sie mit rauer Stimme. »Der SternenClan hat erklärt, dass der Tod kommen wird. Eine finstere Macht streift im Wald umher, die selbst der Sternen-Clan nicht kontrollieren kann. Oder nicht kontrollieren *will*. Da können wir nichts tun.«

Feuerherz schauderte. Hatte Blaustern recht, und der SternenClan war nicht mächtig genug, um das drohende Unheil abzuwenden? Ein paar Herzschläge lang war er versucht, die Verzweiflung seiner Anführerin zu teilen.

Dann hob er den Kopf. Er fühlte sich wie in einem tiefen schwarzen Gewässer, aus dem er sich mit seinen Pfoten an die Oberfläche strampeln musste. »Nein«, knurrte er. »Das will ich nicht glauben. Eine Katze kann immer irgendetwas tun, solange ihr Mut und Treue zur Seite stehen.«

»Mut? Treue? Im DonnerClan?«

»*Ja*, Blaustern.« Feuerherz gab sich größte Mühe, all seine Glaubhaftigkeit in die Stimme zu legen. »Keine Katze außer Tigerstern hat jemals Verrat an dir üben wollen.«

Blaustern hielt seinem Blick eine Weile stand, dann wandte sie sich ab. Ihr Schwanz zuckte unsicher. »Tu, was du willst, Feuerherz. Es wird nichts ändern. Nichts wird etwas ändern. Und jetzt lass mich allein.«

Feuerherz verabschiedete sich leise. Als er sich zurückzog, fielen ihm die Mohnsamen auf, die Rußpelz hinterlassen hatte und die immer noch fein säuberlich auf einem Blatt lagen. Er deutete mit einem Kopfnicken darauf. »Iss deine Mohn-samen, Blaustern«, miaute er. »Du brauchst Ruhe. Morgen sieht alles besser aus.«

Er nahm das Blatt zwischen die Zähne und schob es vorsichtig in Blausterns Reichweite. Blaustern schnüffelte misstrauisch daran, aber als Feuerherz ging, blickte er noch einmal zurück und sah, wie sie sich darüberbeugte und die Samen aufleckte.

Draußen versuchte er, sich das Entsetzen aus dem Pelz zu schütteln, das ihn bei Blausterns Bericht über die Botschaft des SternenClans beschlichen hatte. Seine Pfoten trugen ihn instinktiv zu Rußpelz' Bau. Er würde der Heilerin mitteilen, dass Blaustern zurückgekehrt war, und wollte mit ihr besprechen, was ihm seine Anführerin erzählt hatte.

Erst dann erinnerte er sich, dass Rußpelz ihm vor mehr als einem Mond von einem Traum erzählt hatte, in dem sie die Worte ›Meute, Meute‹ und ›töten, töten‹ gehört hatte.

16. KAPITEL

RUSSPELZ KONNTE Feuerherz auch nicht mehr erzählen und wusste ebenso wenig, was mit dem Bösen im Wald gemeint war.

»Der SternenClan würde die Warnung nicht wiederholen, wenn sie nicht wichtig wäre«, miaute sie, und ihre besorgten blauen Augen ruhten auf Feuerherz. »Wir können nur wachsam sein.«

»Wenigstens ist Blaustern unversehrt zurück.« Feuerherz versuchte, ihr Mut zuzusprechen, aber der Versuch war armselig. Beide Katzen spürten die Gefahr, wie sie gestaltlos und ohne Stimme ihrem geliebten Clan auflauerte.

In den folgenden Tagen bemühte sich Feuerherz nach Kräften, ein Wachsystem aufzubauen, mit dem der Clan rechtzeitig alarmiert wurde, falls der SchattenClan oder der FlussClan angreifen sollten. Es gab kaum genügend Krieger für die regulären Patrouillen und Wachdienste, und während die Blattleere näher rückte, wurde Feuerherz' Pelz vor lauter Sorge immer dünner. Auf den Regen folgte frisches, trockenes Wetter, aber morgens bedeckte eine dünne Frostschicht den Boden, und die letzten Blätter fielen unaufhaltsam von den Bäumen. Der Wald hatte seine kurze Erholungsphase beendet und wieder gab es nur spärlich Beute.

Eines Morgens, etwa einen halben Mond nach der Konfrontation mit dem WindClan, wollte Feuerherz gerade die Morgenpatrouille mit Farnpelz und Wolkenpfote hinausführen, als Blaustern aus ihrem Bau herausgetrottet kam. »Ich werde heute die Morgenpatrouille anführen«, miaute sie und blieb wartend neben dem Eingang stehen.

»Blaustern will eine Patrouille anführen?«, tuschelte Wolkenpfote. »Das wird was werden. Nehmt euch vor fliegenden Igeln in Acht!«

Feuerherz verpasste ihm eine Ohrfeige, nicht minder überrascht als sein Schüler, dass sich Blaustern wieder an den Pflichten im Lager beteiligen wollte. »Zeig etwas mehr Respekt«, befahl er. »Sie ist deine Anführerin und sie ist krank gewesen.«

Wolkenpfote stöhnte. Feuerherz wollte sich gerade zu seiner Anführerin begeben, da hatte er eine Idee. »Hör mal, Wolkenpfote, du willst doch Krieger werden, oder?« Der weiße Kater nickte eifrig. »Nun, das ist deine Chance, Blaustern zu beeindrucken. Wir werden noch einen Schüler mitnehmen. Geh und hol Wieselpfote.«

Wolkenpfote bekam vor Aufregung glänzende Augen und stürzte zum Bau der Schüler.

Feuerherz sah ihm nach, dann wandte er sich an Farnpelz. »Kannst du Langschweif holen?« Er wusste, dass sich der Krieger freuen würde, wenn er die Fertigkeiten seines Schülers vorführen durfte. »Er ist für die Jagdpatrouille eingeteilt – es macht dir doch nichts aus, den Dienst mit ihm zu tauschen, oder?«

»Nein, das geht in Ordnung, Feuerherz.«

Farnpelz verschwand im Bau der Krieger und kurz darauf

erschien Langschweif. Die beiden Schüler stellten sich neben ihren Mentoren auf und die Katzen trotteten zu viert zum Eingang, wo Blaustern sie erwartete.

Ihre Schwanzspitze zuckte. »Bist du sicher, dass du die richtigen Katzen bei dir hast, Feuerherz?«, erkundigte sie sich in leicht säuerlichem Ton. Ohne eine Antwort abzuwarten, übernahm sie die Führung aus dem Lager die Schlucht hinauf.

Als sie der blaugrauen Kätzin in Richtung FlussClan-Grenze folgten, hätte sich Feuerherz fast einreden können, die vergangenen Blattwechsel hätten nie stattgefunden, und er wäre immer noch ein junger Krieger auf Patrouille ohne die vielen Verpflichtungen, die ihm jetzt Sorgen bereiteten. Die Brandspuren im Wald erinnerten ihn jedoch daran, dass sich nichts ungeschehen machen ließ.

Der Reif fing an zu tauen, als die Sonne über dem Fluss aufging, nur unter dem Laub knackte es noch, wenn die Katzen ihre Pfoten auf die schattigen Stellen setzten. Unterwegs fragte Feuerherz die beiden Schüler ab, was sie sehen und riechen konnten, in der Hoffnung, die Anführerin auf ihre Qualitäten aufmerksam zu machen. Sie antworteten ohne Zögern, aber Blaustern ließ nicht erkennen, ob sie zugehört hatte.

Als sie in Sichtweite des Flusses angekommen waren, blieb die Anführerin des DonnerClans stehen und blickte starr zum anderen Ufer hinüber. »Ich frage mich, wo sie sind«, murmelte sie so leise, dass Feuerherz sie beinahe nicht gehört hätte. »Was sie wohl gerade tun?«

Feuerherz brauchte ihr nicht in die traurigen Augen zu schauen, um zu wissen, dass sie an Nebelfuß und Steinfell dachte. Unauffällig sah er sich nach den anderen Katzen um, ob eine von ihnen mitgehört hatte, aber Wieselpfote und Wolkenpfote schnüffelten an dem alten Loch einer Wasserratte, während Langschweif ein Eichhörnchen beobachtete, das hoch in den Wipfeln von einem Ast zum anderen sprang.

Wenig später kehrte Blaustern um und lief am Ufer stromaufwärts weiter auf die Sonnenfelsen zu. Feuerherz fiel auf, dass sie von Zeit zu Zeit zum Territorium des FlussClans hinübersah. Aber es blieb ruhig. Nirgendwo war eine FlussClan-Katze zu sehen.

Irgendwann kamen die Sonnenfelsen in Sicht. Die sanft abfallende Böschung schien unbelebt. Aber dann, als Feuerherz länger hinsah, kletterte eine Katze von der anderen Seite herauf und blieb stehen, eine reglose Silhouette vor dem Himmel.

Feuerherz rührte sich nicht. Er witterte Gefahr, sein Fell sträubte sich. Die Farbe ihres Fells konnte er nicht erkennen, aber ihre drohende Haltung, der arrogant erhobene Kopf und ihr langer, geschwungener Schwanz ließen keinen Zweifel. Es war Leopardenstern.

Einige Katzen hatten sich neben Leopardenstern aufgestellt, und als sich die DonnerClan-Patrouille näherte, erkannte Feuerherz Steinfell, den Stellvertreter des FlussClans, und den Krieger Schwarzkralle. »Blaustern!«, fauchte er. »Was hat der FlussClan auf den Sonnenfelsen zu suchen?« Aber Feuerherz sank der Mut, als er den Blick sah, mit dem Blaustern den Stellvertreter des FlussClans anstarrte – nicht herausfordernd wie eine Anführerin, die sich feindlichen Katzen in ihrem Territorium gegenübersieht, sondern bewundernd wie eine Königin, die ihr geliebtes Junges betrachtet, aus dem ein edler Krieger geworden ist.

Blaustern lief weiter, bis sie am Fuß des Felsens angekommen war, auf dem Leopardenstern wartete. Feuerherz folgte ihr.

»Was haben die hier zu suchen?«, murrte Wolkenpfote ungehalten hinter ihm. »Die Sonnenfelsen gehören *uns*!«

Feuerherz brachte ihn mit einem warnenden Blick zum Schweigen, und der Schüler zog sich zu Wieselpfote und Langschweif zurück, während Feuerherz Schulter an Schulter neben Blaustern stehen blieb.

»Guten Tag, Blaustern«, miaute Leopardenstern mit fester Stimme. »Ich warte schon seit Mondaufgang auf die Katzen des DonnerClans, hätte aber nie zu hoffen gewagt, dich unter ihnen zu entdecken.«

Ihre Worte hatten einen leicht ironischen Unterton, und Feuerherz zuckte zusammen, weil eine fremde Anführerin es wagte, das Oberhaupt seines Clans so ungeniert zu verhöhnen.

»Was macht ihr hier?«, fragte Blaustern. »Die Sonnenfelsen gehören dem DonnerClan.« Sie sprach aber viel zu leise und freundlich und schien selbst nicht zu glauben, was sie sagte, falls es sie überhaupt interessierte.

»Die Sonnenfelsen haben immer zum FlussClan gehört«, gab Leopardenstern zurück, »auch wenn wir dem Donner-Clan vorübergehend gestattet haben, hier zu jagen. Der DonnerClan schuldet uns aber etwas für die Hilfe, die wir ihm während des Feuers geleistet haben. Heute fordern wir diese Schuld ein, Blaustern. Wir nehmen uns die Sonnenfelsen zurück.«

Feuerherz sträubte sich vor Wut das Fell. Falls Leopardenstern glauben sollte, sie könnten die Sonnenfelsen kampflos übernehmen, dann täuschte sie sich! Er fuhr herum und fauchte: »Wieselpfote, du bist der Schnellste. Lauf zum Lager zurück und hol Verstärkung.«

»Ich will aber kämpfen!«

»Dann beeil dich!«

Der Schüler rannte los und verschwand zwischen den Bäumen. Leopardenstern sah ihm zwischen schmalen Augenschlitzen nach, und Feuerherz wusste, dass sie verstanden hatte, warum er verschwand. Wichtig war, den Kampf so lange wie möglich hinauszuzögern. »Rede weiter mit ihr«, flüsterte er Blaustern zu. »Wieselpfote holt Verstärkung.«

Er war sich nicht sicher, ob Blaustern ihn gehört hatte. Ihr Blick ruhte wieder auf Steinfell.

»Nun, Blaustern?«, erkundigte sich Leopardenstern. »Bist du einverstanden? Trittst du dem FlussClan die Rechte an den Sonnenfelsen ab?«

Ein paar Herzschläge lang antwortete Blaustern nicht. In der anhaltenden Stille kletterten weitere FlussClan-Katzen auf den Felsen und bauten sich neben Leopardenstern auf. Bestürzt entdeckte Feuerherz Graustreif unter ihnen. Ihre Blicke trafen sich, und die Botschaft auf dem entsetzten Gesicht des grauen Kriegers war so eindeutig, als ob er sie zum Himmel hinaufgejault hätte: *Ich will nicht gegen dich kämpfen!*

»Nein.« Endlich antwortete Blaustern, und zu Feuerherz' Erleichterung mit fester Stimme. »Die Sonnenfelsen gehören dem DonnerClan.«

»Dann wirst du um sie kämpfen müssen«, knurrte Leopardenstern.

Feuerherz hörte Langschweif an seiner Schulter flüstern: »Die machen Krähenfraß aus uns!«

Im gleichen Moment stieß Leopardenstern einen markerschütternden Schrei aus, kletterte in Windeseile an der Felswand hinab und stürzte sich auf Blaustern. Beide Katzen gingen zu Boden, kratzend und fauchend. Feuerherz wollte seiner Anführerin zu Hilfe eilen, als ihn ein Krieger von der Seite anfiel, zu Boden streckte und ihm die Zähne in die Schulter grub. Feuerherz kratzte den Krieger mit den Hinterläufen am Bauch, versuchte verzweifelt freizukommen und erwischte den Feind mit den Krallen an der Kehle. Der getigerte Krieger ließ los und trat jaulend den Rückzug an.

Feuerherz wirbelte herum, suchte nach Blaustern, aber sie war nirgends zu sehen. Er entdeckte Langschweif inmitten einer wogenden Katzenmeute, bevor er ihm aber zu Hilfe eilen konnte, sah er aus dem Augenwinkel, dass Schwarzkralle auf ihn zusprang. Er schaffte es, den ausgefahrenen Krallen auszuweichen, und als der FlussClan-Krieger unglücklich stolperte, stürzte sich Feuerherz auf ihn und biss ihn heftig ins Ohr.

Schwarzkralle wand sich am Boden und versuchte sich zu befreien. Feuerherz fuhr ihm mit den Krallen über den Rücken, verlor aber das Gleichgewicht, als ihn eine andere Katze von der Seite anfiel. Er ging zu Boden und spürte, wie Zähne seinen Schwanz packten.

Langschweif hat recht, dachte er verzweifelt. *Sie reißen uns in Fetzen!*

Der DonnerClan war zahlenmäßig hoffnungslos unterlegen und Wieselpfote konnte nicht so schnell zum Lager und mit Hilfe wieder zurückrasen. Lange bevor die Verstärkung eintreffen konnte, hätte die Patrouille sie verjagt oder umgebracht, und dann hatte der FlussClan seine Sonnenfelsen wieder.

Feuerherz wand sich verzweifelt, kämpfte um Raum, damit er Zähne und Krallen einsetzen konnte. Plötzlich wurde das Gewicht der Katze auf seinen Beinen fortgerissen. Er sprang auf die Pfoten und sah Wolkenpfote, der Schwarzkralle im Genick saß und sich mit den Krallen tief im schwarzen Fell des Kriegers festklammerte, in den Augen ein wildes, kriegerisches Funkeln. Schwarzkralle stemmte sich mit den Hinterpfoten hoch, der Schüler ließ sich aber nicht abschütteln.

»Sieh mal, Feuerherz!«, schrie Wolkenpfote. »So macht man das – ist ganz einfach!«

Für eine Antwort fehlte Feuerherz die Zeit. Er fauchte einen Fluch hinter dem Krieger her, der jaulend zwischen den Felsen verschwand, und warf sich in das Katzengewühl mit Langschweif in der Mitte. Feuerherz zerrte einen Krieger von seinem Rücken und sah plötzlich Farnpelz vor sich, als der junge Krieger zwischen den Bäumen hervorgestürzt kam.

Verblüfft schnappte er nach Luft und schickte dem SternenClan ein Dankgebet. Wieselpfote musste auf die Jagdpatrouille gestoßen sein, die sich seinen Anordnungen entsprechend in der Nähe der Sonnenfelsen umsah – und hatte sie hergeschickt, sodass viel früher Hilfe eintraf, als Feuerherz zu hoffen gewagt hätte.

»Wo ist Blaustern?«, rief Farnpelz.

»Weiß nicht.«

Kurz innehaltend sah sich Feuerherz nach seiner Anführerin um. Von ihr war nichts zu sehen, nur Leopardenstern entdeckte er wenige Fuchslängen weiter auf einem Felsen, wo sie Weißpelz gegenüberstand.

Langschweif rappelte sich mühsam auf und lehnte sich schwer keuchend an eine Felswand. Blut tropfte aus einer

Wunde an seiner Stirn und an einer Flanke fehlte ein Streifen Fell, trotzdem folgte er Farnpelz mit gefletschten Zähnen, als sich dieser ins Getümmel stürzte.

Feuerherz wollte sich ihnen gerade anschließen, als er durch den Lärm der Kämpfenden hörte, dass jemand eindringlich nach ihm rief: »Feuerherz! Feuerherz!«

Er wirbelte herum und sah Grausteif, der mit beunruhigter Miene auf dem breiten Gesicht auf dem nächsten Felsen hockte. »Feuerherz, komm her!«, fauchte er.

Einen Herzschlag lang fragte sich Feuerherz, ob das eine Falle sein könnte, und schämte sich. Sein Freund war einer direkten Auseinandersetzung mit ihm aus dem Weg gegangen, mit einem Trick würde er ihn niemals hintergehen.

Feuerherz sprang den seichten Abhang hinauf an Graustreifs Seite. »Was ist los?«

Graustreif deutete mit der Nase auf die Rückseite des Felsens. »Sieh mal.«

Feuerherz spähte über den Rand. Der Felsen fiel hier steiler ab und mündete in eine schmale Schlucht. Blaustern hockte direkt unter ihm. Ihr Fell war zerzaust und sie blutete an einer Schulter. Den einzigen Fluchtweg versperrten Nebelfuß und Steinfell.

Der Stellvertreter des FlussClans holte mit ausgefahrenen Krallen nach Blaustern aus, berührte sie aber nicht. »Verteidige dich!«, fauchte der graue Kater. »Sonst bringe ich dich um, das schwöre ich beim SternenClan.«

Von der anderen Seite kroch Nebelfuß mit dem Bauch dicht über der Erde zu ihr hin. »Hast du Angst, gegen uns zu kämpfen?«, flüsterte sie.

Blaustern rührte sich nicht von der Stelle, nur den Kopf

bewegte sie von einer Seite zur anderen. Feuerherz konnte ihr Gesicht nicht sehen, wusste aber, dass sie ihre eigenen Jungen niemals angreifen würde.

»Ich musste es dir sagen«, flüsterte Graustreif neben Feuerherz. »Sie werden mich Verräter nennen – aber dass sie Blaustern töten, kann ich nicht zulassen.«

Feuerherz sah seinen Freund dankbar an. Graustreif hatte keine Ahnung, welche Beziehung wirklich zwischen Blaustern und diesen beiden FlussClan-Katzen bestand. Sein einziges Motiv lag in der Treue zu seiner ehemaligen Anführerin.

Viel Zeit blieb Feuerherz nicht, um über die verworrenen Loyalitäten seines Freundes nachzudenken. Er musste Blaustern retten. Die FlussClan-Katzen waren ihr mit gesträubtem Fell und gebleckten Zähnen inzwischen so nah, dass sie sie fast berührten.

»Du willst eine Anführerin sein?«, miaute Steinfell verächtlich. »Warum kämpfst du nicht?«

Er holte mit einer Pfote aus und ließ sie Blaustern über die Schulter sausen. Gleichzeitig stürzte sich Feuerherz den Fels hinunter. Er landete unsanft in der Spalte auf Steinfells Rücken und riss ihn von Blaustern weg. Nebelfuß an der anderen Seite der Anführerin stieß einen kühnen Schrei aus und zeigte ihre Krallen.

»Halt!«, jaulte Feuerherz. »Ihr dürft Blaustern nichts tun – sie ist eure Mutter!«

17. KAPITEL

DIE FLUSSCLAN-KRIEGER erstarrten und rissen entsetzt ihre blauen Augen auf.

»Was soll das heißen?«, blaffte Steinfell. »Grauteich war unsere Mutter.«

»Nein, hört mich an ...« Feuerherz schob Blaustern an die Felswand und stellte sich davor. Hinter sich hörte er die Kämpfenden fauchen und jaulen, aber das schien weit weg von der Begegnung in dieser Schlucht.

»Blaustern hat euch im DonnerClan geboren«, miaute er verzweifelt. »Sie konnte euch aber nicht behalten. Euer Vater, Eichenherz, hat euch zum FlussClan gebracht.«

»Das glaube ich dir nicht!« Steinfell fletschte boshaft die Zähne. »Das ist ein Trick.«

»Nein, warte«, miaute Nebelfuß. »Feuerherz lügt nicht.«

»Woher willst du das wissen?«, erwiderte ihr Bruder. »Er ist eine DonnerClan-Katze. Warum sollten wir ihm trauen?«

Mit ausgefahrenen Krallen näherte er sich Feuerherz und der DonnerClan-Krieger wappnete sich für einen Angriff. Aber bevor ihn Steinfell anspringen konnte, war Blaustern hinter ihm hervorgeschlüpft und stellte sich vor die beiden FlussClan-Katzen.

»Meine Jungen, oh, meine Jungen ...« Blausterns Stimme

klang weich, und als sie ihren Kopf zu Feuerherz umwandte, sah er, dass ihre Augen voller Bewunderung leuchteten. »Ihr seid jetzt so feine Krieger. Ich bin so stolz auf euch.«

Steinfell sah Nebelfuß an. Seine zuckenden Ohren ließen darauf schließen, dass er sich nicht mehr ganz sicher war.

»Lasst Blaustern in Ruhe«, drängte Feuerherz leise.

Plötzlich rief jemand: »Feuerherz! Pass auf!« Es war Graustreifs Stimme.

Feuerherz sah gerade noch, wie sich Leopardenstern den Abhang hinunter auf ihn stürzte. Graustreif hatte ihn im letzten Moment gewarnt. Er trat zurück, sodass ihn ihre ausgefahrenen Krallen nur an der Schulter streiften. Fauchend stürzte sie sich auf ihn. Sein Atem stockte, als sie ihn zu Boden warf.

Feuerherz packte die Anführerin des FlussClans mit den Vorderpfoten am Hals und spürte, wie sie ihn mit den Hinterläufen am Bauch kratzte. Blind vor Schmerz schlug er um sich, bis er Fell in die Krallen bekam. Einige Herzschläge lang sah er nur Leopardensterns gefleckten Pelz direkt vor seinem Gesicht und wäre beinahe erstickt, bis er sich endlich frei kämpfen konnte.

Plötzlich riss Leopardenstern den Kopf zurück, sodass Feuerherz von ihrer Kehle ablassen musste. Ihr schwerer Körper wurde von ihm gehoben. Mühsam kam er auf die Pfoten und zog sich an die Felswand zurück. Vor Erschöpfung war ihm schwindelig und in einem Hinterlauf spürte er das Blut in einer Wunde pochen. Inzwischen bezweifelte er, dass er diesen Kampf gewinnen konnte.

Er sah sich nach Blaustern um, aber sie war verschwunden und mit ihr auch Nebelfuß und Steinfell. Die Anführerin des FlussClans hockte vor ihm am Boden, keuchend und an Hals und Flanke blutend. Verblüfft sah Feuerherz, dass Graustreif auf ihr hockte und sie mit den Vorderpfoten zu Boden presste.

»Ich hatte ihn erwischt«, fauchte Leopardenstern außer sich vor Wut. »Und dann habe ich dich gehört. Du hast ihn *gewarnt*.«

Graustreif ließ seine Anführerin los, damit sie sich wieder aufrichten konnte. »Tut mir leid, Leopardenstern, aber Feuerherz ist mein Freund.«

Leopardenstern schüttelte sich Blut aus ihrem Pelz mit den goldenen Flecken und funkelte den grauen Krieger an. »Was dich angeht, so hatte ich von Anfang an recht«, fauchte sie. »Du bist dem FlussClan nie treu gewesen. Gut, nun hast du die Wahl. Du greifst deinen Freund jetzt an, oder du verlässt meinen Clan. Für immer.«

Graustreif sah sie entsetzt an. Feuerherz stockte der Atem. Würde Leopardenstern ihn tatsächlich zwingen, gegen seinen ehemaligen Clangenossen zu kämpfen? Er wusste, dass er nicht mehr genügend Kraft hatte, um einen fast unversehrten Krieger zu schlagen – und wie sollte er außerdem die Krallen gegen seinen besten Freund ausfahren?

»Nun?«, knurrte Leopardenstern. »Worauf wartest du noch?«

Graustreif sah Feuerherz an, in seinen Bernsteinaugen stand nackte Verzweiflung. Dann neigte er den Kopf. »Tut mir leid, Leopardenstern. Ich kann das nicht. Auch wenn du mich bestrafst.«

»Dich bestrafen?« Ihr Gesicht war verzerrt vor Wut. »Ich werde dir die Augen auskratzen. Ich werde dich im Wald aussetzen, damit dich die Füchse fressen. Verräter! Ich werde –«

Ihre Drohungen gingen in wildem Gejaule unter. Bei der Vorstellung, gegen noch mehr Feinde anzukämpfen, verließ Feuerherz der Mut. Als er aufblickte, traute er jedoch seinen Augen kaum. Eine Woge von DonnerClan-Katzen strömte über den Felsen und in die Schlucht hinunter. Er entdeckte Mausefell, Dunkelstreif, Sandsturm und Borkenpelz. Wieselpfote führte die übrigen Schüler an. Seine Botschaft war angekommen und hatte doch noch für Hilfe gesorgt!

Leopardenstern sah die Katzen und ergriff die Flucht. Die Krieger des DonnerClans nahmen unter wütendem Geheul sofort die Verfolgung auf. Feuerherz und Graustreif blieben zurück und sahen einander an.

»Ich danke dir«, miaute Feuerherz nach einer kurzen Pause.

Graustreif trottete zu ihm. Er humpelte leicht und sein Fell war struppig und verkrustet vom Staub. »Ich hatte keine Wahl«, flüsterte er. »Ich konnte dir doch nicht wehtun.«

Feuerherz richtete sich auf. Als sein Kopf allmählich klarer wurde, bemerkte er, dass der Lärm nachgelassen hatte und eine schwere Stille über den Sonnenfelsen lastete. Die Luft roch nach Blut. »Komm mit. Wir müssen nachsehen, was passiert ist.«

Er machte kehrt und trottete zum Ausgang der Schlucht, Graustreif spürte er dicht hinter sich. Als er das offene Gelände hinter den Felsen erreicht hatte, sah er, dass sich die Krieger des FlussClans die Böschung hinab zum Flussufer zurückzogen. Schwarzkralle führte die Patrouille an, ließ sich in den Fluss gleiten und schwamm auf das andere Ufer zu.

Farnpelz und Sandsturm standen in der Nähe, die übrigen DonnerClan-Katzen hockten auf den Sonnenfelsen und sahen ihren Feinden beim Rückzug zu. Wolkenpfote hob den Kopf und stieß einen triumphierenden Schrei aus.

Blaustern trottete mit entschlossen aufgestellten Ohren bis zur Grenze des FlussClans hinter den abziehenden Katzen her. Feuerherz beobachtete bestürzt, dass sie Nebelfuß und Steinfell folgte. »Jetzt, da ihr die Wahrheit kennt, müssen wir reden«, rief sie ihnen nach. »Ihr seid im Lager des DonnerClans willkommen. Ich werde meinen Kriegern sagen, dass sie euch zu meinem Bau führen sollen, wann immer ihr mich zu sehen wünscht.«

Die beiden Krieger wandten ihr den Rücken zu und stolzierten zum Ufer. Steinfell drehte sich um, bevor er ins Wasser watete. »Lass uns in Ruhe«, knurrte er. »Du bist nicht unsere Mutter, egal was du uns erzählst.«

Leopardenstern zog sich als letzte der Katzen über die Grenze zurück. »Seht her!«, rief sie ihren Kriegern mürrisch zu und zuckte mit dem Schwanz in die Richtung, wo Graustreif neben Feuerherz stand. »Wenn der Verräter nicht gewesen wäre, hätten wir die Sonnenfelsen jetzt wieder zurückgewonnen. Er gehört nicht länger dem FlussClan an. Solltet ihr ihn auf unserem Territorium erwischen, dann tötet ihn.«

Ohne auf eine Antwort zu warten, machte sie kehrt und humpelte eilig zum Fluss.

Graustreif sagte nichts. Er stand so reglos wie die Felsen hinter ihm, den Kopf mutlos gesenkt.

Sandsturm trottete auf Feuerherz zu. »Was ist passiert?«, fragte sie. Ein Kratzer an ihrer Schulter blutete, aber ihre Augen blickten klar und offen.

Feuerherz sehnte sich danach, zum Lager zurückzukehren und sich mit ihr im Bau der Krieger zusammenzukuscheln, um sich die Zunge zu geben, wusste aber, dass er dafür keine Zeit haben würde. »Graustreif hat mir das Leben gerettet«, erklärte er. »Er hat Leopardenstern von mir weggerissen.«

»Deshalb kann er also nicht mehr zurück.« Die hellbraune Kätzin drehte den Kopf und sah zu, wie die letzte FlussClan-Katze ins Wasser glitt. Dann betrachtete sie Graustreif mit ihren großen, gefühlvollen Augen. »Was soll er jetzt bloß tun?«, murmelte sie.

Ein freudiger Gedanke hellte Feuerherz' Miene auf. Graustreif mochte seine Jungen von Herzen lieben, aber wenn ihn der FlussClan verstoßen hatte, konnte er nach Hause zurück. Kurz darauf hatte ihn sein Glücksgefühl jedoch schon wieder verlassen und sein Magen krampfte sich furchtsam zusammen. Darüber hatte nicht er zu entscheiden. Würde Blaustern dem Krieger jetzt erlauben, zu dem Clan zurückzukehren, den er verlassen hatte? Und wie würden die anderen Krieger reagieren?

Als Feuerherz suchend den Blick schweifen ließ, entdeckte er seine Anführerin, die erschöpft vom Ufer die Böschung hinaufgetrottet kam, und lief ihr entgegen. »Blaustern ...«

Sie hob den Kopf und sah ihn ratlos an. »Sie hassen mich, Feuerherz.«

Voller Mitgefühl erwiderte er ihren Blick. In seiner Sorge um Graustreif hätte er beinahe vergessen, was seine Anführerin durchmachen musste. »Tut mir leid, Blaustern«, murmelte er. »Vielleicht hätte ich es ihnen nicht sagen sollen. Ich wusste aber nicht, was ich sonst tun sollte.«

»Es war ganz richtig, Feuerherz.« Zu seiner Überraschung

streckte sich Blaustern und leckte ihm rasch über die Schulter. »Ich habe immer gewollt, dass sie es erfahren. Ich war nur nicht darauf gefasst, dass sie mich für das, was ich getan habe, hassen würden.« Sie stieß einen tiefen Seufzer aus. »Lass uns zum Lager zurückkehren.«

Der erfolgreiche Kampf ihres Clans um die Sonnenfelsen schien ihr vollkommen gleichgültig. Ihre Krieger hatten sich bereits gesammelt, als sie bei ihnen ankamen. Aber die Anführerin sagte nichts zu dem Sieg, gratulierte ihnen nicht einmal, weil sie ihr so tapfer zur Seite gestanden hatten. Offensichtlich weilten ihre Gedanken noch immer bei ihren Jungen.

Feuerherz nahm seinen Platz an ihrer Seite ein, um den Heimweg anzutreten. »Gut gemacht«, miaute er Wolkenpfote zu, als sein Schüler von einem Felsen sprang und elegant neben ihm landete. »Du hast wie ein Krieger gekämpft. Und alle anderen auch«, fügte er lauter hinzu und blickte sich um, in der Hoffnung, die unbeteiligte Haltung ihrer Anführerin wettmachen zu können. »Blaustern und ich, wir sind sehr stolz auf euch.«

»Dem SternenClan sei Dank, dass wir den FlussClan vertreiben konnten«, miaute Farnpelz.

»Nein, *uns* sei Dank«, warf Wolkenpfote ein. »Wir waren es, die gekämpft haben. Ich habe keine Krieger vom SternenClan bei uns gesehen.«

Bei dieser Bemerkung drehte Blaustern den Kopf und sah den weißen Schüler mit halb geschlossenen Augen eindringlich an. Feuerherz rechnete damit, dass sie ihn tadeln würde, sie wirkte aber eher interessiert als verärgert. Sie nickte kaum merklich, sagte aber nichts.

Als sich die Krieger in Richtung Lager in Bewegung setzten, hielt Feuerherz neben Graustreif an. »Blaustern«, miaute er nervös, »Graustreif ist hier.«

Blausterns Blick streifte den grauen Krieger unbeteiligt. Einen Moment lang fürchtete Feuerherz, sie würde wieder aus der Wirklichkeit wegdriften und sich gar nicht mehr erinnern, dass Graustreif den DonnerClan verlassen hatte.

Dann schob sich Dunkelstreif vor. »Verschwinde aus unserem Territorium!«, fauchte er Graustreif an und fügte an Blaustern gewandt hinzu: »Ich jage ihn davon, wenn du willst.«

»Warte«, befahl Blaustern, und ein Hauch ihrer alten Autorität kehrte zurück. »Feuerherz, sag du mir, worum es hier geht.«

Er berichtete ihr, dass ihn Graustreif vor dem Angriff von Leopardenstern gewarnt hatte und sie weggezerrt hatte, als Feuerherz den Kampf zu verlieren drohte. »Er rief mich zu Hilfe, als Nebelfuß und Steinfell dich angreifen wollten«, erklärte er. »Und ich verdanke ihm mein Leben. Blaustern, bitte erlaube ihm, zum DonnerClan zurückzukehren.«

Graustreif sah seine ehemalige Anführerin mit einem Hoffnungsschimmer in den Bernsteinaugen an. Aber bevor Blaustern antworten konnte, warf Dunkelstreif mit schroffer Stimme ein: »Er hat den DonnerClan aus eigenem Antrieb verlassen. Warum sollten wir ihm erlauben, dass er jetzt zurückgekrochen kommt?«

»Ich komme zu keiner Katze zurückgekrochen«, konterte Graustreif. Er wandte sich wieder an die graue Kätzin. »Aber ich würde gern zurückkommen, wenn du mich haben willst, Blaustern.«

»Du kannst einen Verräter nicht wiederaufnehmen!«, fauchte Dunkelstreif. »Er hat gerade seine Anführerin betrogen – woher willst du wissen, dass er nicht die erstbeste Gelegenheit ergreift, um dich zu betrügen?«

»Er hat es für Feuerherz getan!«, protestierte Sandsturm.

Dunkelstreif schnaubte verächtlich.

Blaustern fixierte ihn mit kaltem Blick. »Wenn Graustreif ein Verräter ist«, miaute sie, und in ihrer Stimme lag eine Kälte wie in der tiefsten Blattleere, »dann ist er nicht besser als ihr anderen auch. Im Clan gibt es so viele Verräter, dass es auf einen mehr oder weniger nicht ankommt.« Sie wirbelte zu Feuerherz herum, plötzlich schien ihr Körper wieder mächtig und stark. »Du hättest nicht verhindern sollen, dass mich Nebelfuß und Steinfell töten!«, fauchte sie. »Ein schneller Tod durch die Krallen edler Krieger ist mir lieber als ein endloses Leben in einem Clan, dem ich nicht trauen kann – einem Clan, den der SternenClan dem Untergang geweiht hat!«

Den anderen Katzen verschlug es die Sprache, und Feuerherz wurde bewusst, dass die meisten im Clan keine Vorstellung davon hatten, wie misstrauisch und verzweifelt Blaustern geworden war. Er wusste, es hatte jetzt keinen Sinn, mit ihr zu diskutieren. »Soll das heißen, dass Graustreif bleiben darf?«, fragte er.

»Bleiben oder gehen, ganz wie er will«, antwortete Blaustern gleichgültig. Ihre wiedergewonnene Kraft hatte sie erneut verlassen und ließ sie erschöpfter denn je zurück. Langsam und ohne die besorgten Blicke ihrer Krieger zu bemerken, trottete sie müde zum Lager zurück.

18. KAPITEL

ALS SICH FEUERHERZ erschöpft durch den Eingang ins Lager schob, sah er, wie Brombeerjunges auf ihn zusprang, vor lauter Eifer fast über die eigenen Pfoten stolpernd, um die heimkehrenden Krieger zu begrüßen. »Haben wir gewonnen?«, fragte er. Er blieb stehen und starrte Graustreif mit großen Augen an. »Wer ist das? Ist er ein Gefangener?«

»Nein, er ist eine DonnerClan-Katze«, antwortete Feuerherz. »Das ist eine lange Geschichte, Brombeerjunges, und ich bin zu müde, dir das jetzt zu erklären. Bitte deine Mutter, sie dir zu erzählen.«

Brombeerjunges ging einen Schritt rückwärts und sah ein bisschen gekränkt aus. Er würde sich zwar nicht daran erinnern, aber Feuerherz fiel ein, dass er Seite an Seite mit den beiden Jungen von Graustreif gesäugt worden war. Goldblüte hatte an den wenigen Tagen, die sie im DonnerClan verbrachten, für sie gesorgt.

Das dunkle Tigerjunge beäugte Graustreif misstrauisch, als die beiden Krieger an ihm vorbeitrotteten, und wandte sich dann an Bernsteinjunges, das angesprungen kam. »Sieh mal!«, miaute er. »Da ist eine neue Katze im Clan.«

»Wer ist das?«, wunderte sich Bernsteinjunges.

»Ein Verräter«, murrte Dunkelstreif, als er auf seinem Weg

zum Bau der Krieger an ihnen vorbeistolzierte. »Aber wir sind schließlich alle Verräter, behauptet Blaustern jedenfalls.«

Die beiden jungen Katzen starrten ihn völlig verblüfft an. Feuerherz schluckte seinen Ärger hinunter. Er hatte keine Zeit für eine Diskussion mit Dunkelstreif, der seine Wut aber dennoch nicht an den beiden Jungen auslassen durfte. In einem ungewohnten Anflug von Zuneigung zu Brombeerjunges drehte er sich um und miaute: »Ja, wir haben gewonnen. Die Sonnenfelsen gehören immer noch uns.«

Brombeerjunges machte einen Freudensprung. »Großartig! Ich gehe zu den Ältesten und erzähle es ihnen.« Er sauste davon, dicht gefolgt von Bernsteinjunges.

»Das sind doch die Jungen von Tigerstern, oder?«, fragte Graustreif neugierig und sah ihnen nach.

»Ja.« Feuerherz wollte jetzt nicht darüber diskutieren. »Gehen wir zu Rußpelz und lassen uns zusammenflicken.«

Graustreif blickte um sich, als die beiden Krieger die niedergebrannte Lichtung überquerten. »Das wird nie mehr so werden wie früher«, murmelte er verzagt.

»Warte ab bis zur Blattfrische«, antwortete Feuerherz, um ihn aufzuheitern. Er hoffte, dass Graustreif nur den Feuerschaden gemeint hatte und nicht seine Befürchtung, er könnte seine ehemalige Position im Clan nie mehr zurückgewinnen. »Es wird alles kräftiger nachwachsen als zuvor.«

Graustreif antwortete nicht. Er sah gar nicht so glücklich aus, wie Feuerherz gehofft hatte, und schien zu bezweifeln, dass ihn die übrigen Mitglieder seines Geburtsclans je wieder akzeptieren würden. In seinen Augen konnte Feuerherz außerdem lesen, dass er seine Jungen vermisste. Er hatte sich nicht einmal von ihnen verabschieden können.

221

Die zurückkehrenden Krieger fanden sich auf der Lichtung vor Rußpelz' Bau ein. Als Feuerherz und Graustreif näher traten, blickte die Heilerin auf, die gerade Spinnweben auf eine Wunde an Wolkenpfotes Flanke presste. »Da ist ja Feuerherz«, miaute sie und fügte hinzu: »Beim großen SternenClan, du siehst aus, als hättest du gegen die Monster auf dem Donnerweg gekämpft!«

»So fühle ich mich auch«, klagte Feuerherz. Als er sich niederließ, um zu warten, bis Rußpelz Zeit für ihn hatte, spürte er allmählich, wie sehr seine Wunden schmerzten. Die Wunde an seiner Flanke, die ihm Leopardenstern zugefügt hatte, blutete immer noch, und er verrenkte sich den Hals, um sich zu lecken.

»Was hast du dir dabei gedacht, *den* wieder anzuschleppen?« Feuerherz blickte auf und sah Borkenpelz, der Graustreif finster anstarrte. »Wir wollen ihn hier nicht haben.«

»Wen meinst du mit ›wir‹?«, fragte Feuerherz zwischen zusammengebissenen Zähnen. »Ich finde, er gehört hierher – und das tut Sandsturm auch und –« Er brach ab, als sich Borkenpelz demonstrativ abwandte.

Graustreif sah Feuerherz entschuldigend an. »Sie werden mich nicht akzeptieren«, miaute er. »Es ist wahr. Ich habe den Clan verlassen und jetzt …«

»Das dauert seine Zeit«, versuchte ihn Feuerherz zu ermutigen. »Sie werden sich daran gewöhnen.«

Insgeheim wusste er, dass er seine Worte selbst nicht glaubte. Dank Blausterns Gleichgültigkeit würden einige Katzen im DonnerClan mit ihrer Abneigung gegen Graustreifs Rückkehr nicht hinter dem Berg halten. Noch ein zusätzliches Problem zu seinen Sorgen über die Vorgänge im Wald. Wie sollte der Clan jene Zerstörung überleben, die der Sternen-Clan prophezeit hatte, wenn sie nicht zusammenhielten?

Feuerherz fragte sich, ob Graustreif vom Heiler des Fluss-Clans etwas über die finstere Bedrohung im Wald erfahren hatte und von der ›Meute‹, vor der sie der SternenClan gewarnt hatte. Feuerherz juckte zwar vor Grauen der Pelz, aber zu wissen, dass Graustreif wieder da war, tröstete ihn, denn er wusste, dass er sich auf den Freund verlassen konnte, ganz gleich, was geschah. Feuerherz leckte weiter an seiner Wunde und hätte nur allzu gern für kurze Zeit nichts weiter getan, als sich über die Rückkehr des grauen Kriegers zu freuen.

»Gut so, mach sie sauber«, miaute Rußpelz, die jetzt zu ihm gekommen war. Sie schnupperte an der Beinverletzung und inspizierte dann schnell seine anderen Wunden. »Ist alles halb so schlimm«, versicherte sie ihm. »Ich gebe dir ein paar Spinnweben gegen die Blutung, ansonsten brauchst du nur etwas Ruhe.«

»Hast du Blaustern gesehen?«, fragte Feuerherz, als Rußpelz die Spinnweben brachte und auf die Wunde legte. »Ist sie schwer verletzt?«

»Ein Biss an der Schulter«, antwortete die Heilerin. »Ich habe ihr eine Kräuterpackung gemischt, und dann ist sie in ihre Höhle zurückgekehrt.«

Feuerherz rappelte sich mühsam auf. »Ich sollte besser einmal nach ihr sehen.«

»Gut, aber weck sie nicht auf, wenn sie schläft. Die Belange des Clans können warten. Und bis Feuerherz wieder hier ist«, wandte sie sich an Graustreif, »werde ich mir dich mal ansehen.« Sie leckte ihm kurz über das Ohr. »Schön, dass du wieder da bist.«

Wenigstens ein paar Katzen würden Graustreif willkommen heißen, sagte sich Feuerherz, als er über die Lichtung trottete. Die anderen würden ihre Meinung schon noch ändern, Graustreif brauchte nur ein bisschen Zeit, um seine Loyalität gegenüber dem DonnerClan erneut zu beweisen.

»Feuerherz!«, rief ihm Sandsturm aus einiger Entfernung zu, als er sich Blausterns Höhle näherte. »Mausefell und ich gehen jagen.«

»Danke«, miaute Feuerherz erfreut.

»Ist alles in Ordnung?« Sandsturm kam näher und beäugte ihn nachdenklich. »Ich dachte, du würdest dich freuen – wir haben die Schlacht gewonnen und Graustreif ist wieder da.«

Feuerherz presste seine Nase kurz an ihre Flanke. Ein warmes Gefühl der Erleichterung hellte seine Stimmung auf. Anscheinend hatte ihm die Kätzin verziehen, dass er das Gespräch mit dem WindClan hinter Blausterns Rücken arrangiert hatte. »Ich weiß – ich bin aber nicht sicher, ob alle Katzen Graustreif akzeptieren werden. Sie werden nicht so schnell vergessen, dass er eine Katze aus einem fremden Clan geliebt und uns anschließend verlassen hat.«

»Das ist vorbei. Jetzt ist er schließlich wieder da. Sie werden sich einfach mit ihm arrangieren müssen«, miaute Sandsturm beschwichtigend.

»Darum geht es doch gar nicht!« Schmerz und Müdigkeit machten Feuerherz reizbarer, als ihm lieb war. »Wir können uns jetzt keine Streitigkeiten leisten. Verstehst du das nicht?«

Sandsturm starrte ihn an, in ihren hellgrünen Augen flackerte Zorn auf. »Tut mir unendlich leid«, blaffte sie. »Ich wollte bloß helfen.«

»Sandsturm, nicht ...«, hob Feuerherz an, dem zu spät auffiel, dass er etwas Falsches gesagt hatte. Sandsturm hatte sich aber bereits abgewandt und stolzierte zum Bau der Krieger zurück, wo Mausefell auf sie wartete.

Noch bedrückter als zuvor lief Feuerherz zu Blausterns Bau. Auf den ersten Blick durch den Eingang sah es so aus, als ob sie schlafen würde, weil sie zusammengerollt in ihrem Nest lag. Aber dann schlug sie die Augen auf und hob den Kopf.

»Feuerherz.« Ihre Stimme klang gleichgültig. »Was willst du?«

»Nur Bericht erstatten, Blaustern.« Feuerherz schlüpfte hinein und blieb aufrecht vor seiner Anführerin stehen. »Alle Katzen sind zurück. Es gibt keine schweren Verletzungen, soweit ich sehen kann.«

»Gut.« Mit etwas mehr Interesse in der Stimme fügte sie hinzu: »Dein Schüler hat heute gut gekämpft.«

»Ja, das stimmt.« Voller Stolz dachte er an seinen Neffen. Auch wenn es in der Vergangenheit zweifellos einige Probleme mit Wolkenpfote gegeben hatte, konnte niemand bestreiten, dass er mutig war.

»Ich glaube, es ist an der Zeit, dass er zum Krieger ernannt wird«, fuhr Blaustern fort. »Wir werden die Zeremonie zu seiner Ernennung bei Sonnenuntergang feiern.«

Ein Funken Hoffnung glomm in Feuerherz' Brust. Hatte Blaustern endlich akzeptiert, dass sie neue Krieger ernennen musste?

Die kleine Flamme erlosch aber gleich wieder, als Blaustern mit verächtlicher Miene hinzufügte: »Es wird eine Zeremonie stattfinden müssen, fürchte ich. Mir bedeutet sie nichts, aber diese Katzen sind so missgünstig, dass sie Wolkenpfote sonst niemals akzeptieren werden.«

Und wie viel bedeutet die Zeremonie für Wolkenpfote?, fragte sich Feuerherz. *Hat das Gesetz der Krieger für ihn eigentlich eine Bedeutung?* Wenn nicht, überlegte er, dann hatte es der junge Kater auch nicht verdient, dass er zum Krieger ernannt wurde, da mochte er noch so gut kämpfen.

Blaustern hatte sich jedoch entschieden, und Feuerherz würde nicht versuchen, sie davon abzubringen. Stattdessen schlug er vor: »Wieselpfote sollte auch zum Krieger ernannt werden. Er hat sich heute sehr gut gemacht.«

»Wieselpfote hat dem Lager eine Nachricht überbracht. Das ist Schülerarbeit. Er ist noch nicht so weit.«

»Er ist aber zum Kampf zurückgekehrt«, warf Feuerherz ein.

»Nein!« Blaustern schlug verärgert mit dem Schwanz. »Ich kann Wieselpfote nicht trauen. Wolkenpfote ist stärker und mutiger – und außerdem kriecht er nicht vor dem SternenClan wie alle anderen. Der Clan braucht mehr Krieger wie ihn.«

Feuerherz hätte gern gesagt, dass der DonnerClan Wolkenpfotes Respektlosigkeit gegenüber dem SternenClan am allerwenigsten gebrauchen konnte, traute sich aber nicht. Er neigte den Kopf und zog sich zurück. »Wir sehen uns bei Sonnenuntergang«, miaute er und macht sich auf den Weg, um Wolkenpfote die Botschaft zu überbringen.

Sein Schüler reagierte, wie zu erwarten, begeistert auf die Mitteilung, dass er zum Krieger ernannt werden sollte. Feuerherz erklärte ihm, was er während der Zeremonie zu tun hatte, und ging dann zum Bau der Krieger, um endlich den lang ersehnten Schlaf nachzuholen. Sein Herz rutschte ihm bis in die Pfoten, als er Langschweif bei den Schülern vor ihrem Bau sitzen sah. Eine Sache musste er noch erledigen, bevor er sich ausruhen konnte.

Er ging zu Langschweif und bedeutete ihm mit einer Kopfbewegung, ihm zu folgen, außer Hörweite der Schüler. »Langschweif«, hob er an und suchte nach den richtigen Worten. »Es tut mir leid, aber ich habe schlechte Nachrichten. Blaustern will Wolkenpfote zum Krieger ernennen, aber –«

»Aber Wieselpfote nicht?«, beendete Langschweif den Satz verärgert. »Das wolltest du doch sagen, oder nicht?«

»Tut mir leid, Langschweif«, miaute er. »Ich habe versucht, Blaustern zu überzeugen, sie lässt aber nicht mit sich reden.«

»Behauptest du.« Der helle Krieger zog ein verächtliches Gesicht. »Wie seltsam, dass *dein* Schüler erwählt und meiner übergangen wird. *Wieselpfote* wäre niemals mit den Zweibeinern mitgegangen!«

»Ich werde über diese Sache nicht mehr diskutieren«, fiel ihm Feuerherz ins Wort. Wolkenpfote hatte den Clan auch nicht freiwillig verlassen, aber wie jede Katze wusste, war er regelmäßig zum Zweibeinernest gegangen, um Nahrung zu beschaffen, bis ihn die Zweibeiner schnappten und einsperrten. »Blaustern sagt, dass sie Wolkenpfote zum Krieger ernennen will, weil er gut gekämpft hat, während Wieselpfote …«

»Nur eine Nachricht überbracht hat.« Langschweif sträubte sich vor Wut das Nackenfell. »Und wer hat ihm den Auftrag erteilt? Er wäre geblieben und hätte gekämpft, wenn du ihn nicht losgeschickt hättest!«

»Das weiß ich«, miaute Feuerherz müde. »Ich bin genauso enttäuscht wie du. Ich werde mein Bestes tun, damit Wieselpfote so schnell wie möglich zum Krieger ernannt wird, das verspreche ich.«

»Und wenn ich alles glaube, aber das ganz bestimmt nicht!«, blaffte Langschweif. Er kehrte Feuerherz den Rücken zu, verscharrte verärgert einen nicht vorhandenen Dunghaufen in der Erde und stolzierte zu den Schülern zurück.

Die Sonne versank hinter der Lagerbegrenzung, als Feuerherz, dicht gefolgt von Graustreif, den Bau der Krieger wieder verließ. Der Schlaf hatte ihm gutgetan, und er gab sich Mühe, der bevorstehenden Zeremonie zuversichtlich entgegenzusehen, auch wenn er sich nicht darauf freute.

Lange Schatten erstreckten sich über das Lager, und Feuerherz sah, dass Blaustern aus ihrem Bau getreten war. Zu seiner Erleichterung bewegte sie sich leichtfüßig, und die Wunde an ihrer Schulter, die sie sich im Kampf zugezogen hatte, schien sie nicht zu beeinträchtigen, als sie auf den Hochstein sprang.

»Alle Katzen, die alt genug sind, ihre Beute selbst zu erlegen, mögen unter dem Hochstein zu einer Versammlung zusammenkommen«, rief sie.

Graustreif stieß Feuerherz freundschaftlich in die Flanke. »Das hast du gut hingekriegt mit Wolkenpfote«, miaute er. »Ich hätte nie gedacht, dass aus dem aufmüpfigen Jungen so ein guter Krieger werden könnte!«

Feuerherz bedankte sich bei seinem Freund für das Lob, indem er seine Nase an die Schulter des grauen Kriegers presste. Gewiss erinnerte sich der Freund, wie aufgebracht Feuerherz nach Rußpelz' Unfall gewesen war, und wusste, wie viel es ihm bedeutete, dass endlich einer seiner Schüler zum Krieger ernannt wurde. Graustreif hatte vor langer Zeit miterleben dürfen, wie aus seinem Schüler Farnpfote ein Krieger geworden war.

Auf der Lichtung hatten sich bereits etliche Katzen eingefunden. Die Nachricht von Wolkenpfotes Ernennung musste
sich im Lager verbreitet haben. Rußpelz tauchte aus ihrem
Bau auf und nahm ihren Platz in der Nähe des Felsens ein,
während sich Goldblüte mit ihren beiden Jungen vor der sich
versammelnden Menge niederließ. Glanzfell blieb mit ihrem
Wurf nicht weit vom Eingang zur Kinderstube.

Feuerherz fiel auf, dass sich die anderen Schüler erst ganz
am Schluss am Hochstein einfanden. Er sah, wie Maispfote
Wieselpfote aus dem Bau schubste. Der schwarz-weiße Kater überquerte die Lichtung, blieb aber am äußersten Rand
der Versammlung stehen und die anderen Schüler gruppierten
sich um ihn herum.

Bekümmert dachte Feuerherz, dass Wolkenpfote schließlich
nichts dafür konnte, wenn sich Blaustern für ihn und gegen
alle anderen entschieden hatte. Es würde ihn kränken, wenn
ihm seine Freunde nicht zu seiner Ernennung gratulierten.

Wolkenpfote schien das allerdings nichts auszumachen.
Er kam gemächlich aus dem Bau der Ältesten getrottet und
winkte mit dem Schwanz, während er mit leuchtenden Augen
auf Feuerherz zulief.

Feuerherz flüsterte ihm ins Ohr: »Ich bin sehr stolz auf
dich, Wolkenpfote. Morgen darfst du eine Jagdpatrouille zum
Zweibeinerort anführen und es Prinzessin erzählen.«

Wolkenpfote warf ihm einen begeisterten Blick zu, aber
bevor er etwas sagen konnte, ergriff Blaustern das Wort.
»Wolkenpfote, du hast heute Morgen tapfer gegen den Fluss-
Clan gekämpft, und ich habe beschlossen, dass für dich der
Zeitpunkt gekommen ist, deinen Platz unter den Kriegern des
DonnerClans einzunehmen.«

Der weiße Kater wandte sich dem Hochstein zu und blickte zu seiner Anführerin auf, als sie die rituellen Worte aussprach: »Ich, Blaustern, Anführerin des DonnerClans, rufe meine Kriegerahnen an, sich diesen Schüler anzusehen. Er hat hart gearbeitet, um euer edles Gesetz zu erlernen. Der SternenClan möge ihn als Krieger willkommen heißen.«

Ihre Stimme klang kalt, und Feuerherz fand, dass sie das Ritual auf eine Art und Weise vollzog, die keinen Zweifel an ihrer Gleichgültigkeit ließ. Ihm war nicht wohl, als er sich fragte, ob der SternenClan über Wolkenpfote wachen würde, obwohl weder er noch seine Anführerin die Kriegerahnen respektierten.

»Wolkenpfote«, fuhr Blaustern fort, »versprichst du, das Gesetz der Krieger in Ehren zu wahren und diesen Clan zu schützen und für ihn zu kämpfen, selbst wenn es dein Leben kostet?«

»Ich verspreche es«, miaute Wolkenpfote eifrig.

Feuerherz fragte sich, ob Wolkenpfote verstanden hatte, was er da schwor. Sicher würde er seinen Clan nach besten Kräften beschützen, weil diese Katzen seine Freunde waren, Treue zum Gesetz der Krieger würde den jungen Kater zu solchen Taten jedoch bestimmt nicht antreiben.

»Mit SternenClans Hilfe gebe ich dir jetzt deinen Kriegernamen«, fuhr Blaustern fort und zerrte jedes ihrer Worte mühsam wie einen Stachel aus sich heraus. »Wolkenpfote, von jetzt an wirst du den Namen Wolkenschweif tragen. Der SternenClan ehrt dich für deinen Mut und deine Unabhängigkeit und wir heißen dich als vollwertigen Krieger im Donner-Clan willkommen.«

Mit einem Satz sprang sie vom Hochstein, lief zu Wolkenschweif und legte ihm ihre Schnauze auf den Kopf. Wolkenschweif leckte ihr respektvoll die Schulter, dann trottete er zu Feuerherz und stellte sich neben ihn.

In diesem Moment hätte der Clan den neuen Krieger begrüßen und seinen neuen Namen rufen müssen, aber alles blieb still. Feuerherz hörte, wie um ihn herum missgünstiges Gemurmel einsetzte, als ob die Katzen gespürt hätten, wie wenig überzeugend Blaustern das Ritual vollzog. Feuerherz warf einen Blick auf die Schüler am Rand der Versammlung, die alle den Blick auf ihre Pfoten gesenkt hatten. Wieselpfote kehrte seinem ehemaligen Schlafgenossen den Rücken zu.

Wolkenschweif sah inzwischen leicht bedrückt aus, als Buntgesicht, die ihn als Junges gesäugt hatte, zu ihm trat und ihre Nase an seine presste. »Gut gemacht, Wolkenschweif!«, rief sie laut. »Ich bin so stolz auf dich!«

Damit hatte sie ein Zeichen gesetzt, denn jetzt traten Rußpelz und Graustreif vor, und dann versammelten sich endlich auch die anderen Katzen um ihn, begrüßten ihn mit seinem Namen und gratulierten ihm. Feuerherz atmete erleichtert auf, als der schreckliche Moment vorüber war. Allerdings fiel ihm auf, dass Langschweif nirgends zu sehen war und die Schüler erst im allerletzten Moment vortraten, angeführt von Maispfote, jeweils schnell ein paar leise Worte murmelten und sich gleich wieder verdrückten. Wieselpfote war nicht dabei.

»Du hältst heute Nachtwache«, erinnerte Feuerherz seinen ehemaligen Schüler, um den Anschein zu erwecken, als ob diese Ernennungszeremonie wie jede andere abgelaufen wäre. »Denk daran, dass du bis Sonnenaufgang schweigen musst.«

Wolkenschweif nickte und trottete los, um seinen Posten

mitten auf der Lichtung einzunehmen. Kopf und Schwanz trug er stolz erhoben, aber Feuerherz wusste, dass die Eifersucht der anderen Schüler die Zeremonie überschattet hatte, zusammen mit Blausterns offensichtlichem Glaubensverlust.

Wie lange konnte der Clan durchhalten, fragte sich Feuerherz, wenn seine Anführerin den SternenClan nicht mehr achtete?

19. KAPITEL

AM NÄCHSTEN MORGEN sah Feuerherz zu, wie sich die Morgenpatrouille auf den Weg machte, bevor er zu Wolkenschweif ging, um ihn aus seiner Nachtwache auszulösen. Sein verletztes Bein fühlte sich steif an, hatte aber aufgehört, zu bluten.

»Alles friedlich?«, miaute er. »Willst du jetzt schlafen, oder bist du bereit, zu jagen? Wir könnten zu den Hochkiefern gehen, wenn du willst, und Prinzessin besuchen.«

Wolkenschweif entkrampfte seinen Kiefer mit einem riesigen Gähnen, stand aber schon einen Herzschlag später auf den Pfoten. »Gehen wir jagen!«

»Gut«, miaute Feuerherz. »Nehmen wir Sandsturm mit. Sie kennt Prinzessin auch.«

Feuerherz wusste, dass sein Verhältnis zu Sandsturm seit dem verhinderten Kampf gegen den WindClan abgekühlt war. Er wünschte sich sehnlich, das Band zwischen ihnen zu erneuern, und hoffte auf eine günstige Gelegenheit, wenn er sie zur Jagd mitnahm.

Als er Ausschau hielt, ob sie den Bau bereits verlassen hatte, sah er Borkenpelz mit Rauchpfote im Schlepp auf sich zutrotten. Bei näherem Hinsehen bemerkte er, dass der dunkelbraune Krieger bedrückt aussah.

»Es gibt da etwas, das du wissen solltest«, verkündete Borkenpelz. »Rauchpfote, berichte Feuerherz, was du mir gerade erzählt hast.«

Rauchpfote hielt den Kopf gesenkt und scharrte mit den Vorderpfoten in der Erde. Ihr Zögern gab Feuerherz Zeit, darüber nachzudenken, was ihr Sorgen bereitete und warum sie sich Borkenpelz und nicht ihrem Mentor Dunkelstreif anvertraut hatte.

Die zweite Frage beantwortete sich, als Borkenpelz den Kopf senkte und ihr ein paarmal über das Ohr leckte. Feuerherz hatte den kratzbürstigen jungen Krieger noch nie so sanft gesehen. »Ist schon in Ordnung«, miaute Borkenpelz. »Du brauchst keine Angst zu haben. Feuerherz wird dir nicht böse sein.« Er bedachte Feuerherz mit einem unmissverständlichen Blick von der Seite, den Rauchpfote nicht sehen konnte: *Wehe, wenn doch!*

»Komm schon, Rauchpfote.« Feuerherz versuchte, einen aufmunternden Tonfall in seine Stimme zu legen. »Sag mir, was los ist.«

Rauchpfote sah kurz mit ihren grünen Augen zu ihm auf und dann wieder weg. »Es ist wegen Wieselpfote«, miaute sie. »Er …« Sie zögerte, diesmal mit einem Seitenblick auf Wolkenschweif, und fuhr dann fort: »Er war richtig böse, weil Blaustern ihn nicht zum Krieger ernennen wollte. Letzte Nacht hat er uns Schüler alle im Bau zusammengetrommelt. Er sagte, wenn wir zu Kriegern ernannt werden wollten, müssten wir etwas wirklich Mutiges tun, erst dann könnte uns Blaustern einfach nicht mehr übergehen.«

Sie hielt noch einmal inne und Borkenpelz flüsterte: »Sprich weiter.«

»Er meinte, wir müssten herausfinden, wer unsere Beute im Wald tötet«, miaute Rauchpfote mit zittriger Stimme. »Er hat gesagt, du würdest dich nicht darum kümmern, unseren Feind ausfindig zu machen. Er wollte, dass wir zu den Schlangenfelsen gehen, weil dort die meisten Beutereste gefunden wurden. Wieselpfote glaubt, wir könnten eine Spur entdecken.«

»Was für eine mäusehirnige Idee!«, platzte Wolkenschweif heraus.

»Und was haben die anderen Schüler davon gehalten?«, fragte Feuerherz, warf Wolkenschweif einen vorwurfsvollen Blick zu und versuchte, den kalten Klumpen in seinem Bauch zu ignorieren, als er zu verstehen begann.

»Wir waren uns nicht einig. Wir wollen Krieger werden, aber wir wissen alle, dass wir so etwas nicht ohne Anweisung tun und außerdem mindestens einen Krieger mitnehmen sollten. Am Ende sind Wieselpfote und Maispfote allein losgezogen.«

»Hast du sie während der Nachtwache das Lager verlassen sehen?«, wollte Feuerherz von Wolkenschweif wissen.

Allmählich sah Wolkenschweif nicht mehr so fröhlich aus und schüttelte den Kopf.

»Wieselpfote meinte, Wolkenschweif würde nicht einmal merken, wenn ein Zweibeinermonster durchs Lager donnert«, murmelte Rauchpfote. »Er und Maispfote haben sich hinter dem Bau der Ältesten durch den Farn geschlichen.«

»Wann war das?«, erkundigte sich Feuerherz weiter.

»Ich weiß nicht genau – vor Sonnenaufgang.« Rauchpfotes Stimme wurde immer heller, bald würde sie wie ein Junges wimmern. »Ich wusste nicht, was ich tun sollte. Ich *wusste*, dass es nicht richtig ist, wollte sie aber auch nicht verraten.

Und dann hab ich mich immer schlechter und schlechter gefühlt, und als ich dann Borkenpelz begegnet bin, habe ich es ihm erzählt.« Sie sah den braunen Krieger dankbar an und er drückte seine Nase an ihre grau gefleckte Flanke.

»Wir müssen ihnen nachgehen«, beschloss Feuerherz.

»Ich komme mit«, miaute Wolkenschweif, ohne zu zögern, und seine Augen blitzten, wie Feuerherz überrascht feststellte. »Maispfote ist da draußen. Wenn ihr irgendwer was antut, den … den reiße ich in Fetzen!«

»Einverstanden«, willigte Feuerherz ein, als ihm bewusst wurde, wie sehr sich der junge Krieger für seine ehemalige Mitschülerin interessierte. »Geh und sag noch ein paar Katzen Bescheid, sie sollen uns begleiten.«

Als der neue Krieger losgesaust war, miaute Borkenpelz: »Wir kommen auch mit.«

»Ich will nicht, dass die Schüler da hineingezogen werden«, antwortete Feuerherz. »Rauchpfote hat sich schon genug aufgeregt. Warum nimmst du sie nicht mit zur Jagd? Nimm Aschenpfote und Dunkelstreif auch mit. Der Clan braucht Frischbeute.«

Borkenpelz sah ihn nachdenklich an. Dann nickte er. »Ist gut.«

Feuerherz überlegte, ob er Blaustern berichten müsse, was vorgefallen war, bevor sie losgingen, zögerte aber, um Wieselpfote nicht in Schwierigkeiten zu bringen. Er wollte der Anführerin kein zusätzliches Argument liefern, den jungen Kater nicht zum Krieger zu ernennen. *Wenn wir sie zurückholen können, braucht Blaustern nie etwas davon zu erfahren*, sagte er sich.

Außerdem wollte Feuerherz keine kostbare Zeit vergeuden. Wolkenschweif kehrte bereits zurück und hatte Sandsturm und Graustreif mitgebracht. *Genau die Katzen hätte ich auch gefragt*, dachte Feuerherz. Wieder einmal wurde ihm warm ums Herz, weil Graustreif zurückgekehrt war und sie wie früher zusammen jagen und kämpfen konnten. Die Augen des grauen Kriegers leuchteten, als er seinen gewohnten Platz an Feuerherz' Seite einnahm. Feuerherz bedauerte, dass Weißpelz bereits mit der Morgenpatrouille losgezogen war, denn er hätte Maispfotes Mentor auch gern mitgenommen.

Sandsturm wirkte wie immer wach und konzentriert und verlor keine Zeit. »Wolkenschweif hat uns informiert«, miaute sie schnell. »Auf geht's.«

Feuerherz übernahm die Führung aus dem Lager die Schlucht hinauf. Der Geruch von Wieselpfote und Maispfote war unverkennbar und führte direkt auf die Schlangenfelsen zu. Es war nicht nötig, sich lange mit ihrer Spur aufzuhalten. Sie nahmen den schnellsten Weg zu den Schlangenfelsen.

Hoffentlich kommen wir nicht zu spät, dachte er. *Wenn ihnen begegnet ist, was dort draußen lauert ...*

Er raste durch den Wald, Laub wirbelte unter seinen Pfoten auf. Sein steifes, verletztes Bein war vergessen. Graustreif rannte dicht neben ihm, und obwohl sich so vieles geändert hatte, fühlte sich Feuerherz getröstet, weil er den Freund an seiner Seite wusste.

Als sie sich den Schlangenfelsen näherten, verlangsamte Feuerherz das Tempo und bedeutete den anderen Katzen mit der Schwanzspitze, das Gleiche zu tun. Wenn sie einfach losstürzen würden, ohne zu wissen, was sie erwartete, waren sie für die Schüler keine Hilfe. Sie mussten sich dieser Bedrohung wie einem ganz gewöhnlichen Feind nähern. Auch wenn

Feuerherz eine innere Stimme zuschrie, dass dieser Feind unberechenbar war und sich mit den Regeln des Clans nicht fassen ließ, weshalb sie in größerer Gefahr schwebten als je zuvor. Fühlten sich Mäuse und Kaninchen so, wenn sie wussten, dass ihnen der Tod im Gebüsch auflauerte?

Es herrschte absolute Stille. Feuerherz wollte nicht nach den Schülern rufen, um niemanden im Vorfeld zu warnen. Wieselpfote hatte vermutlich recht: Hier lag das Zentrum jener finsteren Macht, die sich im Wald angesiedelt hatte, aber allmählich kamen ihm Zweifel an seinen Theorien, um wen es sich bei der Bedrohung handelte. Konnte ein Hund tatsächlich so viel Zerstörung und Angst verbreiten?

Vorsichtig wie auf einem Raubzug glitt Feuerherz durch die Büsche, bis er die glatte, sandfarbene Oberfläche der Schlangenfelsen sehen konnte. Ein paar Herzschläge lang hielt er inne und schmeckte die Luft. Er fand ein Gemisch aus Gerüchen: Er roch Wieselpfote und Maispfote, noch ganz frisch, dazu kam ein schaler Geruch nach anderen DonnerClan-Katzen und, wie erwartet, Hund. Aber vor allem stank es nach frisch vergossenem Blut.

Sandsturm drehte sich zu ihm um, die Augen weit aufgerissen vor Angst. »Etwas Furchtbares ist passiert.«

Lähmendes Entsetzen ergriff Feuerherz am ganzen Körper. Gleich würde er der Quelle der Furcht gegenübertreten, die ihn mehr als einen Mond lang verfolgt hatte, jenem gesichtslosen Feind, der in ihren Wald eingedrungen war. Fast hätte er es nicht geschafft, weiterzugehen. Mit einem Zucken des Schwanzes bedeutete er den anderen Katzen, sich weiter vorzuwagen. Inzwischen krochen sie mit ihren Bäuchen dicht am Boden, damit sie sehen konnten, ohne gesehen zu werden, bis die Schlangenfelsen nur noch wenige Fuchslängen vor ihnen lagen.

Ein umgestürzter Baum versperrte ihnen den Weg. Feuerherz kletterte geduckt auf den Stumpf und blickte auf eine freie, mit totem Laub bedeckte Fläche. Fauliger Gestank kroch ihm in die Kehle, während er das Bild näher betrachtete. Massige Pfoten hatten die Blätter durchwühlt, Erdklumpen aufgewirbelt, die in den Zweigen der Bäume hängengeblieben waren. In der Mitte der Lichtung lag der reglose, schwarz-weiße Körper von Wieselpfote und Maispfote direkt dahinter.

»Oh nein«, flüsterte Sandsturm, die neben Feuerherz auf den Baumstumpf gekrochen war.

»Maispfote!«, jaulte Wolkenschweif auf. Ohne auf einen Befehl von Feuerherz zu warten, stürmte er über die Lichtung auf sie zu.

Feuerherz erstarrte, weil er befürchtete, dass die Angreifer der beiden Schüler zwischen den Bäumen herauspreschen würden, aber nichts rührte sich. Seine Beine wollten ihm kaum gehorchen, als er vom Baumstumpf sprang und auf Wieselpfote zustolperte.

Der Schüler lag auf der Seite, die Beine von sich gestreckt. Sein schwarz-weißes Fell war zerfetzt, und sein Körper war übersät mit grauenhaften Wunden von riesigen Zähnen, die unmöglich von einer Katze stammen konnten. Sein Gebiss war entblößt und seine Augen glänzten. Er war tot, und Feuerherz konnte sehen, dass er im Kampf gestorben war.

»Großer SternenClan, wer hat ihm das angetan?«, flüsterte er. Seit Monden hatte ihn seine Angst verfolgt, aber das hier war viel schlimmer, als er es sich je hatte vorstellen können. Wieselpfote war wie Beute geschlachtet worden. Aus den

Jägern des Waldes waren Gejagte geworden. Etwas hatte das Leben aus dem Gleichgewicht gebracht, und einen Moment lang spürte Feuerherz, wie der Boden unter seinen Pfoten schwankte.

Graustreif und Sandsturm starrten auf den Leichnam von Wieselpfote hinab, sprachlos vor Grauen. Feuerherz wusste, dass sich Graustreif an einen anderen blutüberströmten Körper erinnerte und ihn die Trauer von Neuem überkam.

»Was für eine Verschwendung«, murmelte Feuerherz traurig. »Hätte ihn Blaustern nur zum Krieger ernannt. Hätte ich ihn doch kämpfen lassen, statt ihn loszuschicken –«

Ein schriller Schrei von Wolkenschweif riss ihn aus seinen Gedanken. »Feuerherz! Feuerherz, Maispfote lebt!«

Feuerherz wirbelte herum, rannte über die Lichtung zu Maispfote und hockte sich neben sie. Ihr weiß-braunes Fell, das sie immer so sorgsam gepflegt hatte, war verklebt von vertrocknetem Blut. An der Seite ihres Gesichts fehlten Fellplacken, und an der Stelle, wo ein Auge sein sollte, gab es nur Blut. Ein Ohr war zerfetzt und riesige Krallen hatten ihre Spuren auf der Schnauze hinterlassen.

Feuerherz hörte ein Würgen, als Sandsturm hinter ihm auftauchte. »Nein ...«, flüsterte die Kriegerin. »Oh SternenClan, nein!«

Zunächst dachte Feuerherz, Wolkenschweif hätte sich getäuscht und Maispfote müsste tot sein, bis er sah, wie sich ihr Fell beim Atmen leicht hob und senkte. »Holt Rußpelz«, befahl er.

Sandsturm stürzte davon, während Graustreif neben dem Leichnam von Wieselpfote verharrte, alle Sinne hellwach, falls ihr furchtbarer Feind zurückkehren sollte. Feuerherz wachte neben der verletzten Maispfote. Seine Angst war verflogen. Er spürte nur noch, dass ihn eine eisige Ruhe überkommen hatte und der unwiderrufliche, wütende Entschluss, die jungen Schüler zu rächen. Er bat den SternenClan, ihm zur Seite zu stehen, ihm Kraft zu schenken und seine ganze Wut gegen jenes Monster zu entfesseln, das diese Verwüstung angerichtet hatte.

Wolkenschweif schmiegte sich dicht an die reglose Schülerin und begann, ihr über das Gesicht und das Fell an den Ohren zu lecken. »Du darfst nicht sterben, Maispfote«, flehte er. »Ich bin jetzt bei dir. Rußpelz kommt gleich. Halt nur noch ein bisschen aus.«

Feuerherz hatte ihn nie so verzweifelt gehört. Er wünschte dem weißen Kater, dass ihm jener Schmerz erspart bleiben würde, den er selbst bei Tüpfelblatts Tod erfahren hatte, oder Graustreif, als er Silberfluss verlor.

Maispfote zuckte mit einem Ohr unter Wolkenschweifs sanfter Zunge. Ihr eines Auge öffnete sich einen Spalt und schloss sich wieder.

»Maispfote«, Feuerherz beugte sich dicht über sie und fragte sie eindringlich: »Maispfote, kannst du uns sagen, wer euch das angetan hat?«

Maispfote öffnete wieder das eine Auge und sah Feuerherz mit verschleiertem Blick an.

»Was ist passiert?«, fragte er noch einmal. »Wer hat das getan?«

Maispfote rang sich ein dünnes Winseln ab, aus dem sie allmählich Worte formte. Feuerherz starrte sie voller Entsetzen an, als er verstand, was sie sagte.

»Meute, Meute«, flüsterte sie. »Töten, töten.«

20. KAPITEL

»WIRD SIE ÜBERLEBEN?«, fragte Feuerherz ängstlich.

Rußpelz seufzte müde. Sie war zu den Schlangenfelsen gerannt, so schnell es mit ihren ungleichen Beinen ging, und hatte getan, was sie konnte. Maispfotes schlimmste Wunden hatte sie mit Spinnweben bedeckt, um die Blutung zu stillen, und ihr Mohnsamen gegen die Schmerzen gegeben. Schließlich hatte sich die Schülerin so weit erholt, dass sie sie durch den Wald ins Lager zurückschleppen konnten. Jetzt lag sie bewusstlos in einem Nest zwischen den Farnen bei Rußpelz' Bau.

»Ich weiß es nicht«, sagte Rußpelz wahrheitsgemäß. »Mehr kann ich nicht für sie tun. Jetzt ist sie in den Händen des SternenClans.«

»Sie ist eine starke Katze«, miaute Feuerherz, um sich selbst Mut zu machen. So zusammengerollt, wie sie jetzt unter dem Farn lag, sah Maispfote alles andere als stark aus. Sie kam ihm kleiner vor als ein Junges, nur noch ein Fetzchen Fell. Bei jedem Atemzug fürchtete Feuerherz, es könnte ihr letzter sein.

»Selbst wenn sie sich erholt, wird sie schreckliche Narben zurückbehalten«, warnte Rußpelz. »Ich konnte weder ihr Ohr noch ihr Auge retten. Ich weiß nicht, ob sie je Krieger werden kann.«

Feuerherz nickte. Ihm wurde schlecht, wenn er sich die eine Seite von Maispfotes Gesicht ansah, die jetzt unter Spinnweben verborgen war. Alles erinnerte ihn an den Unfall von Rußpelz, als ihm Gelbzahn gesagt hatte, dass ihr Bein niemals vollständig heilen würde.

»Sie sagte so etwas wie ›Meute‹«, flüsterte er. »Ich frage mich, was sie wirklich gesehen hat.«

Rußpelz schüttelte den Kopf. »Es war das Wesen, vor dem wir uns die ganze Zeit gefürchtet haben. Etwas treibt sich im Wald herum und jagt uns. Ich habe es in meinem Traum gehört.«

»Ich weiß.« Feuerherz sackte voller Schuldgefühl in sich zusammen. »Ich hätte schon längst etwas unternehmen müssen. Der SternenClan hat Blaustern die gleiche Warnung geschickt.«

»Blaustern respektiert den SternenClan aber nicht mehr. Mich wundert, dass sie ihnen überhaupt zugehört hat.«

»Glaubst du, deswegen ist das alles passiert?« Feuerherz drehte sich zu der Heilerin um.

»Nein.« Rußpelz hörte sich müde an, kam näher und schmiegte sich an ihn. »Der SternenClan hat dieses Unheil nicht geschickt, da bin ich mir sicher.«

Bei diesen Worten kündigte sich Wolkenschweif mit einem Rascheln im Farntunnel an.

»Hatte ich dir nicht gesagt, du sollst dich ausruhen?«, miaute Rußpelz.

»Ich konnte nicht schlafen.« Der weiße Kater trat näher und ließ sich neben seiner Freundin im Farn nieder. »Ich will bei Maispfote bleiben.« Er senkte den Kopf und leckte ihr vorsichtig die Schulter. »Schlaf gut, Maispfote. Du bist immer

243

noch schön«, flüsterte er. »Komm zu uns zurück. Ich weiß nicht, wo du jetzt bist, aber du musst zurückkommen.«

Er leckte sie noch ein bisschen weiter, dann hob er den Kopf und sah Feuerherz böse an. »An all dem bist du schuld!«, platzte er heraus. »Sie und Wieselpfote hätten zu Kriegern ernannt werden müssen, dann wären sie nicht allein losgezogen.«

Feuerherz hielt dem Blick seines Neffen stand. »Ja, ich weiß«, miaute er. »Ich habe es versucht, glaub mir.«

Er brach ab, als er Pfotenschritte einer weiteren Katze hörte, drehte sich um und sah, dass sich Blaustern näherte. Feuerherz hatte Sandsturm nach ihr geschickt, die hinter ihr auf die Lichtung der Heilerin trat.

Die Anführerin blieb stehen und sah schweigend auf Maispfote hinab. Wolkenschweif hob herausfordernd den Kopf, und einen Herzschlag lang dachte Feuerherz, er könnte Blaustern beschuldigen, dass auch sie für Maispfotes schreckliche Wunden verantwortlich sei. Aber Wolkenschweif sagte nichts.

Blaustern blinzelte ein paarmal und fragte: »Wird sie sterben?«

»Das weiß nur der SternenClan«, antwortete Rußpelz und fing einen Blick von Feuerherz auf.

»Und ihr glaubt, wir könnten Gnade von ihnen erwarten?«, fragte Blaustern missmutig. »Wenn der SternenClan das Sagen hat, wird Maispfote sterben.«

»Obwohl sie noch keine Kriegerin geworden ist«, miaute Wolkenschweif leise und mit trauriger Stimme, senkte wieder den Kopf und leckte Maispfote die Schulter.

»Nicht unbedingt«, sagte Blaustern zögernd. »Es gibt ein

Ritual – glücklicherweise selten verwendet – für sterbende Schüler, wenn sie würdig sind. Sie kann zum Krieger ernannt werden, damit sie mit einem Kriegernamen vor den Sternen-Clan treten kann.« Sie zögerte.

Feuerherz hielt ungläubig den Atem an. Würde Blaustern von ihrem Zorn auf die Ahnen wirklich Abstand nehmen, um anzuerkennen, wie viel der SternenClan für einen Krieger bedeutete? War sie bereit, zuzugeben, dass Maispfote die Anerkennung als Kriegerin zustand, die ihr verweigert worden war?

Wolkenschweif sah wieder zu der grauen Kätzin hoch. »Dann tu es«, knurrte er.

Blaustern nahm den Kommandoton ihres jüngsten Kriegers nicht zur Kenntnis. Feuerherz und Rußpelz, in ihrem Kummer Fell an Fell aneinandergeschmiegt, und Sandsturm, die schweigend näher getreten war, sahen zu, wie die Anführerin den Kopf neigte und zu sprechen begann. »Ich rufe meine Kriegerahnen an, auf diese Schülerin herabzuschauen. Sie hat das Gesetz der Krieger erlernt und im Dienste ihres Clans ihr Leben gegeben. Der SternenClan möge sie als Kriegerin willkommen heißen.« Dann hielt sie inne, und ihre Augen blitzten wütend auf wie kaltes Feuer. »Ihr Name soll Halbgesicht sein, damit alle Katzen wissen, was ihr der SternenClan angetan hat, um sie uns zu nehmen«, grollte sie.

Feuerherz starrte seine Anführerin voller Entsetzen an. Wie konnte sie diese schrecklich verwundete Schülerin für ihren Krieg gegen die Ahnen benutzen?

»Aber der Name ist grausam!«, protestierte Wolkenschweif. »Was ist, wenn sie am Leben bleibt?«

»Dann werden wir umso mehr Grund haben, uns zu erinnern, wie weit uns der SternenClan gebracht hat«, antwortete

Blaustern mit einer Stimme, die kaum mehr als ein Flüstern war. »Sie werden diese Kriegerin als Halbgesicht aufnehmen, oder sie bekommen sie gar nicht.«

Wolkenschweif hielt ihrem Blick noch etwas länger stand, immer noch mit einem vorwurfsvollen Schimmer in den blauen Augen, dann senkte er den Kopf. Anscheinend hatte er verstanden, dass jede Diskussion mit ihr aussichtslos war.

»Der SternenClan möge sie mit ihrem Namen Halbgesicht empfangen«, sagte Blaustern abschließend. Sie senkte den Kopf und berührte Halbgesicht mit ihrer Nase leicht am Kopf. »Nun, es ist vollbracht«, murmelte sie.

Als ob die Berührung sie geweckt hätte, schlug Halbgesicht ihr Auge auf, in dem unbeschreibliche Angst geschrieben stand. Mit aller Kraft bemühte sie sich, wach zu bleiben. »Meute, Meute!« Sie rang nach Atem. »Töten, töten!«

Blaustern schreckte zurück, ihr Fell sträubte sich. »Was? Was meint sie damit?«, fragte sie.

Halbgesicht war aber schon wieder bewusstlos. Blaustern blickte wild von Rußpelz zu Feuerherz und wieder zurück. »Was meint sie damit?«, wiederholte sie.

»Ich weiß es nicht«, miaute Rußpelz unbehaglich. »Mehr sagt sie nicht.«

»Aber Feuerherz, ich habe dir doch erzählt ...« Blaustern suchte nach Worten. »Die Ahnen haben mir etwas Böses im Wald gezeigt und sie nannten es ›Meute‹. War es diese Meute, die das getan hat?«

Rußpelz wich ihrem Blick aus und kümmerte sich um Halbgesicht. Feuerherz suchte nach einer Antwort, mit der er seine Anführerin zufriedenstellen konnte. Er wollte Blaustern nicht sagen, dass ihre Katzen wie Beute von einem namen-

und gesichtslosen Feind gejagt wurden. Er wusste aber auch, dass er sie mit leeren Beteuerungen nicht abspeisen konnte.

»Das weiß keine Katze«, antwortete er schließlich. »Ich werde den Patrouillen sagen, dass sie sich vorsehen sollen, aber –«

»Aber wenn der SternenClan uns verlassen hat, helfen uns *Patrouillen* auch nicht weiter«, ergänzte Blaustern höhnisch. »Vielleicht haben sie diese Meute sogar geschickt, weil sie mich strafen wollen.«

»Nein!« Rußpelz baute sich vor ihrer Anführerin auf. »Der SternenClan hat diese Meute nicht geschickt. Unsere Vorfahren beschützen uns, und sie würden niemals das Leben im Wald vernichten oder einen ganzen Clan auslöschen, weil sie einen Groll gegen eine einzige Katze hegen. Blaustern, das musst du mir glauben.«

Blaustern ignorierte sie. Sie trat noch einmal näher an Halbgesicht heran und sah auf sie hinab. »Vergib mir«, miaute sie. »Ich habe SternenClans Zorn über dich gebracht.« Dann wandte sie sich um und kehrte zu ihrem Bau zurück.

Sie war gerade verschwunden, als auf der Hauptlichtung kummervolles Miauen ausbrach. Feuerherz stürzte hinaus und sah, dass Langschweif und Graustreif Wieselpfotes Leichnam gebracht hatten, um ihn zu begraben. Sie hatten den schlaffen schwarz-weißen Körper in der Mitte der Lichtung abgelegt, als sein Mentor neben ihm niederkauerte und das Trauerritual vollzog, indem er das Fell des Toten mit der Nase berührte. Goldblüte, Wieselpfotes Mutter, saß daneben, und Brombeerjunges und Bernsteinjunges, die beiden Halbgeschwister, sahen mit großen, furchtsamen Augen zu.

Eine neue Woge der Trauer überwältigte Feuerherz. Langschweif war Wieselpfote ein guter Mentor gewesen. Diesen Kummer, den er jetzt durchmachte, hatte er nicht verdient.

Feuerherz kehrt zu Rußpelz' Lichtung zurück und sah Sandsturm neben der Heilerin stehen, die gerade frische Spinnweben auf die blutgetränkten Verbände presste. »Vielleicht hält sie durch«, miaute sie. »Wenn ihr irgendeine Katze helfen kann, dann du, Rußpelz.«

Rußpelz sah auf und blinzelte dankbar. »Nett von dir, Sandsturm. Aber Heilkräuter können nicht viel tun. Und wenn Halbgesicht überlebt, könnte es sein, dass sie es mir nicht dankt.« Feuerherz fing ihren Blick auf und sah, dass sie fürchtete, die verletzte Katze könnte mit ihrem entsetzlich entstellten Äußeren nicht fertig werden. Was für eine Zukunft stand einer Katze bevor, deren Narben sie für alle Zeit an einen erlebten Albtraum erinnerten?

»Ich werde mich immer um sie kümmern«, gelobte Wolkenschweif, unterbrach sein zärtliches Lecken und sah auf.

Feuerherz war stolz. Wenn sein ehemaliger Schüler nur die gleiche bedingungslose Hingabe für das Kriegergesetz aufbringen würde, dann könnte aus ihm einer der besten Krieger des DonnerClans werden.

Sandsturm berührte Halbgesicht sacht mit der Nase und zog sich zurück. »Ich hole für dich und Wolkenschweif etwas Frischbeute«, miaute sie Rußpelz zu. »Und auch ein Stück für Halbgesicht. Vielleicht mag sie etwas, wenn sie aufwacht.« Betont zuversichtlich trottete sie auf die Lichtung hinaus.

»Ich will nichts essen«, miaute Wolkenschweif. Seine Stimme klang mutlos und erschöpft. »Mir ist schlecht.«

»Du musst schlafen«, sagte Rußpelz. »Ich gebe dir Mohnsamen.«

»Ich will auch keine Mohnsamen. Ich will bei Halbgesicht bleiben.«

»Ich habe dich nicht gefragt, was du willst. Ich sage dir, was du brauchst«, antwortete Rußpelz. »Du hattest gestern Nachtwache, weißt du noch?« Etwas nachgiebiger fügte sie hinzu: »Ich verspreche dir, dich zu wecken, sobald sich etwas ändert.«

Als sie die Samen holen ging, sah Feuerherz seinen Neffen verständnisvoll an. »Sie ist die Heilerin«, sagte er nachdrücklich. »Sie weiß, was dir guttut.«

Wolkenschweif antwortete nicht, aber als Rußpelz mit einem getrockneten Mohnköpfchen zurückkehrte und ein paar Samen vor ihm ausschüttete, leckte er sie ohne Protest auf. Erschöpft rollte er sich neben Halbgesicht zusammen und war wenige Herzschläge später eingeschlafen.

»Ich hätte nie gedacht, dass er sich so um eine andere Katze bemühen könnte«, flüsterte Feuerherz.

»Hast du das nicht bemerkt?« Trotz all ihrer Sorgen glomm ein spöttischer Funke in Rußpelz' blauen Augen. »Er läuft seit der letzten Blattwende ständig hinter Maispfote – Halbgesicht – her. Er liebt sie wirklich, musst du wissen.«

Als Feuerherz die beiden jungen Katzen so dicht aneinandergekuschelt liegen sah, wusste er, dass sie recht hatte.

Feuerherz lief zum Haufen mit der Frischbeute. Inzwischen war fast Sonnenhoch, und obwohl die Strahlen hell auf die Lichtung hinabschienen, wärmten sie nur wenig. Die Blattleere hatte im Wald Einzug gehalten.

Tage waren vergangen, seit Wieselpfote getötet und Halbgesicht verletzt worden war. Feuerherz hatte gerade nach ihr gesehen und sie hielt noch immer am Leben fest. Rußpelz wagte inzwischen die vorsichtige Prognose, sie könnte überleben. Wolkenschweif verbrachte jede freie Minute bei ihr. Feuerherz hatte ihn vorübergehend von seinen Pflichten als Krieger entbunden, damit er sich um die verletzte Katze kümmern konnte.

Als Feuerherz die Lichtung überquerte, sah er Graustreif aus dem Bau der Krieger kommen und zum Frischbeutehaufen laufen. Dunkelstreif überholte ihn und drängte ihn mit der Schulter beiseite, um sich ein Kaninchen zu schnappen. Borkenpelz, der sich bereits ein Mahl genommen hatte, sah Graustreif feindselig an, worauf der graue Krieger wartete, bis sich die beiden zum Essen auf einen Nesselflecken zurückgezogen hatten.

Mit schnellen Schritten gesellte sich Feuerherz zu seinem Freund. »Du musst sie ignorieren«, sagte er leise. »Die haben ihren Verstand in der Schwanzspitze.«

Graustreif sah ihn dankbar an und nahm sich eine Elster aus dem Haufen.

»Essen wir zusammen«, schlug Feuerherz vor, griff sich eine Wühlmaus und lief voraus zu einem sonnigen Flecken vor dem Bau der Krieger. »Und denk nicht an die anderen«, fügte er hinzu. »Irgendwann geben sie ihre Feindseligkeit auf.«

Graustreif sah nicht überzeugt aus, sagte aber nichts mehr, als sie sich niederließen, um zu essen. Auf der anderen Seite der Lichtung spielten Bernsteinjunges und Brombeerjunges mit den drei Jungen von Glanzfell. Feuerherz wurde schwer ums Herz, als er sich erinnerte, dass Halbgesicht manchmal auch mit ihnen gespielt und dabei ausgesehen hatte, als ob sie selbst gern Junge hätte. Würde sie jemals mit einem eigenen Wurf Mutter werden?

»Ich komme einfach nicht darüber hinweg, wie sehr dieses Junge seinem Vater ähnlich sieht«, miaute Graustreif.

»Solange es sich nicht wie sein Vater benimmt«, antwortete Feuerherz. Er erstarrte, als er sah, wie Brombeerjunges eines der viel kleineren Jungen von Glanzfell umrannte, entspannte sich aber wieder, als sich das winzige Schildpattjunge fröhlich auf Brombeerjunges stürzte.

»Es ist wohl an der Zeit, dass er zum Schüler ernannt wird«, bemerkte Graustreif. »Er und Bernsteinjunges sind älter als –« Er brach ab, und ein abwesender, kummervoller Blick umwölkte seine bernsteinfarbenen Augen.

Feuerherz wusste, dass er an seine eigenen Jungen dachte, die er im FlussClan zurückgelassen hatte. »Ja, es wird Zeit, dass ich Mentoren für die beiden suche«, stimmte er zu, in der Hoffnung, seinen Freund von den bittersüßen Erinnerungen abzulenken. »Ich werde Blaustern fragen, ob ich Brombeerjunges selbst ausbilden darf. Was meinst du, wer –«

»Du willst Mentor von Brombeerjunges werden?« Graustreif starrte ihn an. »Ist das eine gute Idee?«

»Warum nicht?«, fragte Feuerherz und spürte, wie sein Fell zu kribbeln begann. »Ich habe keinen Schüler mehr, seit Wolkenschweif zum Krieger ernannt worden ist.«

»Du magst Brombeerjunges nicht«, erwiderte Graustreif schroff. »Ich will dir keinen Vorwurf machen, aber wäre er mit einem Mentor, der ihm traut, nicht besser dran?«

Feuerherz zögerte. Graustreif hatte mit seinem Einwurf nicht ganz unrecht. Feuerherz wusste aber, dass er die Aufgabe keiner anderen Katze geben konnte. Er musste Brombeerjunges unter seine Fittiche nehmen, wenn er sichergehen wollte, dass er dem DonnerClan die Treue hielt.

»Ich habe mich entschieden«, miaute er kurz. »Ich wollte dich fragen, ob du eine Idee hast, wer für Bernsteinjunges gut sein könnte.«

Graustreif schien kurz zu überlegen, ob er sich auf eine Diskussion einlassen sollte, bevor er seinem Freund einen seltsamen Blick zuwarf. »Wundert mich, dass du da fragen musst. Das liegt doch auf der Hand.« Als Feuerherz nichts sagte, fügte er hinzu: »Sandsturm natürlich, du Mäusehirn!«

Feuerherz biss von der Wühlmaus ab, damit er Zeit hatte, um über seine Antwort nachzudenken. Sandsturm war eine erfahrene Kriegerin. Sie war mit Feuerherz, Graustreif und Borkenpelz zusammen Schülerin gewesen und die Einzige, die nie einen eigenen Schüler gehabt hatte. Trotzdem gab es einen Grund, weshalb er zögerte, ihr Bernsteinjunges zu geben.

Er schluckte seinen Bissen runter und miaute: »Ich hatte Farnpelz Schneejunges mehr oder weniger versprochen. Es wäre nur fair, Blaustern zu fragen, ob er Bernsteinjunges übernehmen kann, nachdem er diese bittere Enttäuschung gerade erst hinter sich hat. Außerdem ist er ein ausgezeichneter Krieger und wird seine Sache gut machen.«

Graustreifs Augen leuchteten kurz voller Stolz auf. Farnpelz war sein Schüler gewesen, und natürlich hörte er gern, wie gut sich der junge Krieger machte. Doch dann zuckte er ungläubig mit den Ohren. »Komm schon, Feuerherz. Das ist nicht der wirkliche Grund und das weißt du.«

»Wie meinst du das?«

»Du willst Sandsturm Bernsteinjunges nicht geben, weil du Angst davor hast, wie Tigerstern reagieren könnte.«

Mit großen Augen sah Feuerherz seinen Freund an und wusste, dass er recht hatte. Genau das war der Grund gewesen, er hatte das bloß nicht zugeben können, auch nicht vor sich selbst.

»Du willst sie schützen«, fuhr Graustreif fort, als Feuerherz nichts sagte.

»Und was ist daran falsch?«, wollte Feuerherz wissen. »Tigerstern hat Dunkelstreif schon dazu überredet, die Kleinen aus dem Lager zu locken, um ihn zu besuchen. Glaubst du, das ist das Ende der Geschichte? Glaubst du, er wird sich damit zufriedengeben, dass er sie bloß bei den Versammlungen sieht?«

»Nein, das glaube ich nicht.« Graustreif schnaubte ärgerlich. »Aber was soll Sandsturm davon halten? Sie ist kein niedliches, kleines Hauskätzchen, das sich hinter großen, starken Kriegern versteckt. Sie kann selbst auf sich aufpassen.«

Feuerherz wand sich unbehaglich. »Sandsturm wird die Entscheidung einfach akzeptieren müssen. Ich bin sicher, Blaustern wird einverstanden sein, dass Farnpelz Mentor von Bernsteinjunges wird.«

Graustreif schüttelte unbehaglich den Kopf. »Du bist der Stellvertreter. Sandsturm wird das trotzdem nicht gefallen«, prophezeite er.

»Du willst Brombeerjunges ausbilden?«, fragte Blaustern.

Feuerherz stand bei ihr im Bau. Er hatte sie gerade wegen der neuen Schüler gefragt und ihr vorgeschlagen, die Zeremonie bei Sonnenuntergang durchzuführen.

»Ja«, miaute er. »Und Farnpelz kann Mentor von Bernsteinjunges werden.«

Blaustern sah ihn mit zusammengekniffenen Augen an. »Ein Verräter bildet den Sohn eines Verräters aus«, schnaubte sie. Wer Mentor von Bernsteinjunges werden sollte, interessierte sie offensichtlich nicht. »Sehr geschickt.«

»Blaustern, im Clan gibt es keine Verräter mehr«, versuchte Feuerherz ihr zu versichern und gab sich Mühe, seine Bedenken wegen Brombeerjunges zu unterdrücken.

Blaustern sah ihn verächtlich an. »Mach, was du willst, Feuerherz. Ist mir egal, was aus diesem Nest voller Schurken wird.«

Feuerherz gab den Versuch auf, sie zu überzeugen. Er verließ Blausterns Bau und trat auf die Lichtung. Die Sonne ging bereits unter und der Clan versammelte sich allmählich in neugieriger Erwartung der Zeremonie. Feuerherz entdeckte Farnpelz und rief ihn zu sich.

»Ich glaube, du bist bereit für deinen ersten Schüler«, verkündete er. »Wie würde es dir gefallen, Bernsteinjunges auszubilden?«

Farnpelz bekam leuchtende Augen. »Meinst du das wirklich ernst?«, stammelte er. »Das wäre großartig!«

»Du wirst deine Sache gut machen«, miaute Feuerherz. »Weißt du, was du während der Zeremonie zu tun hast?«

Er hielt inne, als Sandsturm aus dem Bau der Krieger auftauchte und auf ihn zugelaufen kam. »Warte einen Moment, Farnpelz«, murmelte er schnell. »Ich bin gleich zurück.« Dann lief er zu der hellbraunen Kriegerin.

»Was hat mir Graustreif da erzählt?«, erkundigte sich Sandsturm, sobald er in Hörweite angekommen war. »Ist es wahr, dass du Blaustern gefragt hast, ob Farnpelz Mentor von Bernsteinjunges werden darf?«

Feuerherz schluckte. Ihre grünen Augen funkelten ihn wütend an und ihr Nackenfell sträubte sich. »Ja, das ist richtig«, hob er an.

»Ich habe aber mehr Erfahrung als er!«

Feuerherz widerstand der Versuchung, ihr den wahren Grund zu sagen, damit Sandsturm wusste, dass er es nur zu ihrem Besten tat. Wenn er ihr sagte, dass er sie vor eventuellem Ärger mit Tigerstern schützen wollte, würde sie vor Wut explodieren. Sie würde glauben, dass er sie für zu schwach hielt, um mit dem Anführer des SchattenClans fertig zu werden.

»Und?«, beharrte Sandsturm. »Denkst du, ich würde keine gute Mentorin abgeben?«

»Das glaube ich ganz sicher nicht«, protestierte Feuerherz.

»Was dann? Nenn mir einen vernünftigen Grund, warum du mir Bernsteinjunges nicht geben kannst!«

»Weil ich ...« Feuerherz suchte verzweifelt nach einer Ausrede. »Weil du für mich zusätzliche Jagdpatrouillen anführen sollst. Du bist eine brillante Jägerin, Sandsturm – die beste. Und in der Blattleere wird die Beute wieder rar. Wir brauchen dich unbedingt.« Während er sprach, fiel ihm auf, dass es stimmte. Sandsturm zusätzliche Jagdpatrouillen anzuvertrauen könnte ihr Problem lösen, wie sie den Clan während der bitterkalten Monde der Blattleere ernähren sollten.

Sandsturm ließ sich jedoch nicht beeindrucken. »Das ist bloß eine Ausrede«, miaute sie vorwurfsvoll. »Es gibt keinen Grund, warum ich nicht trotz der zusätzlichen Jagdpatrouillen Mentorin von Bernsteinjunges werden soll. Sie ist schlau und schnell, und ich wette, aus ihr wird eine ebenso brillante Jägerin.«

»Tut mir leid«, miaute Feuerherz. »Ich habe Farnpelz schon gefragt, ob er Bernsteinjunges nimmt. Ich werde Blaustern bitten, dir eines von Glanzfells Jungen zu geben, wenn wir die schlimmste Zeit der Blattleere hinter uns haben. In Ordnung?«

»Nein, das ist nicht in Ordnung«, fauchte Sandsturm. »Ich habe nichts getan, weshalb ich derart übergangen werden darf. Das werde ich dir nicht so schnell vergessen, Feuerherz.«

Sie wandte sich ab und ging zu Frostfell und Buntgesicht. Feuerherz wollte ihr nachlaufen, ließ es dann aber bleiben. Es gab nichts, was er ihr hätte sagen können, außerdem war Blaustern gerade aus ihrem Bau gekommen, um die Versammlung zu eröffnen.

Während sich die Katzen allmählich einfanden, entdeckte Feuerherz, dass Graustreif allein in der Nähe des Hochsteins hockte. Mausefell stolzierte demonstrativ dicht an ihm vorbei, um sich bei den Kätzinnen niederzulassen. Enttäuscht, weil sich der Clan immer noch weigerte, Graustreif zu akzeptieren, wäre Feuerherz gern zu ihm gegangen, um ihn zu trösten, aber das ging nicht, weil er für die Zeremonie auf seiner Position bleiben musste. Kurz darauf tauchten Wolkenschweif und Weißpelz aus dem Farntunnel zu Rußpelz' Bau auf und setzten sich zu Feuerherz' Erleichterung neben den grauen Krieger.

Rußpelz kam nach ihnen und humpelte eilig auf Feuerherz zu. Als sie näher kam, sah er, dass ihre blauen Augen strahlten. »Gute Nachrichten, Feuerherz«, verkündete sie. »Halbgesicht ist aufgewacht und hat sogar etwas Frischbeute gefressen. Ich glaube, sie wird es schaffen.«

Feuerherz schnurrte begeistert. »Das ist großartig, Rußpelz.« Aber trotz aller Erleichterung über die gute Neuigkeit fragte er sich unwillkürlich, wie Halbgesicht reagieren würde, wenn sie erfuhr, dass ihr Gesicht so furchtbar entstellt war.

»Sie kann sich bereits aufsetzen und waschen«, fuhr Rußpelz fort, »ist aber noch sehr unsicher auf den Beinen. Sie wird noch ein paar Tage in meinem Bau bleiben müssen.«

»Hat sie irgendetwas gesagt, wer sie angegriffen hat?«

Rußpelz schüttelte den Kopf. »Ich habe versucht, sie zu fragen, aber sie regt sich zu sehr auf, wenn sie daran denkt. In ihren Albträumen schreit sie immer noch ›Meute‹ und ›töten‹.«

»Der Clan muss es wissen«, drängte Feuerherz.

»Dann wird der Clan noch warten müssen«, entgegnete Rußpelz schroff. »Halbgesicht braucht Ruhe und Frieden, wenn sie gesund werden soll.«

Feuerherz wollte sie fragen, wann Halbgesicht erholt genug sein würde, um mit ihr zu sprechen, aber dann trat Goldblüte aus der Kinderstube, flankiert von ihren beiden Jungen, und er musste sich auf die Zeremonie konzentrieren. Feuerherz sah, dass sie die beiden besonders sorgfältig gewaschen hatte. Bernsteinjunges' rotes Fell leuchtete wie eine Flamme in der untergehenden Sonne, und Brombeerjunges' Pelz glänzte vornehm. Als sie sich dem Hochstein näherten, hüpfte Bernsteinjunges aufgeregt herum, Brombeerjunges dagegen wirkte ruhig und trottete mit hoch erhobenem Kopf und Schwanz voran.

Feuerherz fragte sich, wie Tigerstern bei seiner Ernennung zum Schüler ausgesehen haben mochte. Hatte auch er den Anschein erweckt, als ob er Mut und ein langes Leben in den Dienst seines Clans stellen würde? Hatten sein Anführer und der Mentor geahnt, was aus ihm werden sollte?

Blaustern rief die beiden Jungen, die sich am Fuß des Hochsteins neben sie stellten. Feuerherz fiel auf, dass sie wacher aussah als sonst. Die Aussicht auf neue Krieger, die für den Clan kämpfen würden, konnte auch sie nicht gleichgültig lassen.

»Farnpelz«, hob sie an. »Feuerherz sagt mir, dass du bereit bist für deinen ersten Schüler. Du wirst Mentor von Bernsteinpfote werden.«

Nicht weniger aufgeregt als Bernsteinpfote trat Farnpelz vor und seine neue Schülerin rannte ihm entgegen.

»Farnpelz«, fuhr Blaustern fort, »du hast bewiesen, dass du ein treu ergebener und umsichtiger Krieger bist. Gib dein Bestes, damit Bernsteinpfote diese Fähigkeiten von dir übernimmt.«

Farnpelz und Bernsteinpfote berührten sich an den Nasen und zogen sich an den Rand der Lichtung zurück, während sich Blaustern an Feuerherz wandte.

»Nachdem Wolkenschweif jetzt zum Krieger ernannt worden ist«, fuhr sie fort, »bist du frei für einen neuen Schüler. Du wirst Mentor von Brombeerpfote werden.«

Ihre Augen funkelten, als sie Feuerherz ansah, und mit Entsetzen erkannte er ihr Misstrauen: Sie schien sich zu fragen, warum er angeboten haben mochte, den Sohn von Tigerstern auszubilden. Doch Blaustern mochte denken, was sie wollte, für ihn war die Antwort eindeutig: Ihn leitete allein die Treue zu seinem Clan.

Brombeerpfote trat auf seinen Mentor zu und Feuerherz begegnete ihm in der Mitte der Katzenversammlung. Als er in die Augen des jungen Katers blickte, die vor Begeisterung glühten, fühlte er sich geschmeichelt und zugleich angespornt.

Das wird ein Krieger werden!, dachte Feuerherz und fügte anschließend hinzu: *Wenn er nur nicht Tigersterns Sohn wäre!*

»Feuerherz, du hast gezeigt, dass du ein Krieger von seltenem Mut und schnellem Verstand bist«, miaute Blaustern und sah ihn dabei eindringlich an. »Ich bin sicher, du wirst all dein Wissen an diesen jungen Schüler weitergeben.«

Feuerherz senkte den Kopf, und die beiden berührten sich mit den Nasen. Als er den frischgebackenen Schüler zum Rand der Lichtung führte, fragte Brombeerpfote: »Was machen wir jetzt, Feuerherz? Ich will *alles* lernen – kämpfen und jagen und alles über die anderen Clans ...«

Seinen Bedenken zum Trotz musste Feuerherz zugeben, dass Brombeerpfote offensichtlich nichts über die alte Feindschaft zwischen seinem Mentor und seinem Vater wusste. Das hatte er Goldblüte zu verdanken, die mit ungerührter Miene dasaß. Feuerherz nahm an, dass sie von seiner Entscheidung, Tigersterns Sohn selbst auszubilden, nicht gerade begeistert war. Und was würde passieren, wenn Tigerstern davon erfuhr? Er spürte, dass Dunkelstreif ihn unablässig beobachtete, und wusste, dass der dunkle Krieger Tigerstern die Nachricht bei der nächsten Versammlung überbringen würde, wenn nicht schon früher.

»Alles zu seiner Zeit«, versprach Feuerherz dem eifrigen Schüler. »Morgen machen wir mit Farnpelz und deiner Schwester einen Rundgang durch unser Territorium. Dann wirst du lernen, wo die Grenzen sind und wie man den Geruch von anderen Clans erkennt.«

»Toll!« Brombeerpfote jauchzte vor Vergnügen.

»Und fürs Erste«, fuhr Feuerherz fort, als Blaustern die Versammlung beendete, »kannst du gehen und dich mit den anderen Schülern bekannt machen. Vergiss nicht, dass du heute Nacht in ihrem Bau schläfst.«

Mit einem Schwanzzucken entließ er Brombeerpfote, der zu seiner Schwester hüpfte, als die anderen Katzen sich um sie scharten, um ihnen zu gratulieren und sie mit ihren neuen Namen zu begrüßen.

Während Feuerherz zusah, stand Graustreif auf und kam auf ihn zu, vorbei an Sandsturm. Er hörte, wie sie miaute: »Graustreif, bist du nicht traurig, dass du keinen Schüler bekommen hast?«

»Irgendwie schon«, antwortete Graustreif. Er hörte sich verlegen an und warf einen Seitenblick auf Feuerherz, als er das sagte. »Vorerst kann ich wohl nicht damit rechnen. Der halbe Clan hat mich noch nicht akzeptiert.«

»Dann besteht der Clan zur Hälfte aus dummen Fellbällen«, erklärte Sandsturm und leckte dem grauen Krieger übers Ohr.

Graustreif schaute sie dankbar an. »Ich weiß, dass ich erst meine Treue beweisen muss, bevor ich wieder einen Schüler ausbilden darf. Und du bekommst bestimmt auch bald einen«, fügte er hinzu, als ob er ihre Gedanken erraten hätte, »wenn die Jungen von Glanzfell so weit sind.«

Ein Schatten huschte über Sandsturms Gesicht. Feuerherz fragte sich, ob er noch einmal versuchen sollte, mit ihr zu reden, aber als sie sah, dass er sich vorsichtig näherte, wandte sie sich an Graustreif und miaute laut: »Komm, wir sehen nach, ob noch Frischbeute übrig ist.«

Feuerherz blieb stehen und sah traurig zu, wie sich Sandsturm erhob und zum Beutehaufen vorauslief. Graustreif folgte ihr mit einem besorgten Seitenblick zu Feuerherz.

Als ihm Sandsturm erneut den Rücken zukehrte, fühlte Feuerherz bittere Enttäuschung. All seine Versuche, das alte

Band zwischen ihnen wiederherzustellen, gingen schief, und er vermisste sie so sehr, dass ihn keine der vielen Katzen, die sich um ihn scharten, in seiner Einsamkeit zu trösten vermochte.

21. KAPITEL

»GEHT NICHT zu nah dran«, warnte Farnpelz. »Hier ist es sehr gefährlich.«

Feuerherz und er standen mit ihren beiden Schülern am Rand des Donnerwegs. Brombeerpfote und Bernsteinpfote rümpften die Nasen wegen des beißenden Gestanks.

»Ich finde, er sieht gar nicht so gefährlich aus«, miaute Brombeerpfote. Vorsichtig streckte er eine Pfote vor. Im selben Moment spürte Feuerherz, wie der Boden zu beben anfing, weil sich dröhnend ein Monster näherte. »Zurück«, kommandierte er.

Brombeerpfote sprang zurück auf den sicheren Rand, als das Monster vorbeiraste, Feuer und heiße, stinkende Luft spuckend. Er zitterte vor Schreck.

Bernsteinpfote hatte die Augen vor Staunen weit aufgerissen. »Was war denn das?«, miaute sie.

»Ein Monster«, erklärte Feuerherz. »In ihrem Bauch transportieren sie Zweibeiner. Sie verlassen den Donnerweg aber nie, insofern seid ihr ziemlich sicher – solange ihr Abstand haltet.« Er blickte Brombeerpfote fest in die Augen. »Wenn dir ein Krieger sagt, dass du etwas tun sollst, dann tust du es. Du kannst Fragen stellen, wenn du willst, aber erst *hinterher*.«

262

Brombeerpfote nickte und scharrte mit den Pfoten. »Entschuldige, Feuerherz.«

Er erholte sich schnell von seinem Schreck. Feuerherz musste zugeben, dass viele erfahrene Katzen unter Schock stünden, wenn ein Monster so dicht an ihnen vorbeigesaust wäre. Seit sie am Morgen das Lager verlassen hatten, zeigte sich Brombeerpfote mutig, neugierig und voller Lerneifer.

Sandsturm, Graustreif und Weißpelz hatten die Morgenpatrouille übernommen, während Feuerherz und Farnpelz mit ihren Schülern zum Rundgang durch das Territorium aufgebrochen waren. Feuerherz fiel auf, dass er sich besonders vorsichtig auf den einst vertrauten Pfaden bewegte. Schatten verfolgten ihn, und er fürchtete, jeden Moment könnte er dem finsteren Wesen im Wald von Angesicht zu Angesicht gegenüberstehen.

Um die Schlangenfelsen machte er einen weiten Bogen, denn er war nicht bereit, den verhassten Ort mit den beiden jungen Schülern zu betreten. Bald würde er etwas gegen jene Bedrohung unternehmen müssen, die dort lauerte. Er wollte aber warten, bis sich Halbgesicht so weit erholt hatte, dass sie ihm genau beschreiben konnte, wer sie angegriffen hatte. Und tief in seinem Herzen zweifelte Feuerherz daran, dass seine Krieger damit fertig wurden, selbst wenn sie wüssten, wer es war.

»Was ist da drüben?«, fragte Bernsteinpfote und deutete mit ihrem Schwanz auf den Teil des Waldes, der hinter dem Donnerweg lag.

»Das ist das Territorium des SchattenClans«, erklärte ihr Farnpelz. »Kannst du ihren Geruch erkennen?«

Eine frostige Brise wehte vom SchattenClan auf sie zu.

Brombeerpfote und Bernsteinpfote öffneten die Mäuler, um tief einzuatmen.

»Das haben wir schon mal gerochen«, verkündete Bernsteinpfote.

»Ach ja?« Farnpelz warf Feuerherz einen erstaunten Blick zu.

»Als Dunkelstreif uns über die Grenze gebracht hat, damit wir unseren Vater kennenlernen«, miaute Brombeerpfote.

»Ich habe sie erwischt«, erklärte Feuerherz dem Krieger. »Ich schätze, wir können Tigerstern keinen Vorwurf machen, dass er sie sehen wollte«, fügte er mit gespielter Großzügigkeit hinzu.

Farnpelz sagte nichts dazu, sah aber etwas besorgt aus. Er schien Feuerherz' Bedenken wegen der Beziehung zwischen Tigerstern und diesen Jungen aus dem DonnerClan zu teilen.

»Dürfen wir da jetzt hingehen und uns mit unserem Vater treffen?«, fragte Bernsteinpfote eifrig.

»Nein!« Farnpelz hörte sich schockiert an. »Clan-Katzen laufen nicht einfach über die Grenzen anderer Territorien. Wenn uns eine Patrouille erwischt, gibt es großen Ärger.«

»Nicht wenn wir ihnen sagen, dass Tigerstern unser Vater ist«, behauptete Brombeerpfote. »Beim letzten Mal wollte er uns kennenlernen.«

»Farnpelz hat Nein gesagt«, schimpfte Feuerherz. »Und wenn ich einen von euch beiden dabei erwische, wie ihr eine Pfote über die Grenze setzt, reiße ich euch die Schwänze ab!«

Bernsteinpfote sprang zurück, als ob sie fürchten würde, dass er seine Drohung auf der Stelle in die Tat umsetzen wollte.

Brombeerpfote sah Feuerherz einige Herzschläge lang

forschend ins Gesicht. »Feuerherz«, miaute er zögernd, »da ist doch noch etwas anderes, nicht wahr? Warum will keine Katze mit uns über unseren Vater reden? Warum hat er den DonnerClan verlassen?«

Feuerherz starrte auf seinen Schüler hinab. Ihm fiel nichts ein, wie er dieser direkten Frage ausweichen könnte. Vor langer Zeit hatte er Goldblüte versprochen, dass er ihren Jungen die Wahrheit sagen würde, hatte aber auf etwas mehr Zeit gehofft, um sich zu überlegen, was er sagen sollte.

Er wechselte einen schnellen Blick mit Farnpelz, der ihm zuflüsterte: »Wenn du es ihnen nicht sagst, dann tut es eine andere Katze.«

Feuerherz musste ihm zustimmen. Der Zeitpunkt war gekommen, sein Versprechen einzulösen. Nach einem Räuspern miaute er: »Also gut. Suchen wir uns einen Platz für eine Pause, dann erzähle ich euch alles.«

Er entfernte sich mehrere Kaninchensprünge vom Donnerweg, bis er eine Senke zwischen Farnen fand, die mit ihren braunen, dürren Wedeln jetzt in der Blattleere notdürftig Schutz boten. Die beiden Schüler folgten ihm neugierig und mit erwartungsvollen, großen Augen.

Feuerherz prüfte, ob es auch nicht nach Hund roch, bevor er sich auf einem trockenen Grasflecken niederließ und die Pfoten unter sich schob. Farnpelz blieb oben stehen und hielt Ausschau nach dem Hund oder anderen Gefahren dicht an der Grenze zum Gebiet des SchattenClans.

»Bevor ich euch von eurem Vater erzähle«, hob Feuerherz an, »sollt ihr wissen, dass der DonnerClan sehr stolz auf euch ist. Ihr werdet beide zu großartigen Kriegern heranwachsen. Was ich euch jetzt erzähle, wird daran nichts ändern.«

Den bisher neugierigen Schüler wurde unbehaglich. Feuerherz wusste, dass sie sich fragen mussten, was jetzt kommen würde.

»Tigerstern ist ein großartiger Krieger«, fuhr er fort. »Und er wollte immer Anführer eines Clans werden. Bevor er den DonnerClan verließ, war er Blausterns Stellvertreter.«

Brombeerpfotes Augen glänzten vor Aufregung. »Wenn ich Krieger bin, will ich auch Stellvertreter werden.«

Feuerherz kribbelte es im Pelz bei diesem neuen Beweis, wie ehrgeizig sein Schüler war und wie sehr er darin seinem Vater ähnelte. »Sei still und hör zu.«

Brombeerpfote senkte gehorsam den Kopf.

»Wie gesagt, Tigerstern war immer schon ein großartiger Krieger«, fuhr Feuerherz fort und ließ jedes seiner Worte zögernd in die kalte Luft entweichen. »Aber dann gab es bei den Sonnenfelsen einen Kampf gegen den FlussClan, und Tigerstern nutzte das Getümmel, um Rotschweif umzubringen, der damals Zweiter Anführer des DonnerClans war. Er beschuldigte einen Krieger des FlussClans, aber wir haben herausgefunden, was wirklich passiert ist.«

Er hielt inne. Beide Schüler starrten ihn mit ungläubigem Entsetzen in den Augen an.

»Du meinst … er hat eine Katze aus seinem eigenen Clan getötet?«, stammelte Bernsteinpfote.

»Das glaube ich nicht«, schrie Brombeerpfote verzweifelt.

»Es ist wahr«, miaute Feuerherz, dem schlecht wurde vor Anstrengung, diesen Jungen die Wahrheit über den Verrat ihres Vaters so wertfrei zu berichten, wie er es ihrer Mutter versprochen hatte. »Er hatte gehofft, er würde dann Rotschweifs

266

Platz als Stellvertreter einnehmen, aber Blaustern entschied sich für Löwenherz.«

»Tigerstern hat dann doch nicht auch noch Löwenherz umgebracht?«, fragte Brombeerpfote mit zittriger Stimme.

»Nein, das hat er nicht. Löwenherz starb in einem Gefecht gegen den SchattenClan. Anschließend wurde Tigerstern Stellvertreter, aber das war ihm nicht genug. Er wollte Anführer werden.«

Wieder hielt er inne und überlegte, wie viel er erzählen sollte. Es war nicht nötig, die Schüler allzu sehr zu belasten, beschloss er. Von der Geschichte, wie Rußpelz verletzt wurde, weil Tigerstern Blaustern eine Falle gestellt hatte, oder von Tigersterns Versuchen, Feuerherz umzubringen, brauchten sie vorerst nichts zu wissen.

»Er trommelte eine Bande Streuner im Wald zusammen«, fuhr er fort. »Die griffen den DonnerClan an, und Tigerstern versuchte, Blaustern zu töten.«

»Blaustern töten!« Bernsteinpfote schnappte nach Luft. »Aber sie ist unsere Anführerin!«

»Tigerstern glaubte, er könnte sich anschließend selbst zum Anführer machen«, erklärte Feuerherz in bemüht neutralem Tonfall. »Doch der Clan schickte ihn in die Verbannung, worauf er sich dem SchattenClan anschloss und ihr Anführer wurde.«

Die beiden Schüler sahen sich an. »Unser Vater war also ein Verräter?«, miaute Brombeerpfote leise.

»Nun, das stimmt«, antwortete Feuerherz. »Obwohl ich weiß, wie schwer es ist, sich so etwas vorzustellen. Ihr solltet einfach beide nicht vergessen, wie stolz ihr sein könnt, zum DonnerClan zu gehören. Und der Clan ist stolz auf euch, genau wie ich gesagt habe. An dem, was euer Vater getan hat, tragt ihr keine Schuld. Aus euch können großartige Krieger werden, die ihrem Clan und dem Gesetz der Krieger treu ergeben sind.«

»Aber unser Vater war nicht treu«, miaute Bernsteinpfote. »Heißt das, er ist jetzt unser Feind?«

Feuerherz begegnete ihrem furchtsamen Blick. »Die Katzen aus den verschiedenen Clans müssen die eigenen Interessen vor alles andere stellen«, erklärte er ihr behutsam. »Das ist mit Treue zum Clan gemeint. Euer Vater ist jetzt dem SchattenClan treu und so müsst ihr dem DonnerClan die Treue halten.«

Ein paar Herzschläge lang herrschte Stille, dann stand Bernsteinpfote auf und leckte sich ein paarmal kurz die Brust. »Danke, dass du uns das erzählt hast, Feuerherz. Ist es … ist es wirklich wahr, dass die anderen im Clan stolz auf uns sind?«

»Das ist wirklich wahr«, versicherte ihr Feuerherz. »Ihr dürft nicht vergessen, dass der Clan all das erfahren hat, als ihr gerade geboren wart. Und sie haben doch nie versucht, euch zu bestrafen, oder?«

Bernsteinpfote blinzelte dankbar zu ihm auf. Feuerherz blickte Brombeerpfote an, der zwischen den Farnwedeln in den Himmel hinaufsah. Seine goldenen Augen gaben nicht preis, was er dachte.

»Brombeerpfote?«, miaute Feuerherz beunruhigt. Der junge Kater antwortete nicht. Um ihn zu trösten, fuhr Feuerherz fort: »Streng dich an und verhalte dich loyal zu deinem Clan, dann wird dir keine Katze vorwerfen, was dein Vater getan hat.«

Brombeerpfote fuhr mit seinem Kopf herum und funkelte ihn mit der gleichen Feindseligkeit in den Augen an, die Feuerherz einst bei Tigerstern gesehen hatte. Nie hatte er seinem Vater ähnlicher gesehen. »Das stimmt doch gar nicht!«, fauchte er. »*Du* wirfst es uns vor. Mir kannst du jetzt erzählen, was du willst. Ich habe gemerkt, wie du mich ansiehst. Du glaubst, ich werde genauso ein Verräter, wie mein Vater einer war. Du wirst mir nie vertrauen, da kann ich machen, was ich will!«

Feuerherz starrte ihn an, unfähig, die Beschuldigungen des jungen Katers zu widerlegen. Ein paar Herzschläge lang wusste er nicht, was er sagen sollte. Während er zögerte, sprang Brombeerpfote auf und stürzte blindlings durch den Farn aus der Senke hinaus, wo Farnpelz auf sie wartete. Bernsteinpfote warf Feuerherz einen ängstlichen Blick zu und eilte hinter ihrem Bruder her.

Feuerherz hörte Farnpelz miauen: »Können wir gehen? Wenn wir an der Grenze weiterlaufen, kommen wir zum Baumgeviert.« Er hielt inne, dann rief er: »Feuerherz, bist du so weit?«

»Komme schon«, antwortete Feuerherz. Sein Herz war schwer, als er aufstand und den Schülern folgte. War es ihm gelungen, ihnen die wahre Bedeutung von Loyalität zu erklären oder hatte er sie nur noch weiter vom DonnerClan und auch von sich selbst entfremdet?

Als er die Schüler mit Farnpelz durch ihr Gebiet zum Lager zurückführte, hielt Feuerherz in alle Richtungen Ausschau nach Zeichen der unbekannten Gefahr. Er konnte nichts entdecken: keine ungewöhnlichen Gerüche, keine verstreute Beute. Das Unheil, was es auch sein mochte, war wieder abgetaucht, und das machte Feuerherz irgendwie noch mehr Angst. Was konnte so entsetzlichen Schaden anrichten und dann in den Tiefen des Waldes verschwinden, als ob es nie gewesen wäre?

Ich muss so schnell wie möglich mit Halbgesicht reden, beschloss er. Die Katzen wurden immer noch gejagt, da war er sich sicher, und es war nur eine Frage der Zeit, wann wieder eine geschnappt werden würde.

Früh am nächsten Morgen trat Feuerherz auf die Lichtung, als sich die Morgenpatrouille gerade auf den Weg machen wollte. Graustreif und Sandsturm warteten am Eingang zum Ginstertunnel, während Borkenpelz Aschenpfote aus dem Bau der Schüler holte. Feuerherz eilte auf den Tunnel zu, war aber noch nicht angekommen, als er hörte, wie Sandsturm laut zu Graustreif miaute: »Ich habe keine Lust mehr, hier herumzuhängen. Ich warte am Ende der Schlucht auf euch.« Ohne Feuerherz eines Blickes zu würdigen, drehte sie sich um und verschwand.

Zutiefst betrübt blieb Feuerherz an der Öffnung des Ginstertunnels stehen und schnupperte den letzten Resten ihres Dufts hinterher.

»Lass ihr Zeit«, miaute Graustreif und berührte Feuerherz mit der Nase an der Schulter. »Sie wird wiederkommen.«

»Ich weiß nicht. Seit der Begegnung mit dem Wind-Clan ...«

Er brach ab, als Borkenpelz und Aschenpfote heraneilten, und trat zurück, damit die restlichen Katzen Sandsturms Patrouille folgen konnten. Immerhin hatte sich Borkenpelz anscheinend damit abgefunden, dass Graustreif zurückgekehrt war, dachte Feuerherz, und konnte mit ihm auf Patrouille gehen. Vielleicht brauchte sein Freund wirklich nur

Zeit, bis man ihn wieder als vollwertiges Mitglied des Clans anerkannte.

Feuerherz trottete über die Lichtung zu Rußpelz' Bau. Halbgesicht ruhte auf einem sonnigen Flecken und Wolkenschweif saß neben ihr und wusch sie vorsichtig. Die Wunden an ihren Seiten heilten sauber ab, und ihr helles Fell wuchs allmählich nach, weshalb Feuerherz beim Näherkommen einen Herzschlag lang dachte, sie wäre fast wieder die Alte. Dann hob sie den Kopf und er sah die verwundete Seite ihres Gesichts zum ersten Mal ohne Spinnwebverband.

Frisch verheilte Schrammen überzogen ihre Wange, nacktes Fleisch, auf dem nie wieder Fell nachwachsen würde. Das Auge fehlte und von einem Ohr war nur ein kleiner Fetzen übrig. Feuerherz erkannte, wie entsetzlich gut der Name Halbgesicht passte, und erinnerte sich an früher, wie aufgeweckt und lebhaft sie gewesen war. Zorn loderte tief in seinem Bauch. Irgendwie musste er dieses Unheil aus dem Wald vertreiben!

Halbgesicht wimmerte leise, als sich Feuerherz näherte, und drängte sich dichter an Wolkenschweif.

»Alles in Ordnung«, miaute Wolkenschweif zärtlich. »Es ist Feuerherz.« Er blickte zu seinem ehemaligen Mentor auf und erklärte: »Du hast dich ihr von ihrer bösen Seite genähert. Sie bekommt Angst, wenn Katzen das tun, es geht ihr aber jeden Tag ein bisschen besser.«

»Das stimmt«, bestätigte Rußpelz, die aus ihrem Bau getreten war und Feuerherz entgegenhumpelte, damit sie mit ihm sprechen konnte, ohne dass Halbgesicht mithören konnte. »Ehrlich gesagt kann ich nicht viel mehr für sie tun. Sie braucht einfach Zeit, um zu Kräften zu kommen.«

»Wie lange?«, fragte Feuerherz. »Ich muss mit ihr reden –

und es wird Zeit, dass Wolkenschweif seinen Kriegerpflichten wieder nachkommt. Ich weiß, dass Sandsturm ihn für ihre Jagdpatrouillen braucht.« Er blickte teilnahmsvoll zu seinem Neffen hinüber, den er immer noch für seine Treue zu Halbgesicht bewunderte.

Rußpelz ging nicht auf sein Drängen ein. »Ich muss Halbgesicht entscheiden lassen, wann sie sich stark genug fühlt, meinen Bau zu verlassen. Hast du darüber nachgedacht, was jetzt aus ihr werden soll?«

Feuerherz schüttelte den Kopf. »Offiziell ist sie eine Kriegerin …«

»Und du glaubst, sie wird sich zwischen euch Raufbolden im Bau der Krieger wohlfühlen?«, miaute Rußpelz ungehalten. »Sie braucht jemanden, der sich um sie kümmert.«

»Sie könnte bei den Ältesten leben, zumindest, solange sie sich noch erholt.« Der Vorschlag kam von Wolkenschweif, der zu Feuerherz und der Heilerin herübergetrottet war. »Fleckenschweif trauert im Bau der Ältesten immer noch um ihr Schneejunges. Es würde ihr helfen, wenn sie sich um jemanden kümmern müsste.«

»Das ist eine hervorragende Idee«, miaute Feuerherz erfreut.

»Ich bin mir da nicht so sicher«, sagte Rußpelz. »Was wird Fleckenschweif davon halten? Du weißt, wie eigensinnig und stolz sie ist. Es würde ihr nicht gefallen, wenn du ihr einen Gefallen tust, um sie von ihrer Trauer um den Tod von Schneejunges abzulenken.«

»Fleckenschweif kannst du mir überlassen«, miaute Feuerherz. »Ich werde ihr erklären, dass *sie mir* einen Gefallen tut, wenn sie sich um Halbgesicht kümmert.«

272

»Das könnte funktionieren«, stimmte Rußpelz zu. »Und wenn es Halbgesicht besser geht, könnte sie den Ältesten helfen und die Schüler bei ihrer Arbeit für die Ältesten entlasten.«

»Fragen wir sie«, miaute Wolkenschweif, hüpfte zu Halbgesicht zurück und schmiegte sich dicht an sie. »Halbgesicht, Feuerherz will mit dir sprechen.«

Feuerherz war ihm gefolgt. »Halbgesicht, ich bin's, Feuerherz.« Ihr entstelltes Gesicht drehte sich ihm langsam zu. »Kannst du dir vorstellen, eine Weile bei den Ältesten zu leben?«, schlug er vor. »Du würdest mir eine Last von den Schultern nehmen, wenn du dich auch um sie kümmern könntest – die Schüler haben im Moment einfach zu viel damit zu tun.«

Halbgesicht zuckte nervös zusammen und sah Wolkenschweif mit ihrem gesunden Auge an. »Ich muss aber doch nicht, oder? Ich bin keine Älteste.«

Wolkenschweif drückte ihr seine Schnauze an das verletzte Gesicht. »Niemand wird dich zu irgendetwas zwingen, wenn du es nicht willst.«

»Allerdings würdest du mir einen Gefallen tun«, fügte Feuerherz rasch hinzu. »Fleckenschweif trauert immer noch um Schneejunges, und ihr wird es guttun, wenn sie eine junge, lebhafte Katze um sich hat.« Als Halbgesicht weiterhin zögerte, fuhr er fort: »Nur so lange, bis du wieder bei Kräften bist.«

»Und wenn du wieder stark genug bist, helfe ich dir beim Training«, sagte Wolkenschweif. »Ich bin sicher, dass du mit deinem gesunden Auge und Ohr jagen kannst. Du musst nur ein bisschen üben.«

In ihrem Auge begann Hoffnung zu schimmern und sie nickte bedächtig. »Ist gut, Feuerherz, wenn das die beste Möglichkeit ist, wie ich mich nützlich machen kann.«

»Das ist es auf jeden Fall. Und, Halbgesicht –«, Feuerherz kauerte sich neben sie und leckte ihr beruhigend das Fell, »gibt es irgendetwas über den Tag im Wald, was du mir erzählen kannst? Hast du gesehen, wer dich angegriffen hat?«

Der Hoffnungsfunke in ihrem Auge verglühte und sie sank an Wolkenschweif geschmiegt in sich zusammen. »Ich erinnere mich nicht«, wimmerte sie. »Tut mir leid, Feuerherz, ich erinnere mich an nichts.«

Wolkenschweif leckte ihr tröstend über das gesunde Ohr. »Ist schon gut, du musst dir darüber jetzt nicht den Kopf zerbrechen.«

Feuerherz bemühte sich, seine Enttäuschung zu verbergen. »Macht nichts. Sag mir einfach Bescheid, wenn dir irgendwas einfällt.«

»Eines kann ich dir sagen«, knurrte Wolkenschweif. »Wenn du den findest, der das hier angerichtet hat, mache ich Krähenfraß aus ihm. Das verspreche ich dir.«

22. KAPITEL

EIN RUNDER MOND zog hinter dünnen Wolkenfetzen über den Himmel, als Blaustern ihre Krieger zur Versammlung führte. Feuerherz hatte von Anfang an ein ungutes Gefühl. Obwohl sie dem SternenClan den Krieg erklärt hatte, bestand Blaustern darauf, hinzugehen. »Dir soll ich den Clan anvertrauen?«, hatte sie ihren Stellvertreter angefaucht, als er sie fragte, welche Krieger er mitnehmen sollte. Feuerherz hatte einfach nur gehorsam den Kopf geneigt, trotzdem schmerzte es ihn sehr, dass ihn seine Anführerin für einen Verräter hielt.

Dazu kamen seine Bedenken, Graustreif mitzunehmen, worum ihn der Freund so inständig gebeten hatte. »Feuerherz, sag ja! Ich kann etwas über Federjunges und Sturmjunges erfahren«, hatte er miaut. Feuerherz wusste, dass Graustreif feindliche Reaktionen provozierte, wenn er so kurz nach dem Kampf an den Sonnenfelsen auftauchte, und hatte insgeheim gehofft, Blaustern könnte Nein sagen. Die Anführerin des DonnerClans hatte aber nur abfällig mit dem Schwanz gezuckt. »Soll er mitkommen. Ihr seid alle Verräter, was soll schon passieren?«

Jetzt folgte Feuerherz mit den anderen Kriegern des DonnerClans Blaustern die Schlucht hinab. Als sie in der Senke ankamen, fiel sein erster Blick auf Tigerstern und Leopardenstern, die einträchtig nebeneinandersaßen und zufrieden eine Gruppe Schüler beobachteten, die spielerisch miteinander rauften. Feuerherz juckte der Pelz, wenn er diese beiden zusammen sah. Dass Tigerstern einen Rachefeldzug gegen seinen ehemaligen Clan plante, befürchtete er nach wie vor, und nach der Niederlage an den Sonnenfelsen war ihnen Leopardenstern ganz sicher auch nicht wohlgesonnen.

»Da hast du gute Arbeit geleistet«, miaute Leopardenstern gerade dem Kater neben sich zu. »Das sind kräftige junge Katzen und sie haben ihre Kampftechnik gut gelernt.«

Ein Schnurren rumpelte in Tigersterns Brustkasten. »Wir haben ziemliche Fortschritte gemacht«, bestätigte er. »Auch wenn noch einiges vor uns liegt.«

Ein tobendes Schülerpaar purzelte seinen Anführern direkt vor die Pfoten und Leopardenstern trat zurück, um ihnen Platz zu machen. Die jungen Katzen des SchattenClans waren unverkennbar muskulös und wohlgenährt, dachte Feuerherz. Er konnte kaum glauben, dass es sich um jene ausgemergelten Kreaturen handelte, die fast gestorben wären, als die Krankheit in ihrem Clan umging. Er wechselte einen besorgten Blick mit Graustreif. Kein Zweifel, früher oder später würde der DonnerClan diesen fähigen Kriegern im Kampf begegnen.

Auf ein Wort von Tigerstern beendeten die Schüler ihre spielerische Rauferei, setzten sich und wuschen das zerzauste Fell. Die beiden Anführer machten sich auf den Weg zum Großfelsen. Feuerherz sah, dass Blaustern bereits am Fuß des Felsens wartete, nur Riesenstern, den Anführer des WindClans, konnte er nirgends entdecken.

Als die DonnerClan-Katzen ausschwärmten, um die Krieger anderer Clans zu begrüßen, sah er, dass Graustreif auf eine gedrungene, schildpattfarbene Kätzin mit dem Geruch des FlussClans zueilte. Feuerherz spürte einen Stich in der Magengegend, während er den Freund ängstlich im Auge behielt. Er selbst vertraute Graustreif voll und ganz, obwohl er eine Pfote im FlussClan behalten würde, solange sich seine Jungen dort aufhielten. Einige DonnerClan-Krieger würden jedoch an seiner Loyalität zweifeln, wenn sie sahen, dass er sich so angeregt mit einer FlussClan-Katze unterhielt.

»Hallo Moospelz, wie geht es dir?«, begrüßte Graustreif die Katze. »Wie geht es Federjunges und Sturmjunges?«

»Du solltest besser Federpfote und Sturmpfote sagen«, antwortete Moospelz stolz. »Sie sind gerade zu Schülern ernannt worden.«

»Das ist großartig!« Graustreif drehte sich mit leuchtenden Augen zu Feuerherz um. »Hast du das gehört? Meine Jungen sind jetzt Schüler!« Er blickte sich um. »Sie sind nicht mitgekommen, oder?«

Moospelz schüttelte den Kopf. »Dazu liegt ihre Ernennung noch nicht weit genug zurück. Vielleicht beim nächsten Mal. Ich werde ihnen ausrichten, dass du dich nach ihnen erkundigt hast, Graustreif.«

»Danke.« Die freudige Erregung auf Graustreifs Gesicht wich einem ängstlichen Blick. »Wie ist es ihnen ergangen, als ich nach dem Kampf nicht mehr zurückgekehrt bin?«

»Nachdem sie erfahren haben, dass du noch lebst, sind sie gut zurechtgekommen«, antwortete Moospelz. »Komm schon, Graustreif, das hat im Grunde niemanden schockiert. Jede Katze im FlussClan wusste, dass du irgendwann zurückgehen würdest.«

Graustreif blinzelte überrascht. »Wirklich?«

»Wirklich. Du hast dich dauernd an der Grenze herumgedrückt und sehnsüchtig über den Fluss geschaut. Und dann die vielen Geschichten aus deiner Schülerzeit mit Feuerherz, die du den Kleinen immer erzählt hast … Es war nicht schwer, zu erraten, dass dein Herz nie für den FlussClan geschlagen hat.«

Graustreif blinzelte noch einmal. »Tut mir leid, Moospelz.«

»Muss dir nicht leid tun«, antwortete Moospelz knapp. »Du kannst dich außerdem darauf verlassen, dass deine Jungen gut versorgt werden. Ich habe ein Auge auf sie und ihre Mentoren sind Steinfell und Nebelfuß.«

»Ach ja?« Graustreif bekam wieder leuchtende Augen. »Das ist ja toll!«

Feuerherz hatte da seine Bedenken. Nebelfuß und Steinfell waren gute Krieger, trotzdem fragte er sich, warum sie zugestimmt hatten, Graustreifs Junge auszubilden. Nebelfuß war mit Silberfluss, ihrer Mutter, eng befreundet gewesen, weshalb man ihr Interesse verstehen konnte. Aber auf die Nachricht, dass Blaustern ihre Mutter sei, hatten die beiden so feindselig reagiert, dass Feuerherz angenommen hätte, sie wollten mit Katzen nichts zu tun haben, die zwischen DonnerClan und FlussClan stehen. Oder hatten sie vor, Federpfote und Sturmpfote eine besonders feindselige Einstellung zu ihrem Vater beizubringen?

»Richte ihnen bitte aus, dass ich sehr stolz auf sie bin«, miaute Graustreif Moospelz eindringlich zu. »Und sag ihnen, dass sie immer tun müssen, was ihre Mentoren sagen!«

»Das mache ich natürlich.« Moospelz schnurrte nachdrücklich. »Und Nebelfuß wird dir sicher helfen, den Kontakt zu ihnen zu erhalten. Leopardenstern wird das vielleicht nicht unbedingt gefallen, aber … nun ja, was sie nicht weiß, macht sie nicht heiß.«

Feuerherz hatte auch da seine Zweifel. Bei ihrer heftigen Abneigung gegen Blaustern wollte Nebelfuß mit dem Donner-Clan vielleicht gar nichts mehr zu tun haben. Er vermutete, dass sie sich mehr denn je zum FlussClan hingezogen fühlen würde und zu Grauteich, die sie immer wie ihre Mutter geliebt hatte.

»Vielen Dank, Moospelz«, miaute Graustreif. »Ich werde dir das alles nie vergessen.« Er sah sich um, als oben vom Großfelsen ein Jaulen den Beginn der Versammlung verkündete.

Alle vier Anführer hatten sich jetzt eingefunden, ihre Pelze schimmerten im Mondlicht, während sie dort oben standen und auf die Katzen hinunterblickten. Der formellen Eröffnung der Versammlung hörte Feuerherz kaum zu, während er überlegte, ob Blaustern den schrecklichen Angriff auf Wieselpfote und Maispfote erwähnen oder einer der anderen Anführer vielleicht Ähnliches berichten würde. Auf Letzteres hoffte Feuerherz beinahe, weil damit bewiesen wäre, dass die finstere Macht im Wald nicht nur den DonnerClan bedrohte und so auch nicht vom SternenClan gesandt worden sein konnte, um Blaustern zu bestrafen. Feuerherz stellte sich das Unheil größer vor, wie einen riesigen Schatten, der den ganzen Wald umschloss, ein Wesen, das kein Kriegergesetz kannte und Katzen nur für Beute hielt.

Als Riesenstern geendet hatte, trat Tigerstern vor. Er gab eine kurze Zusammenfassung der Trainingsfortschritte im SchattenClan, berichtete von einem neuen Wurf und drei Schülern, die zu Kriegern ernannt worden waren. »Der SchattenClan wird wieder stark«, endete er. »Wir sind wieder bereit, am Leben im Wald voll und ganz teilzunehmen.«

Feuerherz fragte sich, ob das *bereit, unsere Nachbarn anzugreifen,* heißen sollte. Er rechnete fest damit, dass Tigerstern Argumente vorbringen würde, um sein Territorium zu erweitern. Der Anführer des SchattenClans hielt inne und sah auf die Katzenversammlung hinunter, als ob er etwas besonders Wichtiges zu sagen hätte.

»Ich habe ein Anliegen vorzubringen«, hob er an. »Viele von euch wissen, dass es zwei Junge von mir in der Kinderstube gab, als ich den DonnerClan verließ. Sie waren damals zu jung zum Reisen, und ich danke dem DonnerClan für die Fürsorge, die er ihnen angedeihen ließ. Aber jetzt ist es für sie an der Zeit, zu mir in meinen Clan zu kommen, wo sie rechtmäßig hingehören. Blaustern, ich fordere dich auf, mir Brombeerpfote und Bernsteinpfote zu überlassen.«

Protestgeheul brach unter den Kriegern des DonnerClans aus, bevor Tigerstern zu Ende gesprochen hatte. Feuerherz war zu verblüfft, um sich daran zu beteiligen. Er hatte immer vermutet, dass Tigerstern sich nicht damit begnügen würde, seine Jungen bei Versammlungen zu treffen, aber mit einer öffentlichen Aufforderung, ihm die Jungen in den SchattenClan zu übergeben, hatte er nicht gerechnet.

Blaustern richtete sich auf und wartete, bis sich der Tumult gelegt hatte, bevor sie antwortete. »Ganz sicher nicht«, miaute sie. »Diese Jungen gehören dem DonnerClan. Sie werden gerade ausgebildet und bleiben, wo sie hingehören.«

»In den DonnerClan?«, rief er laut. »Das glaube ich nicht, Blaustern. Die Jungen gehören zu mir und *meine* Krieger werden ihre Ausbildung übernehmen.«

Wenn das so ist, dachte Feuerherz, *müssten auch die Jungen von Graustreif dem DonnerClan zurückgegeben werden.* Allerdings ging er davon aus, dass Blaustern diese Diskussion mit dem FlussClan nicht wieder aufwärmen würde. Erleichtert stellte er fest, dass Blaustern nicht bereit war, so schnell zurückzutreten. »Deine Sorge ist ganz natürlich, Tigerstern. Ich kann dir aber versichern, dass die Jungen das beste Training im DonnerClan erhalten werden.«

Tigerstern legte noch eine Pause ein, ließ den Blick über die Lichtung schweifen, und als er weiterredete, wandte er sich nicht an Blaustern allein, sondern an alle Katzen im Publikum. »Die Anführerin des DonnerClans sagt mir, dass meine Jungen unter ihrer Führung gut ausgebildet werden – dabei hat der DonnerClan einen schlechten Ruf, was seine Fürsorge für junge Katzen angeht. Ein Junges wurde von einem Habicht geraubt, ein Schüler zu Tode gemeuchelt und eine Schülerin lebenslang verstümmelt, als man sie ohne Krieger hinausschickte. Welche Katze wundert es da, dass ich mir Sorgen um die Sicherheit meiner Jungen mache?«

Entsetzensschreie schallten aus allen Richtungen über die Lichtung. Feuerherz starrte gebannt zum Anführer des SchattenClans. Wie hatte Tigerstern von Wieselpfote und Maispfote erfahren? So schnell konnte sich die Nachricht nicht bis zum SchattenClan verbreitet haben, es sei denn ... *Dunkelstreif!,* dachte Feuerherz und fuhr vor Wut die Krallen aus. Der hinterhältige Krieger musste geradewegs zu Tigerstern gerannt sein und ihm alles ausgeplaudert haben!

In seiner Wut bekam Feuerherz nicht mit, was Blaustern erwiderte, und als er sich wieder konzentrieren konnte, redete Tigerstern. »Ich weiß nicht, was daran so schwierig sein soll«, miaute er süffisant. »Schließlich ist es nicht das erste Mal, dass der DonnerClan Junge an andere Clans abgibt, nicht wahr, Blaustern?«

Vor Angst krampfte sich Feuerherz der Magen zusammen. Tigerstern bezog sich eindeutig auf Nebelfuß und Steinfell. Feuerherz dankte dem SternenClan, dass Tigerstern die Namen der Jungen nicht kannte und auch nicht wusste, wer ihre Mutter war. Trotzdem wusste er mehr als alle Katzen im DonnerClan.

Feuerherz warf einen Seitenblick auf Steinfell, der wenige Schwanzlängen weiter saß. Der blaugraue Kater war aufgestanden, hielt den Kopf hoch erhoben und starrte zum Großfelsen hinauf. Sein Blick hing aber nicht an Tigerstern, wie Feuerherz bemerkte, sondern an Blaustern. In seinen Augen funkelte der blanke Hass.

Die Krallen fest im Boden eingehakt, wartete Feuerherz, was die Anführerin des DonnerClans antworten würde. Er sah, dass sie erschüttert war, und als sie sprach, schien ihr jedes Wort wie ein spitzer Dorn im Halse stecken zu bleiben. »Was vorbei ist, ist vorbei. Wir müssen jede Situation mit eigenen Maßstäben messen. Ich werde deine Worte sorgsam überdenken, Tigerstern, und bei der nächsten Versammlung werde ich dir antworten.«

Feuerherz bezweifelte, dass Tigerstern bereit war, einen ganzen Mond zu warten. Zu seiner Überraschung neigte der Anführer jedoch den Kopf und trat einen Schritt zurück. »So soll es sein«, bestätigte er. »Einen Mond – länger nicht.«

23. KAPITEL

FEUERHERZ TAPPTE vorsichtig an den Hochkiefern vorbei zum Zweibeinerort. Heftiger Regen war in der vergangenen Nacht gefallen und an seinen Pfoten blieben Asche und verkohlte Pflanzenreste kleben. All seine Sinne waren wach, aber nicht auf Beute aus, sondern auf der Suche nach Zeichen der finsteren Bedrohung, die jeden Moment aus dem Wald auftauchen und seine kleine Katzengruppe anfallen konnte.

Halbgesicht folgte Feuerherz mit Wolkenschweif an ihrer Seite, während Graustreif den Schluss bildete und auf eventuelle Gefahren von hinten achtete. Sie waren zu Prinzessin, Wolkenschweifs Mutter, unterwegs. Der frisch ernannte Krieger hatte darauf bestanden, Halbgesicht mitzunehmen.

»Früher oder später musst du das Lager verlassen«, hatte er miaut. »Wir kommen gar nicht in die Nähe der Schlangenfelsen. Ich werde dich beschützen.«

Feuerherz wunderte sich, wie sehr Halbgesicht Wolkenschweif vertraute. Das Vorhaben, den Schutz des Lagers zu verlassen, versetzte sie unverkennbar in Angst und Schrecken. Bei jedem Geräusch, jedem raschelnden Blatt unter ihren Pfoten zuckte sie zusammen. Trotzdem lief sie weiter, und Feuerherz hoffte, der Mut, den sie als Maispfote ehemals bewiesen hatte, würde zurückkehren.

Als der Zaun am Ende des Zweibeinergartens sichtbar wurde, gab Feuerherz seinen Begleitern mit der Schwanzspitze das Zeichen zum Anhalten. Er konnte Prinzessin nicht sehen, aber als er den Mund öffnete, um die Luft zu prüfen, erkannte er ihren Geruch.

»Wartet hier«, befahl er den anderen. »Haltet Ausschau und ruft mich, wenn's Probleme gibt.«

Noch einmal witterte er, ob auch keine frischen Gerüche nach Zweibeinern oder Hunden in der Luft lagen, dann raste er über die freie Fläche und sprang auf den Zaun, hinter dem Prinzessin wohnte. Etwas Weißes war zwischen den Sträuchern im Garten aufgeblitzt, und wenig später tauchte seine Schwester auf, die mit ihren Pfoten angewidert durch das nasse Gras stelzte.

»Prinzessin!«, rief er leise.

Prinzessin hielt inne und sah auf. Als sie ihren Bruder entdeckte, kam sie sofort zum Zaun gehüpft, sprang hinauf und setzte sich neben ihn.

»Feuerherz!«, schnurrte sie und presste sich an ihn. »Wie schön, dich zu sehen! Wie geht es dir?«

»Mir geht es gut«, antwortete Feuerherz. »Ich habe dir Besuch mitgebracht – sieh mal.«

Er deutete mit dem Schwanz in die Richtung, wo die anderen drei Katzen am Waldrand kauerten.

»Da ist ja Wolkenpfote!«, rief Prinzessin entzückt aus. »Aber wer sind die anderen?«

»Der große, graue Kater ist mein Freund Graustreif«, erklärte Feuerherz. »Du brauchst dir keine Sorgen zu machen – er ist viel sanfter, als er aussieht. Und die andere Katze« – er verzog das Gesicht – »heißt Halbgesicht.«

»Halbgesicht!«, wiederholte Prinzessin und riss die Augen weit auf. »Was für ein schrecklicher Name! Warum nennen sie sie so?«

»Du wirst es sehen«, miaute Feuerherz grimmig. »Sie wurde übel zugerichtet, sei also nett zu ihr.«

Er sprang vom Zaun und nach kurzem Zögern trottete Prinzessin hinter ihm her zu den anderen drei Katzen.

Wolkenschweif ließ Graustreif bei Halbgesicht und rannte zu seiner Mutter, um sie zu begrüßen.

»Wolkenpfote, ich habe dich ja ewig nicht gesehen«, schnurrte Prinzessin. »Du siehst wunderbar aus, bist du noch gewachsen?«

»Du musst mich jetzt Wolkenschweif nennen«, verkündete ihr Sohn. »Ich bin ein Krieger.«

Prinzessin stieß einen leisen Freudenschrei aus. »Jetzt schon Krieger? Wolkenschweif, ich bin so stolz auf dich!«

Die Tigerkätzin fragte ihren Sohn eifrig nach seinem Leben im Clan aus, aber Feuerherz vergaß nicht, welche Gefahren ihnen drohen mochten. »Wir können nicht lange bleiben«, miaute er. »Prinzessin, hast du vielleicht von einem Hund gehört, der frei im Wald herumstreunt?«

Prinzessin sah ihn mit großen, verängstigten Augen an. »Ein Hund? Nein, davon weiß ich nichts.«

»Ich glaube, die Zweibeiner könnten damals nach ihm gesucht haben, als Sandsturm und ich dir bei den Hochkiefern begegnet sind«, fuhr Feuerherz fort. »Ich finde, du solltest nicht mehr allein in den Wald gehen, vorerst jedenfalls nicht. Es ist zu gefährlich.«

»Dann seid ihr ständig in Gefahr«, miaute Prinzessin mit Besorgnis in der Stimme. »Ach, Feuerherz …!«

»Du musst dir keine Sorgen machen.« Feuerherz bemühte sich um einen überzeugenden Tonfall. »Bleib einfach im Garten. Der Hund wird dir da nichts tun.«

»Ich mache mir aber Sorgen um dich, Feuerherz, und um Wolkenschweif. Ihr habt kein Nest, um – oh weh!«

Prinzessin hatte gerade Halbgesichts entstellte Gesichtshälfte entdeckt und konnte ihr Entsetzen nicht verbergen. Halbgesicht hatte sie gehört und duckte sich tiefer zu Boden. Vor Unbehagen sträubte sich ihr Fell.

»Ich möchte dir Halbgesicht vorstellen«, miaute Wolkenschweif und sah seine Mutter vielsagend an.

Nervös tappte Prinzessin ein paar Schritte auf Graustreif und Halbgesicht zu. Graustreif nickte ihr grüßend zu, und Halbgesicht hob den Kopf, um sie mit ihrem gesunden Auge anzusehen.

»Oh mein Gott, was ist mit dir geschehen?«, platzte Prinzessin heraus, während ihre Pfoten unruhig den Boden kneteten.

»Halbgesicht zog aus, um gegen den Hund zu kämpfen«, antwortete Wolkenschweif. »Sie war sehr mutig.«

»Und der hat dir das angetan? Ach, du armes Ding!« Prinzessin riss die Augen noch weiter auf, als sie das ganze Ausmaß der Verunstaltung sah – das zerstörte Gesicht, das fehlende Auge und das zerfetzte Ohr. »Und jedem von euch könnte das Gleiche widerfahren ...«

Feuerherz biss die Zähne zusammen. Seine Schwester sagte genau das Falsche, während Halbgesicht sie mit ihrem einzigen Auge tieftraurig ansah. Wolkenschweif presste sich fest an sie und berührte sie tröstend mit der Schnauze.

»Es wird Zeit, dass wir wieder gehen«, erklärte Feuerherz.

»Wolkenschweif wollte dir bloß die Neuigkeiten überbringen. Du solltest besser in deinen Garten zurückkehren.«

»Ja – ja, das mache ich.« Prinzessin wich zurück, ohne den Blick von Halbgesicht abwenden zu können. »Du kommst mich doch wieder besuchen, Feuerherz?«

»Sobald ich kann«, versprach er. *Aber allein*, fügte er insgeheim hinzu.

Prinzessin ging noch zwei Schritte rückwärts, dann drehte sie sich um, schoss auf ihren Zaun zu, sprang hinauf, miaute »Auf Wiedersehen« und war gleich darauf in ihrem sicheren Garten verschwunden.

Wolkenschweif atmete hörbar ein. »Das lief ja großartig«, miaute er bitter.

»Du kannst Prinzessin keinen Vorwurf machen«, sagte Feuerherz zu ihm. »Sie hat im Grunde keine Ahnung, wie das Leben im Wald aussieht. Sie hat gerade eine der schlimmsten Seiten gesehen und die gefällt ihr nicht.«

Graustreif knurrte. »Was kann man von einem Hauskätzchen schon erwarten? Gehen wir nach Hause.«

Wolkenschweif stupste Halbgesicht sanft mit der Nase an. Als sie sich auf die Pfoten erhob, miaute sie zaghaft: »Wolkenschweif, Prinzessin sah so aus, als ob sie sich vor mir fürchten würde. Ich will –« Sie brach ab, schluckte und nahm einen neuen Anlauf. »Ich will mich sehen. Gibt es in der Nähe einen Tümpel, in den ich schauen kann?«

Feuerherz spürte aus Mitgefühl mit der jungen Kätzin einen Stich und bewunderte sie für ihren Mut, sich anzusehen, was aus ihr geworden war. Er blickte Wolkenschweif an, um dem jungen Kater die Entscheidung zu überlassen, was sie jetzt tun sollten.

Wolkenschweif sah sich kurz um, dann drückte er seine Schnauze an Halbgesichts Schulter. »Komm mit«, miaute er. Er führte sie zu einer Stelle, wo sich der Regen der vergangenen Nacht in einer Pfütze zwischen den Wurzeln eines Baumes gesammelt hatte, und schob die rot-weiße Kätzin an den Rand der schimmernden Wasserfläche. Gemeinsam sahen sie hinunter. Wolkenschweif blickte unerschrocken auf das Bild, das sich ihm bot, und wieder wurde Feuerherz vor Stolz auf seinen ehemaligen Schüler warm ums Herz.

Halbgesicht blieb einige Herzschläge lang reglos stehen und blickte ins Wasser. Ihr Körper erstarrte und ihr eines Auge weitete sich. »Jetzt verstehe ich«, miaute sie leise. »Tut mir leid, wenn die anderen Katzen bei meinem Anblick erschrecken.«

Feuerherz sah zu, wie Wolkenschweif sie von dem schrecklichen Bild wegführte und ihr langsam und zärtlich die entstellte Gesichtshälfte leckte. »Für mich bist du immer noch schön«, erklärte er ihr. »Und wirst es immer bleiben.«

Mitleid für die junge Kätzin und sein Stolz auf Wolkenschweif, der so treu zu ihr hielt, überwältigten Feuerherz fast. Er trottete zu den beiden hinüber und miaute: »Halbgesicht, es kommt nicht darauf an, wie du aussiehst. Wir sind trotzdem deine Freunde.«

Halbgesicht neigte dankbar ihren Kopf.

»Halbgesicht!«, fauchte Wolkenschweif plötzlich. Feuerherz erschrak über die Verachtung in seiner Stimme. »Ich hasse diesen Namen«, zischte er. »Wer gibt Blaustern das Recht, sie ständig an das Geschehene zu erinnern, sobald eine Katze ihren Namen nennt? Also, ich werde ihn nie wieder sagen. Und wenn Blaustern was dagegen hat, dann kann sie … dann kann sie meinetwegen Schnecken essen!«

Feuerherz wusste, dass er den jungen Krieger für seine Respektlosigkeit rügen müsste, sagte aber nichts. Er konnte recht gut verstehen, was Wolkenschweif meinte. Halbgesicht war in der Tat ein grausamer Name, der zeigte, dass Blaustern ihren Krieg gegen den SternenClan fortsetzte, ohne an die Katze zu denken, der sie ihn verliehen hatte. Doch da Halbgesicht ihren Namen bei einer formellen Zeremonie unter den Augen des SternenClans erhalten hatte, konnte Feuerherz nichts dagegen tun.

»Wollen wir hier den ganzen Tag herumstehen?«, fragte Graustreif.

Feuerherz seufzte tief. »Nein, wir gehen weiter.« Es wurde Zeit, dass er sich mit seinen Kriegern jenem Wesen stellte, das in ihrem eigenen Territorium Beute aus ihnen gemacht hatte.

Feuerherz träumte, er würde in der Blattfrische über eine Lichtung im Wald trotten. Sonnenlicht strömte zwischen den Bäumen hindurch und malte mit den Blättern, die sich im leichten Wind bewegten, Tupfenmuster aus Licht und Schatten auf den Boden. Er blieb stehen und öffnete den Mund, um die Luft zu prüfen. Ganz zart erkannte er einen vertrauten, süßen Duft und ein Glücksgefühl strömte durch seinen Körper.

»Tüpfelblatt?«, flüsterte er. »Tüpfelblatt, bist du da?«

Einen Moment lang glaubte er, er würde in einem Farnbüschel helle Augen leuchten sehen. Warmer Atem strich ihm um die Ohren und eine Stimme flüsterte: »Feuerherz, denk an den Feind, der niemals schläft.«

Dann verblasste die Vision, er wachte auf und fand sich im Bau der Krieger wieder, wo er über sich zwischen den Zweigen nur das kalte Tageslicht der Blattleere erblickte.

Ohne die letzten Bilder seines Traums loszulassen, streckte sich Feuerherz und schüttelte Moosfetzchen aus dem Pelz. Einige Monde waren vergangen, seit ihn Tüpfelblatt zum ersten Mal vor jenem Feind, der niemals schläft, gewarnt hatte. Kurz darauf hatte Tigerkralle das Lager des DonnerClans mit seiner Streunerbande überfallen.

Der Gedanke an Tigerstern erinnerte Feuerherz an die letzte Versammlung. Tigerstern beanspruchte Brombeerpfote und Bernsteinpfote für sich, so viel war jetzt klar, und er würde nicht so lange warten, wie er Blaustern versprochen hatte, da war sich Feuerherz sicher. Wenn die Jungen zu ihrem Vater gingen, würde Feuerherz seine gemischten Gefühle aus Schuld und Misstrauen zwar loswerden, andererseits gehörten sie dem DonnerClan, und das Gesetz der Krieger verlangte, dass der Clan alles tat, um sie zu behalten.

Ein Rascheln im Nest hinter ihm sagte Feuerherz, dass Sandsturm aufgewacht war. Er warf ihr einen unsicheren Blick zu. »Sandsturm …«, hob er an.

Die gelbe Kätzin sah ihn an, schüttelte sich und stand auf. »Ich gehe jagen«, blaffte sie. »Das willst du doch, oder?« Ohne seine Antwort abzuwarten, trottete sie zu Borkenpelz hinüber und stupste ihn an. »Auf geht's, du fauler Fellball«, miaute sie. »Bis du draußen bist, ist die Beute an Altersschwäche eingegangen.«

»Ich hole dir Wolkenschweif«, bot Feuerherz eilig an und schlüpfte aus dem Bau. Sandsturm lehnte seine Versuche, ihr freundlich zu begegnen, eindeutig ab.

Der Tag war grau und kalt, und als er stehen blieb, um die Luft zu prüfen, traf ihn ein Regentropfen ins Gesicht. Am anderen Ende der Lichtung saßen Brombeerpfote und Bernsteinpfote mit den übrigen Schülern vor ihrem Bau. »Brombeer-pfote, ich nehme dich später mit zur Jagd!«, rief Feuerherz.

Sein Schüler erhob sich auf die Pfoten, neigte zustimmend den Kopf und setzte sich wieder, wobei er Feuerherz den Rücken zuwandte. Feuerherz seufzte. Manchmal hatte er das Gefühl, alle Katzen im Clan hätten sich gegen ihn verschworen.

Er machte sich auf den Weg zum Lager der Ältesten, wo er Wolkenschweif bei Halbgesicht vermutete. Obwohl die Kät-zin bereits vor einigen Tagen dort eingezogen war, verbrachte Wolkenschweif noch immer jede freie Minute bei ihr. Beim ausgebrannten Baumstamm der Ältesten angekommen, ent-deckte er den weißen Kater in der Nähe des Eingangs. Den Schwanz ordentlich um die Pfoten gelegt, sah er Halbgesicht zu, die Tupfenschweifs Fell sorgsam nach Läusen absuchte.

»Geht es ihr gut?«, flüsterte Feuerherz so leise, dass Halb-gesicht ihn nicht hören konnte.

»Natürlich geht es ihr gut«, blaffte eine andere Stimme.

Feuerherz drehte sich um und sah Fleckenschweif. Der ver-zweifelte Blick, den sie nach dem Verlust ihres Jungen gehabt hatte, war verschwunden. Von ihrem Temperament hatte sie eindeutig nichts eingebüßt, aber ihre Augen leuchteten liebe-voll, als sie Halbgesicht ansah. »Sie ist eine feine junge Katze. Habt ihr herausgefunden, wer sie so zugerichtet hat?«

Feuerherz schüttelte den Kopf. »Es ist wirklich eine große Hilfe, dass du dich um sie kümmern kannst, Fleckenschweif«, miaute er.

Fleckenschweif schniefte. »Hm. Manchmal kommt es mir so vor, als ob sie glauben würde, sie müsste sich um mich kümmern.« Sie blickte Feuerherz forschend an.

Einauge bewahrte ihn vor einer Antwort. »Hast du ein Anliegen, Feuerherz?«, fragte die hellgraue Älteste und blickte von ihrer Körperpflege auf.

»Ich war auf der Suche nach Wolkenschweif. Sandsturm will jagen gehen.«

»Was?« Wolkenschweif sprang auf die Pfoten. »Warum hast du das nicht gleich gesagt? Sie reißt mir die Ohren ab, wenn ich sie warten lasse!« Er stürmte davon.

»Mäusehirn«, murmelte Fleckenschweif, aber Feuerherz vermutete, dass sie den jungen Krieger wie alle Ältesten sehr gern mochte.

Nachdem er sich von Halbgesicht und Einauge verabschiedet hatte, trottete er auf die Lichtung zurück und sah gerade noch, wie Sandsturm die Jagdpatrouille aus dem Lager führte. Buntgesicht verabschiedete sich von ihnen und sah ihr Pflegekind mit stolz leuchtenden Augen an.

»Du wirst doch vorsichtig sein, nicht wahr?«, miaute sie ängstlich. »Niemand weiß, was da draußen lauert.«

»Keine Sorge.« Wolkenschweif schnippte ihr liebevoll mit seinem Schwanz zu. »Wenn wir dem Hund begegnen, bringe ich ihn für den Frischbeutehaufen mit nach Hause.«

Am Ausgang des Lagers kam Langschweif der Patrouille entgegen. Der helle Krieger schien vor Kälte zu schlottern und hatte glasige Augen. Beunruhigt lief Feuerherz auf ihn zu.

»Was ist passiert?«, fragte er.

Langschweif zitterte. »Feuerherz, ich muss dir etwas sagen.«

»Sag mir, was los ist.«

Als er näher trat, entdeckte Feuerherz einen unerwarteten Geruch an Langschweifs Fell – er stank nach Donnerweg. Der beißende Geruch war unverwechselbar und Feuerherz wurde schlagartig misstrauisch.

»Wo bist du gewesen?«, knurrte er. »Beim SchattenClan vielleicht, um dich mit Tigerstern zu treffen? Leugnen lohnt sich nicht, dein Fell stinkt nach Donnerweg!«

»Feuerherz, es ist nicht, wie du denkst.« Langschweif hörte sich besorgt an. »Stimmt, ich bin in die Richtung gelaufen, aber nicht einmal in die Nähe des SchattenClans. Ich war bei den Schlangenfelsen.«

»Den Schlangenfelsen? Wozu?« Feuerherz wusste nicht genau, ob er dem Krieger glauben konnte.

»Ich habe Tigerstern dort gerochen«, erklärte Langschweif. »Zwei- oder dreimal in letzter Zeit.«

»Und hast nichts davon berichtet?« Feuerherz spürte, wie sich sein Fell vor Wut sträubte. »Eine Katze eines anderen Clans in unserem Territorium – ein Mörder und Verräter noch dazu – und du hast nichts davon berichtet?«

»Ich … ich dachte …«, stammelte Langschweif.

»Ich weiß, was du gedacht hast«, fauchte Feuerherz. »Du dachtest: ›So ist Tigerstern eben. Er macht, was er will.‹ Lüg mich nicht an. Du und Dunkelstreif, ihr wart seine Verbündeten, als er noch zum DonnerClan gehörte, und das seid ihr immer noch. Du oder Dunkelstreif, einer von euch beiden hat Tigerstern von Wieselpfote und Halbgesicht erzählt – versuch nicht, es abzustreiten.«

»Es war Dunkelstreif.« Langschweif knetete die trockene Erde mit den Pfoten.

»Deshalb konnte dieser Verräter Blaustern vor der ganzen Versammlung der Nachlässigkeit bezichtigen«, fuhr Feuerherz erbittert fort. »Damit ihr ihm helfen könnt, dem Clan ein Schülerpaar zu stehlen. So ist es doch, nicht wahr? Ihr habt euch mit Tigerstern verbündet, um seine Jungen zu stehlen.«

293

»Nein – nein, du verstehst das falsch«, miaute Langschweif verzweifelt. »Davon weiß ich nichts. Dunkelstreif und Tigerstern treffen sich oft an der Grenze beim Donnerweg, sie sagen mir aber nicht, worum es geht.« Seine Augen funkelten empört. »Es geht jedenfalls nicht um die Jungen. Ich war bei den Schlangenfelsen, um herauszufinden, was Tigerstern dort tut. Und ich habe etwas herausgefunden, was du dir ansehen musst.«

Feuerherz starrte ihn an. »Du willst, dass ich mit dir zu den Schlangenfelsen gehe – wo du, wie du zugibst, Tigerstern gerochen hast? Hältst du mich für total verrückt?«

»Aber, Feuerherz –«

»Schweig!«, fauchte Feuerherz. »Du und Dunkelstreif, ihr habt immer hinter Tigerstern gestanden. Warum sollte ich dir jetzt glauben, was du sagst?«

Er wandte sich ab und stolzierte davon. Er war überzeugt, dass Langschweif und Dunkelstreif ihm eine Falle stellen wollten, genau wie Tigerstern einst Blaustern am Donnerweg eine Falle gestellt hatte. Wenn er mäusehirnig genug wäre, mit Langschweif zu den Schlangenfelsen zu gehen, würde er vielleicht nie mehr zurückkehren.

Seine Pfoten trugen ihn zur Lichtung der Heilerin. Als er unter dem Farn durchschlüpfte, steckte Rußpelz ihren Kopf durch den Felsspalt. »Wer – Feuerherz! Was ist passiert?«

Feuerherz blieb stehen und versuchte, seine Wut im Zaum zu halten.

Rußpelz riss verblüfft die Augen auf. Sie trat an seine Seite und presste sich mit ihrer grauen Flanke an die seine. »Beruhige dich, Feuerherz. Was hat dich denn so aufgebracht?«

»Es ist bloß ...« Feuerherz deutete mit einem Zucken seiner Schwanzspitze in Richtung Hauptlichtung. »Langschweif.

Ich bin sicher, dass er mit Dunkelstreif ein Komplott gegen den Clan geschmiedet hat.«

Rußpelz machte ein nachdenkliches Gesicht. »Wie kommst du darauf?«

»Langschweif will mich zu den Schlangenfelsen locken. Er sagte, er hätte Tigerstern da gerochen. Ich glaube, sie wollen mir eine Falle stellen.«

Kummer breitete sich auf dem Gesicht der Heilerin aus, aber als sie sprach, kam etwas anderes, als Feuerherz erwartet hatte.

»Feuerherz – weißt du, wie sehr du dich nach Blaustern anhörst?«

Feuerherz machte den Mund auf, um zu antworten, und brachte nichts heraus. Was meinte Rußpelz damit? Er sollte wie Blaustern sein, mit ihren irrealen Ängsten, alle Katzen des Clans würden sie verraten? Hatte Rußpelz recht? Er zwang sich zur Ruhe, bis sein Fell wieder glatt auf den Schultern lag.

»Komm schon, Feuerherz«, sagte Rußpelz eindringlich. »Wenn er vorhätte, dich mit Tigerstern in eine Falle zu locken, würde er dir dann sagen, dass er ihn gerochen hat? So ein Mäusehirn hat selbst Langschweif nicht!«

»Nein ... wahrscheinlich nicht«, gab Feuerherz zögernd zu.

»Warum gehst du dann nicht zu ihm und fragst ihn, was das alles soll?« Als er wieder zögerte, fügte sie hinzu: »Ich weiß, dass er und Dunkelstreif während seiner Zeit bei uns mit Tigerstern befreundet waren, aber mir scheint, dass zumindest Langschweif dem Clan inzwischen treu ergeben ist. Außerdem würdest du mit deiner Weigerung, ihm zuzuhören, nichts ändern, wenn er vorhat, den Clan zu verraten. Damit treibst du ihn Tigerstern in die Pfoten.«

»Ich weiß«, seufzte Feuerherz. »Entschuldige, Rußpelz.«

Rußpelz schnurrte ein bisschen und berührte seine Nase mit der ihren. »Geh und rede mit ihm. Ich komme mit.«

Nachdem er einmal tief durchgeatmet hatte, kehrte Feuerherz zur Hauptlichtung zurück und sah sich nach Langschweif um. Ein Schauder rann ihm über den Rücken, als ihm bewusst wurde, dass er den Krieger schon aus dem Lager getrieben haben konnte, um Tigerstern aufzusuchen. Aber dann sah er im Bau der Krieger nach und fand Langschweif, der dort dicht an Weißpelz gedrängt kauerte.

»Weißpelz, du musst mich anhören«, miaute Langschweif gerade, als Feuerherz und Rußpelz eintraten. Nackte Angst lag in seiner Stimme. »Feuerherz hält mich für einen Verräter und will nichts mit mir zu tun haben.«

»Nun, es sieht so aus, als ob du dich mit Tigerstern getroffen und ihm unsere Neuigkeiten erzählt hättest«, erklärte Weißpelz wahrheitsgemäß.

»Ich nicht – Dunkelstreif«, protestierte Langschweif.

Weißpelz zuckte ungeduldig mit der Schwanzspitze. »Also gut, fahr fort. Wo ist das Problem?«

»Bei den Schlangenfelsen leben Hunde«, platzte Langschweif heraus.

»Hunde? Hast du sie gesehen?«, fiel ihm Feuerherz ins Wort. Seine beiden Krieger sahen auf, als er mit Rußpelz im Schlepp zu ihnen trottete.

»Du willst mir tatsächlich zuhören?«, fragte Langschweif vorwurfsvoll. »Oder willst du mir noch einmal vorwerfen, ich würde ein Komplott schmieden?«

»Ich hab's nicht so gemeint«, miaute Feuerherz. »Berichte mir von dem Hund.«

»*Den Hunden*, Feuerherz«, miaute Langschweif. »Eine ganze Meute.« Bei dem Wort ›Meute‹ erstarrte Feuerherz das Blut in den Adern, er sagte aber nichts und Langschweif fuhr fort. »Wie gesagt, ich roch Tigerstern bei den Schlangenfelsen. Ich ... ich dachte, ich sollte ihn warnen, dass es dort gefährlich ist – außerdem wollte ich wissen, was er mitten im Territorium des DonnerClans zu suchen hat. Nun, ich habe es herausgefunden.« Er fing wieder an, zu zittern.

»Berichte weiter«, drängte Feuerherz. Jetzt wurde ihm bewusst, wie sehr er sich getäuscht hatte. Langschweif wusste wirklich wichtige Neuigkeiten zu berichten.

»Kennst du die Höhlen?«, miaute Langschweif. »Ich hatte mich ihnen gerade genähert, als ich Tigerstern bemerkte, der mich aber nicht sah. Zuerst dachte ich, er würde Beute stehlen, weil er ein Kaninchen schleppte, aber dann ließ er es direkt vor dem Eingang einer Höhle liegen.« Er brach ab, sein Blick verfinsterte sich entsetzt, als er etwas zu sehen schien, was für die anderen Katzen unsichtbar blieb.

»Und dann?«, drängte Weißpelz.

»Dann trat dieses ... Biest aus der Höhle. Ich schwöre, es war der größte Hund, den ich je gesehen habe. Vergesst die dummen Dinger, die immer mit den Zweibeinern kommen. Dieser hier war *riesig*. Ich konnte nur die Vorderpfoten und den Kopf sehen ... bombastische mörderische Kiefer und Zähne, wie ihr sie euch nicht vorstellen könnt.« Langschweifs Augen wurden groß bei der Erinnerung an seine Angst.

»Er packte das Kaninchen und zerrte es in die Höhle«, fuhr er fort. »Und dann erhob sich in der Höhle ein Geheul und Gebell. Es hörte sich an, als ob sich noch mehr Hunde da drin aufhalten würden, die alle um das Kaninchen stritten. Was sie sagten, war schlecht zu verstehen, aber für mich hörte es sich an wie ›Meute, Meute‹ und ›töten, töten.‹«

Feuerherz erstarrte, Entsetzen lähmte seine Glieder. Rußpelz miaute leise: »Das waren die Worte in meinem Traum.«

»Und Halbgesicht hat das auch gesagt«, fügte Feuerherz hinzu. Endlich wusste er, was für schreckliche Kreaturen die junge Kätzin angegriffen hatten. Er erinnerte sich, dass auch Blaustern vom SternenClan vor einer Meute gewarnt worden war. Langschweif hatte entdeckt, wer wirklich hinter der Gefahr im Wald steckte. Kein einzelner Hund hatte sich von den Zweibeinern befreit, sondern eine ganze Meute mörderischer Kreaturen. Feuerherz konnte sich nicht vorstellen, woher sie gekommen waren, wusste aber, dass der SternenClan niemals so viel Zerstörung entfesselt und das Gleichgewicht allen Lebens im Wald aufs Spiel gesetzt haben konnte. »Und du sagst, Tigerstern hat diese Hunde *gefüttert*?«, fragte er Langschweif. »Was denkt der sich dabei?«

»Keine Ahnung«, gab der helle Krieger zu. »Nachdem er das Kaninchen abgelegt hatte, sprang er auf den Felsen. Ich glaube nicht, dass der erste Hund ihn gesehen hat. Dann ging er weg.«

»Du hast nicht mit ihm gesprochen?«

»*Nein*, Feuerherz, habe ich nicht. Er hat mich nicht bemerkt. Ich schwöre bei allem, was du willst – beim SternenClan, bei Blausterns Leben – ich weiß nicht, was Tigerstern vorhat.«

Seine Angst überzeugte Feuerherz. Er hatte damit gerechnet, dass Tigerstern versuchen würde, die Jungen zu stehlen, aber das hier war viel komplizierter. Wie hatte er jemals glauben können, der Anführer des SchattenClans könnte seinen

Groll gegen den DonnerClan aufgeben? Er erkannte, dass er Tigerstern von Anfang an mehr hätte fürchten müssen. Es gab einen Zusammenhang zwischen ihm und dem unheimlichen Geschehen im Wald. Aber was Tigerstern mit den Hunden vorhatte oder was es ihm nützen könnte, wenn er sie fütterte, verstand Feuerherz nicht.

»Was hältst du davon?«, fragte er Weißpelz.

»Ich denke, wir müssen mehr herausfinden«, miaute der alte Krieger grimmig. »Und dann frage ich mich, wie viel Dunkelstreif über die ganze Sache weiß.«

»So geht's mir auch«, bestätigte Feuerherz. »Ich habe aber nicht vor, ihn zu fragen. Sollte er mit Tigerstern gemeinsame Sache machen, wird er uns nichts Brauchbares erzählen.« Und an Langschweif gewandt fügte er hinzu: »Wage ja nicht, Dunkelstreif ein Wort von dieser Sache zu erzählen. Halte dich von ihm fern.«

»Das ... das mache ich, Feuerherz«, stammelte der helle Krieger.

»Wir müssen vor allem wissen, warum Tigerstern so ein hohes Risiko eingeht und diese Hunde füttert«, fuhr Weißpelz fort. »Wenn du eine Patrouille zu den Schlangenfelsen führen willst, komme ich mit.«

Feuerherz sah zum Himmel auf. »Für heute ist es zu spät«, beschloss er. »Bis wir bei den Schlangenfelsen angekommen sind, wird es dunkel. Aber morgen machen wir uns bei Tagesanbruch auf den Weg. Ich werde herauskriegen, was Tigerstern im Schilde führt, und wenn es das Letzte ist, was ich tue.«

24. KAPITEL

FEUERHERZ TRAT aus dem Bau der Krieger und blieb stehen. Er blickte über die Lichtung auf einen Nesselflecken, wo Sandsturm hockte und ein Stück Frischbeute verschlang. Er hatte einige Krieger ausgewählt, ihn zum Schlangenfelsen zu begleiten, aber noch nicht mit Sandsturm gesprochen. Er zögerte, ihr Leben für diese gefährliche Mission zu riskieren, und fürchtete, sie könne sich weigern, mitzukommen, weil sie sich seinem Befehl nicht unterordnen wollte. Trotzdem wusste er, dass er ohne sie unmöglich gehen konnte.

Er holte tief Luft, trottete zu ihr und hockte sich neben sie.

Sandsturm schluckte den letzten Bissen ihres Eichhörnchens hinunter. »Feuerherz? Was willst du?«

Leise berichtete ihr Feuerherz, was Langschweif an den Schlangenfelsen herausgefunden hatte. »Ich möchte, dass du mit uns kommst«, sagte er zu ihr. »Du bist schnell und mutig und dein Clan braucht dich.«

Die Kätzin sah ihn mit ihren grünen Augen an, Feuerherz wusste ihren Blick jedoch nicht zu deuten.

»*Ich* brauche dich«, platzte er heraus, aus Angst, sie könnte Nein sagen. »Für Blaustern ebenso wie für den Clan. Ich weiß, dass die Dinge nicht mehr in Ordnung sind, seit ich den Kampf mit dem WindClan verhindert habe. Aber ich vertraue dir. Von mir magst du halten, was du willst, aber tu es für den Clan.«

Sandsturm nickte bedächtig. Sie sah nachdenklich aus und in seinem Herzen glomm ein winziger Hoffnungsschimmer auf. »Ich verstehe, warum du nicht gegen den WindClan kämpfen wolltest«, hob sie an. »Irgendwie hattest du auch recht. Es war aber nicht so leicht, damit fertig zu werden, dass du Blaustern hintergangen hast, ohne es uns zu sagen.«

»Ich weiß, aber –«

»Aber du bist der Stellvertreter«, fiel ihm Sandsturm ins Wort und bedeutete ihm mit einer Pfote, zu schweigen. »Du bist für Dinge verantwortlich, die wir anderen nicht verstehen. Und ich kann mir auch vorstellen, wie du dich gefühlt haben musst – hin- und hergerissen zwischen deiner Treue zu Blaustern und dem Clan.« Zögernd, den Blick auf ihre Pfoten gesenkt, ergänzte sie: »Ich fühlte mich auch hin- und hergerissen. Ich wollte dem Gesetz der Krieger treu bleiben und dir auch, Feuerherz.«

Feuerherz war zu aufgewühlt, um ihr zu antworten. Er schob den Kopf vor, presste ihn an ihre Flanke und hätte jubeln können, als sie sich ihm nicht entzog. Stattdessen sah sie wieder zu ihm auf, und er hatte ein Gefühl, als ob er in den Tiefen ihrer grünen Augen ertrinken würde. »Es tut mir leid, Sandsturm«, sagte er leise. »Ich wollte dir nicht wehtun.« Seine Stimme war kaum mehr ein Flüstern, als er sagte: »Ich liebe dich.«

Sandsturms Augen strahlten. »Ich liebe dich auch, Feuerherz«, flüsterte sie. »Deshalb hat es so wehgetan, als du Blaustern gefragt hast, ob Farnpelz Mentor von Bernsteinpfote werden soll. Ich dachte, du respektierst mich nicht.«

»Ich habe einen Fehler gemacht.« Feuerherz' Stimme zitterte. »Ich weiß nicht, wie ich so mäusehirnig handeln konnte.«

Sandsturm schnurrte und berührte seine Nase mit der ihren.

»Ich will dich immer an meiner Seite haben.« Feuerherz nahm ihren Duft tief in sich auf, genoss die Wärme ihres Körpers. Plötzlich spürte er, dass er sich nichts sehnlicher wünschte, als immer so zu bleiben.

Aber das war nicht möglich. »Sandsturm«, sagte er und hob den Kopf, »ich weiß, was uns da draußen erwartet. Es ist viel gefährlicher, als ich mir je vorstellen konnte. Ich befehle dir nicht, mitzukommen, möchte dich aber gern bei mir haben.«

Sandsturm schnurrte so laut, dass ihr ganzer Körper bebte. »Natürlich komme ich mit, du dämlicher Fellball«, miaute sie.

Feuerherz verdoppelte in jener Nacht die Wachen und postierte sich selbst mitten auf der Lichtung. Ihm wurde immer unheimlicher zumute, je länger er dem Seufzen des Windes in den Bäumen lauschte. Ihm war, als ob ihm der Wind Tüpfelblatts Stimme zutragen würde, ihre geflüsterten Worte über den Feind, der niemals schlief: Tigerstern, die Hunde – oder beide. Der Feind würde seine Wut bald entfesseln und keine Katze war mehr sicher. Der nächste Tag, das wusste Feuerherz, konnte den Untergang seines Clans mit sich bringen.

Als er zum Mond aufsah, der noch fast voll am Himmel stand, trat Rußpelz aus ihrem Bau, trottete über die Lichtung und setzte sich neben ihn.

»Wenn du morgen die Patrouille anführen willst, brauchst du Schlaf«, riet sie ihm. »Du musst bei Kräften bleiben.«

»Ich weiß«, antwortete Feuerherz. »Ich könnte aber doch nicht schlafen.« Er sah noch einmal zum Mond und dem glitzernden Silbervlies auf. »Da oben sieht alles so friedlich aus. Aber hier unten ...«

»Ja«, murmelte Rußpelz. »Hier unten kann ich spüren, wie das Böse wächst. Im Wald ist es finster geworden. Der SternenClan kann uns nicht helfen. Es ist an uns.«

»Du glaubst also wirklich nicht, dass der SternenClan uns diese Meute geschickt hat, um uns zu strafen?«

Rußpelz sah ihn an, ihre Augen leuchteten im Mondschein. »Nein, Feuerherz, das glaube ich nicht.« Sie lehnte sich an ihn und strich mit ihrer Schnauze zart über sein Gesicht. »Du bist nicht allein, Feuerherz«, versprach sie. »Ich bin bei dir. Und die anderen Katzen im Clan auch.«

Feuerherz hoffte, dass sie recht behielt. Der Clan würde nur überleben, wenn sie zusammenhielten und dieser Gefahr gemeinsam gegenübertraten. Sie hatten hinter ihm gestanden, als er nicht gegen den WindClan kämpfen wollte. Würden sie sich mit ihm auch der Meute stellen?

Wenig später fragte Rußpelz: »Was wirst du Blaustern sagen?«

»Nichts«, antwortete Feuerherz. »Nicht bevor wir uns umgesehen haben. Wir sollten sie jetzt nicht beunruhigen. Sie ist nicht stark genug, um damit fertig zu werden – jetzt nicht.«

Rußpelz schnurrte zustimmend. Sie hielt schweigend mit ihm Wache, bis der Mond allmählich unterging. Dann miaute sie: »Feuerherz, ich bin deine Heilerin und sage dir, du musst dich ausruhen. Was morgen geschieht, kann über die Zukunft des Clans entscheiden, und dafür brauchen alle unsere Krieger ihre ganze Kraft.«

Zögernd musste Feuerherz zugeben, dass sie recht hatte. Er leckte Rußpelz zum Abschied kurz übers Ohr, erhob sich auf die Pfoten und trottete zum Bau der Krieger, wo er sich neben Sandsturm im Moos zusammenrollte. Aber er schlief schlecht und träumte finstere Träume. Einmal glaubte er, Tüpfelblatt zu sehen, die auf ihn zugesprungen kam, und hob erfreut den Kopf, aber bevor sie ihn erreicht hatte, verwandelte sie sich in einen riesigen Hund mit offenem Maul und Augen, die wie Feuer loderten. Feuerherz wachte zitternd auf und sah, wie das erste Morgenlicht am Himmel aufzog. *Dies ist vielleicht der letzte Sonnenaufgang meines Lebens*, dachte er. *Dort draußen wartet der Tod auf uns.*

Dann hob er den Kopf und sah Sandsturm, die neben ihm saß und über seinen Schlaf gewacht hatte. Ihr liebevoller Blick verlieh ihm neue Kraft. Er setzte sich auf und leckte der Kätzin zärtlich die Ohren. »Es ist Zeit«, miaute er.

Resolut begann er die Katzen zu wecken, die er am Abend für seine Patrouille zu den Schlangenfelsen ausgesucht hatte. Wolkenschweif sprang forsch aus seinem Nest. Wütend schlug er mit dem Schwanz, als er sich vorstellte, den Kreaturen gegenüberzutreten, die Halbgesicht verstümmelt hatten.

Buntgesicht, die dicht neben dem jungen Krieger geschlafen hatte, stand mit ihm auf und begleitete ihn bis zum Ausgang des Baus. »Der SternenClan möge dich beschützen«, miaute sie und kämmte ihm Moosreste aus dem Fell.

Wolkenschweif drückte ihr seine Schnauze ans Gesicht. »Mach dir keine Sorgen«, versicherte er seiner Pflegemutter. »Wenn ich wieder da bin, erzähle ich dir alles.«

Feuerherz weckte Weißpelz und trottete dann über die Lichtung zu Graustreif, der sich in einem Heidebett zusammengerollt hatte. Er tippte ihn mit der Pfote an und flüsterte: »Auf geht's.«

Graustreif blinzelte und setzte sich auf. »Ist ja fast wie in alten Zeiten«, miaute er in einem zaghaften Versuch, heiter zu klingen. »Du und ich, gemeinsam stellen wir uns der Gefahr.« Er knuffte Feuerherz mit dem Kopf an der Schulter. »Danke, dass du mich mitnimmst, Feuerherz. Ich bin zwar stocksteif vor Angst, aber meine Loyalität gegenüber dem Clan werde ich beweisen, das verspreche ich.«

Feuerherz drückte sich kurz an ihn, dann überließ er den grauen Krieger einer kurzen Wäsche und weckte Langschweif. Zitternd, aber mit entschlossenem Blick kroch der helle Krieger aus seinem Nest. »Du wirst sehen, dass du dich auf mich verlassen kannst«, versprach er leise.

Feuerherz nickte und schämte sich immer noch ein bisschen, weil er Langschweif am vergangenen Abend erst nicht hatte anhören wollen. »Der Clan braucht dich, Langschweif«, miaute er. »Viel mehr als Tigerstern und Dunkelstreif, das kannst du mir glauben.«

Langschweifs Augen hellten sich auf und er folgte Feuerherz mit den anderen Katzen hinaus zum Nesselfleck. Sie schlangen Frischbeute hinunter, während Feuerherz ihnen noch einmal kurz in Erinnerung rief, was Langschweif am vergangenen Tag erzählt hatte. »Wir werden uns umsehen«, miaute er. »Wir können keinen Plan schmieden, wie wir diese Hunde loswerden, bevor wir genau wissen, was wir zu erwarten haben. Wir werden sie nicht angreifen, noch nicht – hast du mich verstanden, Wolkenschweif?«

Wolkenschweif bedachte ihn mit einem vernichtenden Blick aus seinen blauen Augen, sagte aber nichts.

»Ich nehme dich nur mit, Wolkenschweif, wenn du versprichst, ohne Widerspruch zu tun, was man dir sagt.«

»Geht in Ordnung.« Wolkenschweifs Schwanzspitze zuckte unruhig. »Ich will, dass aus jedem einzelnen Hund Krähenfraß wird, aber das machen wir auf deine Weise, Feuerherz.«

»Gut.« Feuerherz ließ den Blick über die ganze Patrouille schweifen. »Irgendwelche Fragen?«

»Was ist, wenn wir Tigerstern begegnen?«, fragte Sandsturm.

»Eine Katze eines anderen Clans in unserem Territorium?« Feuerherz fletschte die Zähne. »Ja, den dürft ihr angreifen.«

Wolkenschweif knurrte zufrieden.

Nachdem er den letzten Bissen Frischbeute hinuntergeschlungen hatte, lief Feuerherz voran aus dem Lager hinaus und die Schlucht hinauf. Die Sonne war fast aufgegangen, aber eine Wolkenschicht bedeckte den Himmel und sorgte für dichte Schatten zwischen den Bäumen. Nicht weit vom Lager roch es stark nach Kaninchen, aber das ignorierte Feuerherz. Zum Jagen blieb keine Zeit.

Die Krieger schlichen zaghaft in einer Reihe voran, mit Feuerherz an der Spitze und Weißpelz am Schluss. Nach allem, was er von Langschweif gehört hatte, spürte Feuerherz noch stärker, dass in seinem vertrauten Wald überall Gefahren lauerten, und sein Fell kribbelte, weil er jeden Moment mit einem Angriff rechnete.

Alles blieb ruhig, bis sie sich den Schlangenfelsen näherten. Feuerherz überlegte gerade, wie sie am besten an die Höhlen herankämen, als Graustreif miaute: »Was ist denn das?«

Er stürzte sich auf einen vertrockneten Farnflecken. Kurz darauf hörte Feuerherz, wie er mit heiserer und nervöser Stimme rief: »Komm her und sieh dir das an.«

Feuerherz folgte der Stimme und fand Graustreif, der sich über ein totes Kaninchen beugte. Es lag mit zerfetzter Kehle da, trockenes Blut klebte in seinem Fell.

»Die Meute hat wieder getötet«, miaute Langschweif grimmig.

»Warum haben sie die Beute dann nicht gefressen?«, fragte Sandsturm, die neben der schlaffen, graubraunen Leiche aufgetaucht war. Sie schnupperte noch einmal. »Feuerherz, hier ist der Geruch von SchattenClan!«

Feuerherz öffnete das Maul und ließ die Waldluft über die Geruchsnerven in seinem Schlund gleiten. Sandsturm hatte recht. Der Geruch war schwach, aber unverkennbar. »Tigerstern hat dieses Kaninchen getötet«, flüsterte er, »und hier liegen lassen. Ich würde nur gern wissen, warum.«

Er erinnerte sich an Langschweifs Bericht, dass Tigerstern die Meute mit Kaninchen fütterte, und daran, dass sie der Geruch von Kaninchen den ganzen Weg vom Lager des Donner-Clans verfolgt hatte. Er trat von der Beute zurück und winkte Wolkenschweif mit der Schwanzspitze zu sich. »Geh den gleichen Weg zurück, den wir gekommen sind«, befahl er ihm. »Du hältst nach toten Kaninchen Ausschau. Wenn du welche findest, prüfe nach anderen Gerüchen, und dann komm wieder und berichte mir. Weißpelz, du begleitest ihn.«

Er ließ die beiden Krieger gehen und wandte sich an Graustreif. »Bleib hier und pass darauf auf. Sandsturm, Langschweif, ihr kommt mit mir.«

Jetzt noch vorsichtiger, näherte sich Feuerherz den Schlangenfelsen. Alle paar Schritte blieb er stehen, um die Luft zu prüfen. Es dauerte nicht lange, bis sie auf einem Felsbrocken das nächste tote Kaninchen fanden, an dem derselbe verdächtige Geruch von Tigerstern haftete. Inzwischen konnten sie den Eingang zur Höhle sehen. Feuerherz erkannte gerade noch die Umrisse eines weiteren Kaninchens. Es lag direkt vor dem Eingang. Von der Meute war nichts zu sehen.

»Wo sind die Hunde?«, flüsterte er.

»In der Höhle«, antwortete Langschweif. »Gestern hat Tigerstern das Kaninchen an derselben Stelle abgelegt.«

»Wenn sie rauskommen, sehen sie das Kaninchen da liegen, und dann riechen sie dieses hier ...« Feuerherz dachte laut. »Und dann ist da das nächste, das Graustreif gefunden hat ...« Die Erkenntnis traf ihn wie ein Steinschlag und vor lauter Schreck bekam er kaum noch Luft. »Ich *weiß*, was Weißpelz und Wolkenschweif finden werden. Tigerstern hat eine Spur direkt zum Lager gelegt.«

Langschweif kauerte tief geduckt am Waldboden und Sandsturm riss entsetzt die Augen auf. »Du meinst, dass er die Meute direkt zu uns führen will?«

Bilder blitzten Feuerherz vor den Augen auf, von massigen, mörderischen Hunden, die von allen Seiten den Abhang hinunterstürzten und durch den Farnwall in das friedliche Lager einbrachen. Er sah Kiefer schnappen, sah, wie schlaffe Katzenkörper durch die Luft geschleudert wurden, hörte Junge jaulen, wenn sie von scharfen Zähnen gepackt wurden ... Er schüttelte sich. »Ja. Kommt mit, wir müssen die Spur umlenken!«

Der SternenClan selbst hätte Feuerherz nicht dazu überreden können, das Kaninchen vor dem Höhleneingang zu entfernen. Aber das eine auf dem Felsen schnappte er sich und rannte zu Graustreif zurück. Er legte seine Last nur ganz kurz ab, um Graustreif zu befehlen: »Nimm das Kaninchen mit. Wir müssen den Clan warnen.«

Verwundert stellte Graustreif die Ohren auf und gehorchte. Sie schlugen den Rückweg zum Lager ein und waren wenige Fuchslängen weit gekommen, als Feuerherz sah, wie Wolkenschweif und Weißpelz ihnen vorsichtig durchs Unterholz entgegenkamen.

»Wir haben noch zwei Kaninchen gefunden«, berichtete Wolkenschweif. »Beide stinken nach Tigerstern.«

»Dann geh und hol sie.« Hastig erklärte Feuerherz seinen Verdacht. »Wir werden sie irgendwo in einem Bach versenken, um die Spur zu verwischen.«

»Das ist alles gut und schön«, miaute Weißpelz. »Du kannst die Kaninchen wegtragen, aber was ist mit dem Geruch?«

Feuerherz erstarrte. Die Angst machte ihn offensichtlich dumm. Der Kaninchengeruch und das Blut würden die Meute immer noch direkt ins DonnerClan-Lager führen.

»Wir werden die Kaninchen trotzdem wegnehmen«, beschloss er kurzerhand. »Das könnte die Hunde aufhalten. Aber wir müssen zurück, um den Clan zu warnen. Sie müssen das Lager verlassen.«

In Windeseile sausten sie durch den Wald, mit gespitzten Ohren auf die Meute hinter ihnen lauschend, zurück zum Lager. Bald hatten sie mehr Kaninchen, als sie tragen konnten. Tigerstern musste die ganze Nacht gejagt haben, um so viele zu erwischen, dachte Feuerherz verbittert.

»Lassen wir sie alle hier«, schlug Sandsturm vor, als sie von der Schlucht noch recht weit entfernt waren. Ihre Flanken bebten, während sie nach Atem rang, dazu hatte sie sich eine Kralle ausgerissen, aber ihre Augen funkelten entschlossen, und Feuerherz wusste, dass sie noch endlos weiterrennen würde, wenn er sie darum bat. »Wenn die Hunde eine anständige Mahlzeit finden, werden sie sie fressen.«

»Gute Idee«, miaute Feuerherz.

»Vielleicht wäre es besser gewesen, sie näher an der Höhle abzulegen«, sagte Weißpelz mit kummervollem Blick. »Vielleicht hätten wir die Hunde dann davon abhalten können, überhaupt zum Lager zu kommen.«

»Stimmt«, antwortete Feuerherz. »Wir haben aber keine Zeit. Die Hunde könnten bereits unterwegs sein. Wir wollen ihnen nicht begegnen.«

Weißpelz nickte zustimmend. Sie ließen die Kaninchen auf einem Haufen mitten auf dem Weg liegen und rannten weiter. Feuerherz spürte sein Herz wild hämmern. Er hätte wissen müssen, dass sein Erzfeind mit der finsteren Gefahr zu tun hatte, die den Wald bedrohte. Nur der SternenClan wusste, wie Tigerstern herausgefunden hatte, dass die Hunde bei den Schlangenfelsen waren, aber er benutzte sie, um den Clan zu zerstören, den er so sehr hasste. Während er zwischen den Bäumen hindurchrannte, fürchtete er, es könnte zu spät sein, um ihn aufzuhalten.

Oben auf dem Kamm blieb er stehen. »Verteilt euch«, befahl er seinen Kriegern. »Sorgt dafür, dass keine Frischbeute in der Nähe des Lagers herumliegt.«

Sie bewegten sich in Serpentinen den Abhang hinunter. Wolkenschweif lief voraus, und Feuerherz sah, wie er nicht weit vom Eingang erstarrte. Er blickte gebannt auf etwas, das am Boden lag.

»Nein! Nein!« Er stieß einen ohrenbetäubend lauten

Schrei aus, worauf sich Feuerherz vor Entsetzen das Fell sträubte.

»Nein!«, heulte Wolkenschweif noch einmal. »Feuerherz!«

Feuerherz stürzte an die Seite des Kriegers. Wolkenschweif stand steifbeinig da, jedes einzelne Haar seines Pelzes stand zu Berge, gebannt blickte er auf einen schlaffen Haufen Fell vor seinen Pfoten.

»Warum, Feuerherz?«, jaulte Wolkenschweif. »Warum sie?«

Feuerherz wusste es, konnte aber vor Wut und Trauer kaum sprechen. »Weil Tigerstern die Meute auf den Geschmack von Katzenblut bringen will«, krächzte er.

Vor ihnen lag eine tote Katze. Es war Buntgesicht.

25. KAPITEL

WOLKENSCHWEIF UND SANDSTURM trugen Buntgesichts Leiche ins Lager zurück, für Trauerrituale blieb jedoch keine Zeit. Offensichtlich war sie sehr früh und allein zur Jagd aufgebrochen, und die anderen Katzen hatten gerade erst bemerkt, dass sie nicht zurückgekehrt war. Ihr Begräbnis fand in aller Eile statt, im Beisein von Wolkenschweif und ihren beiden eigenen Jungen, Rauchpfote und Aschenpfote, während Feuerherz den Clan zusammenrief.

Als Feuerherz am Fuß des Hochsteins stand und darauf wartete, dass sich alle Katzen einfanden, stießen sie dazu. Wolkenschweif schritt mit wütend peitschendem Schwanz auf und ab.

»Tigerstern ziehe ich das Fell bei lebendigem Leib über die Ohren!«, schwor er. »Er gehört mir, Feuerherz, vergiss das nicht.«

»Und du solltest nicht vergessen, dass du unter meinem Befehl stehst«, antwortete Feuerherz. »Jetzt müssen wir erst mit der Hundemeute fertig werden. Um Tigerstern kümmern wir uns später.«

Wolkenschweif fletschte die Zähne und fauchte enttäuscht, sagte aber weiter nichts.

Inzwischen drängte sich der Rest des Clans in einem verängstigten, schweigenden Häufchen um Feuerherz. Rußpelz tauchte aus Blausterns Bau auf und humpelte schnell zu ihnen.

»Blaustern schläft«, miaute sie. »Wir erzählen ihr lieber erst davon, wenn wir einen Plan geschmiedet haben, oder was meinst du?«

Feuerherz nickte, während er sich fragte, wie seine Anführerin reagieren würde, wenn sie erfuhr, dass sich ihre Befürchtungen wegen Tigerstern bewahrheitet hatten. Würde sie die entsetzliche Erkenntnis endgültig und für immer in den Wahnsinn treiben? Feuerherz schob seine Ängste beiseite und wandte sich an den Clan. »Katzen des DonnerClans«, hob er an. »Heute Morgen haben wir entdeckt, dass sich eine Hundemeute in unserem Territorium herumtreibt, die in den Höhlen der Schlangenfelsen wohnt.«

Gemurmel verbreitete sich unter den versammelten Katzen, durchsetzt mit einigen provozierenden Rufen. Feuerherz ging davon aus, dass sie ihm wohl kaum Glauben schenkten, dabei hatte er noch schlimmere Nachrichten. Er ließ Dunkelstreif nicht aus den Augen, aber die Miene des dunklen Kriegers blieb unergründlich, und Feuerherz hatte keine Ahnung, wie viel er bereits wusste.

»Tigerstern hat die Hunde gefüttert«, fuhr er fort und bemühte sich krampfhaft, seine Stimme unter Kontrolle zu halten, »und mit toten Kaninchen eine Spur gelegt, die direkt ins Lager führt. Ihr alle wisst, wer am Ende dieser Spur lag.« Mit gesenktem Kopf deutete er auf die Stelle vor dem Lager, an der Buntgesicht begraben worden war.

Mit einem energischen Schwanzzucken musste er den Chor der jaulenden Katzen zum Schweigen bringen. Goldblüte fiel ihm auf, die mit gesenktem Kopf am Boden kauerte, als sie hörte, was Tigerstern getan hatte. Feuerherz sah sich unwillkürlich nach den beiden jüngsten Schülern um. Bernsteinpfote starrte ihn hellauf entsetzt an, während Brombeerpfote sein Gesicht verbarg. Feuerherz fragte sich, ob er ähnlich schockiert war oder ob ein Teil von ihm seinen Vater heimlich bewunderte, weil er so einen kühnen Plan ausgeheckt hatte.

Nachdem er sich wieder Gehör verschafft hatte, fuhr Feuerherz fort: »Wir haben versucht, die Spur zu unterbrechen, aber die Kaninchen haben die ganze Nacht dort gelegen, weshalb die Meute trotzdem dem zurückgebliebenen Geruch folgen könnte. Wir müssen gehen – Älteste, Junge, alle. Wenn die Hunde das Lager finden, dürfen sie uns hier nicht antreffen.«

Mehr Protest, diesmal leise, ängstlich geflüstert. Tupfenschweif, eine betagte, ehemals hübsche Schildpattkätzin, rief: »Wohin sollen wir gehen?«

»Zu den Sonnenfelsen«, antwortete Feuerherz. »Wenn ihr dort ankommt, klettert auf die höchsten Bäume, die ihr finden könnt. Wenn euch die Hunde folgen, werden sie glauben, sie hätten den Geruch auf den Felsen verloren, und werden nicht mehr nach euch suchen.«

Zu seiner Erleichterung beruhigte sich der Clan nach seinen klaren Anweisungen ein wenig, allerdings blieben die Katzen weiterhin in Trauer um Buntgesicht tief gebeugt zusammen. Ihre Jungen, Rauchpfote und Aschenpfote, saßen dicht aneinandergedrängt da, die Gesichter starr vor Schock. Feuerherz dankte dem SternenClan, dass der Tag zwar grau und kalt, aber trocken blieb und er keine kranken und sehr jungen Katzen mit auf die Reise schicken musste.

»Und was passiert mit der Meute?«, fragte Borkenpelz. »Was werden wir gegen sie unternehmen?«

Feuerherz zögerte. Er wusste, dass die Hunde zu stark waren, um sie mit seinen Kriegern direkt anzugreifen. Tigerstern hätte sie niemals ins Lager geführt, wenn er sich dessen nicht sicher gewesen wäre. *SternenClan hilf mir*, betete er still. Seine Kriegerahnen schienen ihn zu hören, denn ihm kam eine Idee. »Genau das ist es!«, flüsterte er. »Wir werden ihre Spur übernehmen.« Als ihn die Katzen in seiner Nähe verständnislos anstarrten, wiederholte er lauter: »Wir übernehmen ihre Spur!«

»Was meinst du damit?«, fragte Sandsturm und sah ihn mit ihren großen, grünen Augen an.

»Genau das, was ich sage. Tigerstern will die Hunde direkt in unser Lager führen. Gut. Wir lassen ihn. Und wenn sie da sind, werden wir sie erwarten – und zur Schlucht führen.«

Nicht weit vom Baumgeviert, am äußersten Ende des DonnerClan-Territoriums, schäumte der Fluss zwischen scharfkantigen Klippen. Die Strömung war schnell und stark und direkt unter der Oberfläche verbargen sich spitze Felsen. Katzen konnten dort ertrinken, warum keine Hunde?

»Wir müssen die Hunde über die Klippe locken«, fuhr Feuerherz fort, als die Feinheiten des Plans vor seinen Augen allmählich Gestalt annahmen. »Ich brauche Krieger, die schnell laufen können.« Seine grünen Augen schweiften über die Katzengruppe. »Graustreif. Sandsturm. Mausefell und Langschweif. Borkenpelz. Und ich komme selbst mit. Das müsste reichen. Die anderen sammeln sich beim Lagerausgang, bereit zum Auszug.«

Als die Katzen, deren Namen er nicht genannt hatte, sei-

315

nem Befehl folgten, sah Feuerherz, wie sich Rauchpfote und Aschenpfote einen Weg durch die Menge nach vorn bahnten.

»Feuerherz, wir wollen mithelfen«, bettelte Rauchpfote und sah ihn mit entsetzten, flehenden Augen an.

»Ich sagte Krieger«, erinnerte Feuerherz sie sanft.

»Aber Buntgesicht war unsere Mutter«, protestierte Aschenpfote. »Bitte, Feuerherz. Wir wollen es für sie tun.«

»Ja, nimm sie mit«, mischte sich Weißpelz mit ernster Stimme ein. »Die Wut wird sie furchtlos machen.«

Feuerherz zögerte, dann sah er den Nachdruck in den Augen des weißen Kriegers und nickte. »Also gut.«

»Und was ist mit mir?«, wollte Wolkenschweif wissen, der wieder heftig mit dem Schwanz hin- und herschlug.

»Hör zu, Wolkenschweif«, miaute Feuerherz. »Ich kann die Hunde nicht mit all meinen besten Kriegern locken. Ein Teil muss sich auch um den restlichen Clan kümmern.« Wolkenschweif öffnete den Mund, um zu widersprechen, aber Feuerherz fuhr unbeirrt fort: »Ich gebe dir keine leichte Aufgabe. Wenn wir versagen, wirst du vermutlich gegen die Hunde kämpfen müssen – und gegen den SchattenClan vielleicht noch dazu. *Denk nach*, Wolkenschweif«, drängte er, als der Krieger immer noch nicht überzeugt aussah. »Kann es für dich eine bessere Rache an Tigerstern geben, als seine Pläne zu vereiteln und dafür zu sorgen, dass der DonnerClan überlebt?«

Wolkenschweif schwieg eine Weile mit schmerzverzerrtem Gesicht, voller Wut und Trauer um Buntgesicht.

»Vergiss Halbgesicht nicht«, miaute Feuerherz schnell. »Sie wird dich jetzt brauchen, und zwar mehr denn je.«

Bei der Erwähnung seiner verletzten Freundin straffte sich

der junge Krieger und ließ den Blick über die Lichtung schweifen, wo er sehen konnte, wie sie auf den Ausgang zuhumpelte, begleitet von Fleckenschweif und den anderen Ältesten. Ihr eines Auge starrte glasig vor sich hin und ihre Flanken bebten voller Angst.

»Gut, Feuerherz.« Wolkenschweif hörte sich zum Äußersten entschlossen an. »Bin schon unterwegs.«

»Ich danke dir«, rief ihm Feuerherz nach, als er schon über die Lichtung rannte, um seinen Platz an Halbgesichts Seite einzunehmen. »Ich verlasse mich auf dich, Wolkenschweif.«

Er sah den Katzen zu, wie sie sich sammelten, als ihm eine Bewegung im Hintergrund ins Auge fiel. Dunkelstreif schlüpfte durch eine Lücke in der Dornenhecke, dicht gefolgt von Brombeerpfote und Bernsteinpfote.

Feuerherz schoss hinter ihnen her und hatte sie eingeholt, als sie sich durch die Dornen zwängten. »Dunkelstreif!«, rief er barsch. »Wo willst du denn hin?«

Der Krieger drehte sich um. In seinen Augen blitzte kurz Nervosität auf, dann blieb er frech vor Feuerherz stehen. »Ich glaube nicht, dass die Sonnenfelsen sicher sind«, miaute er. »Ich wollte diese beiden an einen sichereren Ort bringen. Sie –«

»Was für einen sichereren Ort?«, antwortete Feuerherz herausfordernd. »Wenn du einen kennst, warum teilst du dein Wissen nicht mit dem restlichen Clan? Oder meinst du damit, dass du sie zu Tigerstern bringst?« Vor Wut kochend, hätte er Dunkelstreif am liebsten angefallen und zerkratzt, zwang sich jedoch zur Ruhe. »Natürlich wird es dem Anführer des SchattenClans nicht gefallen, wenn eine Hundemeute seine Jungen frisst«, überlegte er laut. »Du bringst sie zu ihm, bevor

317

die Hunde hier eintreffen, nicht wahr? Ich schätze, das habt ihr alles bei der letzten Versammlung ausgeheckt!«

Dunkelstreif antwortete nicht. Sein Gesicht verfinsterte sich und er konnte Feuerherz nicht in die Augen sehen.

»Dunkelstreif, du widerst mich an«, fauchte Feuerherz. »Du hast gewusst, dass Tigerstern die Hundemeute auf uns hetzen will – und keiner Katzenseele etwas davon gesagt! Wie steht es mit deiner Loyalität gegenüber deinem Clan?«

»Ich wusste nichts davon!«, protestierte Dunkelstreif und riss den Kopf hoch. »Tigerstern hat mir gesagt, ich soll ihm die Jungen bringen, aber nicht erklärt, warum. Ich hatte keine Ahnung von der Meute. Das schwöre ich beim Sternen-Clan!«

Feuerherz fragte sich, wie viel ein Schwur beim Sternen-Clan aus dem Mund eines verräterischen Kriegers wert war. Er fuhr herum und heftete den Blick auf die beiden Schüler, die mit weit aufgerissenen, angsterfüllten Augen zurückstarrten. »Was hat Dunkelstreif zu euch gesagt?«

»N-nichts, Feuerherz«, stammelte Bernsteinpfote.

»Nur, dass wir mit ihm gehen sollen«, ergänzte ihr Bruder. »Er sagte, er wisse einen guten Ort, um sich zu verstecken.«

»Und ihr habt ihm gehorcht?« Feuerherz' Stimme wurde scharf. »Führt er jetzt den Clan an? Oder hat ihn vielleicht irgendeine Katze zu eurem Mentor gemacht und ich hab's nicht mitbekommen? Folgt mir, alle drei.«

Er machte kehrt und führte sie über die Lichtung zum Eingang zurück, wo sich die Clan-Katzen sammelten. Weder bei Dunkelstreif noch bei Brombeerpfote und Bernsteinpfote war er sich sicher gewesen, ob sie ihm folgen würden. Früher oder später würde er mit dem verschlagenen Krieger abrechnen müssen. Feuerherz wusste das, aber jetzt war nicht der richtige Zeitpunkt dafür.

Bei den anderen Katzen angekommen schnippte er mit dem Schwanz, um Farnpelz zu rufen. »Farnpelz«, miaute er, »du bist ab sofort für diese beiden Schüler verantwortlich. Lass sie nicht aus den Augen, was auch geschieht. Und wenn Dunkelstreif auch nur an ihnen schnüffelt, will ich darüber informiert werden.«

»Ja, Feuerherz«, miaute Farnpelz und sah ihn verwirrt an. Mit der Schnauze stupste er die Schüler an und führte sie in die Menge der anderen Katzen.

Dann lief Feuerherz zu Weißpelz und deutete mit einer Kopfbewegung auf Dunkelstreif. »Pass auf ihn auf«, befahl er. »Ich traue keinem einzigen Haar in seinem Pelz.«

Schließlich wandte er sich an die Krieger, die er ausgewählt hatte, um die Meute wegzulocken. »Falls ihr heute noch nichts gegessen habt, schlage ich vor, dass ihr es jetzt tut«, miaute er. »Ihr werdet eure ganze Kraft brauchen. Wir brechen bald auf, aber erst muss ich mit Blaustern sprechen.«

Als Feuerherz die Richtung zu Blausterns Bau einschlug, bemerkte er Rußpelz an seiner Seite. »Soll ich mit dir kommen?«, fragte sie.

Feuerherz schüttelte den Kopf. »Nein. Geh und hilf den anderen bei den Vorbereitungen zum Auszug. Tu, was du kannst, damit sie Ruhe bewahren.«

»Keine Sorge, Feuerherz«, versicherte ihm die Heilerin. »Ich nehme ein paar Basiskräuter mit, für alle Fälle.«

»Gute Idee«, miaute Feuerherz. »Dornenpfote soll dir helfen. Ihr könnt gehen, sobald Blaustern bereit ist, euch zu begleiten.«

Als er den Kopf zur Höhle hineinstreckte, war seine Anführerin wach und pflegte ihr Fell. »Ja, Feuerherz? Was gibt es?«

Feuerherz trat ein und neigte den Kopf. »Blaustern, wir haben die Wahrheit über die unheimliche Gefahr im Wald herausgefunden«, hob er vorsichtig an. »Wir wissen, wer die ›Meute‹ ist.«

Blaustern saß kerzengerade und sah Feuerherz mit ihren blauen Augen unverwandt an, während er ihr berichtete, was er mit seiner Patrouille am Morgen entdeckt hatte. Im Laufe seiner Erzählung wurde ihr Gesicht leer und starr vor Entsetzen, und wieder stieg in Feuerherz die Angst auf, die Entdeckung könnte sie in den Wahnsinn treiben.

»Buntgesicht ist also tot«, murmelte sie, als Feuerherz geendet hatte. Verbittert fügte sie hinzu: »Bald wird ihr der Rest des Clans folgen. Der SternenClan hat Tigerstern geschickt, um uns zu zerstören. Jetzt werden sie uns auch nicht helfen.«

»Vielleicht nicht, Blaustern, aber wir geben nicht auf«, sagte er nachdrücklich und unbeirrt. »Du musst den Clan zu den Sonnenfelsen führen.«

Blausterns Ohren zuckten. »Und wozu soll das gut sein? Wir können bei den Sonnenfelsen nicht wohnen und die Meute wird uns auch da zur Strecke bringen.«

»Wenn mein Plan funktioniert, müsst ihr nicht lange dort bleiben. Hör mich an.«

Feuerherz erklärte ihr, wie er hoffte, die Hunde durch den Wald und in die Schlucht zu locken.

Der Blick seiner Anführerin schweifte ab und richtete sich auf etwas, das Feuerherz nicht sehen konnte. »Du willst also, dass ich wie eine Älteste zu den Sonnenfelsen gehe«, miaute sie.

Feuerherz zögerte. Blaustern ließ sich nicht sagen, was sie tun sollte. Da war es leichter, Wolkenschweif Befehle zu erteilen. »Wie eine Anführerin«, korrigierte er sie. »Ohne dich wird der Clan dort in Panik geraten und sich zerstreuen. Sie brauchen dich, damit du sie zusammenhältst. Außerdem«, ergänzte er, »darfst du nicht vergessen, dass du dein letztes Leben angefangen hast. Wenn du das verlierst, was wäre der Clan ohne dich?«

Blaustern zögerte. »Also gut.«

»Dann sollten wir jetzt gehen.«

Blaustern nickte und schritt voran aus dem Bau. Der größte Teil des Clans – alle Katzen, die Feuerherz nicht aufgefordert hatte, ihn zu begleiten – drängte sich bereits in der Nähe des Lagerausgangs. Als sich Blaustern zu ihnen gesellte, winkte Feuerherz Weißpelz mit der Schwanzspitze zu sich. »Bleib an ihrer Seite«, miaute er leise. »Pass auf sie auf.«

Weißpelz neigte den Kopf. »Du kannst dich auf mich verlassen, Feuerherz.« Der Blick, mit dem er Feuerherz bedachte, zeigte, dass er genau wusste, wie zerbrechlich Blausterns Gemüt war. Schulter an Schulter trottete er neben ihr aus dem Lager.

Mit Weißpelz an ihrer Seite, der alt, aber immer noch kräftig war, fiel Feuerherz umso deutlicher auf, wie gebrechlich seine Anführerin aussah. Trotzdem würde sie mit ihrer Anwesenheit den anderen Katzen Mut machen, vor allem den Ältesten.

Als sich die letzten Katzen für den Gang durch den Hohlweg eingereiht hatten, wandte sich Feuerherz den Kriegern zu, die neben dem Brennnesselfleck hockten. Graustreif und Sandsturm erwiderten seinen Blick. In ihren Augen sah er Entschlossenheit und Furcht zu gleichen Teilen. Feuerherz dachte daran, dass drei Katzen von ihrem letzten Erkundungsgang aus dem Lager niemals zurückgekehrt waren.

Gedanken wie diese würden ihn jedoch nur in Panik versetzen, das wusste er. Er musste stark bleiben, wenn er seinen Clan retten wollte. Er trottete zu seinen Kriegern und miaute: »Seid ihr so weit? Dann lasst uns gehen.«

26. KAPITEL

ALS FEUERHERZ am oberen Ende des Hohlwegs angekommen war, blieb er stehen und wandte sich an Rauchpfote und Aschenpfote. »Ihr beiden wartet hier«, befahl er ihnen. »Sobald ihr die Hunde seht, rennt ihr los in Richtung Schlucht. Sandsturm wird die Nächste in der Staffel sein. Sobald ihr sie seht, klettert ihr auf einen Baum. Wenn die Hunde dann ihre Verfolgung aufgenommen haben und weg sind, lauft ihr zu den Sonnenfelsen.«

Er blickte auf die beiden Schüler hinab. Ihre Augen funkelten voller Zorn, vorläufig hatte die Trauer um ihre Mutter dem Verlangen Platz gemacht, ihren Tod zu rächen. Feuerherz hoffte, sie würden sich seine Anordnungen merken und nicht in Panik geraten oder, schlimmer noch, versuchen, die Hunde selbst anzugreifen. »Der Clan verlässt sich auf euch«, fügte er hinzu. »Und wir sind alle sehr stolz auf euch.«

»Wir werden dich nicht enttäuschen«, sagte Rauchpfote.

Feuerherz ließ sie allein und führte die anderen tiefer in den Wald. Seine Ohren lauschten auf Geräusche von Hunden, aber vorerst schien der Wald zu warten, in einer erstickenden Stille, die genauso unheilvoll war wie Gebell und Knacken im Unterholz. Das leise Tappen ihrer Pfoten hallte unnatürlich laut zwischen den Bäumen.

323

Bald blieb Feuerherz erneut stehen. »Sandsturm, du wartest hier«, miaute er. »Ich will nicht, dass die beiden Schüler zu weit laufen müssen. Du bist die schnellste Katze im DonnerClan. Du wirst vor den Hunden einen guten Start hinlegen müssen, damit wir anderen eine Chance haben. Alles klar?«

Sandsturm nickte. »Du kannst dich auf mich verlassen, Feuerherz.«

Kurz legte sie ihre Schnauze an die seine. Für mehr Worte war keine Zeit, aber ihre grünen Augen blickten voller Liebe, und eine Woge der Angst, sie zu verlieren, durchströmte Feuerherz.

Widerstrebend löste er sich von ihr und bildete mit seinen restlichen Kriegern eine regelmäßige Kette bis zur Schlucht: Langschweif war der Nächste, dann Borkenpelz und anschließend Mausefell. Den Schluss bildeten Graustreif und er an der Grenze zum FlussClan, so dicht wie möglich, aber ohne das eigene Gebiet zu verlassen. »So, Graustreif«, miaute er und blieb stehen. »Du versteckst dich hier. Wenn alles gut läuft, wird Mausefell die Hunde zu dir führen. Wenn sie kommen, lauf auf die tiefste Stelle der Schlucht zu. Ich werde vor dir warten und das letzte Stück übernehmen.«

»Das ist im Territorium des FlussClans.« Graustreif hörte sich besorgt an. »Was wird Leopardenstern davon halten?«

»Mit ein bisschen Glück wird Leopardenstern gar nichts davon mitbekommen«, antwortete Feuerherz, der sich erinnerte, wie die Anführerin des FlussClans gedroht hatte, Graustreif zu töten, falls er je wieder eine Pfote in ihr Territorium setzen sollte. »Damit können wir uns jetzt nicht befassen. Versteck dich auf unserer Seite der Grenze, und wenn du eine Patrouille siehst, achte darauf, dass sie dich nicht entdeckt.«

Graustreif nickte und legte sich platt auf den Boden, um unter einen Dornbusch zu kriechen. »Viel Glück«, miaute er und verschwand.

Feuerherz wünschte ihm ebenfalls Glück und lief weiter, jetzt vorsichtiger über die Grenze ins Territorium des Fluss-Clans. Er sah keine FlussClan-Katzen, fand aber ein paar relativ frische Geruchsspuren, was darauf schließen ließ, dass die Morgenpatrouille schon dagewesen war. Schließlich suchte er sich ein Versteck in einer Senke vor einem Felsen, wo er sich niederließ, um zu warten. Im Wald blieb alles still, nur das Wasser in der Schlucht hörte er in der Ferne rauschen.

Feuerherz fragte sich unwillkürlich, wo Tigerstern jetzt sein mochte. Vermutlich saß er sicher im Gebiet des SchattenClans und wartete darauf, dass sein alter Clan in der Luft zerfetzt wurde. Wie eine Aaskrähe konnte er anschließend einfallen und sich voller Schadenfreude über seine gelungene Rache das Territorium des DonnerClans selbst einverleiben.

Wolken bedeckten nach wie vor den Himmel, weshalb Feuerherz nicht einschätzen konnte, wie viel Zeit vergangen war, aber seine Bedenken, dass irgendetwas schiefgegangen sein musste, wurden mit jedem Herzschlag größer. Warum dauerte das so lange? Hatten die Hunde einen seiner Krieger erwischt? Feuerherz sah vor sich, wie sie Sandsturm mit ihren brutalen Krallen in Stücke rissen, und knetete mit aus- und wieder einfahrenden Krallen den Boden unter seinen Pfoten. Er musste sich zwingen, nicht zurückzulaufen, um zu sehen, was passiert war. *Und wenn das alles ein riesiger Fehler ist?*, fragte er sich. Hatte er seinen Clan jemals so sehr in Gefahr gebracht?

Dann hörte er unter dem Rauschen des Flusses Gebell in

der Ferne. Es kam schnell näher. Die finstere Gefahr hatte endlich eine Stimme bekommen. Der Lärm wurde schnell lauter, schien den ganzen Wald zu erfüllen, als Graustreif angesaust kam, den Bauch dicht über der Erde.

Knapp drei Fuchslängen hinter ihm rannte der Anführer der Meute. Einen Hund wie diesen hatte Feuerherz noch nie gesehen. Er war riesig, mindestens doppelt so groß wie die anderen Zweibeinerhunde, die er kannte. Kräftige Muskeln spielten beim Laufen unter seinem schwarzbraunen Pelz. Sein Maul stand offen, entblößte gefährliche Zahnreihen und die heraushängende Zunge. Heiser und laut bellend schnappte er nach dem fliehenden Graustreif.

»SternenClan, steh mir bei!«, flüsterte Feuerherz und sprang aus seinem Versteck.

Er konnte gerade noch sehen, wie Graustreif auf den nächsten Baum zuschoss, und rannte los. Das Bellen dröhnte ihm in den Ohren und an den Hinterläufen spürte er den heißen Atem des Leithundes.

Zum ersten Mal fragte sich Feuerherz, was er tun sollte, wenn er bei der Schlucht angekommen war. Er hatte vorgehabt, im letzten Moment seitlich abzuschwenken, um die ahnungslosen Hunde über die Klippe stürzen zu lassen. Jetzt merkte er, dass das auch schiefgehen konnte. Die Hunde waren viel näher, als er angenommen hatte.

Vielleicht würde er selbst über die Klippe springen müssen.

Wenn der Clan dadurch gerettet wird, dann werde ich es tun, dachte Feuerherz erbittert.

Die Schlucht war ganz nah. Feuerherz tauchte zwischen den Bäumen auf, vor sich nur glatten Boden bis zur Klippe.

Ein Blick über seine Schulter bestätigte ihm, dass er schneller lief als die Hunde. Er verlangsamte sein Tempo ein wenig, um sie aufholen zu lassen. Die Meute strömte zwischen den Bäumen hervor, bellend, mit hängenden Zungen.

»Meute, Meute! Töten! Töten!« Wie Zähne stachen die Worte auf ihn ein.

Dann fiel ihn von der anderen Seite eine massige Gestalt an und streckte ihn zu Boden. Mit aller Kraft versuchte er hochzukommen, doch eine mächtige Pfote drückte ihn am Hals zu Boden. Und dann knurrte eine Stimme in sein Ohr: »Wo willst du hin, Feuerherz?«

Es war Tigerstern.

27. KAPITEL

FEUERHERZ KÄMPFTE verzweifelt, um sich zu befreien, schlug mit den Hinterpfoten aus und zerkratzte seinem Feind den Bauch, bis Fellfetzen flogen. Der Anführer des Schatten-Clans rührte sich kaum. Sein Geruch verstopfte Feuerherz Mund und Nase, mit seinen Bernsteinaugen funkelte er ihn an.

»Grüß den SternenClan von mir«, fauchte er.

»Du zuerst!«, keuchte Feuerherz zurück.

Zu seiner Überraschung ließ Tigerstern von ihm ab. Feuerherz rappelte sich auf und sah, wie der Anführer den Rückzug antrat und den nächsten Baum erklomm. Er kam nicht dazu, sich zu überlegen, was passiert war. Ohrenbetäubendes Geheul erklang, und unter seinen Pfoten bebte die Erde. Er wirbelte herum und sah das weit aufgerissene Maul des Leithundes über sich. Zum Losrennen war es zu spät. Feuerherz schloss die Augen und machte sich bereit, die Reise zum SternenClan anzutreten.

Ein stechender Schmerz fuhr ihm ins Genick, als er von scharfen Zähnen gepackt wurde. Der Hund hob ihn vom Boden ab und schüttelte ihn, sodass seine Gliedmaßen hilflos in der Luft baumelten. Er wand sich, schlug mit den Krallen nach Augen, Wangen, Zunge aus, ohne zu treffen. Um ihn herum drehte sich der Wald. Er hörte mehr Gebell und es stank überall nach Hund.

»SternenClan, hilf mir!«, jaulte Feuerherz voller Entsetzen und Verzweiflung. Hier ging es nicht nur um seinen Tod, sondern um das Ende des ganzen Clans. Sein Plan hatte versagt. »SternenClan, wo bist du?«

Plötzlich hörte er ganz in seiner Nähe ein Jaulen. Feuerherz wurde zu Boden geschleudert, worauf ihm die Luft wegblieb. Der Griff in seinem Genick hatte sich gelockert und ihn dann ganz losgelassen. Benommen blickte er auf und sah eine blaugraue Gestalt, die den Leithund von der Seite anfiel.

»Blaustern!«, schrie Feuerherz. Was hatte seine Anführerin hier zu suchen? Er hatte sie doch mit dem Rest des Clans zu den Sonnenfelsen geschickt.

Seine Anführerin war mit so viel Wucht auf den Leithund geprallt, dass sie ihn bis an den äußersten Rand der Klippe befördert hatte. Voller Entsetzen und in den höchsten Tönen jaulend, suchte er mit seinen riesigen Pfoten am Boden Halt. Lockere Erde bröckelte unter seinem Gewicht weg und er fiel. Doch bevor er hinter der Klippe verschwand, hatte er mit seinen Fängen Blaustern am Hinterbein geschnappt und sie mit sich gezogen.

Zwei Hunde, die ihrem Anführer dicht auf den Fersen gewesen waren, konnten nicht rechtzeitig stoppen. Blind stürzten sie über den Rand in die Schlucht und verschwanden jaulend, während die übrigen Hunde abrupt stehen blieben. Aus ihrem wütenden Gebell war ein ängstliches Winseln geworden. So schnell, wie sie vor der Klippe zurückwichen und in den Wald geflohen waren, konnte sich Feuerherz gar nicht sammeln und wieder aufstehen.

Er taumelte zum Rand der Schlucht und sah hinunter. Unter ihm schäumte das Wasser. Einen Herzschlag lang entdeckte er das offene Maul des strampelnden Leithundes zwischen den Wellen, dann war es wieder verschwunden.

»Blaustern!«, miaute er laut.

Zu verblüfft, um sich zu bewegen, starrte Feuerherz in den Fluss hinab. Plötzlich sah er, wie ein kleiner, dunkler Kopf an der Oberfläche auftauchte, dazu Pfoten, die wild um sich schlugen. Blaustern lebte noch! Aber die Strömung riss sie flussabwärts, und Feuerherz wusste, dass sie zu schwach war, um lange zu schwimmen. Es war klar, was er tun musste. »Blaustern, halte aus! Ich komme!«, jaulte er und hangelte sich den steilen Abhang hinab, bis er einen Felsvorsprung auf halber Höhe erreicht hatte. Dann sprang er.

Wie eine riesige Pfote schlug das Wasser nach Feuerherz und schleuderte ihn hin und her. Die eisige Kälte verschlug ihm den Atem. Mit den Pfoten unablässig strampelnd, versuchte er zu schwimmen und tauchte trotzdem in der heftigen Strömung unter. Er hatte Blaustern schon aus den Augen verloren, bevor er ins Wasser eingetaucht war, und jetzt sah er nur noch Schaum, der überall um ihn herum brodelte.

Sein Kopf tauchte an der Oberfläche auf, er schnappte nach Luft und schaffte es, oben zu bleiben, während ihn die wilde Strömung flussabwärts trieb. Dann entdeckte er Blaustern ein paar Fuchslängen vor sich, das Fell klebte ihr am Kopf und ihr Maul stand weit offen. Kräftig austretend verringerte er den Abstand zwischen ihnen, und als Blaustern erneut unterzugehen drohte, packte er sie mit den Zähnen im Genick.

Ihr Gewicht zog ihn in die Tiefe. All seine Instinkte schrien ihm zu, Blaustern loszulassen und sein eigenes Leben zu retten.

Trotzdem hielt er sie fest und befahl seinen Gliedern, weiter zu treten, um die ertrinkende Anführerin an die Oberfläche zu befördern. Fast hätte er sie versehentlich losgelassen, als er gerammt wurde und einen hilflos strampelnden Hund mit vor Entsetzen weit aufgerissenen Augen sah, der in der Strömung herumgewälzt wurde und wieder verschwand.

Ein Schatten tauchte kurz über ihnen auf und verschwand, als sie von der Strömung unter der Zweibeinerbrücke hindurchgespült wurden, weg von den bedrohlichen Klippen. Feuerherz konnte jetzt das Ufer erkennen und strampelte darauf zu, aber seine Glieder schmerzten vor Erschöpfung. Blaustern war ein lebloses Gewicht, unfähig, sich selbst zu helfen. Feuerherz wusste, dass er sie nicht loslassen durfte, um nach Luft zu schnappen, und allmählich schwanden ihm die Sinne, als sein Kopf erneut untertauchte.

Kaum bei Bewusstsein, startete er einen letzten, angestrengten Versuch, an die Oberfläche zu gelangen. Er konnte das Ufer aber nicht mehr sehen und hatte jede Orientierung verloren. Seine Gliedmaßen versagten, als er erkannte, dass er ertrinken würde.

Doch dann wurde Blaustern plötzlich leichter. Das Wasser aus den Augen blinzelnd, sah Feuerherz neben sich noch einen Kopf auf- und abtauchen, der Blaustern fest zwischen den Zähnen am Fell gepackt hielt. Als er den blaugrauen Pelz erkannte, hätte er vor Schreck beinahe vergessen, weiterzuschwimmen.

Es war Nebelfuß!

Im gleichen Moment hörte er Steinfell an der anderen Seite miauen: »Lass los, wir haben sie.«

Feuerherz tat, wie ihm geheißen, und überließ Steinfell

seinen Platz. Die beiden FlussClan-Katzen manövrierten Blaustern durch das Wasser zum Ufer. Ohne das Gewicht der schweren Kätzin konnte Feuerherz hinter ihnen herpaddeln, bis er festen Boden unter den Pfoten spürte. Der Fluss hatte ihn durch die tiefe Schlucht getragen. Im seichten Wasser schleppte er sich jetzt auf der FlussClan-Seite ans Ufer und in Sicherheit.

Hustend schaffte Feuerherz in seinen erschöpften Lungen Platz für Luft, schüttelte das Wasser aus dem Fell und sah sich nach Blaustern um. Nebelfuß und Steinfell hatten seine Anführerin im Kiesbett auf die Seite gelegt, Wasser triefte von ihren ausgestreckten Pfoten. Sie rührte sich nicht.

»Blaustern!«, rief Nebelfuß.

»Ist sie tot?«, fragte Feuerherz mit rauer Stimme und taumelte zu ihr.

»Ich glaube, sie –«

Steinfell wurde von einem lauten Jaulen unterbrochen. »Feuerherz! Feuerherz! Pass auf!«

Es war Graustreifs Stimme. Feuerherz drehte sich um und sah Tigerstern über die Zweibeinerbrücke rennen, mit Graustreif dicht auf den Fersen. Als der Anführer am Ufer abbog, auf Feuerherz und die anderen zu, überholte ihn Graustreif mit einem Satz und baute sich vor dem massigen Tigerkater auf.

»Bleib zurück!«, fauchte er. »Rühr sie nicht an.«

Die Wut verlieh Feuerherz neue Kräfte. Seine Anführerin lag am Ufer des Flusses, wo sie ihr letztes Leben aushauchte. Was sie auch gesagt oder getan haben mochte, sie war trotz allem seine Anführerin, und er hatte nie gewollt, dass sie starb, um den Clan zu retten. Und all das wegen Tigerstern!

Er eilte stromaufwärts an Graustreifs Seite und der Anführer des SchattenClans blieb wenige Fuchslängen vor ihnen stehen. Sicher würde er sich zweimal überlegen, ob er sie beide gleichzeitig angreifen sollte.

Hinter sich hörte Feuerherz, wie Nebelfuß ausrief: »Feuerherz! Sie lebt!«

Mit gefletschten Zähnen starrte er Tigerstern an. »Wenn du noch einen Schritt näher kommst, werfe ich dich in den Fluss zu den Hunden«, knurrte er. »Graustreif, sorge dafür, dass er zurückbleibt.«

Graustreif nickte und fuhr seine Krallen aus. Tigerstern fauchte wütend und frustriert.

Feuerherz rannte zu Blaustern zurück und kauerte sich neben sie. Sie lag immer noch auf dem Kies, aber jetzt konnte Feuerherz sehen, wie sich ihre Brust mit jedem angestrengten Atemzug hob und senkte. »Blaustern?«, flüsterte er. »Blaustern, ich bin's, Feuerherz. Du hast es geschafft. Du bist in Sicherheit.«

Ihre Augen blinzelten und wanderten zu den beiden FlussClan-Kriegern. Einen Herzschlag lang schien sie sie nicht zu erkennen, aber dann wurden ihre Augen groß, ihr Blick weich vor Stolz. »Ihr habt mich gerettet«, flüsterte sie.

»Schsch. Nicht sprechen«, drängte Nebelfuß.

Blaustern schien sie nicht zu hören. »Ich will euch etwas sagen ... Ich möchte euch bitten, mir zu verzeihen, dass ich euch weggeschickt habe. Eichenherz versprach mir, Grauteich würde euch eine gute Mutter sein.«

»Das war sie«, miaute Steinfell kurz.

Feuerherz zuckte zusammen. Beim letzten Zusammentreffen der beiden FlussClan-Krieger und Blaustern hatten sie ihre

Mutter angefaucht, voller Hass für das, was sie ihnen angetan hatte. Würden sie sich jetzt, wo sie so hilflos war, auf sie stürzen?

»Ich verdanke Grauteich so viel«, fuhr Blaustern fort. Ihre Stimme war schwach und unsicher. »Eichenherz auch, der euch ein guter Mentor war. Ich habe euch aufwachsen sehen und weiß, wie viel ihr dem Clan, der euch adoptiert hat, geben werdet.« Ein Schauder lief durch ihren Körper und sie hörte kurz auf, zu sprechen. »Wenn meine Entscheidung anders ausgefallen wäre, hättet ihr eure ganze Kraft dem Donner-Clan geschenkt. Verzeiht mir«, krächzte sie.

Nebelfuß und Steinfell sahen sich unsicher an.

»Sie hat für ihre Entscheidung viel erleiden müssen«, mischte sich Feuerherz ein. »Bitte verzeiht ihr.«

Einen Herzschlag lang zögerten die beiden Krieger immer noch. Dann senkte Nebelfuß den Kopf, um ihrer Mutter das Fell zu lecken, und Feuerherz spürte, wie seine Beine vor Erleichterung nachzugeben drohten. »Wir vergeben dir, Blaustern«, flüsterte sie.

»Wir vergeben dir«, wiederholte Steinfell.

Schwach, wie sie war, begann Blaustern, vor Freude zu schnurren. Feuerherz saß ein Kloß im Hals, als er zusah, wie sich die beiden FlussClan-Krieger über seine Anführerin – ihre Mutter – beugten und ihr zum ersten Mal die Zunge gaben.

Ein wütendes Fauchen von Graustreif veranlasste Feuerherz, sich umzudrehen, und er sah, dass Tigerstern einen Schritt vorgetreten war. Der massige Tigerkater hatte die Augen vor Erstaunen weit aufgerissen. Feuerherz erkannte, dass Tigerstern bis jetzt nicht gewusst hatte, wer die Mutter der Jungen gewesen war, die der DonnerClan weggegeben hatte.

»Komm nicht näher, Tigerstern«, fauchte er. »Das hier geht dich nichts an.«

Als er sich wieder Blaustern zuwandte, sah er, dass sich ihre Augen schlossen und ihr Atem schneller und flacher wurde.

»Was können wir tun?«, fragte er Nebelfuß ängstlich. »Dies ist ihr letztes Leben und sie kann den Weg zurück ins Lager des DonnerClans unmöglich schaffen. Würde einer von euch euren Heiler holen?«

»Dafür ist es zu spät, Feuerherz.« Steinfell hatte ihm geantwortet und seine Stimme klang tief und sanft. »Sie ist auf dem Weg zum SternenClan.«

»Nein!«, protestierte Feuerherz. Er hockte sich neben Blaustern und presste seine Schnauze an die ihre. »Blaustern – Blaustern, wach auf! Wir holen Hilfe – du musst nur noch ein bisschen durchhalten.«

Blausterns Augen öffneten sich blinzelnd noch einmal, richteten sich aber nicht auf Feuerherz, sondern auf einen Punkt hinter ihm. Ihr Blick war klar und friedlich. »Eichenherz«, flüsterte sie. »Bist du gekommen, um mich zu holen? Ich bin bereit.«

»Nein!«, protestierte Feuerherz wieder. All seine Differenzen mit Blaustern aus jüngster Zeit waren verblasst. Er erinnerte sich nur an die edle Anführerin, die sie gewesen war, klug und fesselnd, die ihn ausgebildet hatte, als er als Hauskätzchen zum Clan gestoßen war. Und am Ende hatte der SternenClan ihr gegenüber Großmut gezeigt. Sie war aus den Schatten herausgetreten, um so edel zu sterben, wie sie gelebt hatte, indem sie ihr Leben opferte, um ihren Clan zu retten.

»Blaustern, verlass uns nicht«, flehte er.

»Ich muss«, flüsterte seine Anführerin. »Ich habe meinen

letzten Kampf gekämpft.« Sie keuchte unter der Anstrengung, zu sprechen. »Als ich den Clan bei den Sonnenfelsen sah, wie die Starken den Schwachen zur Seite standen ... und wusste, dass du mit den anderen gegangen bist, um die Meute zu stellen ... wusste ich, dass mir mein Clan treu ergeben ist. Ich wusste, dass uns der SternenClan nicht im Stich gelassen hat. Ich wusste ...« Ihre Stimme versagte, und sie kämpfte, um weiterzusprechen. »Ich wusste, dass ich dich nicht allein der Gefahr aussetzen durfte.«

»Blaustern ...« Feuerherz' Stimme zitterte im Trennungsschmerz, und doch hüpfte sein Herz, als er hörte, dass ihn seine Anführerin nicht mehr für einen Verräter hielt.

Blaustern richtete ihre blauen Augen auf ihn. Feuerherz glaubte, darin bereits den SternenClan schimmern zu sehen. »Feuer wird den Clan retten«, flüsterte sie, und Feuerherz erinnerte sich an die rätselhafte Prophezeiung, die er seit seinen ersten Tagen im DonnerClan kannte. »Du hast sie nie verstanden, nicht wahr?«, fuhr Blaustern fort. »Auch nicht, als ich dir deinen Schülernamen gab, Feuerpfote. Dabei habe ich selbst daran gezweifelt, als das Feuer in unserem Lager gewütet hat. Doch jetzt sehe ich die Wahrheit. Feuerherz, du bist das Feuer, das den DonnerClan retten wird.«

Feuerherz konnte seine geliebte Anführerin nur anstarren. Sein Körper war zu Stein erstarrt. Über seinem Kopf riss der Wind die Wolken in Fetzen, ließ ein Bündel Sonnenstrahlen hinab, das seinen Pelz berührte und wie eine Flamme aufleuchten ließ, genau wie damals auf der Lichtung, als er das Lager des Clans zum ersten Mal betreten hatte, vor so vielen Monden.

»Aus dir wird ein großer Anführer werden.« Blausterns Stimme war kaum mehr als ein Hauch. »Einer der größten, die der Wald je sah. Du wirst deinen Clan mit der Wärme des Feuers beschützen und mit seiner Unbezwingbarkeit verteidigen. Du wirst Feuerstern sein, das Licht des DonnerClans.«

»Nein«, protestierte Feuerherz. »Ich kann nicht. Nicht ohne dich, Blaustern.«

Aber es war zu spät. Blaustern seufzte leise, dann erstarb das Licht in ihren Augen. Nebelfuß stieß einen Klagelaut aus und presste ihre Schnauze in das Fell ihrer Mutter. Steinfell kauerte mit gesenktem Kopf dicht neben ihr.

»Blaustern!«, miaute Feuerherz verzweifelt. Aber es kam keine Antwort. Die Anführerin des DonnerClans hatte ihr letztes Leben gegeben und war in die ewigen Jagdgründe des SternenClans eingegangen.

Feuerherz erhob sich ungelenk auf die Pfoten. Er musste sich mit den Krallen im Boden festhaken, weil sich in seinem Kopf alles drehte, und für einen Moment fürchtete er, in den Himmel zu stürzen. Sein Fell kribbelte, und sein Herz klopfte so heftig, als wollte es seine Brust sprengen.

»Feuerherz«, murmelte Graustreif. »Ach, Feuerherz.«

Der graue Krieger hatte Tigerstern stehen lassen und war leise näher getreten, um seine Anführerin sterben zu sehen. Jetzt bemerkte Feuerherz, dass ihn sein Freund ansah, und entdeckte etwas wie Ehrfurcht in den Bernsteinaugen. Als sich ihre Blicke begegneten, neigte Graustreif den Kopf in tiefstem Respekt. Feuerherz erstarrte vor Schreck. Er hätte so gern protestiert, weil er sich nach dem Trost ihrer alten, unbeschwerten Freundschaft sehnte. Die förmliche Anerkennung des Kriegers für den Anführer seines Clan wollte er nicht.

Hinter Graustreif sah er Tigerstern, der zu der dicht gedrängten Katzengruppe am Ufer hinüberstarrte, in den Augen eine Mischung aus Erstaunen und Wut. Bevor Feuerherz etwas sagen konnte, machte der Anführer des SchattenClans kehrt und rannte über die Zweibeinerbrücke zurück, auf sein eigenes Territorium zu.

Feuerherz ließ ihn gehen. Er musste sich jetzt um seinen verängstigten, gejagten Clan kümmern, erst dann konnte er alte Rechnungen begleichen. Aber was Tigerstern an diesem Tag getan hatte, würde er, genau wie alle Katzen des DonnerClans, niemals vergessen. »Wir werden Verstärkung holen müssen«, miaute er Graustreif heiser zu. »Wir müssen Blausterns Leiche zum Lager zurücktragen.«

Wieder neigte Graustreif den Kopf. »Ja, Feuerherz.«

»Wir können euch helfen«, erbot sich Steinfell, stand auf und sah die DonnerClan-Katzen an.

»Es wäre uns eine Ehre«, fügte Nebelfuß mit tieftraurigem Blick hinzu. »Ich wäre gern dabei, wenn unsere Mutter in ihrem Clan zur letzten Ruhe gebettet wird.«

»Vielen Dank euch beiden«, miaute Feuerherz. Er holte tief Luft, richtete sich auf und schüttelte sein feuchtes Fell. Er spürte, wie sich die Last des gesamten Clans auf seine Schultern senkte, doch einen Herzschlag später keimte Hoffnung auf, dass er sie vielleicht auch tragen könnte.

Er war jetzt Anführer des DonnerClans. Mit dem Tod des Leithundes war die Bedrohung durch die Meute aus dem Wald verschwunden, und sein Clan wartete auf ihn, bei den Sonnenfelsen, in Sicherheit. Auch Sandsturm würde auf ihn warten.

»Komm jetzt«, miaute er Graustreif zu. »Lass uns nach Hause gehen.«

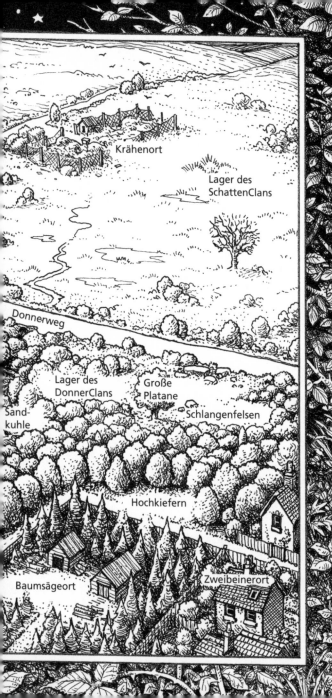

Krähenort

Lager des SchattenClans

Donnerweg

Lager des DonnerClans

Große Platane

Sand-kuhle

Schlangenfelsen

Hochkiefern

Baumsägeort

Zweibeinerort

DonnerClan

FlussClan

SchattenClan

WindClan

SternenClan

ERIN HUNTER

WARRIOR CATS

LESEPROBE ZU BAND 6

WARRIOR CATS

Stunde der Finsternis

Du willst mehr von den **WARRIOR CATS** *lesen?*
Dann lass dich in ein spannendes Abenteuer
des Katers Feuerherz entführen.

»Aus vieren werden zwei. Löwe und Tiger begegnen
sich im Kampf und Blut wird den Wald regieren.«
Mit diesen Worten gibt der SternenClan Feuerherz ein
dunkles Rätsel auf. Was bedeutet die Prophezeiung?
Feuerherz befürchtet, dass Tigerstern dahintersteckt.
Steht nun der finale Kampf gegen seinen größten Feind
bevor? Zu spät merkt er, dass sich das Verhängnis von
ganz anderer Seite eingeschlichen hat: Teuflische Gäste
haben den Wald für sich entdeckt. Und die Weissagung
scheint sich auf schreckliche Weise zu erfüllen …

Leseprobe

WARRIOR CATS –
Stunde der Finsternis

ALS FEUERHERZ auf Blausterns Höhle zusprang, wirbelte Fleckenschweif herum und baute sich vor ihm auf. Ihre Augen loderten vor Zorn. »Da sind zwei FlussClan-Katzen drin«, knurrte sie. »Und machen sich an der Leiche unserer Anführerin zu schaffen!«

»Nein – nein, das tun sie nicht«, keuchte Feuerherz. »Sie haben ein Recht, hier zu sein.«

Der ganze Clan hatte sich hinter ihm aufgereiht, und er hörte, wie Wolkenschweif eine Drohung hervorjaulte, während überall wütend gefaucht wurde.

Feuerherz machte kehrt und stellte sich ihnen in den Weg. »Bleibt zurück!«, befahl er. »Es ist alles in Ordnung. Nebelfuß und Steinfell –«

»Du wusstest, dass sie hier sind?« Die Stimme gehörte Dunkelstreif. Der dunkle Tigerkater drängte sich durch die Menge nach vorn und blieb Nase an Nase vor Feuerherz stehen. »Du lässt feindliche Katzen in unser Lager – in den Bau unserer Anführerin?«

Feuerherz holte tief Luft und zwang sich zur Ruhe. Er misstraute dem getigerten Krieger zutiefst. Als sich der Clan aufgemacht hatte, um den Hunden zu entkommen, hatte Dunkelstreif versucht, mit Tigersterns Jungen zu flüchten. Er hatte zwar geschworen, von Tigersterns Plänen mit der Hundemeute nichts gewusst zu haben, aber Feuerherz war sich nicht sicher, ob er ihm glauben sollte.

»Hast du vergessen, was ich euch erzählt habe?«, fragte er. »Nebelfuß und Steinfell haben mir geholfen, Blaustern aus dem Fluss zu ziehen.«

»Das behauptest du!«, fauchte Dunkelstreif. »Woher wissen wir, ob du die Wahrheit sagst? Warum sollten FlussClan-Katzen dem DonnerClan helfen?«

»Sie haben uns in der Vergangenheit schon oft genug geholfen«, erinnerte Feuerherz. »Nach dem Feuer wären noch viele unserer Katzen gestorben, wenn uns der FlussClan nicht aufgenommen hätte.«

»Das stimmt«, miaute Mausefell. Sie war gerade mit Rußpelz aus dem Bau der Heilerin zurückgekehrt und drängte sich jetzt nach vorn, wo sie neben Dunkelstreif stehen blieb. »Aber das ist kein Grund, um sie mit Blausterns Leiche im Bau allein zu lassen. Was tun sie da drinnen?«

»Wir erweisen Blaustern die letzte Ehre.«

Steinfell hatte trotzig die Stimme erhoben und Feuerherz wandte den Kopf. Hinter sich sah er den Stellvertreter des FlussClans mit Nebelfuß im Eingang der Höhle stehen. Beide schienen bestürzt über die Reaktion der DonnerClan-Katzen.

»Wir wollten uns von ihr verabschieden«, miaute Nebelfuß.

»Warum?«, wollte Mausefell wissen.

Feuerherz zog sich der Magen zusammen, als Nebelfuß antwortete: »Sie war unsere Mutter.«

Stille trat ein, in die nur der Ruf einer Amsel vom Rand des Lagers einbrach. Feuerherz' Gedanken rasten, während er in die schockierten, feindseligen Gesichter seiner Clan-Katzen blickte. Seine Augen begegneten Sandsturms Blick. Sie sah bestürzt aus und schien zu erraten, dass Feuerherz gerne eine andere Gelegenheit ausgesucht hätte, um dem DonnerClan das Geheimnis seiner Anführerin zu enthüllen.

»Eure Mutter?«, knurrte Fleckenschweif. »Das glaube ich nicht. Blaustern hätte nie zugelassen, dass ihre Jungen in einem fremden Clan aufwachsen.«

»Ob ihr's glaubt oder nicht, es ist wahr«, konterte Steinfell.

Feuerherz trat vor, mit einem Schwanzschnippen bedeutete er Steinfell zu schweigen. »Ich werde die Sache jetzt klären. Nebelfuß und du, ihr solltet besser gehen.«

Steinfell verneigte sich vor ihm und übernahm die Führung in Richtung Ginstertunnel. Feuerherz hörte hier und da ein wütendes Fauchen, als die DonnerClan-Katzen den Weg freigaben.

»Der Dank des Clans möge euch begleiten«, rief Feuerherz hinter ihnen her und seine Stimme hallte dünn vom Hochstein wider.

Nebelfuß und Steinfell antworteten nicht. Sie drehten sich auch nicht mehr um, bevor sie im Tunnel verschwanden.

Jedes einzelne Haar kribbelte Feuerherz im Pelz, denn er wäre am liebsten vor seinen neuen Verpflichtungen davongerannt. Blausterns Geheimnis hatte so schwer auf ihm gelastet und schien jetzt, nachdem es gelüftet war, umso schwerer zu wiegen. Er wünschte sich, er hätte mehr Zeit gehabt, sich zu überlegen, was er sagen sollte. Aber es war nicht zu ändern. Besser, sein Clan erfuhr die Wahrheit jetzt von ihm als von Tigerstern auf der nächsten Großen Versammlung. Als Anführer musste er sich der Aufgabe stellen, so schwer sie auch war.

Er nickte Rußpelz zu und sprang auf den Hochstein. Den Clan zusammenzurufen war nicht nötig. Alle sahen zu ihm auf. Einen Herzschlag lang stockte Feuerherz der Atem und er brachte kein Wort heraus.

Er sah ihre Wut und Verwirrung, roch ihre Angst. Dunkelstreif beobachtete die Szene durch schmale Augenschlitze, als ob er bereits darüber nachdenken würde, was er Tigerstern erzählen sollte. Niedergeschlagen dachte Feuerherz daran, dass Tigerstern bereits Bescheid wusste. Er hatte gehört, was Blaustern zu ihren Jungen sagte, als sie am Flussufer im Sterben lag. Allerdings würde sich der Anführer des Schatten-Clans freuen, wenn er von der Verwirrung des DonnerClans und Feuerherz' Nöten erfuhr. Sicher würde Tigerstern einen Weg finden, beides für sich zu nutzen, für seinen Rachefeldzug und die Versuche, seine Jungen, Brombeerpfote und Bernsteinpfote, zurückzuholen.

Feuerherz holte tief Luft und hob an: »Es ist wahr, Nebelfuß und Steinfell sind Blausterns Junge.« Es fiel ihm schwer, seine Stimme im Griff zu behalten, und er betete zum SternenClan, ihm die richtigen Worte einzugeben, damit sich die Katzen nicht von Blaustern abwandten. »Eichenherz vom FlussClan war ihr Vater. Als die Jungen geboren wurden, übergab Blaustern sie ihm, um sie in seinem Clan aufwachsen zu lassen.«

»Woher weißt du das?«, fauchte Frostfell. »Blaustern hätte so was nie getan! Wenn die FlussClan-Katzen so was behaupten, dann lügen sie.«

»Blaustern hat es mir selbst erzählt«, antwortete Feuerherz.

Er begegnete dem Blick der weißen Katze mit den wütend funkelnden Augen. Sie fletschte die Zähne, wagte aber nicht, ihn der Lüge zu bezichtigen. »Willst du behaupten, sie wäre eine Verräterin gewesen?«, zischte sie.

Einige Katzen jaulten Protest. Mit gesträubtem Fell wirbelte Frostfell herum, worauf sich Weißpelz erhob und vor ihr aufbaute. Der alte Krieger schien fassungslos vor Entsetzen, aber seine Stimme blieb fest, als er miaute: »Blaustern hat immer zu ihrem Clan gehalten.«

»Wenn sie so loyal war«, warf Dunkelstreif ein, »warum hat sie dann von dem Kater eines anderen Clans Junge bekommen?«

Feuerherz fand diese Frage nicht leicht zu beantworten. Vor nicht allzu langer Zeit hatte sich Graustreif mit einer Kätzin des FlussClans gepaart und seine Jungen wuchsen jetzt dort auf. Die DonnerClan-Katzen waren entsetzt gewesen, als Graustreif meinte, er könnte nicht länger bei dem Clan bleiben, in dem er geboren war. Er war zwar inzwischen in den DonnerClan zurückgekehrt, aber einige Katzen benahmen sich ihm gegenüber immer noch feinselig und misstrauten ihm.

»So was kommt vor«, antwortete Feuerherz. »Blaustern hätte ihre Jungen gern zu treuen DonnerClan-Kriegern erzogen, aber –«

»Ich erinnere mich an die Jungen.« Diesmal kam die Unterbrechung von Kleinohr. »Sie verschwanden aus der Kinderstube. Wir haben alle geglaubt, dass ein Fuchs oder ein Dachs sie geholt hätte. Blaustern war verzweifelt. Willst du behaupten, das wäre alles gelogen gewesen?«

Feuerherz blickte auf den alten grauen Kater hinab. »Nein«,

versicherte er. »Blaustern war verzweifelt über den Verlust ihrer Jungen. Sie musste sie aber aufgeben, damit sie Zweite Anführerin werden konnte.«

»Willst du uns erzählen, ihr Ehrgeiz hätte ihr mehr bedeutet als ihre Jungen?«, fragte Borkenpelz. Der braune Krieger hörte sich eher verwirrt als wütend an. Dieses Bild schien nicht zu seiner Vorstellung von der klugen Anführerin zu passen, wie er sie gekannt hatte.

»Nein«, antwortete Feuerherz. »Sie hat es getan, weil ihr Clan sie brauchte. Sie hat den Clan an die erste Stelle gestellt – so hat sie es immer gehalten.«

»Das ist wahr«, stimmte Weißpelz bedächtig zu. »Nichts hat Blaustern mehr bedeutet als der DonnerClan.«

»Nebelfuß und Steinfell sind stolz, weil sie so tapfer war – damals wie heute«, fuhr Feuerherz fort. »Und wir sollten das auch sein.«

Er war erleichtert, als keine weiteren offenen Anschuldigungen kamen, auch wenn die Spannung unter den Clan-Katzen noch nicht vollständig verklungen war. Mausefell und Frostfell tuschelten miteinander und warfen misstrauische Blicke zu ihm hoch. Fleckenschweif stolzierte zu ihnen hinüber, den Schwanz mit der zuckenden Spitze steil aufgerichtet. Aber Weißpelz trottete von einer Katze zur anderen, offensichtlich, um seinen Worten Nachdruck zu verleihen. Und Kleinohr nickte weise, womit er vermutlich anerkannte, dass Blaustern eine schwere Entscheidung getroffen hatte.

Dann erhob sich eine einzelne, klare Stimme aus dem Gemurmel der Gespräche. »Feuerherz«, meldete sich Bernsteinpfote zu Wort, »wirst du jetzt unser neuer Anführer werden?«

Bevor Feuerherz antworten konnte, sprang Dunkelstreif auf die Pfoten. »Ein Hauskätzchen zum Anführer machen? Sind denn alle verrückt geworden?«

»Das steht außer Frage, Dunkelstreif«, hob Weißpelz mit lauter Stimme an, um die Protestrufe von Sandsturm und Graustreif zu übertönen. »Feuerherz ist Zweiter Anführer des Clans, er tritt die Nachfolge von Blaustern an. Mehr gibt es dazu nicht zu sagen.«

Feuerherz warf ihm einen dankbaren Blick zu. Das Fell in seinem Nacken hatte sich unwillkürlich gesträubt, und er entspannte sich, damit es sich wieder anlegte. Dunkelstreif sollte nicht sehen, dass er sich von seinen Vorwürfen provozieren ließ. Trotzdem konnte er einen leisen Zweifel nicht unterdrücken. Blaustern hatte ihn zum Stellvertreter gemacht, aber damals hatte sie wegen Tigersterns Verrat unter Schock gestanden, und der ganze Clan war entsetzt gewesen, weil die Zeremonie zu spät stattgefunden hatte. Konnte das vielleicht bedeuten, dass er nicht die richtige Katze war, um den DonnerClan anzuführen?

Kann sich Feuerherz gegen Dunkelstreif durchsetzen und zum neuen Anführer des DonnerClans werden? Und wird er herausfinden, was die rätselhafte Prophezeiung bedeutet? Frage in deiner Buchhandlung nach den weiteren Abenteuern der WARRIOR CATS ...

ERIN HUNTER

WARRIOR CATS

EIN WALD. VIER CLANS. UND ALLE WOLLEN ÜBERLEBEN.

Jenseits der Menschen, tief verborgen im Wald, leben die Katzen der Clans wild und ungezähmt. Feuerpfote, der seine Zweibeiner verließ, um sich dem DonnerClan anzuschließen, genießt das stürmische Leben des Waldes in vollen Zügen. Seite an Seite mit den wilden Katzen lernt er zu jagen, seine Instinkte zu gebrauchen, er lernt den Wald zu hören und seine Feinde zu riechen.
Doch das Leben stellt ihn auch immer wieder auf die Probe, denn der Platz ist eng, das Futter knapp. Blaustern, die Königin des DonnerClans, hat Zweifel, ob es der Clan schaffen wird, bis zur Blattfrische zu überleben. Da erfährt Feuerpfote von der Prophezeiung: »Nur Feuer kann den Clan retten!«
Was hat diese Prophezeiung zu bedeuten?

ERIN HUNTER

DIE NEUE PROPHEZEIUNG

WARRIOR CATS

»DER WALD IST TOT«, MURMELTE
SANDSTURM. »FÜR KEINEN VON
UNS BESTEHT NOCH HOFFNUNG.«

Die Zweibeiner zerstören den Wald: Das Lager des DonnerClans ist dem Erdboden
gleichgemacht worden, das Baumgeviert, der rituelle Versammlungsort der vier
Clans, gefällt. Alle Katzen hungern erbärmlich. Es scheint unvermeindlich: Die
Katzen müssen den Wald verlassen, wenn sie nicht sterben wollen! Doch wohin
sollen sie gehen, wo sollen sie in Zukunft leben? Und wie kann unter solchen
Bedingungen Frieden zwischen den vier Clans herrschen? Ausgerechnet jetzt hüllt
der SternenClan sich in Schweigen. Als die Katzen endlich aufbrechen, weiß keine,
wohin ihre Reise sie führen wird ...

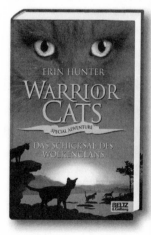

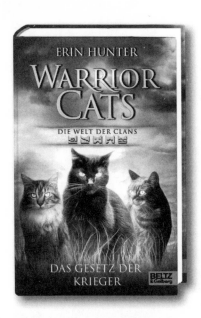

ERIN HUNTER

SEEKERS

Drei Bärenjunge, alleingelassen in einer Welt, in der nur die Stärksten durch-
kommen. Ob im Schneesturm des Eismeers oder in der sengenden Hitze des
Feuerhimmels, Hunger und Angst sind ihre ständigen Begleiter. Keiner von ihnen
hätte sich das Überleben in der Wildnis so schwer vorgestellt. Als die Bären sich
schließlich begegnen, ist dies der Beginn einer abenteuerlichen Reise, an deren
Ende die Rettung ihrer ganzen Welt steht. Eine große Aufgabe für drei Bären ...

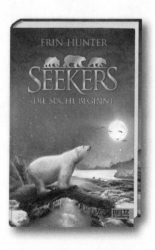

Hoch im Norden Amerikas machen sich drei
junge Bären, jeder auf sich gestellt, auf eine
außergewöhnliche Reise. Kallik, die Eisbärin,
verliert die Mutter und sucht verzweifelt nach
ihrem Bruder. Die Schwarzbärin Lusa bricht
aus dem Zoo aus, doch das Leben in der
Wildnis ist viel härter, als sie gedacht hat.
Nur Toklo, der Braunbär, ist stark und unab-
hängig. Warum lässt er sich ausgerechnet
auf die Freundschaft mit Ujurak ein? Dieser
Vielgestaltige, der mehr ist als nur ein Bär,
gibt ihm immer neue Rätsel auf ...

Band 1: Die Suche beginnt
Gebunden, 352 Seiten.
ISBN 978-3-407-81104-2

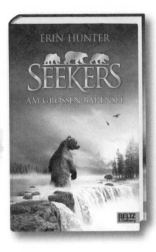

Toklo, Ujurak und Lusa sind endlich am Großen Bärensee angekommen: Dort versammeln sich jedes Jahr unzählige Grizzlys, Schwarzbären und Eisbären, um die Geister um ausreichend Beute zu bitten. Auch Kallik hofft, dort endlich ihren Bruder zu finden. Doch zwischen all den ausgewachsenen Bären, die ums Überleben kämpfen, ist kein Platz für Junge ohne Schutz. Toklo, Lusa und Kallik geraten in große Gefahr …

Band 2: Am Großen Bärensee
Gebunden, 336 Seiten.
ISBN 978-3-407-81105-9

Vom Großen Bärensee aus machen sich die jungen Bären auf die Suche nach der sagenumwobenen Letzten Großen Wildnis. Die Eisbärin Kallik überredet ihren Bruder Taqqiq, sich ihnen anzuschließen. Nun sind die Bären zu fünft – doch werden sie es alle schaffen, die lange Reise zu überstehen? Ein kluger alter Eisbär weist ihnen den Weg: Um in die Letzte Große Wildnis zu gelangen, müssen sie den gefährlichen Rauchberg überwinden. Die Legenden erzählen von einem schrecklichen Feuerriesen auf dem Berg, der von Bärenhunger getrieben ist …

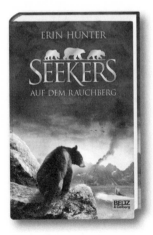

Band 3: Auf dem Rauchberg
Gebunden, 296 Seiten.
ISBN 978-3-407-81115-8

Alle Bände auch als Hörbücher
und E-Books.

www.seekers-die-bären.de